中文社会科学引文索引（CSSCI）来源集刊

国际文学理论学会
中国中外文艺理论学会
北京语言大学外语学部
清华大学比较文学与文化研究中心

Frontiers of
Literary Theory

文学理论前沿

（第二十辑）

王 宁 / 主编

社会科学文献出版社
SOCIAL SCIENCES ACADEMIC PRESS (CHINA)

编者前言

经过数月时间的组稿、审稿和编辑加工，《文学理论前沿》第二十辑马上就要与专业文学理论工作者和广大读者见面了。我像以往一样在此重申，本集刊作为中国中外文艺理论学会的会刊，由学会委托清华大学比较文学与文化研究中心负责编辑，开始几年一直由北京大学出版社出版，前几年改由清华大学出版社出版，最近由于某种原因改由社会科学文献出版社出版。由于目前国际文学理论学会尚无一份学术刊物，而且该学会秘书处又设在中国清华大学（王宁任该学会秘书长），因此经过与学会主席希利斯·米勒教授等领导成员商量，决定本集刊实际上担当国际文学理论学会的中文刊物之角色。自2019年起，由于本刊主编王宁被北京语言大学外语学部聘为特聘教授，因而本刊将由北京语言大学和清华大学两大名校联合主办，这应该说是一种卓有成效的强强联合。值得我们欣慰的是，本刊自创刊以来在国内外产生了较大的反响，不仅读者队伍日益壮大，而且影响也在逐步扩大。可以说，本刊立足中国、面向世界的第一步已经实现。尤其值得在此一提的是，从2008年起，本集刊已连续四度被中文社会科学引文索引（CSSCI）列为来源集刊。前几年，国家新闻出版总署又对各类集刊进行了整顿，一些集刊由于种种原因而停刊，本刊则得以幸存，而且自前几年起改为半年刊。这些无疑是对本刊的一个极大鼓励和鞭策，我想我们今后的任务不仅是要继续推出高质量的优秀论文，还要争取在国际学术界发出中国学者的强劲声音。

正如我在第一辑编者前言中指出的，我们办刊的立足点是这样两个：一是站在国际文学理论和文化研究的前沿，对当今学术界普遍关注的热点话题推出我们的研究成果，同时也从今天的视角对曾在文学理论史上产生过重要影响但现已被忽视的一些老话题进行新的阐释;二是着眼于国际性,即我们所发表的文章并非仅出自国内学者之手,而是我们要在整个国际学术界物色优秀的文稿。鉴于目前国际文学理论界尚无一份专门发表高质量的反映当今文学理论前沿课题的最新研究成果的大型集刊,本刊的出版无疑填补了这一空白。本刊本着质量第一的原则,现在改为每年出版两辑,也许今后会每年出版三辑或四辑。与国内所有集刊或期刊不同的是,本刊专门刊发 20000~30000 字的既体现扎实的理论功力又有独特理论创新的长篇学术论文,每次刊发论文为 10 篇左右,最长的论文一般不超过 40000 字。所以对于广大作者的热心投稿,我们表示衷心的感谢。但同时也不得不告诉大家,希望大家在仔细研究本刊的办刊方针和研读各辑所发论文之后再寄来稿件。此外,本刊一般不发表合作的稿件,因为我们都知道,人文学者的论文大多是作者独立思考的结晶,而且体现了作者本人的行文风格,因此一篇独具个性的优秀论文是不可能由多人合作写成的。本刊每一辑发表海外学者论文 1~2 篇,其来稿须与该辑主题相符,或者直接向海外学者约稿。国内及海外学者用中文撰写的论文需经过匿名评审后决定是否刊用。现在每一辑的字数为 200000 字左右。

读者也许已经看到,本辑与第十九辑的栏目设置略有不同。第一个栏目依然是沿袭下来的主打栏目"前沿理论思潮探讨"。这一栏目的第一篇文章出自青年学者廖望之手。这篇文章是廖望根据自己的博士学位论文导论改写而成,旨在向国内学界评介当前在西方学界颇为风行的地理批评,并将其与中国的文学地理学进行比较。在掌握了大量原文资料的基础上,廖文较为全面地评介了西方的地理批评的理论建构,包括其演变历史、理论渊源、批评原则和方法论等,并从形成过程、理论层次和批评范式三个方面对地理批评和文学地理学的理论建构进行了较为深入的比较。作者认为,地理批评的理论意义在于重新定义了空间本质、观念和再现的永恒开放性与流动性,思考了文学空间与人类空间的互文性关系,为文学文本的解读提供了全新的视角和方法论。对于中国学界而言,系统地引入地理批评理论对国内的空间批评以及文学地理理论发展都极有裨益。接下来的三篇文章与当下的前沿理论课题后人文主义和生态批评相关,几位作者分别对当前文学理论批评界的热点话题和争鸣提出了自己的思考。冠忆非的文章聚焦美国当代后女性主义和后人文主义的主要理论家唐娜·哈拉维，认为她的理论研究是在她认为更彻底的生命政治背景下产生的，从"赛博格"到"同伴物种"共同体现了对生命政治观的建构。在作者看来，这并非学界一般所认为的那样是哈拉维的理论话语发生了本质转变。哈拉维的生命政治观发展大致分为两个时期，即20世纪末以"赛博格"理论为核心的科学技术研究时期和21世纪初以"同伴物种"为核心的多物种研究时期。显然，哈拉维的理论研究与当下前沿的新物质主义和动物研究密切相关。姜慧玲的文章从哈代、劳伦斯、拉金和休斯的生态诗歌入手，发现这四位诗人都体现了对罹难动物的关爱与同情，对人类残害动物等破坏自然行为的谴责，对人与动物平等关系的讴歌，对逝去的英国风景的怀念，对野生动物原始力与美的颂扬，以及对人与自然和谐共生关系的向往。此外，这四位诗人的诗作还呈现了人与自然关系思考维度拓展、伦理理念递进的流变趋势，主要表现在人与自然的关系逐渐由对立走向统一，呈现人与自然的和谐共生倾向。显然她的研究已经超越了早期的专注人与自然环境研究的生态批评论题，涉及了对动物的研究。石海毓的文章虽然讨论的是美国的自然文学，但实际上涉及了普遍存在的人类中心主义思维模式以及对自然资源的滥用。她指出，美国自然文学试图重新关注自我、个体和人类之外的景象，超越人类中心主义，修复人与自然和谐共存的关系，实际上是一种建设性的后现代主义尝试。她从建设性后现代主义的理论视角分析了美国自然文学的核心理念：超越人类中心主义和大地伦理。这是美国自然文学不同于其他类型的文学的特色。张志玮的文章是国内迄今为数不多的专门研究男性气质的文章。作者指出，男性气质研究作为20世纪末兴起的一门新的学科领域正逐渐受到中西方学界的重视。经过二十余年的发展，西方的男性气质研究已经在多个学科领域有了长足的发展。相较而言，起步稍晚的中国男性气质研究也在近十年取得了一些进展。张文旨在就男性气质研究在中西方的开展状况加以梳理，通过介绍男性气质研究的历史发展脉络、理论体系以及其跨学科性应用以加深中国学界对于这一新兴学科领域的认知和了解。我们希望上述这些文章能够引起学界同仁的关注并就此进行深入讨论。

本辑的第二个栏目"马克思主义与世界文学研究"有计划地选发一些围绕国家社科基金重大项目写出的研究论文。本辑这个栏目选发的是韩静帆的文章，该文主要概括介绍了苏联早期杰出的马克思主义文艺理论家卢那察尔斯基的文学理论。作者认为，作为杰出的马克思主义文理论家，卢那察尔斯基继承了马克思、恩格斯所倡导的文艺批评的美学观点和历史观点。在对俄苏文学以及欧美文学进行社会历史分析时，重视阶级分析，坚持运用艺术反映论来分析作家作品同一定历史时代社会生活的客观联系。与此同时，他还关注文学作品的风格、技巧、形式、艺术感染力等美学因素，注重考察作家对生活和艺术的独到见解以及其艺术作品的独创性。卢那察尔斯基的这些理论建树和批评实践已经载入了马克思主义的世界文学研究的史册，对我们今天的研究仍有着一定的启迪。

本辑的第三个栏目"中外文学的双向交流"选发了于伟的论文，该文从费诺罗萨的《汉字作为诗的表现媒介》入手，考察了海外汉学界对汉诗的美学意义的研究。作者认为，费诺罗萨的这篇文章先后在美国诗歌界和汉学界引起了不小的轰动与纷争。诗歌界惊异于汉字作为诗歌表现媒介的优势，把汉字的构形、组义与汉语的词法、句法作为美国诗歌改革的突破口，掀起了声势浩大的新诗运动；而汉学界抓住费诺罗萨对汉字的构形、字与词的混淆等方面的错误进行严厉的指责与批评，但具有反讽意味的恰恰在于，他们对于费诺罗萨在文中指出的汉语词性的多元、汉语句法的松散与语法的灵活等特性予以积极认同，并对其加以补充、完善和发展。这样就向我们展现了中外文学的双向交流的路径。

本辑第四个栏目为"跨学科批评理论研究"，分别发表了中外学者的两篇文章。冯文坤的文章探讨了梅洛－庞蒂和伽达默尔的语言观，作者围绕意义之生成和涌现为话题，通过对语言现象学家梅洛－庞蒂和伽达默尔关于语言和意义相关论述的比较分析，着重阐述文本与世界、文本与读者及文本与历史－时间的结构性关系，尤其分析了梅洛－庞蒂所提出的意义缘起于存在的结构性振荡这一洞见。该文还为文化翻译如何在语言中实现其具体化，即如何在翻译中体现个体的、诗学的、历史的、民族的"存在性投射"，寻找理性的认知基础。这些纯理论的推演对于我们从跨学科的视角来研究（文学）理论仍不无启发。让－米歇尔·拉巴泰作为德里达的学生，在文章中向读者揭示了解构主义大师德里达的一些鲜为人知的轶事，作者认为德里达是一位斗士，他一生几乎都在与不同的人和事抗争。他的个性特征也像他的理论教义一样不断地引起人们的讨论甚至争论，在他去世十多年后影响更大。今天我们可以说，解构主义的一些基本原则已经渗透当今的人文社会科学研究的各个领域，本辑所发表的不少文章都与解构的教义相关。

本刊的编定正值暑假结束，大家都已开始新学期前的准备工作，我在此谨向为本集刊的出版投入大量时间和精力的社会科学文献出版社编辑人员致以深切的谢意。我们始终期待着广大读者的支持和鼓励。

王　宁

2019 年 9 月

目 录

跨学科批评理论研究

Contents

Exploring Frontiers of Literary Theory and Cultural Trends

Marxism and World Literature Studies

Two-Way Communication of Chinese and Foreign Literatures

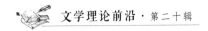

Interdisciplinary Studies of Critical Theories

前沿理论思潮探讨

地理批评概述与中西文学地理理论比较

廖　望

（北京航空航天大学外国语学院，北京，100191）

【内容提要】地理批评理论是当前西方文学批评理论领域最受关注的前沿热点之一，也是后现代主义空间理论传统和文论界"空间转向"的两大语境交叉产生的跨学科成果。地理批评理论产生于 21 世纪初，至今国内学界尚未对其进行系统的译介，也缺乏采用地理批评理论进行文本研究的尝试。同一时期，中国的文学研究界也出现了一种"空间转向"，建立了"文学地理学"理论。地理批评理论和文学地理学虽然名称近似，但本质多有不同。本文首先较为全面地评介了地理批评的理论建构，包括其演变历史、理论渊源、批评原则和方法论等，并从形成过程、理论层次和批评范式三个方面将地理批评和文学地理学的理论建构进行了深入的比较。作者认为，地理批评的理论意义在于重新定义了空间本质、观念与再现的永恒开放性与流动性，思考了文学空间与人类空间的互文性关系，为文学文本的解读提供了全新的视角和方法论。对于中国学术界而言，系统地引入地理批评理论对国内的空间批评以及文学地理学理论发展都极有裨益。

【关　键　词】地理批评　空间理论　文学地理学　后现代主义

一　地理批评的理论建构

"地理批评"（geocriticism）这一概念是由法国利摩日大学哲学系教授

波特兰·维斯法尔（Bertrand Westphal，又译韦斯特法尔）在 1999 年的学术会议上首创的，其后在论文《走向一种文本的地理批评》（Pour une approche géocritique des textes）中使用了这一术语。2001 年，维斯法尔编著了论文集《神话的海滨：地中海的地理批评》（Le rivage des mythes. Une géocritique méditerranéenne，2001），试图通过分析经典神话、现代小说、历史文献、旅行指南等多种类型的文本，讨论地中海这一地理区域是如何被文本塑造成一个意义多面体的。2007 年，维斯法尔出版专著《地理批评：真实与虚构的空间》（La géocritique：réel，fiction，espace），在多年的批评实践之基础上建构起"地理批评"理论的基本框架。维斯法尔将地理批评理论定位为空间理论的一种，探讨空间观、空间表现及其演变。作为"一种以地理为中心的文学与文化批评方法"，① 地理批评理论的独特之处在于"它的目的不再是对文学中的空间再现进行分析，而是着眼于人类空间与文学的互动，其中最重要的一项核心内容就是对文化身份确定性及不确定性方面的独特见解"。② 2011 年，该书的英文版在美国出版。在被译介进入英语学术界后，地理批评理论逐渐被多国学者所接受和运用，迄今为止已出版了多本专著和论文集，成为文学批评理论领域最受关注的前沿热点之一。

在作为哲学学者的维斯法尔的建构里，地理批评首先是一种涵盖了宗教学、社会学、文学、地理学、人类学等的跨学科空间理论，这一理论的目标是探讨空间观念以及空间表现的演变。关于空间观念的演变，维斯法尔曾以"地平线"（horizon）概念的演变为例，追溯了这一概念从 16 世纪中期初次进入欧洲语言直到普遍运用的历史，证明这是空间观从垂直性的神学视野向水平性的人性视野的转变。而在汉语、印度语、阿拉伯语中，这种水平性视野也是晚近才出现的，这便构成了一种"观念史"，从另一个角度说明空间的构建是如何完成的。而文学文本作为空间再现的形式，是研究空间表现演变的重要方法。总而言之，维斯法尔希望建构的是一个开

---

① B. Westphal, Geocriticism：Real and Fictional Spaces, Robert Tally trans.. New York：Palgrave Macmillan, 2011, p. 14.

② 波特兰·韦斯特法尔：《地理批评宣言：走向文本的地理批评》，陈静弦等译，《南京工程学院学报》（社会科学版）2018 年第 2 期，第 22 页。

放和开阔的空间理论，而不是仅仅局限于文学批评，他曾提出 16 世纪初的大航海和殖民时代的开启，是"第一个大的空间转向"，① 因为它彻底改变了人类对空间的理解。而地理批评的对象也应当涵盖不同历史时期、不同国家、不同宗教、不同种族对空间观念和空间表现的不同文本。下面将从理论渊源、批评原则和方法论几个方面对地理批评理论进行详述。

（一）地理批评的理论渊源

维斯法尔在构建地理批评理论时，主要受到三种理论渊源的影响。第一种也是最主要的理论渊源是法国空间哲学，其中首要的是吉尔·德勒兹（Gilles Deleuze）的思想，尤其是关于"解域化"（deterritorialization）的空间生成理论，其次是米歇尔·福柯（Michel Foucault）的"他者空间"和"异托邦"理论，它们共同决定了地理批评对空间本质的前提假设。第二种是意大利学者贾尼·瓦蒂莫（Gianni Vattimo）的"弱思想"（Il pensiero debole/weak thought）理论及其伴随的相对化理论、非欧几何理论，它解决的是科学话语和文学话语的二元对立问题。第三种是后现代主义的各种思潮，包括北美兴起的后殖民主义理论的移置、流散概念，以及 20 世纪 70 年代之后以爱德华·索亚（Edward W. Soja）的"第三空间"（third space）理论、戴维·哈维（David Harvey）的"时空压缩"（time-space compression）理论、文化地理学、感官地理学为代表的后现代地理学理论等，它们提供了关于人与地方、精神空间与物质世界的关系的新灵感。

在法国空间哲学的理论传统中，德勒兹的空间理论对地理批评理论的形成是影响最大的，这体现在对空间本质体认的流动性和开放性两方面。首先，地理批评假定所有"场域"（le lieu）都是非固定的，处于永恒的"解域化"和"再辖域化"（reterritorialization）的流动性之中。德勒兹思想的核心是关于"生成"（becoming）的本体论，即不关注事物变化的前后状态，仅仅讨论"产生运动的变化"（movement producing change）本身，从而超越传统的重视前后状态的摹仿论和再现论。"产生运动的变化"的过程

---

① 骆燕灵：《关于"地理批评"——朱立元与波特兰·维斯法尔的对话》，《江淮论坛》2017年第 3 期，第 10 页。

包含"辖域化"、"解域化"和"再辖域化",是德勒兹和费利克斯·瓜塔里(Félix Guattari)基于拉康的精神分析学说所建立的新的哲学理论。在拉康看来,"'辖域化'(territorialization)是主体受到伤害的过程······'解域化'是主体为了避免受损而进行的行为"。① 在此基础上,德勒兹提出,"解域化"是主体或分子(molecular)"脱离原本存在的场所"的一种"逃逸路线"(lines of fight),② 即分子从致密的克分子(molar)整体中逃逸出来的道路(paths)。分子的逃逸路线有三种:重构二元对立概念的"分层"(stratification)路线、重建关系网络的"分子"路线(molecular line)以及更不稳定的游牧(nomadic)路线。解域化运动"可以是物质形式的,也可以是精神或心理形式的"。③ 它不仅包括分子/主体从经济、性别、阶级等具体整体中的逃离,还包括从思想、符号等抽象整体中的逃离,但本质上都是从德勒兹所言的等级化、功能化的"条纹空间"(striated space)或"网格空间"(grid space)中逃逸到异质性、多元化的"平滑空间"(smooth space)。解域化的行为必然是主体自发进行的,是主体从原有的受限空间中逃逸并进入新的空间的过程。在解域化的逃逸过程中,主体"脱离了原本的固有关系"并创造出新的关系、特质甚至场域,因而"显示了主体的创造力"。④ 基于此,维斯法尔认为地理批评是一个"关于领地(territory)的动态分析:所有的领地都不是固定的",⑤ "如果用线来象征空间的连续性,那么这条线就该是逃逸线。人类空间既面对时间又在时间之中,它是一座花园,里面布满了通向四面八方、上下左右的小径"。⑥ 具体到文本分析中,文本中的景观和人物作为分子/主体,都可能会经历地理位置或心理位置上

---

① A. Parr, *The Deleuze Dictionary*, Scotland: Edinburgh University Press, 2005, pp. 68 – 69.

② G. Deleuze and F. Guattari, *A Thousand Plateaus: Capitalism and Schizophrenia*, London: University of Minnesota Press, 1987, p. 508.

③ G. Deleuze and F. Guattari, *What Is Philosophy*? New York: Columbia University Press, 1994, p. 68.

④ A. Parr, *The Deleuze Dictionary*, Scotland: Edinburgh University Press, 2005, p. 67.

⑤ 骆燕灵:《关于"地理批评"——朱立元与波特兰·维斯法尔的对话》,《江淮论坛》2017年第3期,第5页。

⑥ 波特兰·韦斯特法尔:《地理批评宣言:走向文本的地理批评》,陈静弦等译,《南京工程学院学报》(社会科学版)2018年第2期,第28页。

的变动，从原属的条纹或网格空间中逃逸出来，进入新的平滑空间，带来社会关系和环境上的变化；文本内外的地理空间则因此处于永恒的流动和变化之中：不断有旧分子逃逸和新分子进入，改变着空间的面貌和性质。

其次，地理批评强调理论话语的开放和空间场域的开放。平滑空间的特点就是异质性和开放性，分子在平滑空间中的两点之间是可以自由流动的，不受条纹空间中的等级限制，也不受语言符号的逻各斯（logos）限制，最重要的是分子之间的关系和分子作为整体的感知。具体到文学批评中，在传统的摹仿论和再现论下，文学批评始终在寻找"能指"背后的"所指"，挖掘表象下层的"终极存在"（ultimate being），从而忽略了感官经验，忽略了不同主体之间的关系。在德勒兹看来，"文本的意义，它讲述的内容，它的内在结构，以及用以阐释它的方法，现在都不重要了；重要的是它的功能，它与外部的关系（包括读者、作者、文学和非文学的语境）"。① 在平滑空间中，异质性的分子最重要的是它与外部分子的关系，而非它本身的"此在"（presence），因此探究其深层意指并无意义。因此，文本空间以及文本中的空间意象最重要的是它与其他外部文本空间、空间意象、人物、语境和社会因素等的关系，地理批评话语本身也必须消除一切中心化、等级化趋势，极力确保避免欧洲中心主义和种族中心主义的话语或视角。

意大利哲学家瓦蒂莫在国内因其针对虚无主义和后现代文化所提出的"现代性的终结"观点而为人所知。在维斯法尔的访谈中，他着重提到了瓦蒂莫在 20 世纪 90 年代提出的"弱思想"理论对自己构建地理批评理论的影响。瓦蒂莫的"弱思想"理论本质上是一种"弱化的关于存在（being）的本体论"，它继承了尼采和海德格尔的衣钵，批判现代主义中关于存在的真实寻求，认为后现代时期的真理已经是启发性而非陈述性的，其目的是为"自由、包容、民主"而非"专制、威权"② 的意识形态提供哲学依据。"弱思想"最重要的意义在于，自然科学的科学哲学话语在 20 世纪初开始

---

① 陈永国：《德勒兹思想要略》，《外国文学》2004 年第 4 期，第 28 页。

② S. Zabala（ed.），*Weakening Philosophy*：*Essays in Honour of Gianni Vattimo*，Montreal & Kingston：McGill-Queen's University Press，2007，p. 27.

形成的至高无上的地位在后现代状况下被消解，而人文学科和文学话语摆脱了一个世纪以来的边缘化地位，向中心移动。在所有话语地位都相对化的后现代语境下，自然科学话语与人文科学话语的绝对界限被打破，地理学和文学的跨学科研究也变得更加合理和可能。

后现代主义下的各种思潮对地理批评的影响有三：一是确认了人在空间中的感官体验对空间的形塑价值，将研究对象定位在综合了"空间"与"地方"的"人类空间"（human space）上，强调人的感官体验的重要性；二是文化地理学提升了文学空间的话语权力，并承认了文学空间在形成地方意义时的重要性；三是重新定义了时间维度和空间维度、主体和客体的关系。

首先，传统上，空间分为绝对、整体、抽象的空间与相对、可见、具体的空间两类，后一类空间又可以细分为较抽象的"空间"（space）与较具体的"地方"（place）。显然，这种二元对立的区分标准过于主观与模糊，并非任一事物都可以简单地按此归类。美国地理学者段义孚（Yi-Fu Tuan）在《空间与地方：经验的视角》（*Space and Place：The Perspective of Experi-ence*，1977）中的定义代表了美国地理学界的主流标准：空间是倾向自由与流动的场所，地方则是人类活动造就的更为静止与固定的空间。人的空间实践所产生的主观经验使得无定形的空间获得意义，成了"地方"，地方即被赋予意义的空间。"地方"不仅是景观存在的场所，人的空间性实践的场所，而且是社会、政治、种族、性别等各种权力相互斗争与和解的场所。

德勒兹和瓜塔里在《千高原》（*A Thousand Plateaus*，1980）和《什么是哲学？》（*What Is Philosophy？* 1994）中建立了一种强调空间的流动性的地理哲学，其核心概念是"大地"（terre），涵盖了异质性空间（包括网格空间、条纹空间和平滑空间）和空间的运动过程（包括辖域化、解域化和再辖域化）。大地的含义包含"地球"（earth）和"土地"（land）两个层面，前者是尚未条纹化、充满生长潜力的平滑空间，类似无器官的身体；后者是已经被分层化的条纹空间，可以进行切割、分配、持有等空间实践，充满了权力的博弈和竞争。在此基础上，维斯法尔在地理批评里将空间与地方合并为一个新概念"人类空间"，将其作为地理批评的研究对象。地理批评

"把作品和作品所再现的人类空间进行比较。一方面作品构建人类空间，另一方面人类空间也构建着作品。因此正如我们多次强调的那样，人类空间和作品是互相作用的"。① 维斯法尔认为地理批评更注重"人类空间"给人带来的感官体验，文学文本中的"人类空间"必须通过研究不同文本中关于同一"人类空间"的意象和文化互动来解读其意义。除了维斯法尔之外，美国地理批评学者普利艾托（Eric Prieto）也提出应将空间与地方看作主观意识与外部世界交汇结合的动态透镜，并认为这样更能体现后现代各种思潮将人的意识嵌于环境之中的主流。

其次，英国地理学者迈克·克朗（Mike Crang）在其专著《文化地理学》中，从空间的角度分析了构成文化的个人主观经验的来源，并将文学作品作为文化的重要组成部分进行了特殊强调。文化地理学将文化定义为现实生活中"一整套的思想观念与价值观念"，同时是一种"可定位的特定的现象"，文化和地理的关系是一个相互作用的动态、连续的过程，包括"经历了不同形成过程的文化是怎样惠及一个特定地方"以及地方"是怎样对其居民产生意义的"。② 文化在具体地方得以产生、发展和成型，每个具体地方产生的独特文化形成了"地方性"，包括人文和自然景观两种；地理现象不仅仅是空间景观和自然环境，更是人类空间实践的结果以及文化再现的手段。地理现象使人产生了对地方的主观经验，包括地方认同与跨越边界。"地方性"产生了不同地方之间的边界，地方与地方之间的关系靠差异性得以确立。《文化地理学》中的"文学地理景观：文学创作与地理"一章专门讨论文学空间的意义，认为文学作品的话语地位不输于地理科学话语的地位："地理学与文学同是关于地区和空间的写作，都具有非常重要的意义，他们使地理有了社会意义。"③ 文学作品的主观性恰好填补了地理学中"地理景观的社会意义"这一无法用数据说明的部分。作者基于对真实世界里空间关系的认知、理解与阐释，通过想象在文本中再现创造性的新

---

① 波特兰·韦斯特法尔：《地理批评宣言：走向文本的地理批评》，陈静弦等译，《南京工程学院学报》（社会科学版）2018年第2期，第23页。

② 迈克·克朗：《文化地理学》，杨树华、宋慧敏译，南京大学出版社，2005，第2页。

③ 迈克·克朗：《文化地理学》，杨树华、宋慧敏译，南京大学出版社，2005，第55页。

空间。文本中的地理空间及其关系是一种能指，真实世界中的权力关系则是其所指。因此，文学文本，尤其是小说具有较强的"内在地理学属性"，文学作品并非只是地理景观的简单投射，也"帮助塑造了这些景观"。①

最后，以索亚、哈维、克朗为代表的后现代地理学学者重新定义了时间维度和空间维度、主体和客体的关系，也对地理批评理论形成了重要启发。索亚和格洛丽亚·安札杜亚（Gloria Anzaldúa）对"第三空间"的阐释则综合了客观与主观的空间维度，把客观空间和主观精神空间都赋予开放性，将其边界进行解构与重构。哈维的"时空压缩"理论最重要的意义在于综合了空间与时间的维度，把"时间"从线性历史的视角扩展到了时间的空间性上，将时间空间化了。承袭了解构主义消解一切二元对立和等级制度的精神，地理批评认为文学应当消解主客体之间、时空之间的对立，消除不同主体、不同中心地域之间的等级区分，正如殖民地的独立与后殖民主义的反抗消解了欧洲中心主义在文明、肤色、宗教等方面的高下区分一样，以"异质结构"（heterarchy）② 代替"等级结构"（hierarchy），从而消解主客体对立与时间空间对立的传统模式。

这三大理论渊源共同影响了地理批评理论的建构，使其成为一种后现代主义的开放空间理论。这种开放性体现在三个方面。首先，空间包含多个关注点，具体到文学批评上则是一个地方被很多作家书写，强调不同视角在同一个空间的交汇。其次，空间不是永恒存在与固定的，而是永恒流动的，处于不断的"解域化"与"再辖域化"的运动中。最后，宏观空间与微观空间之间的界限不是封闭的。特定的作家描述的空间是微观、虚构、个人的空间，而在全球化时代，各国作家的文学文本（world literatures）空间又组成了"世界文学"（World Literature）这个宏观整体的空间。在这个宏观空间内部，各个微观空间也有着相互作用，例如全球化对微观空间的冲击会使其丧失了独特的地方性，越来越趋同；或是文学作品的翻译形成

---

① 迈克·克朗：《文化地理学》，杨树华、宋慧敏译，南京大学出版社，2005，第55页。

② 美国学者道格拉斯·霍夫斯塔德（Douglas R. Hofstadter）在其著作《歌德尔·埃舍尔巴赫——集异璧之大成》（*Godel Escher Bach：An Eternal Golden Braid*，1980）中将后现代主义的碎片化异质状态称作"异质结构"（heterarchy），即等级结构剔除了全部优劣区分的多元状态。

了微观空间的全球旅行，而"不可译性"或翻译文本的选择又影响了文本的块茎式蔓延。

（二）地理批评的方法论和批评原则

在方法论方面，维斯法尔提出了地理批评的三大基础概念："跨界性"（transgressivity）、"指涉性"（referentiality）和"空时性"（spatiotemporality）。

"跨界性"体现在三个层次上。首先，后现代空间的一个突出特点是包含大量的流动性和异质性，也就因此始终处于"跨界"的运动状态下。其次，地理批评是一种后现代的空间批评理论，涉及哲学、文学、社会科学、人文地理学甚至政治学等学科，所以天然地具有一种跨学科的特征，在概念和分析工具上都不拘泥于传统的学科限制，也并非对不同学科理论的简单叠加。最后，后现代的世界已经得到詹明信（Fredric Jameson）、霍米·巴巴（Homi K. Bhabha）、哈维等学者的充分讨论，研究的空白存在已建立的地区间的边界、裂缝和交汇处。因此，无论是对理论成果还是思考模式本身，只有"跨界思考"（transgressive thinking）才能使当代空间理论得到最大发展。

"指涉性"表示地理批评认为任何虚构文本中的空间再现都与"客观"世界有着指涉关系，没有脱离现实的文本独立存在。文本不仅是文本，而且是在后现代状况下一系列真实或虚构或半真实半虚构的世界中建立了一个新的世界。"小说不能产生现实，但是可以将尚未被系统阐释的新的虚构性具体化。"① 维斯法尔还特别追寻路德维希·维特根斯坦（Ludwig Wittgenstein）、德勒兹的哲学传统，并通过托马斯·帕维尔（Thomas Pavel）等人建立的"可能世界"（fictional worlds）理论，认为应当对结构主义和后结构主义过于重视文本和自我指涉的不足进行修正。文学创作的核心功能在于其指涉性，即让虚构的想象与现实世界互相沟通与互相形塑的能力，这也是为何在后现代的空间平面化世界里，文学的地位比之前更为重要。

在具体到如何重新定义文本中的地理空间、空间实践与现实空间的关

---

① B. Westphal, *Geocriticism*: *Real and Fictional Spaces*, Robert Tally trans., New York: Palgrave Macmillan, 2011, p. 171.

系时，地理批评理论认为：首先，地理研究可通过文学研究方法进行补充辅助。泰利认为人类"所有与世界的互动在某种程度上都是文学性的"。[①]"地理"（geography）一词的本意就是"大地书写"（earth-writing），在地理学研究中，对自然进行再现的科学方法（例如地图绘制、地理标志制作）常被类比于文学对真实的再现方法。"即使是最写实的地图也无法完全真实地描述一个空间，而是像文学一样，将空间置于一组复杂的想象关系中勾勒出来"。[②] 其次，文学赋予地理空间新的属性。所有的文学文本都会指涉一个或一系列可识别的空间，这些空间可以是真实的，也可以是虚构的，或者是真实与虚构共存。在这一过程中，文学不断将空间转化为文学虚构世界的一部分。在这一意义上，任何真实的地方都具有虚构性，而任何虚构的地方都具有真实性，即人文地理学者索亚所提出的"真实与想象的地方"（real-and-imagined places）。因此，文学的地理批评通过揭示"真实"地方的深层虚构性，以及虚构地方的深层真实性，从而使读者全面地理解文学文本中的地理空间或地方。

"空时性"则是指到了后现代社会，时间已经丧失了其结构化的力量与隐喻的地位。非线性、多极化的地图隐喻已经取代了单向箭头型的历史隐喻，成为更适合后现代社会的阐释模型。时间通过文学隐喻产生空间化，没有任何的艺术再现是稳固不变的，永恒的流动才是空间再现与空间意义的本质特征。"统一的（历史）单一线索消解为多条线索；时间会因此变成一个平面。……我们已经进入了一个共时性比历时性更为重要的时代。"[③]文本中的空间和地方必须在时间的维度下得以展现其多层次的身份意义，同一个空间在不同的时间切面下可以是异质性的存在，不同的空间在同一个时间切面下也可能是同质化的。而在不同人物的视角里，即使是同一个空间在同一个时间点也一定有所不同。

基于这三个基本概念，维斯法尔确立了文学地理学批评方法的三大原则。

① B. Westphal, *Geocriticism*: *Real and Fictional Spaces*, Robert Tally trans. , New York: Palgrave Macmillan, 2011, p. x.

② Ibid. , p. 171.

③ Ibid. , pp. 26 – 27.

第一，文学地理学批评是一种"地理中心"而非"人类中心"的批评方法。"地理中心"视角是地理批评的核心，也是其不同于其他以空间为批评对象的文学批评方法之处。文学的地理批评研究是围绕特定地理场所而非特定文本展开的。地理空间本身成为批评者关注的焦点，不同作者的尽可能多的文本将围绕同一个相关的地理空间进行对话，而非传统文学批评以某个作者的某个文本作为研究焦点。对文本的分析不应限制在某个特定的文本或作者，而应该尽可能多地搜集与某个特定空间相关的文本，以便对空间进行全面的研究。"针对某个作者的某种观点或一系列来自同一身份空间的作者的观点的研究将被针对指向某一特定空间的多种观点的集合的分析所取代。这些观点最好是异质的，因为动态的多重视角是地理批评分析不可或缺的目标。我们可以毫不犹豫地肯定，这也是地理批评方法的决定性特征。"① 同时维斯法尔强调，"地理中心"不代表将贬低作家和文学文本的重要性，不代表仅将作家和文本看作为地理空间而存在的论证工具，"把目光集中在以同一空间所指为主题的作品或语料库上，可以更好地定位每位作家的意图，反映言语策略。……地理批评的首要任务是文学的；无论如何文本才是它的支撑"。②

第二，文学地理学是一种多焦点的后现代研究视角。维斯法尔在其专著中提出了"多点焦距化"（multifocalization），包括内生（endogenous）视角、外生（exogenous）视角和同生异构（allogeneous）视角，以解决传统空间批评的二元对立与他者化问题。维斯法尔强调，地理批评要覆盖尽可能多的作者、内部或外部的视角、不同的历史时期、多样的文化来源甚至非文学性文本如旅游手册、官方报告等，因为"虽然地理批评依然把作者放在重要的研究地位，并不是指把作者作为唯一的研究对象。空间从单一目光审视下的独白中挣脱出来，成为一个焦点，一个让自身变得更加人性化的焦点。……空间书写会是一直单一的，而地理批评对空间的再现则是诞

---

① B. Westphal, *Geocriticism: Real and Fictional Spaces*, Robert Tally trans., New York: Palgrave Macmillan, 2011, p. 199.

② 波特兰·韦斯特法尔：《地理批评宣言：走向文本的地理批评》，陈静弦等译，《南京工程学院学报》（社会科学版）2018 年第 2 期，第 23 – 29 页。

生于尽可能多样化的个人书写。……通过这种方式我们才能无限接近被研究空间的真实本质"。① 多重视角可以形成对所分析地理空间的"地层式"阅读，最终形成一个超越孤立的作者或文化群体的尽可能完整的地理全景意象。如果说传统的文学批评方法通过空间或地方的主题研究特定的再现文本，文学地理学批评则是通过文本再现的问题研究特定的空间或地方。传统的文学批评方法在这种多重视角的筛查中仍然起作用，即帮助揭示不同文本的再现形式与再现目的之间复杂的关系，但最终的研究目标仍然是指向空间与地方的。以作家和文本为中心的研究会天然地形成国家、民族以及历史分期的边界，将世界文学的整体割裂为易于辨认的同质单元，而以地理场所为中心的研究则可以跨越作者国籍与历史的藩篱，以另一条线索串联起整个世界文学。

第三，文学地理学批评强调读者对文本中地方的多重感觉性（polysensoriality）。维斯法尔认为，"对空间的全新解读必须抛弃单一性；而将读者带向审视空间的多重视角，或者是对多重空间的感知。"② 在文本分析中，结合视觉、听觉、嗅觉、触觉将感觉多样化，从而立体地再现文本中地方的意义。保尔·罗德威（Paul Rodaway）在《感官地理学：身体、感觉与地方》（*Sensuous Geographies：Body，Sense and Place*，2011）中认为，地理是由人的五感，包括嗅觉、触觉、味觉、听觉和视觉构成的。除了詹明信提出的"认知地图"（cognitive mapping）以外，还可以通过"感官地理"（sensuous geography）来认识空间。"感官地理"强调观看者的感性经验，主体通过"体感"来形成关于特定空间的认知和记忆："人体在空间中接触、运动和越界时，人体与地理空间的相对位置出现了变化和交会，从而使人体的五感综合形成了一个流动、开放的交互界面（interface）"。③ 地理空间在文学中的表现，是由地方、语言和身体感官在持续的交互中产生的。

由于绝对的客观在认识论上是不可能实现的，文学的地理批评的目标

---

① 波特兰·韦斯特法尔：《地理批评宣言：走向文本的地理批评》，陈静弦等译，《南京工程学院学报》（社会科学版）2018年第2期，第28–29页。

② 波特兰·韦斯特法尔：《地理批评宣言：走向文本的地理批评》，陈静弦等译，《南京工程学院学报》（社会科学版）2018年第2期，第22页。

③ P. Rodaway, *Sensuous Geographies：Body，Sense and Place*, New York：Routledge，1994, p. 41.

是通过不同文本再现方式的对话与比较，超越单独的个人或群体的主观视角限制，达到对选定的空间或地方的特性有一种尽可能全面，但保持开放性的理解。例如，通过并置不同作者意识形态的立场，及其采取不同的再现和论证方式，可以使空间或地方的意义更为多层和多面地展现出来，弥补传统文学批评方法中赋予研究文本过度权威性的不足。"空间从孤立的视角中抽离出来，自我与他者的二元对立不再由简单的行为表现，而是通过交互来展现。对空间的再现形成于创造性的互动，而不再是吻合单一视角的独立抛物线。地理批评分析方法的准则在于多种视角分庭抗礼，互相修正。"[①] 无疑，这对传统的"勃朗特的哈沃斯""哈代的威塞克斯"式"作家－文本"中心的文学批评方法造成了挑战，但维斯法尔并非质疑传统方法的合法性或将文学地理学批评方法捧为新的权威，而是希望在传统批评方法的基础上用文学地理学批评方法填补文学研究的边界，使文学超越单一的审美功能，甚至在地理学和地方史学等其他学科的研究中也具有重要地位，这也是文学地理学批评的"跨界性"在更高层面上的表现。

二　地理批评理论与中国文学地理学理论比较

地理批评理论在维斯法尔的专著《地理批评》被美国学者泰利译成英文之后影响日盛，该书也出现了意大利语和葡萄牙语的译本，在欧洲和北美都引发了广泛的讨论。据信，此书的中文版也会在两年内出版。在将地理批评引介到中国时，有必要将其与杨义、梅新林、曾大兴、邹建军等国内学者倡导的"文学地理学"理论做一个比较。在中国的语境中，"文学地理学批评，简称地理批评，是一种运用文学地理学的理论和方法，以文本分析为主，同时兼顾文本创作与传播的地理环境的文学批评实践"。[②] 由此可见，中国的"文学地理学"与欧美的地理批评在名称上相似，对地理和空间的研究兴趣也有重合。二者都在近二十年间兴起并获得了众多学者的

---

① B. Westphal, *Geocriticism: Real and Fictional Spaces*, Robert Tally trans., New York: Palgrave Macmillan, 2011, p. 187.
② 曾大兴:《文学地理学概论》, 商务印书馆, 2017, 第15页。

响应，但却有本质上的不同。作为一种后现代空间哲学理论，地理批评理论的重点在于如何看待空间的本质、观念与表现，涵盖的范围不仅是文学，还有社会学、历史学等各方面，是"将文学运用到地理学中"；而中国的文学地理学理论是在中国文学研究中发展出来的一种将地理视角运用于文学史研究的文学批评理论，试图"将地理学运用到文学素材中"。① 梳理地理批评与中国文学地理学的发展史和理论框架，我们发现这二者的不同具体体现在三个方面。

（一）地理批评和文学地理学的形成过程比较

西方的地理批评是哲学理论运用于文学实践的过程，是在 20 世纪 70 年代的"空间转向"之后，将新的空间哲学运用到文学研究领域而产生的新的文学批评方法。西方哲学和文艺研究中的空间理论可以追溯至古希腊罗马时代。与"时间"相比，"空间"的概念在中世纪的宗教阐释学中更多地蕴含了道德性、伦理性的象征意味。在公元 4 世纪圣奥古斯丁的定义中，时间"是人向上帝跋涉的旅程中的停顿"，② 而空间"明显具有本体性、精神性和包容性……它成为礼拜仪式和象征行为的环境"。③ 在圣徒的跋涉中，物理意义上的空间变动不再重要，重要的是空间变动所象征的从俗世走向天堂的宗教和伦理意义。17 世纪后，启蒙运动所强调的理性和实证主义重新把物理层面上的空间纳入考察对象。此时空间虽然仍旧被看作被动、静止的环境和容器，但已经不再局限于宗教经典文献的阐释学，"地理环境决定论"兴起并逐渐在人文社会科学各领域占据了主导地位。"地理环境决定论"（environmental determinism, or climatic determinism, or geographical determinism）是自然主义思潮的重要组成部分，认为自然地理环境决定了人类社会的发展模式和进程。地理环境决定论自 16 世纪下半叶开始，从政治学、法学、哲学领域向地理学、社会学、历史学领域扩散，其前期的代表著作

① 骆燕灵：《关于"地理批评"——朱立元与波特兰·维斯法尔的对话》，《江淮论坛》2017 年第 3 期，第 7 页。

② Yuri M. Lotman, *Universe of the Mind: A Semiotic Theory of Culture*, Ann Shukman trans., Bloomington: Indiana University Press, 1990, p. 172.

③ Giuseppe Tardiola, *Atlante fantastico del medioevo*, Rome: Rubeis, 1990, p. 20.

有让·博丹（Jean Bodin）的《论共和国》（*Les Six livres de la République*，1576）、孟德斯鸠（Montesquieu）的《论法的精神》（*De l'esprit des lois*，1748）等。进入 19 世纪，巴克尔（H. T. Buckle）的《英国文明的历史》（*History of Civilization in England*，1864）以及弗雷德里希·拉采尔（Friedrich Ratzel）的《人类地理学》（*Anthropogeographie*，1882 和 1891）等标志着地理环境决定论思潮的全面繁荣。受其影响，18～19 世纪的文学研究者开始采用地理视角进行文学批评，并强调自然和社会环境对作品的决定性作用。例如在 18 世纪末的《从文学与社会制度的关系论文学》（*De la littérature dans ses rapports avec les institutions sociales*，1799）中，斯达尔夫人（Germaine de Staël）按照地理环境将欧洲文学分为两大流派，认为以德国为代表的北方环境造就了"北方文学"作品质朴深刻的风格，同时批判以法国为代表的南方环境所造就的"南方文学"作品矫饰浮夸的特点，有力地推动了 19 世纪浪漫主义的流行。进入 19 世纪，文学地理学研究逐渐摆脱了宏观描述的模式，受自然科学的影响而进入了系统化理论化的阶段。法国历史学家伊波利特·丹纳（Hippolyte Adolphe Taine）在《艺术哲学》（*De l'idéaldansl'art*，1867）中将空间与时间都纳入其考察对象，认为决定文学艺术作品特质的三个要素是民族、环境和时代，尤其是自然地理环境："精神文明的产生和动植物界的产物一样，只能用各自的环境来解释"。[1] 可以说，在西方进入 20 世纪现代主义阶段之前，欧洲学者在讨论文本中的空间时，更重视的是具体的"地理"而非抽象的"空间"概念，研究的是具体的地理环境对当地文学内容和形式风格的影响。

20 世纪后半叶以来，欧美文学研究领域的地理视角开始侧重对抽象的"空间"概念的探讨，但在 20 世纪 70 年代之前，对此进行专门研究的只有个别的学者。如 1945 年约瑟夫·弗兰克（Joseph Frank）首次提出应注重现代主义文学和艺术作品中与 19 世纪现实主义表现手法不同的"空间形式"（spatial form），分析了詹姆斯·乔伊斯（James Joyce）等现代主义作家运用抽象的空间形式打破因果关系与时间的线性发展形式的技巧，为空间叙事

---

[1] 丹纳：《艺术哲学》，傅雷译，人民文学出版社，1986，第 9 页。

理论奠定了基础。1955 年莫里斯·布朗肖（Maurice Blanchot）出版的《文学空间》（*L'Espace littéraire*，1955）重视现代文学文本中所建构的特殊空间，认为弗兰兹·卡夫卡（Franz Kafka）等现代主义小说家在其作品中建构的空间反映了现代人的生存困境。米哈伊尔·巴赫金（Mikhail Bakhtin）在他的"时空体"理论中提出，时间是空间的第四维度，时间与空间是不可分割的。文本中的"时空体"是时间与空间的组合，涵盖了文学的形式与内容两个方面。加斯东·巴什拉（Gaston Bachelard）在《空间诗学》（*La poétique de la l'espace*，1958）中则强调了外部空间对人的精神空间的塑造作用。此时的空间理论和空间批评中，空间的地位开始上升。虽然理论界更加重视时间维度，但空间概念开始与时间概念有了交汇，空间开始摆脱其静止、固定、被动的刻板印象，时间也脱离了单向箭头型的线性运动模式，空间和时间的性质开始发生根本的变化。

20 世纪 70 年代法国空间理论的勃兴引发了西方哲学理论的"空间转向"，出现了包括福柯的"他者空间""异托邦"概念和亨利·列斐伏尔（Henri Lefebvre）的"空间生产"理论等在内的新浪潮。空间不仅是权力话语的相互作用的"场所"，而且是权力话语的一种形式，作为生产要素参与了生产与再生产的过程。这一转向形成了至今方兴未艾的空间理论热潮，也引发了社会学、地理学、史学、文学等领域后现代空间视角研究的井喷。20 世纪 70 年代之后，西方空间理论中影响较大的批评方法主要有四种。

第一种方法是 20 世纪 70 年代苏格兰诗人和哲学家肯尼斯·怀特（Kenneth White）倡导的地理诗学（the project of geopoetics）。地理诗学产生于全球化加速发展的时代，倡导"开放世界"（open world），坚决反对欧洲中心主义，采用生态学的视角解读世界文化，尤其关注生态环境、诗歌和诗学的交叉领域，即"诗学精神的地理图景"。地理诗学是"一种后现代主义的诗学，它既非关注'自我'，也非关注文本，而是关注世界的诗学"。[①] 在此基础上，地理诗学显示出极强的世界主义倾向，关注亨利·戴维·梭罗（Henry David Thoreau）、拉尔夫·爱默生（Ralph Waldo Emerson）、沃尔

---

① K. White, "An Outline of Geopoetics," *Bialystok Literary Studies*, 2（2011），pp. 7 – 25.

特·惠特曼（Walt Whitman）、庄子、松尾芭蕉等不同国籍与语种的作者。"这是人类历史上第一次，风可以从世界每一个地方吹来，每个人都可以接触世界的任一种文化……这促成了一种新的思考模式，一种世界诗歌。"[①]然而，地理诗学最大的不足是缺乏系统性的基础理论框架，类似一种松散的思想联盟，更加重视的不是文学批评而是创作与欣赏，其目标是创造一个理想化的"全新文化空间"。[②] 也正因如此，地理诗学在理论界的地位并不突出，后期研究成果也较少。

　　第二种方法是德国学者胡戈·狄泽林克（Hugo Dyserinck）在 20 世纪70 年代末提出的比较文学形象学（komparatistische imagologie）。作为对勒内·韦勒克（Réne Wellek）与法国学派之间"形象"（image）与"幻象"（mirage）论争的回应，狄泽林克在 1977 年出版的《比较文学引论》（*Komparatistik. Eine Einführung*，1977）中正式提出了比较文学形象学这一概念。比较文学形象学的研究对象是文学文本及文学批评中有关民族或国家的"他者形象"（hetero image）和"自我形象"（auto image），其中包含了地理空间的形象。比较文学形象学认为，每个"我方群体"（we-group）是通过认知自我话语和他者话语来将自身区别于他者的，"他者"是群体得以自我界定的必要反面。他者与自我的群体标记是一种二元对立建构，自我形象与他者形象的对比与互动贯穿了形象的整个形成过程。维斯法尔认为，形象学的缺陷在于"形象学研究的全部重点就是文学中对外来者的再现。……形象学研究抽离了指代的地点本身，把所有的重点放在作者处理地点的方式上。为了突出再现的主体，被再现的客体消失了"。[③] 除此之外，形象学理论中的地理和空间概念一般指向想象的区域（imagined territory），认为观看的主体的想象区域与被观看的客体（他者）的想象区域之间存在不可弥合的鸿沟和不可消除的异质性，两者无法结合为一个整体空间，因

---

① T. McManus, *The Radical Field*: *Kenneth White and Geopoetics*, Dingwall: Sandstone Press, 2007, p. 196.

② 柯罗：《文学地理学、地理批评与地理诗学》，姜丹丹译，《文化与诗学》2014 年第 2 期，第 243 页。

③ 波特兰·韦斯特法尔：《地理批评宣言：走向文本的地理批评》，陈静弦等译，《南京工程学院学报》（社会科学版）2018 年第 2 期，第 28 页。

此也被认为有欧洲中心主义的色彩。

第三种是 20 世纪 80 年代在北美兴起的生态批评（ecocriticism）。到了 21 世纪，生态批评已经成为文学批评的主要方法之一，研究文本中的地方、空间、自然景观意象，关注"自然和物质环境是如何在文学文本中得以再现并发挥作用，以及与环境伦理是否相符等问题"。① 生态批评和地理批评都会研究文本中出现的空间意象，但二者是不同的。首先，生态批评的政治性比地理批评更突出。生态批评反对人类对自然环境的压迫和肆意改造，倡导以自然为中心的写作，反对人类中心主义。生态批评借鉴解构主义的反逻各斯中心主义手法，解构了传统文学批评理论中以人（包括社会、作者和读者）和文本为中心的范式，将自然推向批评和阅读、写作的中心。与此相比，地理批评更注重文本的文学性，更关注地方与空间在文本中的再现以及其背后的社会变革，并不试图重构人与自然的哲学关系。其次，生态批评和地理批评的哲学侧重不同。生态批评关注的是人与自然的关系：在本体论方面消解人的中心地位和人高于自然的特权；在认识论方面反对意识与环境的二元对立，认为人的意识是植根于物质环境并不可避免地与物质环境互相结合的。生态批评超越了后结构主义和马克思主义关于人的能动性之争，直接将人的能动性播散于自然的能动性之中，用一个更大的自然语境相对消解了人的主观意识。地理批评则关注文本与外部世界的关系：在本体论方面，强调文本空间与外部空间的相互指涉和相互作用，反对将文本与外部世界、"虚拟"空间与"真实"空间对立起来；在认识论方面，地理批评认为文本中所再现的空间与其真实世界中的对应物（如果存在的话）之间是辩证的相互塑造的关系。可以说，地理批评的阅读方法与批评模式可以对生态批评在处理文本与世界关系上的薄弱环节形成有效的补充。

第四种最新出现的理论是美国学者蒂姆·克莱斯维尔（Tim Cresswell）在 2017 年的《地形诗学：空间、地方与诗歌》（*Towards Topopoetics*: *Space*, *Place and the Poem*, 2017）中首次提出的"地形诗学"（topopoetics），它以亚里士多德、海德格尔和近代以来关于空间与地方的哲学观点为基础，是

---

① C. Glotfelty, *The Ecocriticism Reader*, Athens and London: University of Georgia Press, 1996, p. xix.

一种将诗歌文本看作复数的空间与地方的批评方法。地形诗学不再采用传统的从诗歌中发掘"地方感"（sense-of-place）的思路，而是研究诗歌文本如何成为一种地方，诗歌文本如何创造空间与地方，强调文本内外、静止与流动、填补与空白之间的互动作用。地形诗学的阅读方法将语言所表现的地方看作身体感官与外部世界互动、文化与自然互动的结果。从表面上看，人物的行动和语言受到背景环境的影响；从更深层次上看，人物与环境实际上通过同样的方式具有同样的本质特征。当然，这种理论也有其缺陷，最大的问题就是读者与地方的距离问题。一般而言，读者离文本中的地方越近，其本身具有的感官记忆就越亲切深刻，文本"语言景观"（langscape）对读者产生的感官效果就越强烈。但在实际阅读体验中，大部分情况下读者距离文本中地方的物理和心理距离都是非常遥远的，因此，任何地理背景的任何文本都带有其他地理空间的痕迹与记忆，这是文本所使用的语言造成的。读者的感官效果要经过文本语言和自身想象的中介，而这种中介必然造成感官效果的扭曲。

承接这一方兴未艾的空间批评传统，地理批评是目前欧美主流的后现代空间哲学的前沿理论，在后结构主义的基础上彻底转变空间的被动地位，将其看作解域化运动的主体，以及话语和权力关系相互作用的动态场域，研究作者是如何通过想象和实践联结其对现实空间的理解与文本中的空间建构的。

相比而言，中国的文学地理学是文学实践向文学批评理论的提炼与升华，是在以宏观地理视角下的文学研究产生了大量的文章和专著之后，才开始进行理论建构的。成书于春秋时代的《诗经》中的"国风"部分标志着中国文人已经形成了以地理区域划分与研究文学的习惯。《隋书·文学传序》中出现了以地理南北划分文学的论述："暨永明、天监之际，太和、天保之间……江左宫商发越，贵于清绮，河朔词义贞刚，重乎气质。气质则理胜其词，清绮则文过其意，理深者便于时用，文华者宜于咏歌，此其南北词人得失之大较也。"① 这是将文学史限定在某一时间范围内时，从空间

---

① 魏征等：《隋书》，中华书局，2005，第 1164 – 1165 页。

角度对文学风格的二元划分，成为传统文论中共时性空间叙述的典范。《隋书》之后，传统文论中还出现了清代王鸣盛《蛾术编》、阮元《南北书派论》《北碑南帖论》等以空间对立论证不同文化风格的著作。中国学者真正依照现代文学批评的原则，从空间视角进行文学研究的学术作品始于刘师培的《南北文学不同论》。《南北文学不同论》被视为"中国现代文艺批评的发轫之作"，① 这是中国学者第一次将空间维度置于时间维度之上而进行的中国文学史论述："大抵北方之地，土厚水深，民生其间，多尚实际；南方之地，水势浩洋，民生其际，多尚虚无。民尚实际，故所著之文，不外记事析理二端。民尚虚无，故所作之文，或为抒情言志之体。"② 除此之外，梁启超的《中国地理大势论》也从地理角度分别论述了中国文学的历史演变，将其总结为"数千年南北相竞之大势"。③ 刘师培、梁启超的观点与传统文论中的南北风格划分有着根本性的区别：以《隋书·文学传序》为代表的传统文论虽然论述了共时性下的空间对立，但这种对立是在宏观的历时性文学史叙述中的暂时状态，是"源"与"流"的区别。即使有某一时段内的空间对立，也将在文学史的发展中"合流"为一，演变出新的文学风格。而以刘师培、梁启超为代表的现代文论里，地理空间的对立是超越时间维度之上的，并不会随着文学史的发展而消失，如同两条并行不悖的"源流"。这种分类与归因方式与其说是受到传统文论中南北划分的影响，不如说其本质更符合 19 世纪以来欧洲的斯达尔夫人、丹纳等学者的"环境决定论"。中国传统文论向现代文论的转变，出现了从"历时的脉络含纳了共时的结构"，向"以一种共时的结构收摄历时的脉络"④ 的视角转移，其本质是时空二元对立下优先级别的转变。在经历了大半个世纪的沉寂之后，随着后现代空间理论的引介，以空间视角进行文学批评的范式在 20 世纪八九十年代再次兴起。

国内明确提出文学地理学批评并形成文学地理学批评理论是进入 21 世

---

① 吴键：《"文质"与"南北"：刘师培〈南北文学不同论〉探析》，《文艺理论研究》2015年第 6 期，第 102 页。

② 刘师培：《刘师培辛亥前文选》，李妙根编，中西书局，2012，第 346 页。

③ 梁启超：《新史学》，夏晓虹、陆胤校，商务印书馆，2004，第 256 页。

④ 吴键：《"文质"与"南北"：刘师培〈南北文学不同论〉探析》，《文艺理论研究》2015年第 6 期，第 104 页。

纪之后。杨义于 2001 年提出"重绘中国文学地图"理论，并在此之后将其归于文学地理学理论的建构尝试。他的《中国现代文学图志》（2009）以及《文学地理学会通》（2013）便是典型的由文学批评实践向文学地理学理论建构的过程。《中国现代文学图志》是一个运用图志学范式还原文学历史语境的尝试，扩展了以线性历史记录为主流的文学史研究方法。到了《文学地理学会通》一书，杨义跳出了历时性维度的窠臼，开始尝试用空间结构重写中国文学史脉络，即"将人文地理学跟文学和文学研究结缘……以阐明文学生成的原因、文化特质、发展轨迹，及其传播交融的过程和人文地理空间的关系"。① 2011 年中国文学地理学会建立之后，梅新林、曾大兴、邹建军等学者开始系统性地推动文学地理学的发展，迄今已经出版发表了十余部文学地理学专著和数百篇论文。这些成果主要分为两个发展方向：一是文学地理学理论建构，主要包括梅新林的《中国文学地理形态与演变》（2006）、曾大兴的《文学地理学研究》（2012）和《文学地理学概论》（2017）、邹建军的《江山之助》（2014）等；二是在文学地理学理论指导下的文本分析、中外文学史重写等尝试，主要包括邹建军的《文学地理学视野下的易卜生诗歌研究》（2013）、庄文泉的《文学地理学批评视野下的劳伦斯长篇小说研究》（2017）等，以及 2011 年后历届中国文学地理学会的年会论文集共六辑。纵观 21 世纪近二十年间中国文学地理学的相关研究可以发现，中国文学研究的学者对文学地理学的理论建构已经卓有成果，走出的是一条"文本－理论－学科"的上升道路，其目标是拥有独立的研究对象"文学和地理环境的关系"，建立文学学科下"与文学史学科双峰并峙"的独立二级学科"文学地理"。在中国文学地理学的规划中，文学地理与文学史的关系是平行的，文学地理学从空间维度研究"文学和地理环境的关系，考察文学的横向分布与演变"，文学史则从时间维度研究"文学与时代的关系，考察文学的纵向发展与演变"。② 与地理批评浓厚的哲学色彩相比，中国文学地理学中的"地理"不仅作为一种研究视角和对象存在，

---

① 杨义：《文学地理学会通》，中国社会科学出版社，2013，第 5 页。
② 曾大兴：《建设与文学史学科双峰并峙的文学地理学科——文学地理学的昨天、今天和明天》，《江西社会科学》2012 年第 1 期，第 5－8 页。

还试图抛开时间维度，以空间维度为主轴构建新的文学叙述框架，是对时空维度及其主次地位的重新定义，这是文学地理学理论的重要创新。但是，文学地理学的独立之路还任重而道远，因为虽然文学地理学力图建立一个平行于"文学史研究"的二级学科，但以空间维度建构的文学叙述本质上还是文学史的另一种再现形式。文学地理学要真正独立，未来还必须容纳更多种类的理论思潮，构建更宽阔的批评视野，建立起本质上有别于史学研究的理论核心。

（二）地理批评和文学地理学的理论层次比较

欧美的地理批评首先是作为哲学理论存在的，是法国后现代主义空间哲学理论的新成果，文学研究领域的地理批评方法则是这种新的空间理论在文学批评中的具体运用，并在这一过程中衍生出种种文学批评话语。地理批评理论除了很强的后结构主义特征之外，还结合了过去半个世纪以来，各学科的理论研究者针对后现代状况的理论成果。地理批评的理论高度可以概括为"三种重新定义"：一是在本体论上，空间的本质被重新定义；二是在认识论上，人的精神空间、文本"虚拟"空间与外部"现实"空间的关系被重新定义；三是在权力关系上，文学与科学话语的主次地位被重新定义。

第一，后现代的社会状况直接动摇了现代主义岌岌可危的确定性，空间的本质逐渐异质化、流动化、开放化。20世纪上半叶见证了以爱因斯坦的相对论为代表的科学理论革命对哲学理论中绝对存在等基础概念的撼动，同时也见证了两次世界大战，尤其是二战所造成的西方文明作为统一整体的意识形态危机。作为"一个统一有机体"的西方文明以及启蒙运动以来"线性进步的"历史观被战争粉碎，分解为作为"众多主体意识集合体"的西方文明和碎片化叙事的历史观。随着原来所认为的单一的"客观现实"被相对化，原本被认为是"客观存在"的空间概念也相对化了，变得不稳定，"任何地点都成了碎片中的碎片"。① 因此，从20世纪60年代起，哲学界出现了以列斐伏尔的"空间生产"理论、福柯的"他者空间""异托邦"

---

① 波特兰·韦斯特法尔：《地理批评宣言：走向文本的地理批评》，陈静弦等译，《南京工程学院学报》（社会科学版）2018年第2期，第21页。

理论、德勒兹和瓜塔里的地理哲学、"解域化"理论等为代表的后现代主义空间理论，哲学界对空间维度的关注第一次超过了对以前处于绝对主导地位的时间维度的关注。德勒兹和瓜塔里的地理哲学以"块茎"为喻阐释了变化的生成过程，强调其没有中心、根源与方向，是一个自由流动的系统："'块茎'（rhizome）结构不同于树状和根状结构……'块茎'结构既是地下的，同时又是一个完全显露于地表的多元网络，由根茎和枝条所构成；它没有中轴，没有统一的源点（points of origin），没有固定的生长取向，而只有一个多产的、无序的、多样化的生长系统。"① 20 世纪 80 年代之后，传统的空间与地理边界在全球化与信息技术的发展过程中被消除、重绘或模糊化，空间的本质也随之复数化，成为异质性的共存整体。空间不再是静止的、固定的、独立的容器和背景，其性质和种类愈发复杂起来。空间理论发展出鲍德里亚的拟像理论、帕维尔的可能世界理论、詹明信的认知地图等理论，与人紧密联系起来，包括人的主观意识与实践、人对空间的再现手法等。在维斯法尔看来，这种变化是值得肯定的，因为"（20 世纪）60 年代以后，这种不断增长的复杂性让每一种视角都更加精确，也大大增加了不同视角的多样性，甚至产生分歧。由此而生的视角大爆炸并不一定意味着危机，而是观点表达更加清晰的一种信号，相反，简单粗暴的单极视角才更加危险"。②

　　第二，地理批评重新定义了人的精神空间、文学"虚拟"空间与外部世界（"现实"空间）的关系：精神空间与外部世界的关系并非单向的决定与反映，而是互相形塑、时刻互动的；文本与世界的关系也不再有简单的虚构与现实、再现与原型的等级优劣之别，而是平等和互相交融的存在。

　　人的精神空间与外部世界的关系，或意识与物质的关系是哲学讨论中历久弥新的主题。20 世纪两者的关系终于摆脱了单向决定论的窠臼，其中现象学和后结构主义理论的贡献是最突出的。在现象学领域，埃德蒙德·胡塞尔（Edmund Husserl）和阿尔弗雷德·舒茨（Alfred Schutz）首先区分了"生活世界"（lebenswelt）和"周围世界"（umwelt）：生活世界是人的

① 陈永国：《德勒兹思想要略》，《外国文学》2004 年第 4 期，第 28 页。
② 波特兰·韦斯特法尔：《地理批评宣言：走向文本的地理批评》，陈静弦等译，《南京工程学院学报》（社会科学版）2018 年第 2 期，第 21 页。

直接经验世界，是人类意向性行为的产物；周围世界则是人类行为活动的外在环境。生活世界与周围世界的互动便是"在个人与集体价值观的驱动下，主体的思想与行为对空间进行形塑，将其转化为地方"。① 神经现象学（neurophenomenology）的开创者弗朗西斯科·瓦莱拉（Francisco J. Varela）结合胡塞尔关于人的意识的意向性与神经科学、生物学和认知理论，提出意识与外部世界的关系是不断地"互相具象化"（mutual specification）：人的意识在对地方的探索过程中不断被定义，同时地方的意义也在人的意识改变中不断被形塑。其后，汉斯·尧斯（Hans Robert Jauss）在接受理论中继承并发展了舒茨的现象学理论，提出时空应嵌入日常生活中，人所经历的日常世界是与他人所经历的日常世界主观交互的，即"共同世界"（Mitwelt）。"此处－彼处"的情形使生活世界形成周围世界，而"面对面"的情况则将生活世界变成人际互动的世界。如果说周围世界是简单的存在场域，共同世界则通过行为与互动将个体存在赋予意义。后结构主义理论认为，个人的主观意识是"知识的一层"，与空间一样都是权力话语的造物，因此某一个特定的个人关于地方的主观经验也不足以作为认识环境甚至外部世界的有效信息来源。因此，后结构主义并不太关注主观经验中的空间，而是更关注形而上的空间概念与社会权力话语的关系。例如罗兰·巴特和布尔迪厄关注空间的再现结构，福柯关注权力的空间分布，列斐伏尔和索亚延续了马克思主义的理论脉络，关注空间的生产。后结构主义理论中的空间不是一个毫无特点的中性的容器，而是被社会权力生产出的场所，它被社会权力所塑造，同时又反过来塑造着社会权力未来的发展方向。

自柏拉图以来，艺术摹仿论就始终是文学艺术批评的基石，文学的可信度由文学反映"真实世界"的程度决定。在进行与空间相关的文学批评时，如何解答文学"虚拟"空间与外部"真实"世界的关系以及自我主体（观察者）与他者客体（被观察者）的二元对立关系是无法回避的基础问题。首先，直到20世纪70年代，秉持"文本之外别无他物"的法国结构主义思想在文学批评领域的主导地位使得主流观点仍然习惯性地认为，文

---

① M. de Fanis, *Geographie letterarie: Il senso del luogo nell'alto Adriatico*, Rome: Melteni, 2001, p. 15.

本与现实世界之间不应有任何实质性的联系。在这一语境下，文学中的空间描写作为艺术再现的产物，很难动摇客观真实的优势地位，更不用论重新界定文学空间与真实空间的关系了。其次，在 20 世纪后半叶之前，欧洲中心主义语境下的文学批评视角使主体一般都是西方式的，而他者都是非西方式的。非西方的他者常被默认为是奇怪与异化的，并试图建立一个二元对立的认识框架来掌握这种异化感。在这种二元对立的等级制度里，他者不一定是少数一方，但一定是在地位与重要性上被边缘化的一方。当文学批评的对象涉及空间时，它就被无意识地分作两个部分，即作为观察对象的外部空间与作为观察者的文本空间，并强加了一种优劣的等级评判。

突破这一传统理论困境的力量始于 20 世纪 50 年代后哲学领域对感官性经验的重新重视和对语言文字的重新认识。以海德格尔的语言思想为例，海德格尔不再将语言作为"再现"（representation）的中介或意义话语的传递者，因此语言艺术不是再现，而是"实现"（make present）："作品的存在是创造与实现"。① 海德格尔认为，语言是称名（naming），"第一次用语言对事物称名，便第一次使其进入文字，显现外观"，"使人的感官接近世界的物质性"。② 语言不再是一种对物质世界客体的摹仿或反射，而是对客体的感官感受的激发。如果仅仅将语言作为物质世界的再现或代表，那么当语言再现或代表某种事物的同时，也会失去同样多的其他意义。海德格尔认为，艺术与自然的关系不再是再现或摹仿，而是自然战为艺术的"物质特点"（thingly character）或"物质性的亚结构"（thingly substructure）。自然给予艺术（包括语言本身）存在的基础，艺术植根于世界的物质实在性中。海德格尔的自然概念与生态和谐并无关系，而是指代一个先于文化存在的、对物质世界的直观感知，这种感官效果与人的认知概念和受权力话语制约的文化深刻地联系在一起，正如语言是基于"人对世界的身体经验所塑造的隐喻"与"人与物理环境的互动"所建构的。③ 物质世界也不再

① M. Heidegger, *Poetry*, *Language*, *Thought*, Albert Hofstadter trans. , New York: Harper Collins, 2001, pp. 42, 44.
② Ibid. , p. 196.
③ G. Lakoff and M. Johnson, *Metaphors We Live By*, Chicago: University of Chicago Press, 2003, pp. 246 – 247.

是一个外在于人物的独立因素或是一种能从外界进行观察的状态，文本中的人物将从属于物质世界并与其融为一体。①

此后，莫里斯·梅洛－庞蒂（Maurice Merleau-Ponty）在知觉现象学中提出，艺术"摹拟知觉的客体"，艺术的作用就是"将我们猛地推入在场的生活经验世界中去"。② 德勒兹与瓜塔里也认为，"当物质完全进入人的感官时，艺术不是客体的类似，而是纯粹的感受"。③ 符号总是具有意义，同时也具有"感觉效果"。④ 语言停止"再现"或"代表"其他的事物，成为纯粹的感觉效果时，才会在读者中激发最强烈的精神状态，这也是最有效的阅读方式。乔治·斯坦纳（George Steiner）也认为艺术作品的语言可以将物质转化为身体的感觉。⑤ 结构主义式的割裂"虚构"文本与"现实"世界的观点早已过时，因为在后现代主义的语境中，"客观真实"的外部空间已经不复存在，文学文本与"客观世界"的单向摹仿关系也不复存在，外部空间和文学虚构空间之间的界限已经模糊，甚至很难说哪个世界更为"真实"。基于以上理论，维斯法尔提出需要摒弃机械的单向反映论，文学空间和真实世界之间是互相指涉的："地理批评事实上不仅能用来研究'空间－文学'的单向关系，还要用来研究一种真正的辩证法（空间－文学－空间），它意味着文本是空间自我转化的载体，空间被文本同化后才能完成自我转化。移植到文学中的空间会影响对所谓'真实'指称空间的再现，激活这个基础空间中一直存在却一直被忽略的虚拟性，为阅读带来全新的导向。"⑥ 文学的地理批评的目标是填补"真实"与"虚构"的世界之间的空白地带，探索文本与现实之间的互动——文本中的空间不仅映射了现实空间，也同时在塑造读者对现实空间的理解、改变现实空间的历史和人们的地方记忆，

---

① M. Heidegger, *Poetry，Language，Thought*，Albert Hofstadter trans. , New York：Harper Collins，2001，p. 43.

② M. Merleau-Ponty, *The World of Perception*，Oliver Davis trans. , London：Routledge，2008，p. 70.

③ G. Deleuze and F. Guattari, *What is Philosophy*? London：Verso，2003，p. 166.

④ G. Deleuze, *Essays Critical and Clinical*，Minneapolis：University of Minnesota Press，1997，p. 138.

⑤ G. Steiner, *Real Presences：Is There Anything in What We Say*? Chicago：University of Chicago Press，1991，p. 16.

⑥ 波特兰·韦斯特法尔：《地理批评宣言：走向文本的地理批评》，陈静弦等译，《南京工程学院学报》（社会科学版）2018 年第 2 期，第 25 页。

最后形成一个良性的反应螺旋。

第三，文学话语在后现代主义状况下逐步实现了非边缘化，在一定程度上消除了与科学话语的二元对立。科学话语在 19 世纪至 20 世纪上半叶一直具有绝对的主导优势，但在 20 世纪下半叶，科学哲学开始向后现代主义的科学观转变，解构了逻辑实证主义以及科学本身的主导地位。后现代主义的科学观认为，作为意识形态所建构的话语之一，科学也受到权力关系的制约，甚至在科学实践中也不再具有至高无上的地位，无法消除事物和知识的不确定性。"首先，科学没有固定不变的基础，所以没有绝对确定的知识，知识都有待于修正；其次，科学不是无活动能力的世界的客观表象，而是作为认知主体和被认知的世界相互作用的结果的建构性活动。"①

以地理学界为例，20 世纪 50 年代人文地理学界的"量化革命"强调用统计分析等精确的数据工具分析地理空间，20 世纪 60 年代起则对这种风潮进行反拨，其中的"地方"概念超越了地图上的一个标记或科学上几何分割的空间定位，更关注其人文的、主观的维度，即"地方感"（sense-of-place），甚至"地方"这一概念本身也在之后的全球化和去本地化大潮下受到冲击。在《后现代性的空间：人文地理学读物》（*The Spaces of Postmodernity*：*Readings in Human Geography*，2002）中，洛杉矶学派地理学者迈克尔·迪尔（Michael J. Dear）与斯蒂芬·弗拉斯第（Steven Flusty）编纂了自 1965 年以来人文地理学领域关于后现代地理空间的经典论述，认为自 20 世纪 60 年代以来，后现代主义提供了一种关于极端不稳定存在的本体论，在后现代主义的状况下，任何"客观的"再现方法都注定要失败。"后现代主义削弱了现代主义认为理论可以如镜子一样准确反映现实的信仰，代之以局部的、相对的观点，认为理论的本质是一种因境制宜的调停。元理论与基础思想被微观分析与不确定性所取代，后现代主义比之前的所有理论更重视语境化、更包容相对性、更关注不同点。"②

在这一转变下，文学的价值也被重估，出现了科学话语对文学话语的

---

① 曹天予：《科学和哲学中的后现代性》，《哲学研究》2000 年第 9 期，第 12 页。

② M. Dear and S. Flusty, *The Spaces of Postmodernity*：*Readings in Human Geography*, Oxford：Blackwell Publishers, 2002, p. 6.

肯定与吸收。传统上，地理科学、城市规划学等学科的学者一直认为文学语言和叙述、类比、比喻等艺术再现手法是非实证、不客观和不理性的，并不将其纳入研究范畴，但到了尼古拉斯·恩特里金（Nicholas Entrikin）、索亚、哈维、德里克·格里高利（Derek Gregory）等学者的时代，人文地理研究都开始关注文学话语在塑造人类空间概念过程中的作用，强调关于空间与地方的任何再现方式都具有内在的不稳定性。正是文学话语的虚构陈述与想象维度使其超越了科学的真假判断，成了空间的另一种记录方法，具有其独特的价值，即"间接指涉性"（indirect referentiality）：文学的修辞语言和虚构性想象更能描述地理空间在形成过程中的微妙特点，这是正统社会科学或自然科学的解释性叙述话语很难观测与表达的。可以说，文学填补了自然科学在空间从萌生到概念化之间的理论空白阶段，用修辞与想象将这种朦胧的感受性特征传递给观察者。地理批评对于文学文本的阐释正是填补了哲学对形而上的空间概念的研究与科学对已成型的地理空间的实证研究之间的空白阶段，是对科学话语的重要补充。

从本质上说，中国的文学地理学始终是作为长期主导中国文学史研究的时间维度视角的补充和反拨存在的，它始于文本分析的新视角，提炼为文学理论并试图独立为一个新的文学学科，但始终未曾触及形而上学的层面。这与文学地理学理论的建构者对其的定位有关。作为文学地理学理论的奠基者之一，杨义教授将文学地理学定位为文学史研究的另一维度。这是国内学界比较普遍的一种观念。在《文学地理学会通》中，杨义提出文学地理学首先是一种文学和地理学的交叉研究，并设立了文学地理学"一气四效应"的研究领域和基本原则："文学地理学是一个极具活力的学科分支……敞开了区域文化类型、文化层面剖析、族群分布，以及文化空间的转移和流动四个巨大的空间，于其间生发出'七巧板效应'、'剥洋葱头效应'和'树的效应'、'路的效应'。"① 杨义还提出了文学地理学的三条方法论：整体性、互动性和交融性，强调全面思维、学科交叉和整合创新。在 2010 年的一次文学地理学讲座中，杨义说明"在 2001 年提出的'重绘

---

① 杨义：《文学地理学会通》，中国社会科学出版社，2013，第 37 页。

中国文学地图'理论就是文学地理学",①将文学地理学的目标定位为对中国文学史的重写。他在《文学地理学会通》中再次强调，在文学史的写作中引入"地图"概念，是为了"以空间维度配合着历史叙述的时间维度和精神体验的维度，构成了一种多维度的文学史结构"。②地理批评理论在2010－2015年也逐渐形成了"绘制文学地图"（literary cartography/mapping）这一理念，但二者的内涵是截然不同的，大体上是宏观与微观、形而下与形而上之区别。地理批评理论中的"绘制文学地图"是基于詹明信的"认知地图"理论，将作者个体写作的过程看作现实世界中的地理空间在文本空间中被编码为虚拟的地理空间，组成某个文本中的"地图"，再通过文学批评解码、复原的过程。这一过程涉及现象学和后结构主义对空间的本质、人的精神空间与外部世界的关系的重新定义，文学批评的重点并非彻底地将文本中的虚拟空间复原为现实空间，而是探索现实空间如何在作者创造性的写作中被赋予文学意义，文本中的空间与时间的关系以及文本中的空间观念是如何变化的。而文学地理学中的"地图"是由无数个作者和批评文本组成的新维度的文学史，并不涉及个体作者的创作过程，也不涉及个体文本中的空间表现，是宏观、形而下、具体的"地图"。这一概念不涉及新的哲学本体论与认识论，其重点在于补充现有中国文学史中文本不完整、模式单一化、概念过于西化的缺陷，用"空间"这一新维度将以往不受重视的文本重新纳入批评视野，开辟新的批评范式，甚至超越西方的"literature"概念内涵，重新定义中国文学中的"文学"概念的含义范畴。

在迄今最新的理论专著《文学地理学概论》（2017）中，文学地理学的中国话语体系和独立学科指向的特性愈发明显。曾大兴教授按照独立学科的标准为其设置了研究对象、学科定位、概念体系和学科意义，并认为当前的文学地理学已经具备了这些条件，使其成为"研究文学和地理环境之间相互作用所形成的文学事象的分布、变迁及其地域差异的科学。……是文学这个一级学科下面的二级学科"。③《文学地理学概论》还梳理了十年来

---

① 颜红菲：《当代中国的文学地理学批评》，《世界文学评论》2011年第1期，第58页。
② 杨义：《文学地理学会通》，中国社会科学出版社，2013，第57页。
③ 曾大兴：《文学地理学概论》，商务印书馆，2017，第1－9页。

文学地理学出现的四种发展方向：一是以陶礼天等学者为代表，将其视为"文化地理学的一个分支"；二是以杨义等学者为代表，将其视为"一种学术方法"；三是以梅新林等学者为代表，将其视为"文学史研究的补充"；四是以曾大兴等学者为代表，将其视为一个与文学史平行的独立学科。① 此外，作者还将文学地理学与后现代主义的空间批评做了对比，认为二者在研究对象上有本质的区别："前者是指具体的空间，后者是指抽象的空间。更重要的是，后现代主义的空间批评只限于分析文本的空间形式，文学地理学除了分析文本的空间形式，还要兼顾文本所产生和传播的地理环境。"② 由此可见，中国的文学地理学从附属走向独立、从借用走向独创的趋势十分明显，但在理论定义、研究对象、研究方法、学理原则等方面也尚未成熟，仍在不断的讨论与磨合之中。

总而言之，地理批评的理论回路是循环反哺式的：新的空间哲学理论运用于文学研究领域，同时作为一种新的文学批评方法，不断冲击与修正形而上的哲学本源。文学地理学的理论回路是线性发散式的：新的空间研究视角带动了新的学术方法、新的学术目标甚至新的学科的建立。

（三）地理批评和文学地理学的批评范式比较

地理批评是一种针对某一空间，采用大量相关文本的微观分析。地理批评相对于生态批评等其他后现代主义空间批评方法，最大的不同便是它不是针对某个特定的文本或作者，而是针对某个特定的空间开展的。地理批评理论认为，所有的"地方"都不是固定的，处于"解域化"和"再辖域化"的永恒运动之中。这一流动的、永恒运动的空间场域是不同文本、不同观点的交汇处，因作者的不同文化、不同视角而有不同的聚焦点，因而是异质性的。只有尽量多地聚拢这些异质的观点，才能够更加接近对地方空间的还原。因此，地理批评的批评范式是综合与特定空间相关的多个文本，分析各种异质文本背后的不同视角与焦点在开放空间中形成的意义多面体。这些文本甚至不局限于文学文本，而是涵盖了旅游手册、广告文

---

① 曾大兴：《文学地理学概论》，商务印书馆，2017，第 6－7 页。
② 曾大兴：《文学地理学概论》，商务印书馆，2017，第 15 页。

本、法律文本等各种异质文本，而这些异质文本都具有同等的重要性，并无高下主从之分。地理批评中的"地理"概念主要包括空间（space）、地方（place）和场域（le lieu）三类。承袭文化地理学的传统，地理批评认为人类的空间实践及其过程中产生的主观经验赋予空间以意义，"空间"就转化为"地方"。"地方"包含了各种景观，也包含了人的空间性实践，是社会权力话语斗争与和解的场所。维斯法尔在其专著《拟真的世界》（*Le Monde plausible*，2011）里提出，"空间"是开放性的，"场域"是封闭性的，但一个敞开的空间可以转化为一个封闭的场域。在文本分析中，"空间"可以分为宏观和微观两种：宏观的空间指的是对全球化浪潮下的世界空间的整体性反思，整个世界文学都可以看作从不同的视角解读它的文本；微观的空间则指的是围绕某个特定空间场域（场所、地点等）产生的一系列文本，或者是作者在描写某个特定场所时的想象空间。

在针对具体文本进行分析时，维斯法尔承袭解构主义消解二元对立与等级制度的原则，提出了"多点焦距化"和"多重感觉性"两大批评方法。"多点焦距化"包括内生视角、外生视角和同生异构视角，解决的是传统空间批评的二元对立与他者化问题。"多重感觉性"结合视觉、听觉、嗅觉、触觉将人物对地理空间的主观体验多样化，从而立体地再现文本中地理空间的意义。所有与研究对象相关的文本都可以通过这种多重视角的批评方法进行解读，涉及的空间景观既可以是文本内的空间景观、人物思维中的空间景观，也可以是现实的空间景观，从而形成对研究对象的"地层式"阅读，最终产生一个超越孤立的作者或作品、尽可能完整的全景意象。这种批评方法在21世纪以来的全球化社会中显得尤为宝贵，汉斯·贡布雷希特认为，全球化和信息化使人的存在逐渐远离地理空间，而非相反："我们与物质世界逐渐形成一种'数字化'的关系，通过信息化传递与思想活动，特定的地方与人的身体所在之处变得毫无联系。"[1] 现今的文化是一种追求抽象意义而非感官体验的文化，人总是在情不自禁地寻找和阐释意义，因此文化解读模式也在不断剥离人对事物或地方的物理表现的感受，而强调

---

[1] H. Gumbrecht, "A Negative Anthropology of Globalization", in F. Gonzalez et al. (eds.), *The Multiple Faces of Globalization*, Madrid：BBVA, 2009, p.239.

从外部的视角来进行理性的分析。① 在全球化的语境中，具体的空间与地方在世界主义或后殖民主义文学批评中变得更像一个消极的抽象符号，一个跨地点接触的平台：人的世界性与流动性让人虽然经过或逗留于更多的地方，但地方的特殊性与具体性，以及人与地方的联结却大大弱化了。达姆罗什（David Damrosch）在《什么是世界文学?》中也提到，世界文学的阅读方法是一种"去本地化"（delocalize）的"疏离的联结"，对地方的观点更偏向流动性而非在"地区现实主义"中扎根。因此地理批评这种重视感官体验、扎根于某一特定地理空间或"地方"的批评方法，就是将文本、人的感官经验与地理空间重新紧密联系了起来，是对全球化时代日常生活语言中过度重视话语意义的反拨。

中国的文学地理学则主要是一种针对大量文本的宏观分析。文学地理学中的"地理"概念主要包括地域（region）、区域（area）和空间（space）。依照《现代地理科学词典》，文学地理学理论将地域和区域定义如下："地域是自然形成的，区域则是对地域的一种人为的划分；地域的边界是模糊的，区域的边界是清晰的。……地方这个概念的内涵，包含了地域和区域两个概念的内涵，它们都是具体的，而空间则是抽象的。当抽象的空间和具体的事物相联系，它就成为地方，也就是地域或者区域。"② 地域内部相对一致的文化造就了文化的"地域性"，具体到文学作品的分析上便是"文学的地域性"。与地理批评中"地理"概念及"地方性"相比，文学地理学中的"地理"概念的内涵显然更加宏观化、具体化。虽然二者都涉及"地方"和"空间"等概念，但其所指具有本质上的不同，文学地理学中的地方和空间仅仅是简单的具体与抽象的区别，并未追溯哲学上的特殊含义，但地理批评中地方与空间差别的深层根源是现象学对意向性行为的强调，因此两种理论中的"地方"和"空间"概念不可混为一谈。

在具体的批评方法上，杨义的《文学地理学会通》（2012）提出"要会

---

① H. Gumbrecht, *Production of Presence: What Meaning Cannot Convey*. Stanford University Press, 2004, pp. 79 – 89.

② 曾大兴：《文学地理学概论》，商务印书馆，2017，第 139 – 142 页。

通文学与地理学、人类文化学及民族、民俗、制度、历史、考古诸多学科"。① 邹建军的《江山之助》（2014）认为文学地理学具体的批评方法包括实地考察、田野调查、科学测量、画图标示与分析、数据统计与列表分析、综合评估与价值判断案例分析六种，同时强调文学地理学"首先是一种文学研究，并不能离开具体的作家与作品"，② 但可以借鉴地理科学中图表分析等实证方法。梅新林的《文学地理学：基于"空间"之维的理论建构》（2015）将文学地理学的批评范式扩展为"版图复原""场景还原""精神探原"三个层次。"版图复原"是针对宏观层面上"空间中的文学"，将文学传播、文人籍贯和文学活动再现在空间版图之上，具体步骤是通过实证方法进行空间定位、数据统计、编制图表，从而划定"空间范域"、确定"板块结构"、进行"中心定位"、保证"边缘活力"、关注"区系轮动"；"场景还原"是研究文学的内外空间是如何转换的，要通过具体的文本场景分析，考察空间意象的形态变化；"精神探原"则是针对微观层面上"文学中的空间"，建立新的"空间矩阵"，从"诗性空间"、"文化空间"、"原型空间"和"终极空间"③ 层层递进，借助西方空间批评、美学批评话语，不断追寻空间在文学文本中的终极形态和意义。

2017 年的《文学地理学概论》在批评范式方面同样强调文学地理学不是纯粹的内部研究，而是一种跨学科的交叉研究："一是田野调查与文献考证相结合，二是地理分析与文学分析相结合，三是文字表述与图表呈现相结合。"④ 文学地理学的批评原则是"以文本分析为重点"、"以人为主体"、"时空并重"、"有限还原"和"环境干预"，其批评步骤是首先"从文本出发"，接着"考察文本产生的地理环境"以及"考察作家的个人因素"，最后"考察文本的传播效果"。⑤ 涉及具体的批评方法时，"凡是现有的文学研究能使用的方法，例如古典文献学的方法、文学史的方法、比较文学的方

① 杨义：《文学地理学会通》，中国社会科学出版社，2013，第 39 页。
② 邹建军：《江山之助》，中央编译出版社，2014，第 14－34 页。
③ 梅新林：《文学地理学：基于"空间"之维的理论建构》，《浙江社会科学》2015 年第 3 期，第 122－136 页。
④ 曾大兴：《文学地理学概论》，商务印书馆，2017，第 15 页。
⑤ 曾大兴：《文学地理学概论》，商务印书馆，2017，第 330－360 页。

法、美学的方法、文艺心理学的方法、文艺社会学的方法等，文学地理学都可以使用"，① 除此之外，系地法、现地研究法、空间分析法、区域分异法、区域比较法和地理意象研究法是文学地理学的特有方法。

由此可见，虽然国内学者在具体的方法论上仍有分歧，但其共同点是为文学地理学设立了一种以宏观为主、微观为辅的批评范式。在宏观层面，多借助地理科学的实证方法，还原与文学相关的各类考察对象的空间地图；在微观层面上，借助各种文艺与社会科学理论，探查文本中空间意象与现实空间的转换过程，进而探索空间意象的终极意义。在文学地理学十余年的发展过程中，虽然众多学者不断努力以新的空间维度还原、重写文学史，或重新建构一张更完整、多层次、时空结合的文学版图，但文学地理学本质上始终承袭自 20 世纪初刘师培《南北文学不同论》以来的宏观历史叙事模式，未能发展出一套针对单个文本中空间形式的独立批评话语，不得不借助中西方已有的哲学与文学理论进行具体的文本分析，使得"重宏观而轻微观"成为文学地理学当前的薄弱之处。

20 世纪前，东西方文学批评中的地理/空间视角关注的都是作家、作品的宏观分布及地理环境对作品风格、意象的单向影响。进入 20 世纪后，西方学者在现代主义的影响下开始转而关注文本中的空间与时间、空间与人的主体性以及精神空间与现实空间的关系等课题，其后在后现代主义哲学理论的"空间转向"中变得更为包罗万象，但总体是一种侧重抽象化的空间概念的研究道路。20 世纪 90 年代以来的生态批评、地形诗学、地理批评等新空间理论可以说是对过于抽象化的空间批评的反拨，强调更为具体的地理空间在文本内外的表现与再现。中国学者在战争等因素的影响下，错过了国际学术界在现代主义、后现代主义哲学思潮下的两次空间课题的转向，始终保持着传统研究范式中对宏观、具体地理空间的重点关注，这虽与当今最新的空间批评思潮有一定重合之处，但其深层的哲学根源、具体的批评方法却是完全不同的。国内学者也注意到了这种微妙的异同："文学的地理批评与文学的空间批评，在所选取的研究对象和研究方法上存在重

---

① 曾大兴：《文学地理学概论》，商务印书馆，2017，第 14 页。

合，或者说具有诸多方面的相似性……二者在表面的相似性背后存在着巨大的差异。两者根本不是一回事，是两个不同的概念、两个不同的领域，两种不同的方式。"①

从 21 世纪初起，杨义、梅新林、邹建军、曾大兴等中国文学学者先后尝试建立中国文学地理学的理论架构，然而过于强势的传统文学地理研究范式使当前国内学者对文学地理学的研究依然以宏观叙述和实证统计为主。在已发表的研究成果中，现实中的地理空间对作家和作品的影响仍然远大于文本空间对现实空间的反向塑造作用，这种研究进路和思维模式客观上导致中国文学地理学的理论建构方向与国际上空间批评主流方向的背道而驰。因此，虽然中国文学地理学研究已经在近二十年间取得了丰硕的成果，但因为缺乏与西方文论界发展前沿接轨的后现代主义、后人文主义视角，且批评文本绝大多数局限在汉语文学，故而在文学批评出现普遍性空间转向的语境中依然难以在国际学术讨论中发出自己的声音。

三　地理批评理论的国内外发展趋势

维斯法尔在建立地理批评理论时，认为正如所有的空间都不是固定的，处于解域化和再辖域化的永恒运动之中，文学与世界的互相指涉也始终处于摆动（oscillation）中，这种不间断的运动状态是永远无法被固定的。空间或地方永远不可能终止于一个静止不变的永恒意象上，因而对文本中某一地方的地理批评永远不可能彻底完成。"从时间的角度而言，任何对空间的再现都只是一个插曲。……地理批评的研究结果注定是暂时性的，因为地理批评带来的归域总会与解域过程新阶段的开始相衔接。"② 基于这一特性的强调，维斯法尔拒绝一劳永逸地对地理批评理论给予明确而固定的权威性定义，他认为作为一种蓬勃发展的新兴理论与实践，地理批评理论的内涵也经历着不断完善的过程。

---

① 邹建军：《江山之助》，中央编译出版社，2014，第 48 – 49 页。
② 波特兰·韦斯特法尔：《地理批评宣言：走向文本的地理批评》，陈静弦等译，《南京工程学院学报》（社会科学版）2018 年第 2 期，第 26 页。

　　地理批评理论在近年的发展中最值得关注的是美国学者泰利（又译塔利）教授的研究成果。他从 20 世纪末开始涉足空间批评与地理批评领域，并将维斯法尔的专著译成英文，推动了地理批评理论在英语学术界的接受。时至今日，泰利依旧活跃在文学研究领域，并基于文学研究的学科特性对维斯法尔的地理批评理论进行了修正与扩展，称其为"文学绘图（literary cartography/mapping）和地理批评"，试图建立一种"空间文学研究"（spatial literary studies）新范式。在泰利最新的著作和访谈中，他指出他的理论实践相比维斯法尔的地理批评理论已经有了极大的转变和扩展，认为维斯法尔以地理为中心、围绕某个地点建立尽可能全面的文本库的研究方法仍然有局限性，应当更加重视文学地图的绘制，在文学研究中仍需要"以作家的视角和风格为中心……在认知绘图模型中，有一个绘图的主体"。① 泰利认为文学的写作和批评实际上是一个文学地图的绘制和解读的过程。作家的写作是文学地图的绘制：作家基于对真实地方的认知，在文本中采用各种空间景观的意象建构文学空间，以形成一个作品独特的空间地图。这一空间地图本质上是作家对地方和空间的创造性认知、再现和叙述。读者和批评家的阅读则是对文学地图的解读，将文学地图的成品重现为作家结合真实地方、构建文学空间的认知、再现和创造过程。但是，泰利仍然肯定并推崇维斯法尔在对空间性的重视上所做的贡献，认为维斯法尔"进一步拓展了地理批评的跨学科性，已经超出了文学研究的范畴"。②

　　在 2019 年刚刚出版的《虑地情结：地方、叙事和空间想象》（*Topophrenia*：*Place*，*Narrative*，*and the Spatial Imagination*）中，泰利意图将"空间文学研究"上升到一种"空间人文科学"（spatial humanities）。泰利认为，地理批评乃至"空间的人文科学"最重要的价值在于可以与"空间的自然科学"互为补充。空间的人文科学解释的是人类经验中普遍且深层的"空间焦虑"，即对自我"空间定位"与"空间失位"的不安、急切与焦

---

① 袁源、罗伯特·塔利：《文学空间研究与教学：罗伯特·塔利访谈录（英文）》，《外国文学研究》2019 年第 3 期，第 3 页。

② 袁源、罗伯特·塔利：《文学空间研究与教学：罗伯特·塔利访谈录（英文）》，《外国文学研究》2019 年第 3 期，第 4 页。

虑。人类的空间实践不仅包括客观上对空间的改造，还包括主观上对空间的解读、叙述和再现。因此，地理学如果只有对客观空间改造的理论，而没有对主观空间叙事的阐释就是不完整且缺乏解释力的。人文地理学虽然对众多人文现象做了理论阐释，但对于解释文学中的空间建构现象仍然缺乏理论支撑。借用人文地理学者段义孚的"恋地情结"（topophilia）概念，泰利提出了"虑地情结"（topophrenia）这一概念，用文学绘图和地理批评理论解释文学文本中经常出现的空间意识所伴生的失序、不安、焦虑等情感，并认为这是对人文地理学理论的有效补充。

除此之外，泰利还主编了以文学绘图和地理批评为主题的多部论文集，涵盖了各国学者在地理批评领域的最新成果，包括《空间、地方与文学教学》（*Teaching Space, Place, and Literature*，2017）、《劳特里奇手册：文学与空间》（*The Routledge Handbook of Literature and Space*，2017）、《生态批评与地理批评：环境与空间批评研究的交叠》（*Ecocriticism and Geocriticism: Overlapping Territories in Environmental and Spatial Literary Studies*，2016）、《文学地图绘制：空间，再现与叙事》（*Literary Cartographies: Spatiality, Representation, and Narrative*，2014）和《地理批评探索：文学和文化研究中的空间、地方和制图》（*Geocritical Explorations: Space, Place and Mapping in Literary and Cultural Studies*，2011）等。从文集所选编的论文看来，各国学者的研究方向主要分为两类。一类是具体的文本分析，探讨地理批评方法的运用广度。通过地理批评的视角，美、英、法、德、日、加勒比海沿岸等各国的文学文本，包括小说、诗歌、戏剧等都向批评者展现了新的意义。另一类是抽象的理论探讨，挖掘地理批评的理论深度，涵盖了空间/地方与文学再现的关系、生态批评与地理批评的辨析、地理批评在文学教学中的应用等方面。在已有的文本批评实践的基础上，地理批评理论的适用性从文学研究扩展到文化研究，再上升为总体的人文学科，其研究对象也从文学空间与"真实世界"中地方的关系，扩展为对形而上学的"空间性"（spatiality）在各领域的表现的探讨。可以说，在进入英语学术界的短短七年中，通过与叙事学、生态批评、现象学、人文地理学等多个领域的交叉研究，地理批评的理论性和适用性都得到了快速的提高。

与此同时，中国的文学地理学研究也在快速发展。截至 2018 年底，中国文学地理学会的年会论文集已经出版了六辑，在理论著作方面也取得了众多成果，其中最新出版的是曾大兴的《文学地理学概论》（2017）。在引入后现代的地理批评理论方面，国内学界还比较薄弱，尚未出版关于地理批评理论的专著或论文集的中文译本，只有零散发表的引介性质的期刊论文，例如颜红菲的《开辟文学理论研究的新空间——西方文学地理学研究述评》（2014）和曾大兴的《文学地理学批评的对象和性质》（2016）等。截至 2018 年底，国内共有约 240 篇文学地理学相关的论文发表，其中文学地理学理论建构约 60 篇，文学地理学理论在文学研究中的运用约 120 篇，地理批评介绍和外国文学研究类仅占一成左右，对"西方文学地理学理论"进行译介和讨论的仅有不到 10 篇。这些论文的一个共同缺陷是在地理批评、空间批评、文学地理学这三个术语的定义上模糊不清，其中大部分将地理批评理论归于"西方文学地理学理论"或是两者混用，认为"文学地理学又称'地理批评'"，[①] 并将空间批评与二者割裂开来。2017 年，维斯法尔接受朱立元的访问时明确对文学地理学与地理批评理论进行了区分，以《关于"地理批评"——朱立元与波特兰·维斯法尔的对话》为名发表在国内期刊上；2018 年，维斯法尔的《地理批评宣言：走向文本的地理批评》的汉语译文也由颜红菲等学者翻译发表；2019 年，泰利的《文学空间研究与教学》访谈录也在《外国文学研究》上发表，标志着国内主流学界对地理批评理论的重视和引介进入了一个新的阶段。

作为国际学术界在后现代空间理论的最新成果，"地理批评综合并更新了人类空间的研究方法，从而成为感知所有空间中隐藏群岛的微焦工具。通过地理批评，我们能够做到在研究人类空间、文化身份的同时不束缚其流动、变化的本性"。[②] 与此同时，中国文学研究领域也建立了以地理空间为研究视角重构文学史的文学地理学理论。虽然二者有众多不同之处，但都强调自身理论的开放性和扩展性。东西方的批评视角相互映照，可以互

①　曾大兴：《文学地理学批评的对象和性质》，《临沂大学学报》2016 年第 2 期，第 63 页。
②　波特兰·韦斯特法尔：《地理批评宣言：走向文本的地理批评》，《南京工程学院学报》（社会科学版）2018 年第 2 期，第 23 页。

为启迪与补益。尤其是对地理批评理论的引介有助于扩展国内学界在地理/空间视角下的后结构主义理论视野。目前，地理批评理论尚未被系统引进国内学界，也缺乏使用地理批评方法进行文本研究的尝试，这一点还需要国内外的学者共同努力。泰利在与袁源博士的访谈中也提出，他希望未来能够在文学空间研究这一主题下包容文学地理学和地理批评理论的不同视角与范式，并希望能够尽快同中国的文学地理学者进行深入的对话，因为中国将是"未来世界形态的创造者之一"。① 中国文学为世界文学贡献了丰富的文本与文学理论，中国的文学地理学理论与实践也将成为中国学者在国际文学研究界做出独特贡献的重要机遇。

【Abstract】Geocriticism, the newly rising spatial theory proposed by French critic Bertrand Westphal in 2007 has become one of the most attractive cutting edge theoretical topics in literary criticism. However, geocriticism has not been introduced into Chinese language systematically, nor has it been applied to textual analysis. Meanwhile, a "spatial turn" also happened in China's literary studies, and the theoretical system of "literary geography" is developing rapidly. Geocriticism and literary geography, though sharing a similar name, are essentially different. This essay introduces geocriticism with special concentration on its history, theoretical sources, critical principles and methodologies, and also makes a comparative study of geocriticism and China's literary geography on their evolutionary history, theoretical feature and critical paradigm. As the latest postmodern spatial theory, geocriticism re-defines space by its nature, conception and representation, as well as reconsidering the intertextuality of "human space" and "literary space". To the author, geocriticism provides a brand-new perspective and methodology on various forms of textual analysis, and is thus quite beneficial for Chinese scholars to enlarge the scope of Chinese literary geography and spatial criticism.

【Key words】geocriticism; spatial theory; literary geography; postmodernism

---

① 袁源、罗伯特·塔利：《文学空间研究与教学：罗伯特·塔利访谈录（英文）》，《外国文学研究》2019 年第 3 期，第 10 页。

以物质性为基础的生命政治

——唐娜·哈拉维理论话语研究

冠忆非

（山东师范大学文学院，山东济南，250014）

【内容提要】"人"与"生命"的内涵在人文主义思潮后已经出现新的认知思路，进入了"后人文主义"时代。其代表性理论家美国当代女性主义科学哲学家唐娜·哈拉维通过从"赛博格"到"同伴物种"的理论研究，开启了非人类物质生命作为批评范式的可能。哈拉维的理论研究是在她认为更彻底的生命政治背景下产生的，从"赛博格"到"同伴物种"，共同体现了她对生命政治观的建构，这并非学界一般认为的，是哈拉维的理论话语发生了本质转变。哈拉维的生命政治观发展阶段大致分为20世纪末以"赛博格"理论为核心的科学技术研究时期和21世纪初以"同伴物种"为核心的多物种研究时期。在此过程中，对新物质主义和"物质性"问题的关注是其生命政治观得以建构和发展的基础。最终，哈拉维的生命政治观反映的是人们对当下其他物种和能动机构关注的新生命意识，以及实践层面对物种共栖、多样性正义、人类和非人类共生互惠的新秩序的构建。

【关 键 词】哈拉维　赛博格　同伴物种　物质性　生命政治

西方自启蒙运动以来对"人"和"生命"的阐释一直没有停止，从笛卡尔所说的"认知的主体"，到康德认为的"理性存在的社群"，再到卡里·沃尔夫（Cary Wolfe）"具有人权、财产权等的社会公民"的概念，对"人"这一概念的界定始终是各个领域关心的核心问题。在生命政治学、生态政治学以及环境人类学等理论相继出现后，关于"生命"问题的探讨也成为学界不可回避的主题。生命之间的存在关系、生命的审美性与虚构性都进一步丰富了它的内涵。以当下"后人类"（posthuman）情境来看，"人"的概念在当代科学进步和全球化影响的双重压力下再一次发生了强烈的变化，"生命"也在后现代、后殖民、后结构甚至后人文主义（posthumanism）等一系列"后理论"提出之后，产生了新的认知思路。

1985 年，美国当代女性主义科学哲学家唐娜·哈拉维（Donna Haraway）发表了《赛博格宣言：20 世纪晚期的科学技术和社会主义的女性主义》（*A Cyborg Manifesto：Science，Technology，and Socialist-Feminism in the Late 20th Century*），她将"赛博格"（cyborg）作为后人类时代的主题概念，在后人文主义思潮中再度冲击了人类的理性传统。随后，"后人类"和"后人文主义"常常与"赛博格"概念联系在一起。然而，在其他理论家纷纷使用这个术语来促进技术革新，并期望超越人的生物能力时，哈拉维却开始与"后人类"的话语保持距离，她从生态学的"物种"（species）角度出发，相继出版了《同伴物种宣言：狗、人与重大意义的他者》（*The Companion Species Manifesto：Dogs，People，and Significant Otherness*，2003）以及《当物种相遇》（*When Species Meet*，2007），开始寻求新的生命政治观来追问人类与其他非人类物种的生命伦理关系。因此，在哈拉维从"赛博格"理论到"同伴物种"理论的研究过程中，学界普遍认为的其理论话语是否构成转向以及哈拉维贯穿在理论研究中以"物质性"为基础的生命政治观何以体现，是哈拉维理论话语里两个重要的研究问题。

一 后人文主义与"赛博格"

"后人文主义"与后现代（postmodern）一样，是一个容易引发学术争论的术语。"后人类"与"后人文主义"概念的出现并不是偶然的，而是在后现代主义衰落之后，文学和文化理论进入"后理论时代"的必然结果。[1] 关于

---

[1] 王宁：《"后理论时代"的理论风云：走向后人文主义》，《文艺理论研究》2013 年第 6 期，第 10 页。

"后人类"（posthuman）这一概念出现的时间，目前学术界普遍认同尼尔·贝德明顿（Neil Badmington）的考证，认为其最早出现在 19 世纪俄国神秘学家海伦娜·布拉瓦茨基（Helena Blavatsky）的《秘密教义》（*The Secret Doctrine*）一书中。但当时，后人类的概念还未被完全引入学术领域。随后，后人类作为学术名词出现在 1976 年后现代主义文化理论家伊哈布·哈桑（Ihab Hassan）在威斯康星大学 20 世纪研究中心举办的"后现代演练"的国际研讨会中。1995 年，罗伯特·佩普勒尔（Robert Pepperell）在《后人类状况》（*Posthuman Condition*）中明确定义了"后人类"的概念，认为它是"人类存在为延伸的技术世界的一种形态"。① 1999 年，美国杜克大学教授 N. 凯瑟琳·海勒（N. Katherine Hayles）在《我们何以成为后人类：文学、信息科学和控制论中的虚拟身体》（*How We Became Posthuman：Virtual Bodies in Cybernetics，Literature，and Informatics*）一书中则认为，20 世纪 40 年代存在的控制论理论打破了人文主义对于"人"的认识，成为强有力的具有明确主张的后人类思想。2010 年，美国莱斯大学教授卡里·伍尔夫出版《什么是后人文主义》（*What is Posthumanism？*）一书，从"后人类"引伸出"后人文主义"（posthumanism），强调后人类不仅仅存在肉体与机器中，更是人类一种新的思考方式乃至学术范式。

目前对"后人文主义"的界定，学界主要包含以下七个层面。

第一，"反人文主义"（antihumanism），强调"后人文主义"是"任何批判传统人文主义和传统人性和人类状况的理论"。②

第二，"文化后人文主义"（cultural posthumanism），将后人类作为文化的一个分支理论以及人文主义基本问题中的"人类"和"人性"的历史观念的延伸，进一步挑战了人类的文化主体性以及典型性，超越陈旧的"人性"（human nature）概念，并逐步发展为适应现代科学

---

① Robert Pepperell, *The Posthuman Condition：Consciousness Beyond the Brain*, Bristol：Intellect Books, 2003, p. 187.

② Joseph Childers and Gary Hentzi, eds., *The Columbia Dictionary of Modern Literary and Cultural Criticism*, New York：Columbia University Press, 1995, p. 140.

与技术研究的知识。

第三，"哲学后人文主义"（philosophical posthumanism），后人类成为哲学的一类方向，并借鉴文化的后人文主义，在新的哲学领域考察并扩大了伦理意义，将道德关怀延伸到人类主体性的哲学链层。

第四，"后人类状况"（posthuman condition），它泛指批判理论家对人类状况的解构。

第五，"超人类主义"（transhumanism），是一种意识形态和运动，旨在开发和制造消除衰老并极大提高人类智力、生理和心理能力的技术。换句话说，超人类希望用科学技术提升人的身体和心智能力，可能导致"赛博格"的出现，它是在人类主体性概念中对人类实体的一种解构。

第六，"人工智能接管"（AI takeover），这是后人类理论中一类悲观主义的思维方式，它与支持建立强大的人工智能的"宇宙论"的观点有关，即使它可能导致人类的终结。正如他们认为的那样，"如果人类仅仅在微不足道的人类水平上停止进化，这将会是宇宙的悲剧"。①

第七，"自愿性人类灭绝"（voluntary human extinction），即寻找一个"人类之后"，在这种情况下是一个没有人类的未来。

由此不妨对后人文主义的类别进行进一步分析。首先，学术研究应当排除那类具有悲观性的后人类消极派别，他们认为人类是自愿灭绝、消解或者被动接管。例如英国哲学家尼克·兰德（Nick Land）提倡的"人们应该拥抱并接受他们最终灭亡的观点"。面对这类观点，应该要肯定人工智能技术的运用为后人文主义观念的发展提供了源源不断的动力，但无论是当代人类发展史，还是 AI 领域技术发展的"弱人工智能"现状，都未显示人类毁灭以及被统治的迹象，人类本身依然占据着世界中的重要地位。澳大利亚社会理论作家保罗·詹姆斯（Paul James）就认为，把这些不同的方法联系起来，关键的政治问题是，这种后人类的地位观念使人类成为历史上

① Hugo de Garis, "The Artilect War-Cosmists vs. Terrans", Retrieved on 14 June 2015.

的一种类型。"不能因为'后现代主义'命名的'后'的方式就推断人的现代主导地位发生了更替，后人类学者在关乎个人与群体的没阐释清楚的本体论方面，存在随意的、游乐般的更改。"① 因而，在这些背景下贸然谈及人类灭绝和被接管问题还为时尚早。所以这类后人文主义类别不在本文的讨论范围之内。

其次，学术界还存在一种超人类主义的后人文主义观点，即通过"半机械"的方式，突破人类的体力与智能的瓶颈。但如果以超越人类体智极限为目的去发展后人文主义，似乎仍旧没有脱离生态批评所批判的"人类中心主义"的思维方式，人类的欲望与征服依旧在超人类主义的观念中得到表达，这与后人文主义中对人主体性地位消解的观点相悖。同样，一些批评家认为，所有形式的后人文主义，尤其超人类主义，存在一定的夸大。哈拉维也在多次采访中表示对超人类主义观念的排斥。所以，超人类主义的后人文观念仍需要谨慎辩证地看待。

于是，后人文主义中最重要的两个类别便凸显出来，即"哲学后人文主义"以及"文化研究后人文主义"。英国生物伦理学者安迪·米亚赫（Andy Miah）也将后人类研究分为哲学、文化两大研究领域，认为两个领域的观念是息息相关、互为补充的。"哲学后人文主义"，其实一定程度上借鉴了文化研究后人文主义观念。米亚赫认为"哲学后人文主义"阵营囊括了马丁·海德格尔（Martin Heidegger）、米歇尔·福柯（Michel Foucault）、雅克·德里达（Jacques Derrida）、伊曼努尔·列维纳斯（Emmanuel Levinas）、吉尔·德勒兹（Gilles Deleuze）与费利克斯·瓜塔里（Felix Guatlari）等哲学学者，认为他们在心灵哲学、动物伦理、技术装置等领域颠覆了人的中心地位，进一步思考他者的意义。近年来提倡哲学后人文主义的代表性理论家是意大利后人类学者罗西·布拉伊多蒂（Rosi Braidotti），其哲学后人文主义的出发点出自反人文主义者的主观性哲学传统。布拉伊多蒂提倡后人文主义的方向应是一个"批判性的后人文主义"，这个新形式是在作

① Paul James, "Alternative Paradigms for Sustainability: Decentring the Human without Becoming Posthuman", in Karen Malone and Tonia Gray eds., *Reimagining Sustainability in Precarious Times*, Farnham: Ashgate Publishing, 2017, p. 21.

为万物的先前尺度"人"的终结的基础上制定的，其研究方向根本上是沿着伯明翰大学学者托尼·戴维斯（Tony Davies）总结的哲学谱系进行。

通过浪漫主义和实证主义的人文主义流派，在现代性上欧洲资产阶级建立了自身霸权，震动世界的革命人文主义和致力驯服前者的自由人文主义，纳粹人文主义和他们迫害下的牺牲者以及对手的人文主义，海德格尔的反人文的人文主义，福柯和阿尔都塞的人文主义的反人文主义，赫胥黎和道金斯的世俗人文主义或吉森和哈拉维的后人文主义。[①]

布拉伊多蒂进一步以伦理学为基础，开始寻求后人类的主体性，布拉伊多蒂将主体重心"相应地从统一主体性转换到游牧主体性"，"非统一主体的后人类伦理学通过消除以自我为中心的个体主义障碍，提出一个更大意义上的自我与他者之间的交互关系，包括非人类或'地球'他者"。[②]

"批判性后人文主义"被总结为三点：第一，人类在哲学层面需要确立新的主体理论来评估后人类转向，并确认人文主义的衰落；第二，西方哲学传统的内外所存在的批判后人类立场的多样化表明，古典的人文主义的终结不是一个危机，而是蕴含积极的结果；第三，发达资本主义对于西方人文主义衰落和全球化造成的文化融合带来的各种机遇的嗅觉和把握都非常迅速。这就说明在哲学层面，后人文主义是超历史性的，是人类存在的一种方式，后人类主体并不是后现代的主体，它不是建立在反基础主义的前提下，同时它也不是解构主义的，因为在语言上它不受限制。它是唯物论的活力论的、具身化和嵌入的，牢牢地定位于某处。因而可以说，它是一种混乱与连贯的主体性之间的平衡。

"文化研究后人文主义"是一个具有较广泛意义的分类，它吸纳了西方"文化研究"（cultural studies）的丰富内涵，借助以往学术研究的传统并吸收其术语和概念，常常涉及性别（gender）、全球化（globalization）、身份认

[①] Tony Davies, *Humanism*, London：Routledge, 1997, p.141.

[②] 罗西·布拉伊多蒂：《后人类》，宋根成译，河南大学出版社，2016，第71页。

同（identity）、后殖民（postcolonial）等经济、政治和科技等领域，其研究方法也存在差异。

这里可以借鉴美国生态思想家路易斯·韦斯特林（Louise Westling）的观点，目前普遍的文化研究后人文主义分为两条路线，一条路线是由伍尔夫为代表的动物、身体等层面的后人文主义，他在《什么是后人文主义》中探讨了解构主义与身体、动物等一系列问题，认为"后人类"理论的源头应上溯到20世纪尼古拉斯·卢曼（Niklas Luhmann）、福柯、德里达等后现代解构主义理论学者的思想。伍尔夫引述了福柯《词与物：人文科学考古学》中对人主体性的解构观念作为说明："人是近期的发明，一个诞生还不到两个世纪的形象，一个我们的知识里的新褶皱，而只要致使已发现新的形式，他就将再次消失。"①沃尔夫强调后人类不仅是讨论肉身与机器的，也不仅是关于生物科技等内容的，而且是一种新的思考方式乃至学术范式，并通过对动物、残疾人的研究进一步解构了人的主体性。

另一条路线是从当代科学和技术研究（science and technology studies）视野研究后人类理论，以海勒及哈拉维为代表。海勒在《我们何以成为后人类：文学、信息科学和控制论中的虚拟身体》中提出："首先，后人类的观点看重（信息化）数据形式，轻视（物质性）事实例证；其次，人的身体原来都是我们要学会操控的假体，因此，利用另外的假体来扩展或代替身体就变成了一个连续不断的过程，后人类的观点通过这样或那样的方法来安排和塑造人类，以便能够与智能机器严丝合缝地链接起来。"②

哈拉维在学界被认为与后人文主义密切相关的学术概念是"赛博格"。"赛博格"进入学术领域，在国内也译作"生控体"或"半机械体"。赛博格"cyborg"是"cybernetic"（控制论）与"organism"（有机体）的结合，表示任何混合了有机体与机械体的生物。这个名词最初是由美国科学家曼菲德克·莱恩斯（Manfred Clynes）与内森·克莱恩（Nathan Kline）在1960年提出的，他们使用"赛博格"来称呼他们想象中的一种人类，这些人类

---

① 米歇尔·福柯：《词与物：人文科学考古学》，莫伟民译，上海三联书店，2001，第10页。
② 凯瑟琳·海勒：《我们何以成为后人类：文学、信息科学和控制论中的虚拟身体》，刘宇清译，北京大学出版社，2017，第230－236页。

经过强化之后能够在地球以外的环境中生存。他们认为当人类开始进入航天等科技新领域时，某种人类与机械之间的亲密关系将成为必要。哈拉维受其启发，将"赛博格"界定为"一种控制论的有机体，一种机器与有机体的混合体，它既是社会现实的造物，也是虚构的造物"。①

虽然"赛博格"理论被诸多理论学者归类为科学和技术研究视野的后人文主义研究，但事实上，哈拉维认为"赛博格"和《赛博格宣言》更多的是既有的多元理念的集合。"赛博格神话关涉的是被僭越的界限以及有效的融合。"② 这个形象的出现导致了三类至关重要的边界崩溃。其一是在 20 世纪后期，美国的科学文化中人 - 动物的界限被彻底打破。语言、工具使用、社会行为、精神活动等知识的存在让人与动物的联系不再被分割。例如女性主义中的许多流派就积极地认可人与其他生物的亲密关系。同时"生物学与进化论既让现代生物体成为知识的对象，也让人与动物的联系变成某种一再受到生命科学与社会科学间意识形态斗争和专业争论侵蚀的模糊痕迹"，③ 人的动物性立场从而进入人类的科学研究文化中。其二是动物 - 人（生物体）与机器的边界的消解。按照哈拉维的观点，机器不是自动的、自我设计的、自治的，是依托于人（生物体）的创造。20 世纪后期的人工智能让机器相较于人类展现出更多的活力，当今机器也被赋予了基于算法学习的思维逻辑。这一切导致对生物体与机器的边界的划分变得模糊不清。其三，物质与非物质之间的界限是极其含糊的。哈拉维意识到现代机器在物质层面越发精密化，颠覆了机械物质体积存在在以往历史上的发展规律。同时现代机器的微电子设备成了人类知识与权力的书写产物，它们在物质形态中凝聚了人类的意识形态。于是，物质与知识在现代精密机器上形成了融合，打破过去两者之间的隔阂。由此来看，冲破疆界的"赛博格"应是多向度多层次的，是具有多种文化特征的。哈拉维也在近年的访问中坦承：在那个特定的历史时刻，她是一位女性主义者、马克思主

① Donna Haraway, "A Cyborg Manifesto: Science, Technology, and Socialist-Feminism in the Late 20th Century", in Donna Haraway ed., *Simians, Cyborgs, and Women: The Reinvention of Nature*, New York: Routledge, 1991, p. 151.

② Ibid., p. 150.

③ Ibid., p. 152.

义者、生物学家，一位老师或朋友。这都让"赛博格"的内涵更加多元和开放。

"赛博格"理论的出现延续了后现代主义对于西方主流文化中心论以及二元论的解构。它所批判的正是西方思想文化中长久以来的菲勒斯－逻各斯中心主义。在这两类中心主义的交叉之下，女性的身份政治成为哈拉维解构的重要切入点。哈拉维提出现代妇女的真正情况是："她们被整合或剥削进生产/再生产的世界体系及被称为信息统治的通讯中。家庭、职场、市场、公共领域及身体本身——所有这一切都可以以几乎无穷的和多形态的方式被分散和被交接，这对妇女和其他人将产生巨大的后果。"① 当代社会赛博格将人类身体技术化、电子化，人类身体性征模糊化，从而使由社会性别引发的权力差异进一步减弱，与技术结合的人类身体新形态将构建新的社会规则，将舍弃过去的父权制统治。"赛博格"突破的是以往性别世界的约束，它建立了无性别的生物属性，其生产方式摆脱了既有的家庭繁衍模式，无性生殖技术使得人类再也不用把女性的生育功能当作繁衍后代的唯一途径，这也打破了父权制文化将女性的生育价值视为女性全部意义的观念。所以"赛博格"在哈拉维眼中是"一种被拆分和重组的后现代的集体和个人的自我。这是女性主义者必须编码的自我"。②

同样，西方文化传统中一直延续着某些二元论。"对于统治女性、有色人种、工人、自然、动物的逻辑和实践，即对统治所有构成他者的、任务是反映自我的人来说，上述都是系统化的。"③ 然而，哈拉维认为在这些二元关系中自我不应是被统治的一方，他者才是掌握未来的一方。高科技文化以各种有趣的方式挑战了二元论，因为在人类和机器的关系中，已然分不清谁是制造者和谁是被制造者；在分解为编码实践的机器中，也分不清什么是心智什么是身体。随着科学技术的发展，外界物质技术越来越渗透有机的人类实体，于是形成了所谓"赛博格"。无论是在学术正式话语（例

---

① Donna Haraway，"A Cyborg Manifesto：Science，Technology，and Socialist-Feminism in the Late 20th Century"，in Donna Haraway ed.，*Simians*，*Cyborgs*，*and Women*：*The Reinvention of Nature*，New York：Routledge，1991，p. 150.

② Ibid.，p. 177.

③ Ibid.，p. 178.

如生物学）中，还是在日常实践（例如集成电路中的家庭工作）中，人类都发现自己变成了赛博格、混血儿、怪物凯米拉（chimera）。哈拉维以电影《银翼杀手》（*Blade Runner*）中的复制人瑞奇（Richel）为例，认为其代表了赛博格文化中恐惧、爱与困惑的形象。"赛博格"改变的是过去文化逻辑中非此即彼的对立状态，它解构了人与动物、有机体与机器、自然与非自然等传统的二元对立局面，使得两者中任意一方都无法定义和支配另一方。正如哈拉维所说，"截至 20 世纪末——一个我们的时代，一个神话的时代——我们全部是'凯米拉'，在理论与实际层面成为有机体与机器的混合体，总而言之，我们就是赛博格。赛博格是我们的本体论，它赋予我们政见"。①

二 从"赛博格"到"同伴物种"

自 20 世纪 80 年代《赛博格宣言》发表以来，全球范围内的学者对其进行了各类理论解读和延伸阐释，其中学界认为与之联系和结合最为紧密的便是后人文主义。"赛博格"符合了后人文主义既包含人类实体又超越人类实体的状态，它可以囊括科幻、人类学、艺术学和哲学的诸多概念。一直以来，哈拉维承认她的赛博格理论与后人文主义有一定程度的结合，但在进入 21 世纪后，哈拉维却走向更为具体的"物种"（species）研究。她在 2006 年英国华威大学社会学系教授尼古拉斯·盖恩（Nicholas Gane）的采访中解释道，即使在《赛博格宣言》里她使用了后人类的说法，但她仍直言不讳地回避后人类。或者说，她将停止后人类的说法，"人类/后人类的说法太容易被狂热地使用，尤其当人们期望成为后人类并通过一系列超人类主义的科技寻求下一个目的论的进化阶段时"。② 在她看来，后人类不应是超人类主义。所以，她开创了"同伴物种"（companion species）这个具有生态学和生物学意义的新理论术语，形成了新的批评范式。

---

① Donna Haraway, "A Cyborg Manifesto: Science, Technology, and Socialist-Feminism in the Late 20th Century", in Donna Haraway ed., *Simians, Cyborgs, and Women: The Reinvention of Nature*, New York: Routledge, 1991, p. 180.

② Nicholas Gane, "When We Have Never Been Human, What Is to Be Done? Interview with Donna Haraway", *Theory Culture & Society*, 23 (2006), pp. 135 – 138.

"同伴物种"这一术语来自生态学中的"伴生动物"（companion animal）概念，但哈拉维指出"同伴物种"是一个比"伴生动物"更多样的范畴。"伴生动物"往往泛指最易与人类接近的供家庭饲养和玩赏的小型动物，如猫、狗等；"同伴物种"则必须包含大米、蜜蜂、郁金香和肠道微生物等多样有机体，它们都对人类生活起着至关重要的作用——反之亦然。

哈拉维结合语言学与历史学的概念进一步阐释"同伴"与"物种"的话语内涵，并试图建构属于她的"物种"概念，解构过去"物种"话语下隐藏的本质主义。"同伴"一词来自拉丁语中的 *cum panis*，意为"带着面包"（with bread）。文学语境下的"同伴"更像是一本指南或手册，如《牛津葡萄酒指南》（*The Oxford Companion to Wine*）或《英语诗歌》（*English Verse*），这样的"同伴"可以帮助读者更好地消费。同样，与"同伴"（companion）词根相同的"公司"（company）也有"同伴"之意。这个词主要指商业和商业伙伴组成的公司（corporation）；也可用来指骑士、客人、中世纪贸易行会、商船船队、女童子军大队、军事单位顺序排位中的最低等级，以及中央情报局（Central Intelligence Agency）的俗称。而作为一个动词，"同伴"是"交往，陪伴"，具有性（sexual）和生殖（generative）的内涵。[①] 因而，"同伴"在哈拉维眼中是可以存在的物质实体，同时本身也具有生物、经济、历史、社会等多元文化内涵。

物种的拉丁语（*specere*）是指"事物的根源"，它的音调是"去看"（to look）和"去注视"（to behold）。在逻辑上，物种指的是一种心理印象或观念，强化思维和视觉是复制品。哈拉维认为物种是连接亲缘（kin）和同类（kind）的"舞蹈"（dance），但生物技术的基因转移，以地球上前所未有的速度和模式，重新制造了亲缘与同类，这也使得原本"物种"的内涵更加复杂。

哈拉维"物种"概念有比较重要的几个维度。首先，她作为达尔文的忠实追随者和支持者，坚持进化生物学史的理论风格，这其中包括了人口、基因流动速度、多样性、选择性和生物种类等范畴。过去一百多年来，学界一直围绕"物种"概念进行争论，其中一些有夸大其词的成分，容易产

---

① Donna Haraway, *When Species Meet*, Minneapolis：University of Minnesota Press, 2007, p. 17.

生歧义。例如，长期以来，很多达尔文的拥趸存在巨大的误解，即认为《物种起源》中的"evolution"一词意味着从低级到高级的转化。其实达尔文更倾向使用"有变化的传衍"（descent with modification）的说法，避免使用"进化"一词。在描述生物结构时，达尔文也没有使用"高等动物"与"低等动物"的说法。而赫伯特·斯宾塞（Herbert Spencer）的"适者生存"（survival of the fittest）理论误导了后人，之后才出现了达尔文主义。哈拉维强调物种是关于生物学意义上的种类，因此专业的科学知识对于这种现实来说非常必要。

其次，受到托马斯·阿奎那（Thomas Aquinas）和其他亚里士多德派学者的影响，哈拉维一直将物种看作哲学范畴的一般性种属。物种是关于差异界定的，根植于因果定律之中，因而它是接纳生命多元差异的。尤其继"赛博格"之后，生物学种类都包括什么的问题打乱了先前的有机生物种属。机械的和文本的，以种种不可逆转的方式被划入有机世界。"赛博格"的出现并被纳入物种范畴中正是哈拉维对进化理论的发展以及对生物种类外延的扩大。她跨越了生物学的限制，在其物种概念里包含了生命体与非生命体、动物、植物与微生物等对象，它们相互编织形成了新的存在。

再次，由于哈拉维本人带有深刻的天主教世界观烙印，她在物种里找到了"真实存在"的教义，物种是关于物质与语言在肉体上的交融，它既是真实存在的物质，又象征着一类物种文化符号，具有"物质－话语"（material-discourse）的融合属性。"物种"是一种构成"保护"和"生态"的话语，但与"濒危物种"话语功能一样，定位于价值，并可能引发死亡和灭绝。例如，"濒危物种"这个术语成为被殖民者、奴隶、非公民和动物之间的对话纽带，并曾经在人文主义的道路上生生不息。在美国，非裔美国人被贴上"濒危物种"的标签，就可以使人们清楚地看到正在进行的、助长各类种族主义的行径。在性别中独特而类型化的女性在过去人文主义观念里被简化为她们具有的生殖属性。因此，哈拉维认为"物种散发着种族和性别的臭味，物种在何时何地相遇，这类遗留问题必须被解开"。① 所

---

① Donna Haraway, *The Companion Species Manifesto: Dogs, People, and Significant Otherness*, Chicago: Prickly Paradigm Press, 2003, p. 15.

以物种是既可以进行"物质-话语"阐释又能进行自我实践的具体形象。这种融合的方式对美国学院派和多数的符号学学科来说都是一种颠覆。

最后，由于信奉马克思和弗洛伊德的学说并且迷恋于词源学，哈拉维在物种中发现了意识形态中诸多文化因素。在美国的现代文化里，与狗在现实生活中的相处让她再度遭遇这类结合，其中包含丰富的商品文化，有充满活力的性，有将国家、公民社会和自由个体联系在一起的结构，有纯粹主客体构建的交互逻辑。哈拉维以一个生活场景为例，讲述了物种与文化间的交织。"当我在手边拿起晨版《纽约时报》，触摸其外层塑料薄膜——这代表了对化学工业研究帝国的尊重——然后用报纸捡起我的狗每天制造的，被称作粪便的微观生态系统的时候，我发现狗粪清理器简直是个玩笑，它把我带回了象征实体、政治经济、技术科学和生物学的历史事件中去。"①

所以，"同伴物种"的概念在哈拉维眼中是互构性、限定性、非纯粹性、历史复杂性的综合体。哈拉维将人-狗关系作为她的同伴物种概念的案例，讲述了如何从她的狗身上学习新的行为方式。她认为"同伴物种"之间的关系应当是生物学家林恩·马古利斯（Lynn Margulis）提出的"共生关系"（symbiosis）意义上的结果，人作为物种与其他物种之间的关系是永远先于存在的，即"我们"是什么取决于"我们"之间的关系。物种彼此之间是互相建构、相互限制以及相互依存的关系。人类与动物的关系不再只局限于人类对动物的关怀与同情，动物可以是人类的同伴物种，人类亦能成为动物的同伴物种。物种中的成员都是"重大意义的他者"（significant otherness），彼此通过多样互动关系来确认自我，并且这种互动关系也不是一成不变的。哈拉维想说服读者，"技术文化的栖居者变成了自然文化的共生遗传组织中的我们，故事中如此，事实上亦然"。② 人就是在这种共生关系下从技术文化的统治者变成了同伴的共生者。这样一来，《同伴物种宣言》便成为一种以"重大意义的他者"（significant otherness）为纽带，在物

---

① Donna Haraway, *The Companion Species Manifesto: Dogs, People, and Significant Otherness*, Chicago: Prickly Paradigm Press, 2003, p. 16.

② Ibid., p. 17.

种之间形成的具有严格的历史特定性的共同生活的冲击。

从充满科幻色彩的"赛博格"到生物学中的"同伴物种",学术界诸多学者质疑二者其实是截然不同的文化形象。哈拉维也承认二者之间有一定差异。美国 20 世纪 80 年代中期,是总统里根的星球大战计划时期,哈拉维曾借用"赛博格"的概念来承担后现代理论的研究。她试图书写一份替代性协议,推出一个象征物,建立一个生活在当代技术文化中的隐喻,在对技术和实践表示敬意的同时,也与一个超越现实并且极具物质特性谎言的后核能世界的永久战争机器保持着关联。但在世纪交接之际,"赛博格似乎无法再胜任称职的放牧犬的工作"。① 赛博格的各种变体几乎无法穷尽科学与技术研究中本体所要求的热点问题。哈拉维于是进一步通过物种研究,以"狗"为对象,试图通过探索物种的生存来为当下的科学研究和后现代理论构建方法。于是"同伴物种"与"赛博格"在理论层面出现了差异,赛博格成为"同伴物种家族的次级同伴","同伴物种"则成为"赛博格"的继承者。赛博格研究的是控制论系统和生物体的耦合,是出于对身份认知的愤怒。而到了同伴物种理论时期,"我们是一个共生实体,是互相带来危险的人,是彼此的肉体,是地球上生与死的共生结合点,是共生的结果。我们成了持续的陪伴"。②

但可以看到,"赛博格"与"同伴物种"在理论方面不存在互斥。哈拉维认为两者都讲述了科技的故事与进化的故事,都包含了亲缘和快乐,只不过平衡是不同的,前景/背景是不同的,体裁是不同的。她也在《同伴物种宣言》中说道:"赛博格与同伴物种并不存在二元对立关系,两者都通过一些不可预料的方式拉近了人类与非人类、有机物与科学技术、碳与硅、自由与秩序、历史与神话、穷人与富人、国家与臣民、多样性与枯竭、现代性与后现代性、自然与文化之间的距离。"③ 同时,赛博格与同伴物种都不会取悦追求物种纯粹性的人,那些保护物种地位界限并且清除种群中异

---

① Donna Haraway, *The Companion Species Manifesto*: *Dogs*, *People*, *and Significant Otherness*, Chicago: Prickly Paradigm Press, 2003, p. 2.

② Ibid., p. 2.

③ Ibid., p. 3.

类的知识，是应被批判和解构的。在这个意义上，从"赛博格"到"同伴物种"理论的改变并非哈拉维理论话语的转向，只是在这个过程中研究对象发生了转变，其理论话语的内涵与意义并未发生本质转变，同时，它们其实共同围绕一个主题进行着调整，那便是"生命政治"。

三 "赛博格"理论时期的生命政治

对于哈拉维，大众常痴迷于她预见性的"赛博格"神话，学界却诧异于她走向"同伴物种"的多物种（multi-species）研究的决心，甚至有学者提出哈拉维在"同伴物种"的理论研究过程中已经放弃了她过去已有的社会主义、反种族主义和女性主义的批判性力量。虽然生物学的"同伴物种"理论与机械有机体组合的"赛博格"理论在研究对象方面存在巨大差异，但哈拉维认为她的"社会主义、反种族主义和女性主义的承诺"依然在"同伴物种"的多物种研究中得以维持，并且是在被称为更彻底的生命政治（biopolitics）[①] 的背景下重新调整的。在这个意义上，从"赛博格"到"同伴物种"理论的发展体现的是哈拉维对生命政治观念的建构。其发展阶段大致分为 20 世纪末以"赛博格"理论为核心的科学技术研究时期的生命政治观和 21 世纪初以"同伴物种"理论为核心的多物种研究时期的生命政治观。

"生命政治"是生物学（biology）与政治学（politics）的交叉领域。这个概念是 1905 年由瑞典政治学家鲁道夫·契伦（Rudolf Kjellén）最先提出的，他试图从生物学的角度来研究社会群体包括国家之间的内部战争。在当代美国政治学研究中，生命政治这个术语大多时候是被福柯等非科学家群体使用，表示有关生物学和政治学的研究。它也是福柯思想后期一个极其重要的概念。福柯将生命政治的主题理解为"从 18 世纪起人们以某种方式试图使那些由健康、卫生、出生率、寿命、人种等这些在人口中构成的

---

① "biopolitics"学界普遍存在两类译法，一个是"生物政治"，一个是"生命政治"。在《福柯的最后一课》中，译者潘培庆译为"生物政治"；莫伟民在《生命政治的诞生——法兰西学院演讲系列，1978 - 1979》中译为"生命政治"。本文采用后者译法。

活人总体之特有现象向治理实践所提出的各种问题合理化"。① "生命政治"是内在于福柯的权力话语体系中的，在一定程度上等同于他权力观念中的"生命权力"（biopower）。福柯在 1978 年的关于"安全、领土、人口"的演讲中更深层地阐述了这个概念："我指的是一些在我看来相当重要的现象，即一套机制，通过这些机制，人类物种的基本生物特征成为一项政治战略的目标，一种总体的权力战略，或者换句话说，如何从 18 世纪开始，现代西方社会接受了人类是一个物种这一基本生物学事实。"② 在现代政治中，人被看作一种生物，人类的性、疾病、饮食、居住、安全、犯罪等问题都成为人作为生物在其生命过程中产生的问题。人作为生物的一类，是和现代生物学、医学、精神病学、犯罪学、行为科学等密切相关的，而现代政治正是以这些现代科学为根据的。福柯的生命政治思想鲜明地表现出既与生物学相关联，又拒绝将政治学本质归类为生物学的观念。其核心依然是关注人口的治理以及权力对出生率、死亡率、公共健康、国家福利、医疗等问题的控制。

沃尔夫认为之后生命政治学的发展，存在两条比较明显的脉络：一条是在哲学领域，它更坚定地对海德格尔式的神学问题感兴趣，对主权问题感兴趣；另一条是哈拉维这类使用系统理论来实际扩展和激进化福柯理论工作的脉络。哈拉维则认为自己的生命政治观念开辟了第三条线索，它包含了她思想深处的生物学和女性主义研究血统，深入涉及生态女性主义、健康、种族以及与其他有意识的生物、动物、植物、微生物和菌群世界的关系问题。这也符合德国社会学家托马斯·拉姆克（Thomas Lemke）的看法，他认为哈拉维走向了新的一条对生命政治的继承与延续的道路，即发生在社会科学和技术研究领域，其中包含生物史研究、医疗卫生学、女性主义及性别研究理论。③

---

① 米歇尔·福柯：《生命政治的诞生 —— 法兰西学院演讲系列，1978 – 1979》，莫伟民、赵伟译，上海人民出版社，2011，第 280 页。

② Michel Foucault, *Security, Territory, Population: Lectures at the Collège de France 1977 – 78*, Graham Burchel trans., London: Palgrave Macmillan, 2009, p. 1.

③ 托马斯·拉姆克：《生命政治学及其他——论福柯的一个重要理论之流布》，胡继华译，《生产》（第 7 辑），江苏人民出版社，2011，第 57 页。

在 20 世纪末以"赛博格"理论为核心的科学技术研究前期，即 1985 年《赛博格宣言》中，哈拉维对生命政治的认知便已经存在。此时生命政治在哈拉维眼中依然是围绕着福柯的话语体系进行阐述的，它与赛博格政治的联系极其单薄，甚至哈拉维将福柯的生命政治概念排除在赛博格政治之外，认为福柯的生命政治不具有"赛博格"所代表的身份政治的多元性。哈拉维说道："福柯的生命政治是赛博格政治这一非常开放的领域的一个微弱预兆。"因为福柯的生命政治思想仍然侧重于对人类权力的政治性描述，并没有涵盖具有"非人类"特征的赛博格形象，于是哈拉维直接强调"赛博格不属于福柯的生命政治；赛博格是模拟政治，这是一种更有效力的运作领域"。① 或者说，赛博格政治在一定程度上是超越福柯的"生命政治"的权力话语的。但这也可以看出，在以"赛博格"理论为核心的科学技术研究前期，哈拉维对生命政治的认知依然是停留在福柯权力话语体系中的。同时，哈拉维的研究与生命政治的关联也是相对疏远的。

在"赛博格"理论提出后的十年内，哈拉维却不止一次使用了"生命政治"的概念，她在延续福柯生命政治概念的同时，逐渐赋予生命政治概念以新的理论内涵。此阶段可视为哈拉维以"赛博格"理论为核心的科学技术研究后期。例如在 1989 年的《多元文化领域中的生命政治》（"The Biopolitics of a Multicultural Field"）一文中，哈拉维讲述了日本和印度等亚洲地区以及非洲地区灵长类学的研究历史及方法，将灵长类的故事与它们映射的人类生态、后殖民、性别问题相关联，建构了人类与非人类灵长类动物之间生态与行为的政治联系。此时哈拉维的生命政治观改变了福柯的理论话语里单纯对人类群体生命政治的关注，延伸至同人类密切关联的灵长类动物的行为研究中。1991 年，在《后现代身体的生命政治：免疫系统话语中的自我构造》（"The Biopolitics of Postmodern Bodies：Constitutions of Self in Immune System Discourse"）一文中，哈拉维开始关注现代医学中的人类身体免疫系统的运行机制，认为免疫系统在符号、技术和政治上说是一

---

① Donna Haraway, "A Cyborg Manifesto：Science, Technology, and Socialist-Feminism in the Late 20th Century", in Donna Haraway ed., *Simians, Cyborgs, and Women：The Reinvention of Nature*, New York：Routledge, 1991, p. 163.

个后现代对象，免疫力量是一种形象、虚构和固定。① 它完成了人身体的自我塑造，同时也预示着生命科学展现了人类当代的政治关系。这既是对福柯生命政治观中"生命"（life）和"生命体"（living beings）关注的延续，又突破了福柯只将生命、身体与意识形态联系的局限，以一种后现代批评的眼光拓展了生命政治的内涵。

总的来说，哈拉维的生命政治观在以"赛博格"理论为核心的科学技术研究时期经历了前期开始与"赛博格"的微弱关联到后期具备后现代的批评话语属性的变化，并在一定程度外延了研究社群的范围。在这个阶段，非人类灵长类动物的故事，人类的性别、种族、殖民问题开始与生命政治建立关联，共同形成了"赛博格"理论时期生命政治初步的思想观念。

四 "同伴物种"理论时期的生命政治

21 世纪初，在以"同伴物种"为核心的多物种研究时期，哈拉维的"生命政治"观念得到了进一步发展和超越。沃尔夫在采访中提出，《同伴物种宣言》作为哈拉维多物种研究的开端，继承了《赛博格宣言》中的部分工作，即梳理了一种生命政治的概念，它包含"道德"和"生活方式"，实际上是以"谋生"的名义，是以"安全"的名义，以"增强"的名义进行"政治变革"的一部分，它是对福柯生命政治观的发展。在这个阶段，生命政治的关注群体更加开放和多元，它超越人类社会，包含了整个宇宙中的人类与非人类的赛博格、自然、动物乃至微生物之间的身份互构与交互行为，形成一种超越的生命政治观。

其实，这种超越有赖于哈拉维贯穿在"赛博格"到"同伴物种"理论研究过程中的对"物质性"（materiality）问题的关注。无论是"赛博格"还是"同伴物种"，其实都反映的是一类新生的具有后人类属性的"物质"形象，相较于传统的后现代理论来说，它们的突破就在于对后现代理论中

---

① Donna Haraway, "The Biopolitics of Postmodern Bodies: Constitutions of Self in Immune System Discourse", in Donna Haraway ed., *Simians, Cyborgs, and Women: The Reinvention of Nature*, New York: Routledge, 1991, p. 203.

"物质－话语"关系以及"自然－文化"关系的认识。"物质性"问题也成为哈拉维生命政治思想得以超越和发展的基础。

近代哲学的语言学转向对后现代主义思潮产生过深刻的影响。这种话语的转向促使后现代主义理论对权力、知识、主观性和语言之间的关系进行了多样的分析。但如今明显的是，后现代变体中的语言学转向在产生优势的同时也受到严重阻滞。后现代主义在拒绝现代主义根植于物质后，转向了话语的极端，将语言作为自然、社会和现实构成的唯一来源。物质女性主义理论家斯泰西·阿莱莫（Stacy Alaimo）指出，后现代非但没有解构"物质－话语"或"自然－文化"的二元对立，反而排斥一元，接受了另一元。话语与物质的隔离性，也导致在实践中后现代主义理论和文化研究几乎完全集中于文本、语言的诗学类研究。这种对物质的疏离导致近几十年来的理论话语几乎不关注现实、物质以及物质实践。

从"赛博格"到"同伴物种"的理论建构过程中，哈拉维也意识到并逐步弥补这一"物质性"问题的缺席，这其中主要包括对"物质－话语"以及"自然－文化"等二元对立关系的分析与解构。

在"物质－话语"关系层面，哈拉维将"物质"问题带入语言的领域，打破"物质"与"话语"的疆界，在话语中关注更多非人类物质形象时，也赋予其实践能力。

哈拉维将各类非人类"物质"引入"话语"内部，认为"这个宇宙充满了'物质－符号（material-semiotic）的表现'，以及像赛博格（cyborg）、狡诈土狼（the trickster coyote）和肿瘤易感小鼠（onco mouse）这样富有启示意义的物质"。[1] 这代表着物质不仅仅是实在的，还可以作为"符号"进入话语体系之中。同时，物质作为话语是应具有叙事能力（narrative）的。这主要体现在两个方面。一方面，哈拉维在学术研究过程中坚持"叙事性研究写作"，认为讲述故事是培养一种反应的能力，她通过讲述赛博格人类、灵长类动物以及与宠物狗之间的各类故事，就可以把诸多非人类的物质形象纳入她的理论话语体系，使它们具有叙事和生成话语的能力。另一

---

① Stacy Alaimo and Susan Hekman eds. , *Material Feminism*, Bloomington：Indiana University Press, 2008, p. 12.

方面，从语用学的角度，话语也可被理解为一类话语实践（discursive practice）。话语实践不是以人为基础的活动，而是通过后人文主义的思维方式被看作是物质的。它是对世界的特定物质的（再）配置，通过这些配置，边界、性质与意义的局部确定性被差异化地制定出来。也就是说，话语实践是具有物质性的。因此，没有外在于物质和现象的话语，也没有外在于话语的物质，物质是一个被物质化的过程，而话语则是对物质和现象之内的边界（比如主体与客体的边界）的规定。这也符合卡伦·芭拉德（Karen Barad）新物质主义理论中"能动实在论"（agential realism）的立场。宇宙由现象组成，能动是一种互动，它无法被制定为"主体"或"客体"的属性，而是致力于将主客体二元的对立转变为对象间的内在互动（intra-action）。① 哈拉维认同这种观点并以身体（物质）与意义（话语）为例进一步阐述，她认为"身体与意义需要一个'全球范围的关系网'，需要'极不同的或权力分化的社群中翻译知识的部分能力'，需要一种'关于意义和身体是如何产生的现代批判理论的权力'，其目的不是否认意义和身体，而是生活在有机会拥有未来的意义和身体中"。② 这使得生命政治权力概念中的身体与意义融合在了一起。哈拉维表示，"我认为我的问题和'我们'的问题是如何同时拥有一种对所有知识主张和认识主体的根本历史偶然性的描述，一种识别我们自身用以产生意义的'符号技术'的批判实践，以及一种忠实描述'真实'世界的严肃承诺。"③ 这就是物质 – 话语为彼此负责，促进彼此之间的批判、斗争和改造的过程。

在"自然 – 文化"关系层面，哈拉维强调物质所处环境，即"自然 – 文化"的融合。她在重视自然物质实在的同时也注意到自然的文化因素，消解过去两者之间的对立。自然一直是哈拉维理论话语研究的重要成员，她眼中的自然既不是传统生态主义纯粹关注的"荒野"般的自然，也不是

---

① 芭拉德创造了术语"intra-action"。intra-action 与 interaction 的区别就在于，前者并不承认参与互动过程的各种要素，无论是话语性的，还是物质性的，具有先于互动过程的独立属性和存在。

② Donna Haraway, "Otherworldly Conversations; Terran Topics; Local Terms", in Stacy Alaimo and Susan Hekman eds., *Material Feminism*, Bloomington: Indiana University Press, 2008, p. 159.

③ Ibid., p. 158.

环境人类学所倡导的文化决定论中人格化、社会化的自然。科学的"自然"其实是与哲学、政治、文学和大众文化的自然纠缠在一起的。在涉及种族、性别与性时，人类对自然多重的、过于武断的和强有力的观念往往使自然很难保持中立。于是，哈拉维提供了对自然类别全面的具体分析，探讨了"自然"在当代社会复杂实践中的具体意义。

一方面，哈拉维认为自然是物质实在的，它是一种明确的自然，摆脱了再现（representation）的控制，不是文化的镜像。"我们对自然的理解必须能够结合历史上的人、其他生物和技术产物"，"自然"必须包括人类和非人类、有机和机械以及他们之间连续性的界限。[①] 布鲁诺·拉图尔（Bruno Latour）也曾批判自然早已沦为希腊哲学、法国笛卡尔主义和美国公园大杂烩的自然，主张打破自然与社会之间的旧式二分法，以一种结合人类与非人类的集体机制取代它。[②] 这是用一种新的非二元论将生活世界中诸种现实（包括生态、物质、象征、政治、社会、历史）整合起来。自然与人类、非人类和技术共同构建了当今世界的信息媒介，它体现了深刻的"物质性"因素。

另一方面，哈拉维也提出，自然不仅是人可以在场的场所，而且是可以用栅栏围起来或保存或破坏的宝藏，更是谱写人类记忆、重建公共文化的地方。自然本身具有人类文化的因素，但它"不是矩阵、资源、镜子或工具，不是用来繁殖所谓'人'这个奇怪的、种族中心的、以偏概全的存在，也不是其委婉地命名为'人类'的代孕者"。[③] 自然不是被文化利用的"沉默"的资源，不是性别歧视、种族歧视和恐同症的温床。相反，它是积极的、有意义的力量；它是具有自我话语的介质；它包含了隐喻，是关于转向（turning）的。"转向大自然就是转向地球，转向生命之树——向地性、物理性。"[④] 它组成的是一个多元的、内部的、活跃的文化领域。这种

① Donna Haraway, "Otherworldly Conversations；Terran Topics；Local Terms", in Stacy Alaimo and Susan Hekman eds. , *Material Feminism*, Bloomington：Indiana University Press, 2008, p. 157.

② 布鲁诺·拉图尔：《自然的政治：如何把科学带入民主》，麦永雄译，河南大学出版社，2016。

③ Donna Haraway, "Otherworldly Conversations；Terran Topics；Local Terms", in Stacy Alaimo and Susan Hekman eds. , *Material Feminism*, Bloomington：Indiana University Press, 2008, p. 158.

④ Ibid. , p. 159.

自然从物质女性主义、环境女性主义、环境哲学以及绿色文化研究的交叉领域中脱颖而出。

在对这两类"物质性"问题关注的基础下，哈拉维以"同伴物种"为核心的"多物种研究"开始逐步倡导建构一类新的包含人类及各种非人类物种成员的肯定性生命政治（affirmative biopolitics）。

"肯定性生命政治"这个术语最初来自罗伯托·埃斯波西托（Roberto Esposito）。自福柯以来，关于生命政治的讨论从吉奥乔·阿甘本（Giorgio Agamben）对"赤裸生命"极富阴郁色彩的阐释，到埃斯波西托通过"免疫体"和"共同体"的概念对生命本身的密切关注，定位在一种肯定性生命政治的研究基础上，即探索"推翻纳粹死亡政治，不再凌驾在生命之上而是有关生命"① 的肯定性生命政治，是对"生命"内在性力量的重新探索。但哈拉维意识到这些生命探索的努力，通常又会退回对"生命"不加批判的肯定层面。因而，肯定性生命政治在哈拉维眼中成了一种串联着生命冲动的具有积极价值的扁平本体论，它包含游戏、快乐、共享权力、实践阶段和非摹仿性经验的痛苦和成就。哈拉维拒绝历史中的纳粹死亡政治，但是她也反对将肯定性生命政治看作"亲-生命"（pro-life）的生命政治。"一个肯定性生命政治应是关于有限的（finitude），关于更好的生活和死亡，是关于活得好和死得好的问题，以及所能做到最好的培育和杀生，是一种对无情与忧患的开放态度。"②

所以，肯定性生命政治一方面关乎快乐（joy），其中最重要的是"快乐的实践"（the practice of joy）。哈拉维认为"快乐的实践"和"游戏"（game）都是至关重要的。她提倡通过这种轻松愉悦的"他者世界的对话"（otherworldly conversations）（各种非人类实体作为主体而非客体参与），为生命伦理关系提供一种尊重差异和允许相互转化的模式。成员之间以专注的方式相互接触和生活，在彼此身上发挥自己的能力，建立快乐的亲缘（kin）关系，"亲缘的延伸和重构之所以成为可能，是基于如下的事实：所

---

① Roberto Esposito, *Bios: Biopolitics and Philosophy*, Minneapolis: University of Minnesota Press, 2008, p. 157.

② Donna Haraway, *Manifestly Haraway*, Minneapolis: University of Minnesota Press, 2014, p. 227.

有地球上的生物在最深层的意义上都是亲缘关系，给予同类集合体（kinds-as-assemblages）（不是一次一个物种）更多照顾的做法已经过时了"。① 这种亲缘关系应当脱离对生殖性、家族繁衍性的一味追求，被赋予了超越家族或者宗谱的实体性意义，从而使人类规避了物种生殖差异带来的父权制文化压迫，实现纯粹的亲密与快乐。在哈拉维理解的肯定性生命政治中，"快乐"与"游戏"应当是和其他严肃的政治问题一样，被人类同等重视的，因为正是快乐赋予了生命存在的方式，赋予了生命政治以活力。她以"在受损星球上生活的艺术"会议中黛博拉·罗斯（Deborah Rose）的演讲为例，罗斯称"快乐"为"生命的瑰宝"，并给快乐赋予了新的概念——"微光"（Shimmer）。这个故事讲述的是澳大利亚的飞狐和它们的果树之间的共生关系，以及花与蝙蝠之间的感官享受，并且着重展现这些物种之间是如何走向彼此的。

另一方面，肯定性生命政治的"有限性"强调的是对物种生命灭亡和灭绝（exterminations and extinctions）问题的容纳。多物种研究的视野将目光投向未来，提倡要发展一种政治远见，即彼此负责任地发展生死观，包括负责任地对待"忧患"（trouble）。它是在"快乐的实践"基础上的发展，是直面死亡的政治。它与生态政治学紧密交织，但又发生摩擦，或者说哈拉维试图用新的生命政治观颠覆过去生态学关于杀害（kill）和死亡的观点。

通过这两个观点，哈拉维表达了她对杀害与死亡的认识立场。其一，她阐释了对芭芭拉·诺斯克（Barbara Noske）的"动物产业综合体"（animal industrial complex），哈拉维认同德里达的观点——"我们"的整个"生活方式"是建立在一个巨大的"让其死"（letting die）的暴力之上的，不是直接杀戮，不是处决，是一种真正大规模的"让其死"，伴随着那些显然是可杀的（killable）而不是可谋杀（murderable）的行为，比如工厂化耕作。哈拉维接受一种灭绝主义（exterminationist）的立场，认同人类在面对工作与生活的问题时，为食物和市场而杀生，仍然是有力和必要的。除此之外，在动物产业中工作的动物也有价值，它们的实际工作值得尊重。这类思维

---

① 唐娜·哈拉维：《人类纪、资本纪、种植纪、克苏鲁纪——制造亲缘》，刁俊春译，《新美术》2017年第2期，第79页。

改变了过去生命政治学对各类生命不加辨别的盲目肯定。其二，哈拉维坦承了消灭入侵物种这类行为的合理性和非无辜性。哈拉维讲述了加州海岸诸多岛屿面临的"老鼠－猫"种族入侵，继而影响海鸟筑巢的故事。在故事中，哈拉维反对生态学家一味柔和地将阻止入侵物种的行为称为"物种清理"或"物种迁移"，企图通过这类中性的理论话语来掩饰杀害的真实存在。"有时杀害是最负责任的行为，甚至是有益的事，但绝不是无辜的事情。"① 为了加州岛屿海岸地面筑巢的鸟，为了岛屿植物、动物和微生物系统的生态复原，杀害有时候是必要的。但这类行为不应隐蔽在诸如"入侵物种"之类的话语之下，而应塑造一种属于肯定性生命政治的死亡观，它体现为不推脱罪责又直面生命困境。这类观点也符合哈拉维 2016 年新作的主题——"与忧患共存"（Staying with the Trouble）。人类与非人类的物种成员达成共生，并且在接受死亡的前提下实现多物种共栖。

有赖于贯穿理论话语的"物质性"问题研究，哈拉维的生命政治观从最初继承福柯等思想家关注人类生命的角度，发展为建构纳入非人类物种成员的肯定性生命政治观。它改变了福柯将生命政治学集中在人类个体和群体上，褪去了生命政治学存在的人类中心主义的偏见。哈拉维的肯定性生命政治观不仅将人类物种化，也把生命政治学的概念延伸至一般生命条件的管理和控制之中。② 同时她倾向于通过肯定性生命政治思想塑造一种元政治（meta-politics），试图去调节主体性与现代性危机对自然、物种及环境带来的损害，解构自然与文化的二元对立，提倡可以兼顾所有物种成员利益，实现爱、亲缘、尊重与对话的共生关系的生命观，反对不加批判地肯定生命以及对死亡问题地过度委婉与敏感，从而最终建构"快乐"与"忧患"共存的"克苏鲁纪"（Chthulucene）新世界。

五　结语

在哈拉维的理论话语中，"赛博格""同伴物种"等术语成为她"后理

---

① Donna Haraway, *Manifestly Haraway*, Minneapolis：University of Minnesota Press, 2014, p. 235.
② Paul Rutherford, *The Entry of life into History*, in Eric Darier, ed., *Discourses of the Environment*, Oxford：Blackwell, 1999, pp. 37 – 62.

论"研究的标志性成果。然而，从"赛博格"到"同伴物种"理论研究其实展现的并非学界普遍认为的哈拉维理论话语的转向，更多的是这些理论共同服务于哈拉维对生命政治观的架构。理论研究对象的转变并非最终目的，对生命问题的延展才是核心。因而"生命政治"成为哈拉维理论话语的核心概念。同样，哈拉维在建构生命政治观的过程中，各类理论话语反映并构成了当下愈发明确的生命意识，即一种对其他物种和其他机构（a-gency）的关注。这主要得益于哈拉维对"物质性"问题的关注，它为生命政治在认知层面提供了丰富的理论基础以及研究对象。

哈拉维富有开创性的肯定性生命政治观同样有助于生命政治学在实践层面进一步与生态学、生命科学、文学等学科交叉，共同建构爱、快乐、尊重与共生的生命关系与伦理关系。它是生命多样化在意识层面与实践层面的延展，是对现代性人类中心傲慢的消解。人与万物之间的关系不再是占有与征服，而是赞赏、共存、沉思。这也进一步体现了科尔曼提倡的"让民众和社群有权决定自己的生态命运和社会命运。也让民众有权探寻一种对环境和社会负责任的生活方式"①的观念，并印证了拉图尔倡导的社会建设与物质世界本体论建构相结合的观点，"将旧人文主义下征服、不平等、选举和革命等旧有的政治现象让位于物种的共栖、多样性的正义、人类和非人类的共同责任以及通过谈判和改革而建构的新秩序"。②生命政治成为生态学、政治学、艺术学、美学和哲学等诸多领域探讨与言说的话题，它们之间由此再次交换内容，重新定义彼此参与的角色、目的和情感，从而具有了跨学科的属性和意义。

对于新世纪的文艺理论来说，在后现代主义理论的影响之下，对本质核心的探讨正在逐渐减弱，多样性以及多元话语的建构才是未来理论的发展方向。乔纳森·卡勒（Jonathan Culler）认为，"什么是文学"的问题以及"文艺理论的中心问题"并不存在必然且必须的联系，这进一步揭示文

---

① 丹尼尔·科尔曼：《生态政治：建设一个绿色社会》，梅俊杰译，上海译文出版社，2002，第133页。

② 张尕：《延展生命》，载范迪安、张尕编《延展生命——国际新媒体艺术三年展》，中国美术馆出版社，2011，第29页。

艺理论已然进入"后学"的理论阶段，文艺理论与其他理论学科之间的界限正在消解。其实自 20 世纪文艺理论语言学转向以来，文学之外的诸多学科对文学本身进行了诸多具有颠覆意义的解构与建构。在后现代理论时期，文艺理论中生态批评的出现打破了人与自然的隔阂，消解了自然与文化的对立；后殖民主义以强烈的政治性与文化批判视野，关注殖民地域的文学阅读与写作，否认一切元叙述（master-narratives）；动物伦理研究则更关注文学世界中人与动物之间的伦理关系，消解长久以来人类的主体地位。所谓后人文研究正是来自文学理论界的一种反应，目前这种反应方兴未艾，并且和生态批评以及动物研究等共同形成了对各种基于"人类中心主义"思维模式的批评理论的强有力挑战。[①] 虽然后人类/后人文的观念仍然处在争论的旋涡中，但可以明确的是，后人类/后人文不是看似无限而又短暂的前缀词的罗列，而是一种思维方式和存在方式的质变，思考关于人类是谁、拥有怎样的政治体制以及与地球其他物质成员如何相处等重大问题。不同学科都以多维视野开始关注各类文学文化现象，文学以及文艺理论也在经历诸多学科交融后形成了多元、开放、包容的特征，这说明文艺理论正在进入的是具有世界主义色彩的时代。这类观点在哈拉维身上都得到了印证，并且哈拉维融入了生态学的科学技术研究、性别研究、动物伦理研究，从而形成了其独特的生态批评理论话语，进一步丰富了文艺理论的内容。文艺理论与其他人文学科甚至自然科学相互借鉴以及融合的趋势，打破了过去学科之间的壁垒，其他诸多学科理论研究的纳入也为文艺理论研究提供了新工具、新视野和新方法，改变了过去文艺理论在学科细化下无法实现突破的局限，扩大了文艺理论研究资源，促使人们更广阔全面地理解文学艺术作品及文艺理论。

除此之外，哈拉维理论话语中核心的生命政治观可为文艺理论研究在生命内涵层面提供更深层的理论支撑，并且促使文艺理论转向在艺术实践中探索生命的意义。在文学艺术领域，生命问题一直以来是关注的重心。例如艺术理论家瓦西里·康定斯基（Wassily Kandinsky）认为，艺术美中的

---

① 王宁：《后人文主义与文学理论的未来》，《文艺争鸣》2013 年第 9 期，第 28 页。

形式要素：点、线、面以及形状、颜色其实都在一定程度上揭示着富有感觉的形式生命。20 世纪以来，文学艺术在转向实践并不断扩大其实践范围的同时，也把生命的范畴不断扩大，文艺作品开始涵盖更多非人类的生命形式，尤其是自然的生命：自然文学、动物文学、地景艺术乃至最近的生物艺术和生态媒体（ecomedial）。人类的生命在文学艺术领域开始被质问，甚至开始被非人类生命遮盖。这也展示在文学艺术实践领域，生命不仅仅存在人类身体和自然世界中，还体现在各类非有机实体、系统以及信息中。因而有必要在文学艺术领域打破人类与非人类之间的疆界，实现在艺术世界中人类与非人类物质成员共生关系的存在。

不过，哈拉维理论话语中所宣扬的打破人类与非人类的物种疆界，实现人与其他物质成员之间的共生共责的新世界在实践层面确实存在一定局限。人类作为目前物质世界最高智慧的生物依然掌握着行动权力以及支配权力，其他非人类物质生命由于不具备人类精神智慧自然也无法承担共同为新世界生存而负责的政治任务。哈拉维也认同"同伴物种"的尺度在极其重视"差异性"的后殖民世界里是极难把握的，只是粗暴地呼吁无差别的平等和物种融合可能带来的是更多生命成员之间的政治、伦理和道德的困境。但是，在文学艺术的层面，我们似乎可以借助各生命群体共生的力量，通过文学隐喻的功能，在文学作品中达到物种生命相互依赖而共生的"共情"作用。同时，文学与文艺理论也应该具有反哺作用，为人类生命认知带来更多的研究视角与研究资源。哈拉维在评价生物学研究对于自己的理论建构时也说道："生物学是用之不竭的比喻之源。它确定地充满了隐喻，但又不止步于隐喻。"① 哈拉维以强烈的生物学的途径来体验诗学的同时，也通过诗学的隐喻方式反思着生物学世界。这其实代表文学艺术中的隐喻功能为人类对整个世界生命意义的思考有着潜在的推动力，这也有益于人类通过文学想象和文学叙事逐渐消解心中长期存在的自恃优越而傲慢的中心主义心态，从而进一步反思人生，反思生命。

---

① Donna Haraway, *How Like a Leaf*: *An Interview with Thyrza Nichols Goodeve*, New York: Routledge, 1999, p. 82.

【Abstract】 The connotation of "human" and "life" has appeared as new cognitive thinking after the trend of humanism, and has now entered the era of "post-humanism". Its representative theorist, Donna Haraway, a contemporary American feminist philosopher of science, opens the possibility of non-human material life as a critical paradigm through theoretical research from "cyborg" to "companion species". Haraway's theories are actually produced under the more thorough background of biopolitics in her opinion. From "cyborg" to "companion species", it reflects the construction of the biopolitics, which is not generally believed in the academic circles. It is the essential change of Haraway's theoretical discourse. The development stage of Haraway's biopolitics can be roughly divided into the research period of science and technology with "cyborg" theory as the core at the end of the 20th century and the multi-species research period with "companion species" as the core at the beginning of the 21st century. In this process, the concern for the new materialism and "materiality" is the basis for the construction and development of biopolitics. Finally, Haraway's biopolitics reflects the new life consciousness that people pay close attention to other species and active agency at present, as well as the construction of the new order of species co-existence, diversity justice, human and non-human symbiosis on the practical level.

【Key words】 Haraway; Cyborg; Companion species; Materiality; Biopolitics

20 世纪英国生态诗歌中的生态伦理思想探析[*]

——以哈代、劳伦斯、拉金和休斯的生态诗歌为例

姜慧玲

（大连外国语大学公共外语教研部/清华大学外文系，北京，100091）

【内容提要】 作为西方生态伦理学的重要组成部分，20 世纪英国生态诗歌中的生态伦理思想非常丰富，是工业革命和两次世界大战对生态环境的持久破坏以及达尔文进化论的影响等在文学中的反映。哈代、劳伦斯、拉金和休斯等人的生态诗歌都体现了对罹难动物的爱与同情，对人类残害动物等破坏自然行为的谴责，对人与动物平等关系的讴歌，对逝去的英国风景的怀念，对野生动物原始力与美的颂扬，以及对人与自然和谐共生关系的向往。此外，四位诗人的诗作还呈现了人与自然关系思考维度拓展、伦理理念递进的流变趋势，主要表现在人与自然的关系逐渐由对立走向统一，显现了人与自然的和谐共生倾向：在人的能动作用方面，也由怜悯动物遭遇、控诉人类中心主义转向积极参与环境保护并维持生态的平衡和可持续发展，这和中国古代生态哲学有异曲同工之妙。解析和借鉴这些思想，顺应了当今中国"坚持人与自然和谐共生"的基本方略，对我们树立正确的生态伦理观，改善动物保护现状，深刻反思人与自然的关系，推进世界范围内的生态文明建设有重要意义。

【关 键 词】 英国生态诗歌　生态伦理思想　托马斯·哈代　D. H. 劳伦斯　菲利普·拉金　泰德·休斯

---

* 本文系 2015 年辽宁省教育厅科学研究一般项目"城市化进程中的 20 世纪英国生态诗歌研究"【项目编号：W2015093】的阶段性成果。

一　引言

在人类社会发展史上，工业革命促进了世界范围内科技的发展和经济的繁荣，同时也给人类生存环境和可持续发展带来了问题和挑战。20 世纪的英国无论在科技发展方面还是在国际政治经济体系方面，都经历了翻天覆地的变化。由科学技术的发展而引发的城市化进程是一把双刃剑，一方面，人们的物质生活得到了极大的改善；另一方面，生态环境遭到了严重破坏。在工业化和城市化进程加快的同时，两次世界大战使英国昔日"日不落"帝国的光彩不再，逐渐呈现衰落的态势。实际上，物质文明和生态环境已经呈现不可调和的矛盾，人类为自己在科技进步方面取得的成绩欢呼时，也受到生态环境污染和恶化的威胁，如水和空气的重度污染、资源的过度开采、各种物种的变异甚至灭绝、人类自身精神的异化等。英国经历了两次世界大战，战争的重创使其日渐衰落，直接导致其殖民体系的瓦解以及新的世界秩序的建立，英国人的心态也由"日不落"帝国时代的高高在上变得更加低调务实，多以"非英雄"的普通人的身份自居，因此，英国人在自然、社会和精神三方面都遭遇了生态危机，这在其文学创作中有明显的体现。21 世纪的今天，在全球化和现代化的时代背景下，科技发展和生态灾难之间的矛盾并没有缓解反而愈发激烈，全球变暖、沙尘暴肆虐、酸雨频降、淡水资源匮乏、部分物种濒临灭绝、海平面上升以及海洋污染等问题依然严峻。如在 2018 年的夏天，世界多地持续高温，北极圈竟出现罕见 32 摄氏度高温，NASA 数据显示在过去的 40 年里，北极夏季海冰面积减少了近一半，研究北极气象的学者预测，2040 年前的某个夏天，北冰洋上的冰层可能完全消失，北极熊或在 40 年内灭绝。在此危机之下，人类终于认识到改善人与自然的关系的迫切性，为改善生态污染和环境破坏积极努力，如政府制定可持续发展政策，经济决策家注重企业的社会责任。而在文学创作和研究方面，很多作家和人文学者也积极通过自己的方式，如生态文学作品的创作或文学研究的生态学转向，呼吁人类为改善环境做出努力，实现人与自然的和谐共处。

我们的环境到底出了什么问题？人与自然的关系为何发生了异化？人文学者和批评家可以为此做些什么？这些都是文学研究者聚焦的问题。文学作品来源于生活，代表人们对待生活的态度。人与自然的关系是一个在世界文学作品中被普遍表现的主题，正如中国学者王宁指出："人与自然的关系既有和谐的一面，如中国晋代陶渊明的自然诗歌和英国华兹华斯的自然诗歌，在这些诗歌中读者获得的大多是美的享受；也有对立和对抗的一面，如美国麦尔维尔的《大白鲸》和海明威的《老人与海》，在这些作品中主人公虽然顽强奋斗也难逃悲剧命运，可见在自然面前人类的渺小。"① 然而，一般认为，生态批评兴起于西方批评界，尤其是英语国家，作为对更发达的现代化引起的若干问题的批判，这些问题在大量的作品中被表现出来。诚然，在中国作品中也有很多的生态元素，可以追溯到老庄的道家哲学思想，因此 20 世纪 90 年代生态批评一被引入中国就成了前沿文学批评理论。在西方语境下，20 世纪八九十年代的生态批评家们尝试在现代化和全球化的语境下对生态环境的破坏做出自己的批判。面对自然资源被过度使用的现实，他们对自然有两种不同的态度："一种是亲近自然，一种是对自然进行控制并想方设法征服自然。无论我们遵循自然法则还是遵循自己的意愿，如果采用的方式不当，就必定会受到自然的惩罚。这就代表了两种不同的自然伦理观：以人类为中心还是以地球为中心。"② 在传统的人文科学中，自然和地球服从于人的利益，而在生态批评中，这种人类中心主义的批评方法得到转向。具体来说，我们在利用自然资源时，也应该关注、保护自然和环境，以实现可持续发展。然而人们不免会提出另一个问题：如果人类中心主义被解构，是否会出现地球中心主义或自然中心主义？如果此类情况发生，人类将处于何种地位？显然，生态批评家不反对人类美化自然的欲望，也不使人与自然处于二元对立的状态，但是他们会以自然本身的规律而非人类自身的意愿来做事情。再者，生态批评家们也不反对人

---

① Wang Ning, "Toward a Literary Environmental Ethics: A Reflection on Eco-criticism", *Neohelicon*, 36. 2 (2009), p. 291.
② Ibid. , p. 292.

道主义，而是把人类作为自然的一部分融入自然。他们从自然中来，也会最终回到自然中去。从文学环境伦理的角度说，文学应该赞美自然与人类的和谐关系。

诗歌作为文学体裁的一大类别，源远流长，早期的英国浪漫主义自然诗歌中不乏生态意识，到了 20 世纪，这一传统得以延续，而且表现出浓厚的英国本土意识，如在诗歌题材上选择描写英国的自然风景和动植物，在诗体形式上采用传统的诗体形式，在诗歌语言上采用更接地气的口语化的语言等。美国诗人和评论家约翰·肖普托（John Shoptaw）在《诗歌》（Poetry）中指出"生态诗歌"是"描写自然受到了人类行为威胁的自然诗歌，旨在改变我们的思考、感受、生活和行为方式，它不是自然诗歌的简单替换，而是扩大了其内涵"。① 从这个意义上说，英国生态诗歌起源于 20 世纪初，具体说来，萌芽于托马斯·哈代（Thomas Hardy）的自然诗。哈代擅长写英格兰乡村的景色和鸟类，他的《捕鸟人之子》《一袋袋的肉》等从罹难的动物身上看到人类的无情，从而鞭挞了人类中心主义；20 世纪二三十年代，D. H. 劳伦斯（D. H. Lawrence）在他的动物诗歌中对动物进行了不分等级的赞美，描写了动物无拘无束的自由状态，表达了"众生平等"的观点和对动物的崇敬之情；20 世纪中期，菲利普·拉金（Philip Larkin）在《降灵节婚礼》中对"二战"后英国风景冷静客观的陈述表现了战争和工业化对英国风景的摧残，《在草地上》和《铁丝网》等诗中对动物的悲惨遭遇表示同情；20 世纪 60 年代后期，泰德·休斯（Ted Hughes，又译特德·休斯）促进了生态诗歌的繁荣，他在早期诗作如《雨中鹰》和《牧神集》中刻画了野生动物的力与美，塑造了自然本质的力量，他的中后期诗作倡导回归自然，重新正视人与自然的关系，表现出环境保护的生态意识。以如上四位代表诗人为例研究 20 世纪英国生态诗歌，可见 20 世纪英国生态诗歌的发展轨迹和流变过程，从而不难归纳英国生态诗歌的发展态势和 20 世纪英国生态伦理思想的发展，对在全球范围内应对当今生态环境不断恶化的挑战、提出可持续发展的战略思想以及化解当今日益严峻的生态危机具有

---

① John Shoptaw, "Why Ecopoetry", *Poetry*, 1 (2016), p. 408.

借鉴意义。

二 生态批评的兴起和发展及 20 世纪
英国生态诗歌研究现状

根据马克思主义代表人物格奥尔格·卢卡契（Georg Lukács）的"社会反映论"，文学是社会的反映，20 世纪的生态思潮就是人类对自身文明体系全面反思的运动，兴起于欧美 20 世纪 70 年代后期和 80 年代初期的生态批评就是一种研究"文学与物理环境之间关系"① 的文学批评理论。1974 年，美国学者约瑟夫·密克尔（Joseph W. Meeker）出版专著《生存的喜剧：文学的生态学研究》，提出"文学的生态学"（literary ecology）这一术语，主张探讨文学"对人类与其他物种之间关系的揭示"。② 1978 年，威廉·鲁克尔特（William Rueckert）在《衣阿华评论》当年冬季号上发表论文《文学与生态学：一次生态批评实验》，提出将生态学和生态概念应用于文学。③ 1991 年，英国教授乔纳森·贝特（Jonathan Bate）出版了他从生态学角度研究浪漫主义文学的专著《浪漫主义的生态学：华兹华斯及其环境传统》，使用了"文学的生态批评"（literary ecocriticism）④ 这个术语，标志着英国生态文学研究的开端。⑤ 1992 年，"文学与环境研究会"（The Association for the Study of Literature and Environment，简称 ASLE）在美国内华达大学成立，现已成为一个国际性的生态文学研究的学术组织，在世界各地有会员千余人，在英国和日本还有分会，每两年举行一次年会，规模盛大。1995 年，哈佛大学教授劳伦斯·布伊尔（Lawrence Buell）出版了专著《环境的想象：

---

① Cheryll Glotfelty and Harold Fromm, eds., *The Ecocriticism Reader—Landmarks in Literary Ecology*, Athens: The University of Georgia Press, 1996, p. xviii.

② Joseph W. Meeker, *The Comedy of Survival: Studies in Literary Ecology*, New York: Charles Scribner's Sons, 1974, pp. 3 – 4.

③ Cheryll Glotfelty and Harold Fromm, eds., *The Ecocriticism Reader—Landmarks in Literary Ecology*, Athens: The University of Georgia Press, 1996, pp. 114 – 115.

④ Jonathan Bate, *Romantic Ecology: Wordsworth and the Environmental Tradition*, London: Routledge, 1991, p. 11.

⑤ R. Kerridge and N. Sammells, eds., *Writing the Environment: Ecocriticism and Literature*, London: Zed Books Ltd., 1998, p. 9.

梭罗，自然书写和美国文化的构成》，印第安纳大学教授帕特里克·墨菲（Patrick D. Murphy）主编了《文学与环境百科全书》，被称为生态文学研究的标志性成果。① 1998 年，由英国批评家 R. 克里治（R. Kerridge）和 N. 塞梅尔斯（N. Sammells）主编的生态文学批评论文集《书写环境：生态批评和文学》（*Writing the Environment：Ecocriticism and Literature*）在伦敦出版，这是英国第一部生态文学批评论文集。近半个世纪以来，美国大学里有关生态文学或文学与环境的课程猛增，学生对生态学的兴趣越来越浓，很多博士研究生把学位论文选题定在文学与自然研究这一领域，② 内华达大学可谓全美生态文学研究和教学中心，在那里，汇集着一批以生态文学为专业的教授和访问学者。美国的生态文学批评发展分为三个阶段：第一个阶段主要研究自然如何在文学中被表达；第二阶段是复原被忽视的自然写作，唤起其中的生态意识；第三阶段则尝试理论上的创新，试图通过强调生态系统的概念，加强生态文学批评的理论建设，如生态女性主义和深层生态学等。③

国内的生态文学批评视角的外国文学研究兴起于 20 世纪末 21 世纪初，由于我国生态危机日益严峻，生态文明的重要性越来越受到重视，再加上源远流长的中国道家生态思想和中国田园诗歌传统，生态文学批评吸引了很多国内的批评家和学者。对文学的生态批评的引入可追溯到 1999 年，王诺在其著作《外国文学：人类蕴含的发掘与寻思》中探讨了外国文学中的人与自然，从人与自然的角度初步梳理了外国文学作品；2001 年，程虹出版了《寻归荒野》（生活·读书·新知三联书店，2001），虽然她没有使用"生态批评"或"生态文学"等术语，但其研究方法和一些观点与此后的生态批评相当近似；第一次使用"生态批评"这一中文术语的是王宁选编并主持翻译的《新文学史 I》（清华大学出版社，2001），其中包含国际知名的文学研究期刊 *New Literary History* 1999 年生态批评专辑的几篇文章，这是我

---

① 王诺：《欧美生态文学》，北京大学出版社，2003，第 19 页。

② Steve Grant, "Finding Nature in Literature", *The Hartford Courant*, 16 Dec., 1998, F1.

③ Cheryll Glotfelty and Harold Fromm, eds., *The Ecocriticism Reader—Landmarks in Literary Ecology*, Athens：The University of Georgia Press, 1996, pp. xxiii – xxiv.

国学界第一次翻译国外生态批评文献；2002 年，王诺发表论文《生态批评：
发展与渊源》（《文艺研究》第 3 期）和《雷切尔·卡森的生态文学成就和
生态哲学思想》（《国外文学》第 2 期），并出版专著《欧美生态文学》（北
京大学出版社），这是国内第一部生态批评视角的外国文学研究专著。在其
后的十几年中，中国的生态研究呈现井喷趋势，中国学者翻译引进国外相
关研究著述多部，发表学术专著二十多部，研究论文甚多。从研究内容看，
包括生态批评理论研究、生态审美及生态艺术特性研究、生态思想文化维
度研究，其中生态思想文化维度研究最突出，研究者致力发掘生态智慧，
揭示生态危机的思想文化根源，为人类走出生态危机提供路径；从研究对
象看，既包括对 20 世纪 60 年代以来涌现的生态文学的研究，又包括对古往
今来所有外国文学作家文学名著的研究，多是重新评价，揭示被忽视的美
学价值，对反生态思想和人类中心主义的艺术展开批评。

　　国内外对 20 世纪英国生态诗歌的研究是文学生态批评的重要组成部分。
以哈代、劳伦斯、拉金和休斯的生态诗歌为例，国外关于 20 世纪英国生态
诗歌的研究主要体现在个体诗人的文本生态思想分析方面，如唐纳德·戴
维（Donald Davie）提及了拉金对工业革命后英国风景的关注；[①] 莱奥纳
多·M. 斯齐盖济（Leonard M. Scigaj）指出休斯写生态诗歌旨在呼吁人类尊
重自然、关爱自然，重建人类与自然的和谐关系；[②] 詹姆斯·布斯（James
Booth）把拉金与休斯的有关动物的诗篇加以比较，探讨两位诗人的动物诗
歌的不同之处；[③] 约翰·费尔斯迪那（John Felstiner）从生态批评的视角探
讨了劳伦斯在意大利的陶米纳和美国、墨西哥的陶斯创作的动物诗歌；[④] 凯
斯·萨格尔（Keith Sagar）在从生态批评视角研究休斯的著作《泰德·休斯
和自然："恐怖和欢欣"》中认为休斯 20 世纪 60 年代后期从生态视角写的

①　Donald Davie, *Thomas Hardy and British Poetry*, New York：Oxford University Press, 1972.

②　Leonard M. Scigaj, "Ted Hughes and Ecology：A Biocentric Vision", in Keith Sagar, ed., *The Challenge of Ted Hughes*, New York：St. Martin's Press, 1994, pp. 160 – 180.

③　James Booth, "Larkin as Animal Poet", *About Larkin* 22 （2006）, pp. 11 – 22.

④　John Felstiner, *Can Poetry Save the Earth：A Field Guide to Nature Poems*, New York：Yale University Press, 2009.

诗与他所受的道教文化影响密不可分。① 国内关于 20 世纪英国生态诗歌的研究主要集中在生态诗学发展史方面和生态诗歌文本分析方面，如李美华在其专著第五章中探讨了 20 世纪英国诗人巴兹尔·邦廷（Basil Bunting）、斯坦威·休·奥登（Wystan Hugh Auden）、拉金、休斯和麦克·朗利（Michael Longley）诗歌中的生态思想和生态意识；② 颜学军探讨了哈代的自然诗中的生态意识，尤其指出其对人类残忍对待动物的控诉；③ 苗福光在其专著中分析了劳伦斯作品中的自然、社会与生态思想；④ 闫建华分析了劳伦斯诗歌中的生态视野；⑤ 吕爱晶撰文探讨了拉金诗歌中的生态思想、精神生态危机和诗意生存向往；⑥ 陈红的《特德·休斯诗歌研究》⑦ 和凌喆的《特德·休斯诗学研究》⑧ 分别梳理了休斯的诗歌和诗学。可见目前国内外对 20 世纪英国生态诗歌的研究多着眼于生态诗学理论研究和单个诗人诗作的文本研究，而没有把 20 世纪英国生态诗歌作为一个整体单元，进行纵向发展脉络研究和横向具体诗人诗作生态思想的比较解读，因此这一领域有待于进一步开拓。

三　20 世纪英国生态诗歌兴起发展的思想渊源和时代背景

　　西方生态伦理思想有很深的历史渊源，可追溯到古希腊前苏格拉底时期，公元前 6 世纪，米利都学派唯物主义哲学家阿那克西曼德（Anaximander）认为自然和人类社会都由规则统治，一切破坏自然平衡的东西都不会持久；赫拉克利特（Heraclitus）的"逻各斯"思想影响深远，他著有

---

① Keith Sagar, *Ted Hughes and Nature*：*"Terror and Exultation"*, Peterborough：Fast-Print Publishing, 2010.

② 李美华：《英国生态文学》，学林出版社，2008，第 206 - 222 页。

③ 颜学军：《哈代诗歌研究》，人民文学出版社，2006，第 67 页。

④ 苗福光：《生态批评视角下的劳伦斯》，上海大学出版社，2007。

⑤ 闫建华：《绿到深处的黑色：劳伦斯诗歌中的生态视野》，中国社会科学出版社，2013。

⑥ 吕爱晶：《寻找英国的花园——菲利浦·拉金诗歌中的生态意识》，《外国语文》2010 年第 8 期，第 16 - 20 页。

⑦ 陈红：《特德·休斯诗歌研究》，华中师范大学出版社，2014。

⑧ 凌喆：《特德·休斯诗学研究》，浙江大学出版社，2016。

《论自然》一书，认为有序的宇宙对万物都是相同的；毕达哥拉斯（Pythagoras）被认为是"西方传统上第一个反对虐待动物的人"，他指出："只要人还在残酷地毁灭低等生命，他就绝不会懂得健康与和平"；① 犬儒学派代表人物第欧根尼（Diogenes）强调禁欲主义，号召人们恢复简朴自然的理想生活状态；古罗马的老普林尼（Pliny the Elder）著有《自然史》一书，这是一部包罗自然万象的学术著作。西方哲学的另一个传统是人类中心主义，在《圣经·创世纪》中，上帝按照自己的形象造人，使之成为"万兽之主"并"征服地球"，② 亚里士多德与后来的笛卡尔、康德都是人类中心主义的支持者，然而文艺复兴时期哥白尼提出"日心说"，对人类中心主义进行了公然的反击；人文主义学者安德烈亚·切萨尔皮诺（Andrea Cesalpino）指出"自然界中没有令人唾弃的东西，就连最渺小的生物也有自己的神圣价值"；③ 列奥纳多·达·芬奇也抨击人类蹂躏自然的暴行："人类真不愧为百兽之王，因为他的残暴超过一切野兽。"④ 17 世纪英国哲学家约翰·洛克（John Locke）崇尚自由主义，他对人类迫害低等动物进行了批判。法国 18 世纪哲学家让 - 雅克·卢梭（Jean-Jacques Rousseau）在晚年的著作《孤独漫步者的遐想》中表达了热爱大自然的思想，指出自然环境为健康生活所必须。英国现代功利主义奠基人杰里米·边沁（Jeremy Bentham）是一位动物权利的宣扬者，他论说动物的痛苦和人的痛苦并无本质差异，用功利主义原则为动物权利辩护，认为只要制造出痛苦就是不道德的。19 世纪英国的威廉·华兹华斯（William Wordsworth）和美国的梭罗的文学作品都充斥着生态思想，华兹华斯认为自然是快乐的源泉，对自然的破坏将会受到惩罚；梭罗崇尚简朴生活，反对破坏荒野，认为人是自然的一部分。

1859 年，达尔文《物种起源》的出版具有里程碑的意义，他的自然选择、适者生存和进化论说是对人类中心主义的有力批判，影响巨大而深远，如 20 世纪阿尔伯特·史怀泽（Albert Schweitzer）的敬畏生命理论、彼得·

---

① Peter Marshall, *Nature's Web: Rethinking Our Place on Earth*, New York: Paragon House, 1992, p. 70.
② *Genesis* 1: 26, 28.
③ 转引自王诺《欧美生态文学》，北京大学出版社，2003，第 27 页。
④ Wynne Tyson, *The Extended Circle*, New York: Paragon House, 1989, p. 65.

辛格（Peter Singer）的动物解放论、H. S. 塞尔特（H. S. Salt）和汤姆·雷根（Tom Regan）的动物权利论、保罗·泰勒（Paul Taylor）的生物中心论等非人类中心主义动物伦理思想，极大拓展了人类的伦理视角。此外，20世纪美国学者把道德原则扩大到人与自然的整体关系。被誉为"生态伦理之父"的美国生态伦理学者奥尔多·利奥波德（Aldo Leopold）在《沙乡年鉴》（1949）中阐述了大地伦理思想，倡导整体主义的伦理观，认为个体是相互依存的共同体成员，扩大了共同体的界限，包含土壤、水、植物和动物，将之合称为大地，他认为"凡是保存生命共同体的完整、稳定和美丽的事都是对的，否则都是错的"；① 蕾切尔·卡森（Rachel Carson）在 1962年出版了《寂静的春天》，反对使用杀虫剂，倡导保护环境；"深层生态学"提出者、挪威著名哲学家阿伦·奈斯（Arne Naess）提出了生物圈平等主义和自我实现论，认为生物圈中所有生物都有生存和繁荣的平等权利，人是更大整体的一部分，人的本性是由人与他人及自然界中其他存在物的关系决定的；霍尔姆斯·罗尔斯顿（Holmes Rolston）继承了利奥波德的大地伦理思想，提出自然客观内在价值论，其生态伦理涉及了对待动物以及一切生命体的伦理态度，强调把"不破坏生态系统的稳定和动态平衡、保护物种的多样性作为最基本的价值判断标准，把生态的整体利益当作最高利益和终极目的"；② 这种生态整体观与中国道家"道法自然""天人合一"的生态伦理思想相契合，以崇尚远离尘世的自然田园生活为生态理想，旨在建构完整的人类生态家园。这些生态伦理思想都对 20 世纪英国生态诗歌的创作产生了影响。

任何一种文学的发展，都与历史、政治、经济、伦理文化、自然环境等背景密不可分。西方现代社会发端于意大利的文艺复兴时期，"科学技术摧毁了死板的经院哲学体系"，③ 为接下来的世界做了思想解放的历史准备。哥白尼于 1543 年发表了《天体回转论》，提出了"日心说"；在开普勒的"运动三定律"和伽利略的"力学"定律的基础上，牛顿提出"万有引力"

---

① 奥尔多·利奥波德：《沙乡年鉴》，侯文蕙译，吉林人民出版社，1996，第262页。
② 罗尔斯顿：《环境伦理学》，杨通进译，中国社会科学出版社，2000，第48页。
③ 罗素：《西方哲学史》（下卷），马元德译，商务印书馆，2002，第14页。

学说；蒸汽机的利用取代了手工劳动；各种自然资源的开采和钢铁的冶炼使得科学技术取得了飞跃……科学技术的发展最终导致了西方世界的工业革命。在第一次工业革命的 100 年里，英国已经从一个以农业和手工业为主的国家一跃成为"世界工厂"。机器取代了手工生产，机械工厂代替了手工作坊。工业所需要的劳动力通过大规模的"圈地运动"来获得，为了获得纺织业需要的羊毛，农民被赶出自己的土地，大量的农田变成了牧场，"大批的农民被剥夺了生产资料和生活资料，沦为流浪者和乞丐"。① 这样，一方面，工业革命使英国的经济有了巨大的发展；另一方面，煤炭的使用使得伦敦上空雾气笼罩，森林和田野的宁静被火车的隆隆声和机器的马达声所破坏，英国变成了弥尔顿笔下的"失乐园"。② 与此同时，英国的社会结构也发生了变化，"英国成了一个城市国家，中世纪那种田园般的农业社会被一个发达的工业社会所取代"。③ 再者，达尔文的进化论认为一切生物都是进化而来，否认了人高高在上的地位。在这样的社会历史背景下，哈代开始在他的诗歌中关注动物的不幸遭遇，控诉人类中心主义；劳伦斯在他的诗歌创作中倡导"众生平等"，歌颂野生动物的自由生活状态。而拉金和休斯创作的时间已是"二战"之后，两次世界大战使英国遭到重创，昔日的英国风景正在逝去，英国人的心态也更加低调务实，人类开始反思批判自身行为带来的恶果，并呼吁保护濒危野生动物和维护生态系统平衡，这正是拉金和休斯为寻求人类与其他动物以及自然之间的和谐生态关系所做出的努力。

四　20 世纪英国生态诗歌蕴含伦理思想的共同特征

纵观 20 世纪的英国生态诗歌，虽然每位诗人所处的具体时代不同，诗歌的主题和风格也有所差异，但都从不同方面表现了生态伦理观的普遍内涵，研读代表诗人的代表诗作不难看出其中蕴含生态伦理思想的发展态势

---

① 刘淑兰：《英国产业革命史》，吉林人民出版社，1982，第 8 页。
② 苗福光：《生态批评视角下的劳伦斯》，上海大学出版社，2007，第 34 页。
③ 王觉非主编《近代英国史》，南京大学出版社，1997，第 260 页。

和共同特征：从 19 世纪末 20 世纪初的哈代对威塞克斯乡村景色的描写、对鸟类的刻画和对受人类迫害的动物的怜悯，到 20 世纪二三十年代劳伦斯对鸟、兽和花的描写，尤其是对低等生物的敬畏和喜爱，到 20 世纪五六十年代拉金对战后英国风景的慨叹和对被驯化的牛、马、羊以及小动物的细致刻画，再到休斯对野生动物原始力与美的赞扬以及对人与动物、自然和谐相处美好愿景的向往。可见哈代、劳伦斯、拉金和休斯等人的生态诗歌既注重对自然界中的动物和植物等实际生存状况的描述，关注它们在自然界和人类关系中的命运，倡导"众生平等观"，也注重揭露人类对生态环境的破坏，关注动植物与人及其生存环境的关系。他们的生态诗歌蕴含丰富的生态伦理思想，主要体现在对生命的敬畏和关爱，表现了批判人类中心主义的深刻思想内涵，以及崇尚和谐，倡导人与动物、自然和谐相处的生态理想，使 20 世纪英国生态诗歌成为一个相对独立的单元。

（一）敬畏生命，批判人类中心主义

哈代是英国传统的乡土文化的最后代言人，长期的乡村生活使他与大自然亲密接触，他热爱大自然，动物、植物都是他的诗歌题材，他擅长从自然万物中攫取诗歌意象，并生动地描述出来。哈代承认达尔文的进化论在道德领域的巨大影响："确立物种共同起源的学说的最深远的影响是在道德领域……把所谓'金规律'从只适用于人类调整到整个动物王国。"[1] 哈代在其 19 世纪末 20 世纪初所创作的诗歌中对动物的遭遇给予充分关注，如《被刺瞎双眼的鸟》和《一袋袋的肉》等都表达了对受人类迫害的动物的怜悯之情，从而传达了保护动物的生态意识。哈代不仅对动物充满了悲悯意识，还对人类对动物的残害行为进行了尖锐的批判，这往往通过赋予动物以乐观的生存精神表达出来。如《被刺瞎双眼的鸟》中的盲鸟在还不会飞的时候，就被人用"热红的针"刺瞎了双眼，它只有在"永恒的黑暗"中忍受煎熬，然而虽然生存痛苦，盲鸟却没有放弃生存意志。诗人高度赞扬了盲鸟的品质："谁具有慈善的品质？这一只鸟。／谁生性善良，却遭受着无尽的痛苦？／谁

---

① E. H. Florence, *The Life of Thomas Hardy*, *1840 - 1942*, London: Macmillan, 1962, p. 349.

双目失明，生活的环境犹如坟墓，／却从来不急不躁，／谁憧憬未来，默默忍受着生活的一切，／不为邪恶环境烦恼，高唱生活的欢歌？／谁具有天使般的品质？这一只鸟。"① 哈代赋予了鸟以坚强的人格特征，谴责人类对动物的摧残，呼吁人们以仁慈之心来对待动物。哈代敬畏生命，批判人类中心主义的思想还体现在人类对自然资源的破坏上，如在《伐木》一诗中，哈代细致刻画了两个伐木者伐树的过程，他称人为伐树的"执行者"（executioner），将树木比喻成被判了刑的罪人等待诛伐，可见人类的残酷无情，哈代以此控诉了人类破坏树木和自然的残忍行为。与早期哈代笔下的田园风光相比，哈代的自然诗中充斥着这样的意象：萧瑟的晚秋、枯萎的花朵和充满杀戮的密林等，这无不显示诗人在城市化进程中对自然的忧虑。

史怀泽的"敬畏生命"的生态伦理观念认为："成为思考型动物的人感到，敬畏每个想生存下去的生命，如同敬畏他自己的生命一样。他如体验他自己的生命一样体验其他生命。"② D. H. 劳伦斯的动物书写诗歌就体现了这种生态伦理观，既对动物充满敬畏与爱，又与动物合为一体，他似乎与他笔下的那些生命进行着精神和心灵的交流。劳伦斯的生态思想主要体现在1923年出版的诗歌集《鸟、兽和花》中，在这部诗集中，劳伦斯对生态原野中的花鸟虫鱼以及各种小动物做了细致的描写和刻画，他笔下的动物不分高低贵贱，充满温暖明朗的色调，从水里畅游的小鱼，到蜂鸟，甚至蚊子，无不如此。在《鱼》一诗中，劳伦斯这样写道："鱼，哦，鱼／如此小的生命！／不管水面上涨并覆盖大地／还是水面退到幽深空洞之处／对你来说都是一个整体／在水中／潜入水底／在波涛里激动兴奋。"③ 大海中的小鱼虽然微不足道，却向往自由，既然拥有生命，就有快乐的资本。在诗中劳伦斯赋予小鱼以情感，我们通过小鱼体会到在大海中畅游的快乐，不由感叹微小生命的奇妙和无拘无束的逍遥。在《蜂鸟》一诗中，诗人这样写道："我能想见，在太古般沉寂的另一个天地，／远远地／在最可怕的静

① 托马斯·哈代：《哈代文集》，刘新民译，人民文学出版社，2004，第192页。
② 史怀泽·阿尔贝特：《敬畏生命》，陈泽环译，上海社会科学院出版社，2003，第103页。
③ D. H. Lawrence, "Fish", < https://www.best-poems.net/poem/fish-by-d-h-lawrence.html >, retrieved on 10 Nov., 2018.

谧里，只有喘息和营营的 / 蜂鸟们竞奔于林荫道间。/ 在万物有灵之前，/ 当生命还是一团物质之时 / 这小东西就在光辉中扑棱而起 / 飕飕穿过迟缓的广袤的肉质的茎叶。/……我们透过时光长长的望远镜去看他 / 我们多走运……"① 蜂鸟虽小，在劳伦斯的想象中却早于其他生命存在，透过诗人时光的望远镜，我们仿佛看到了远古时代，诗人赞叹在漫长的进化过程中，时间是如何孕育出这样神奇的物种，这充分体现了他的"众生平等"和"敬畏生命"的生态伦理思想。此外，跃入劳伦斯笔下的还有"讨厌"的蚊子，他在《蚊子知道》中写道："蚊子知道得很清楚，虽然他如此小 / 他是别人的美餐 / 但是，毕竟 / 他仅仅满足于填满肚皮 / 他不会把我的血液来储存。"② 在劳伦斯的笔下，虽然蚊子吸血，却不储存，这里诗人重点突出后者，其寓意不言自明：蚊子吸血只为填饱肚子，满足正常需求，而现代社会中的人对自然大肆掠夺，其贪婪的举动蚊子远远不及。人类必将自食其果，受到大自然的惩罚。事实上，劳伦斯正是通过理解、赞美蚊子"取之有度"的品德来鞭挞现代人在自然和物质方面的贪得无厌。

菲利普·拉金是 20 世纪 50 年代"运动派"诗人的领军人物，第二次世界大战沉重打击了当代英国人，随着工业化对环境的负面影响加深，拉金的诗歌充满苦闷和消极的情愫，多表现战后英国人日常行为中的悲观和无奈。拉金终身未婚，喜欢小动物，他养猫、狗等小动物，和小动物有深厚的感情，他的手稿页边空白处常画一些小动物，也在诗歌中描写小动物，他的悲观无奈也自然体现在他的动物诗歌中。如在《瘤》中，拉金写了一只小兔子落入陷阱，无法逃脱；而在《割草机》中，诗人写自己用割草机割草时，意外杀死了一只小刺猬，诗人对小刺猬的意外死亡无比自责和悲伤："我曾见过这刺猬，甚至喂过，一次。/ 现在我扼杀了它小心翼翼的世界 / 无法弥补 / 埋葬也很无助。"③ 然而工业化才是迫害小动物的元凶，小刺猬成了现代文明的牺牲品，人类能够做的只有小心翼翼和保持仁慈之心。

---

① D. H. Lawrence, "Hummingbird", < https://www.poetsgraves.co.uk/Classic% 20Poems/Lawrence/humming_bird.htm >, retrieved on 10 Nov., 2018.

② D. H. Lawrence, *The Complete Poems of D. H. Lawrence*, Hertfordshire: Wordsworth Editions Ltd., 2002, p. 102.

③ Anthony Thwaite, ed. *Philip Larkin: Collected Poems*, London: Faber and Faber, 2003, p. 214.

同样，在《带一只回家给孩子们》中，小动物被当作玩偶，它们虽然没有被工业文明剥夺生命，却失去了自由，只能由孩子们任意地玩弄，这里同样表达了诗人对人类中心主义的批判思想。

出生于20世纪30年代的泰德·休斯的童年是在英国西约克郡的一个小村庄度过的，那里虽难免有工业文明的痕迹，但工业化还没有完全侵蚀乡村，自然环境培养了他对乡村的热爱和对野生动物的痴迷，受劳伦斯的影响，休斯在长达半个世纪的创作中将敬畏生命的思想在诗歌中发挥到极致。他早期的动物诗歌关注野生动物世界，充满了野性和力量，如在《鸫》一诗中，诗人写道："草坪上这些全神贯注的壮健的鸫令人惊骇，／与其说是生物不如说是弹簧钢——／虎视眈眈的致命的黑眼，两条灵巧的腿／难以理喻地一触即发——一冲，一跳，一戳，／抓住瞬间拽出一个扭动的活物。"① 没有对鸫鸟的爱和敬畏，就没有如此细致生动的刻画，诗的字里行间充满对野生动物的灵性与力量的赞美。在著名的《美洲豹》一诗中，休斯设身处地感受笼中美洲豹的境遇，表达了对美洲豹的敬畏："疾步走过囚笼的黑暗。并不厌倦——／眼睛满足在火中变盲，／大脑中澎湃的血震聋耳朵——／他绕着栅栏旋转／但笼子对于他并不存在"。② 同样是写被囚禁的动物，和哈代被囚禁在笼子中的金丝雀的悲惨命运相反，休斯赞扬了身在笼中的美洲豹，它昂首阔步，热血澎湃，毫无囚笼之感，其放荡不羁的野性充满魅力，更加凸显休斯对动物的敬畏之情。

（二）崇尚和谐，倡导人与动物、自然和谐相处

哈代一生的大部分岁月生活在英格兰多切斯特的乡间，他不仅写动物，还写花草树木和乡间的美景，呈现人与动物、自然和谐共处的画面。在《郊外白雪》的最后一节中，哈代书写了雪中的自然："大雪使树枝变粗，大雪把树枝压弯，／把一个个树杈织成雪白的网，大街小巷，一片静悄悄。"

---

① 林玉鹏：《野性与力亦有情——评泰德·休斯的诗》，《当代外国文学》1999 年第 1 期，第 140 页。

② 转引自李子丹《泰德·休斯与凯尔特文化传统》，《外语与外语教学》2007 年第 1 期，第 36－37 页。

接着他细致刻画了雪中树丛里的一只麻雀："一只麻雀飞进树丛，惊落比它的身体／大三倍的一团银絮，／朝它的小脑袋砸去，"最后写到人的活动，"台阶是变白的斜坡，／一只黑猫身材瘦弱，／他睁大眼睛，渺茫地向上攀登，／于是我们把它接入屋中。"① 在这里，人与雪景、麻雀和黑猫同时出现在画面中，建立了风景、动物和人的联系，也表达了诗人对动物的仁慈和关爱。又如在著名的《黑暗中的鸫鸟》一诗中，前两节诗人描写了荒凉、凄惨、冷漠的树丛，然而在第三节出现了希望之声："突然间，头顶上有个声音／在细枝萧瑟间升起，／一曲黄昏之歌满腔热情／唱出了无限欣喜，——／这是一只鸫鸟，瘦弱、老衰，／羽毛被阵风吹乱，／却决心把它的心灵敞开，／倾泻向浓浓的黑暗。"② 哈代表达了鸫鸟带来的希望之声和乐观精神，同时也对人与动物的和谐统一充满信心。此外，《在林中》一诗表现了城市和乡村生活的矛盾以及脱离城市、回归自然的美好愿望："残缺的心，跛足的灵魂，／在城市沉闷压抑，／我走进一片森林，／幻想林间的寂静，／……／大自然是温和的慰藉。"③ 可见，城市生活让诗人感到残缺和压抑，而只有在森林中投身自然的怀抱，才能找到人与自然合二为一的感觉，这也成为哈代追求的生态理想和向往的人生境界。

劳伦斯也崇尚"生态和谐"。在劳伦斯眼里，即使是蛇、老鼠等野生动物，也一点不比人类低等，这彻底颠覆了"人类中心主义"，表达了人与动物和谐相处的生态理想。蛇在西方传统文化中是象征地狱的动物，但在著名的《蛇》诗中，诗人描绘了一幅人兽相遇相知的图景。在诗中，诗人叙述了他与蛇邂逅的经历：当他到水槽汲水的时候，意外地看到一条金色的蛇在那里啜饮，诗人刻画了蛇饮水的样子——很从容，很坦然，"就像一头牛那样"。对蛇的到来，诗人一方面感到"很荣幸，很高兴"，另一方面也感到害怕，因为他的客人来自"神秘大地的黑暗之门"，有着"天神一般的王者仪态"。当蛇饮完水离去，钻进"可怕的黑色洞穴"的时候，诗人感到

① 托马斯·哈代：《梦幻时刻——哈代抒情诗选》，飞白、吴笛译，中国文联出版社，1992，第 193 页。
② 托马斯·哈代：《梦幻时刻——哈代抒情诗选》，飞白、吴笛译，中国文联出版社，1992，第 196 页。
③ 聂珍钊：《悲戚而刚毅的艺术家》，华中师范大学出版社，1992，第 114 页。

一阵"莫名的恐惧和反感",于是他捡起一条橡子砸向金蛇,可橡子刚一扔出去,诗人就后悔了:"我立刻感到懊悔,／我在想,我的行为是多么无聊、粗俗、低劣啊!／我鄙视我自己,憎恶那可恨的人类教育的声音。"① 诗人下手砸蛇是出于根深蒂固的"人类中心主义"文化,诗人为此感到后悔自责,而在诗的结尾,诗人写道:"因为他又一次让我感到他像是一位王者,／一位被流放的国王,被废黜到了地狱,／而今该是他重新加冕的时候。"② 此处诗人将蛇描写成一位虽被流放但王者风度依旧的君王,并通过人的卑劣来反衬蛇的高贵,从而表现"众生平等、崇尚和谐"的思想。

同样表达"生态和谐"的生态愿景,拉金只是进行客观和冷静的描述。如在《鸽子》一诗中,诗人刻画了一群西风细雨中的鸽子:"一群鸽子在薄薄的石板上挪动着,／迎着西风细雨／风掠过它们缩着的脑袋和收紧的羽毛／蜷缩成温暖惬意的一团。"③ 只有将个人感情融入鸽子的世界才会描绘得如此情趣盎然。在《拂晓》中,诗人描写了美好的乡村拂晓,人的行为充分参与其中,"听到公鸡在远处打鸣／拉开窗帘看到天上的云",这是一幅人、动物和自然景观融为一体,充满了人情味儿的乡村拂晓美景。在《降灵节婚礼》中,诗人描绘了远离工业化的乡村景色:农场、牛群和牧草,满是一幅辽阔和美好的景象。而在《春天》一诗中,诗人用白描的手法描写了春日里公园的人与动物互动的情景:"绿荫下人们结伴坐着,或者转圈散步／他们的孩子拨弄着苏醒的青草,／平静的孤云站立,平静的孤鸟歌唱,／然后,闪烁着仿佛一面摇摆的镜子／太阳照亮了那些弹回的球,那狗儿汪汪叫。"④ 诗中对鸟、狗等小动物的特写更衬托出公园春光中的宁静祥和,人、动物和自然都画面感极强,表达了城市诗人拉金对人、动物和自然和谐相处的美好愿景。

随着环境伦理思想逐渐发展成熟,20世纪60年代末,休斯读到了美国

---

① M. J. Lockwood, *A Study of the Poems of D. H. Lawrence*: *Thinking in Poetry*, London: Palgrave Macmillan, 1987, p. 124.

② Ibid, p. 125.

③ Philip Larkin, *Collected Poems*, Anthony Thwaite, ed., London: The Marvell Press and Faber & Faber, 1988, p. 109.

④ 菲利普·拉金:《菲利普·拉金诗选》,桑克译,河北教育出版社,2003,第32页。

作家蕾切尔·卡森的《寂静的春天》，开始有意识地写生态诗歌。此外，休斯在创作后期也受到中国道家"天人合一"思想的影响，其诗歌创作一改早期野性张扬的风格，变得温和平静，在诗中更多地呈现人与动物、自然界和谐共融的温暖画面。休斯的后期诗集《摩尔镇》提倡人与动物形成良好的伙伴关系，赞颂生命至上的美德，呼唤建立和谐的生态环境。例如，诗的主人公杰克悉心照顾牛、羊，甚至为其助产喂奶，特别是在母牛的一对幼崽夭折时，他唯恐母牛太伤心，只拿走一只，体现了人类尊重动物，与动物进行友善沟通，并给予无微不至的关怀。诗集《河流》则呈现了一派温馨和平的景象，诗人借此呼唤人类承担起生态责任，充满纯真和祝福，如在诗集的最后一首《鲑鱼产卵》中，老渔夫已经有了生态可持续发展的意识，决心不再捕鱼，他关心鲑鱼的命运，甚至独自乘舟逆流而上去寻找鲑鱼的踪迹，并在寻找过程中深深领略自然的瑰丽，感到生命的神圣，体会人与动物、自然的共存与共荣。这个十分浪漫的境界就是休斯所追求的生态理想，正如陈红所说："人只有学会与其他动物和平相处，才能成为一个完整的人，人类只有与地球上其他生物和平相处，才能继续存在和兴旺下去。"① 这与中国道家的"天人合一"思想如出一辙。

五　20 世纪英国生态诗歌蕴含伦理思想的流变解析

作为 20 世纪初期英国生态诗歌最具代表性的人物，哈代和劳伦斯的生态诗歌创作时期分别处于 20 世纪初和 20 世纪二三十年代，当时工业化和城市化刚刚起步，生态危机初见端倪，乡村生活和原野风光仍是哈代和劳伦斯诗歌的主旋律，因此哈代和劳伦斯笔下的生态诗歌语调相对轻快明朗，充满乐观情绪。而拉金和休斯的生态诗歌是在"二战"后创作的，历经 20世纪 50 年代至 80 年代，科技的发展使工业化和城市化的进程加快，往日美好的英国风景正在逝去，环境空前恶化，人与自然的关系遭到严重破坏，生态危机加重，人们的环保意识逐渐增强，因此拉金和休斯的诗风深沉而

① 陈红：《特德·休斯诗歌研究》，华中师范大学出版社，2014，第 216 页。

严肃，充满悲观的情绪；再加上"二战"使英国遭到重创，沉重打击了英国人的心理，英国人亟须调整心态，重振英国往日的雄风，而休斯擅长写动物的原始力量，其遒劲诗风正符合这一诉求。因此，四位诗人的诗作除蕴含上述一些共同伦理思想外，通过进一步分析，我们还可以发现哈代对拉金、劳伦斯对休斯的影响以及他们诗歌创作的不同之处，呈现了人与动物和自然关系思考维度拓展、伦理理念递进的流变趋势，主要表现在人与动物、自然的关系由对立走向统一，显现了人与动物、自然的和谐共生倾向；在表达生态美好愿景上，也由怜悯动物遭遇、控诉人类中心主义转向积极参与环境保护并维持生态的平衡和可持续发展。

（一）人与动物、自然的关系由对立转向统一，可见人与自然的和谐共生倾向

人与动物、自然的对立关系主要体现在哈代和拉金的诗作中。工业化和战争不仅打击了英国人，而且破坏了生态环境，动物的处境也危在旦夕。哈代和拉金在诗歌创作中都表达了对罹难动物的同情。然而，由于哈代早年见证了英国多塞特郡的乡村生活，那里的自然环境和鸟类为哈代提供了创作的源泉，因此哈代擅长描写鸟类；拉金则是一个城市诗人，他笔下的动物多是城市日常生活中常见的小动物和被驯化的牛、马、羊等。哈代写了不少关于鸟的诗歌，满是对鸟类失去自由甚至遭受人类迫害的同情。如在《关在鸟笼的金翅雀》一诗中，诗人表达了对金翅雀的深切同情：鸟笼里的金翅雀不仅失去了自由，而且遭主人遗弃，也许是为了祭奠，这注定了它的悲剧命运。诗人感慨道，自然才是它的归所，而非樊笼，诗人通过鸟的遭遇呈现了人与鸟对立的残酷而悲惨的自然界。人与动物的对立在《一袋袋的肉》中表达得更加露骨："一个个被驱赶进来的'畜生'／以惊异和责备的目光／向周围的买主张望。／它们也曾双目圆睁／怒视曾被它们当作亲人的骗子，／这些人如此怪异、冷酷、贪婪、卑鄙，／把它们带入险恶之地／它们要么死在屠夫刀下，／要么被农夫套上犁铧。／若被屠夫买走，它们会被赶离交易场，／可以想象，它们准会流泪满面、心中哀伤。"① 在这里

---

① 转引自颜学军《哈代诗歌研究》，人民文学出版社，2006，第67页。

动物和人的关系完全对立，动物要么做繁重的劳动，要么惨遭屠戮，这是对人类中心主义的控诉，结尾的"泪流满面、心中哀伤"充满对动物的怜悯和同情。人与自然关系的对立在城市诗人拉金的诗歌中更加明显，工业化和战争使得美好的英格兰正在逝去，取而代之的是环境的极端恶化。《逝矣，逝矣》一诗写于1972年，随着工业化的进一步发展，人们的生态意识增强，拉金意识到人类对自然的掠夺，一切发生了翻天覆地的变化："那就是逝去的英格兰，／树荫、草地和小路，／市政厅，雕刻的唱诗班。／剩下的只是书；徘徊在／美术馆；一切为我们留下的／仅是混凝土和轮胎。"① 拉金慨叹美好的往昔已经逝去，留下的只是工业化的残迹，可见人的行为与自然的对立。哈代和拉金在诗歌中同写人与动物、自然环境的对立，但与哈代多关注英格兰乡村的风景和鸟类不同，拉金多描写城市化的英格兰常见的小动物的悲惨遭遇和衰败的英国风景，它们多是现代工业化和城市化的牺牲品。

劳伦斯和休斯擅长描写人与自然的和谐共生，虽创作时期不同，他们都选择描写生态原野中的花鸟虫鱼，这与两位诗人各自的生活经历不无关联。由于出生在矿区，劳伦斯一生长期受肺病困扰，他一生都在逃离城市，在荒野中游走，因此有机会观察很多野生动物；休斯自幼居住在乡村并有狩猎经历，与自然和野生动物有近距离接触，后来有了保护动物的生态意识，就放弃了捕猎，开始在诗歌里写野生动物。在劳伦斯看来，人类应该与其他动物建立一种和谐的生态关系，所以他更多地关注动物的美，愿意和动物融为一体，喜欢"故意从一个非人类的视角来探索自然世界"，② 如在《小鱼儿》一诗中，劳伦斯这样写道："小鱼儿高高兴兴／在大海中／小小的、敏捷的生命／他们的小生命对自己来说就是欢乐／在大海中。"③ 诗人只有与小鱼融为一体，才能体会小鱼在大海中畅游的快乐。又如在《傍

① Philip Larkin, "Going, Going", < http://www. igreens. org. uk/going_going. htm > , retrieved on May 12, 2008.

② Keegan Bridget and James C. McKusick, eds. , *Literature and Nature: Four Centuries of Nature Writing*, New Jersey: Prentice-Hall, 2001, p. 839.

③ D. H. Lawrence, *The Complete Poems of D. H. Lawrence*, Hertfordshire: Wordsworth Editions Ltd. , 2002, p. 382.

晚的牡鹿》一诗中，劳伦斯以拟兽的写法与牡鹿相融："她伶俐的身影疾驰如飞，／沿着天空线；她／掉过光洁美丽的脸庞。／于是我认出了她。"在诗的结尾，劳伦斯表达了与牡鹿和谐共处的神圣感："哦，是的，作为男性，我的脑袋既不光洁，也没有鹿角？／我的臀部也不轻盈？／她奔跑时与我用的不是同一股风？我的恐惧没有覆盖她的恐惧？"可见诗人在不知不觉中变成一只雄鹿，"从外形到环境到感觉完全融入牡鹿的世界。"①

受劳伦斯动物诗歌的影响，休斯也着力刻画野生动物，表达人与动物的和谐关系，但不同于劳伦斯所描绘的温暖明朗的动物世界，休斯展现的是动物的原始力和遒劲之美。在诗集《雨中鹰》和《牧神集》中，休斯描写的是一个野性和力的动物世界：从陆地上的美洲虎、狐狸、狼群到空中盘旋的雄鹰、鸫鸟，再到海里的鲨鱼和螃蟹……无不透露着机警、凶猛甚至血腥，充溢着旺盛的精力和野性。在《栖息的鹰》一诗中，休斯以第一人称拟人的手法书写了鹰的自由："我坐在树的顶端，把眼睛闭上。／一动也不动，在我弯弯的脑袋／和弯弯的脚爪间没有弄虚作假的梦；／也不在睡眠中排演完美的捕杀或吃什么。／……我的双脚钉在粗粝的树皮上。／真得用整个造化之力／才能生我这只脚、我的每根羽毛：如今我的脚控制着天地。／或者飞上去，慢悠悠地旋转它——／我高兴时就捕杀，因为一切都属于我。／我躯体里并无奥秘：／我的举止就是把别个的脑袋撕下来——"② 鹰高傲盘踞，充满王者气概。第一人称拟人化的写作手法使人与鹰融为一体，用词大胆，简洁有力，这不仅表达了诗人对鹰的敬畏，也与"二战"后英国人和英国社会的萎靡形成鲜明反差，让人读起来为之一振。同样，在《鬼怪螃蟹》一诗中，休斯为我们揭示的是一个充满原始本能的世界："它们互相追逐，互相纠缠，／互相骑压，要把对方撕成碎片；／它们是这个世界的强权，／我们是它们的细菌。"③ 没有对螃蟹深入细致的观察，自然就不会有如此生动准确的刻画，在这里没有脉脉温情，有的是螃蟹旺盛的生

① 闫建华：《劳伦斯诗歌中的黑色生态意识》，上海外国语大学博士学位论文，2015，第88页。
② 王佐良：《英国诗史》，译林出版社，2008，第495－496页。
③ 林玉鹏：《野性与力亦有情——评泰德·休斯的诗》，《当代外国文学》1999年第1期，第139页。

命力。休斯的动物诗歌既歌颂了野生动物的原始力与美，也体现了诗人珍爱动物、与动物和谐共处的生态伦理观。因此，在休斯的笔下，动物并非人类的附庸，而是与人类平等的生物；它们不再温存柔弱，需要人类的呵护和怜悯，而是大自然中的狠角色，其冷酷血腥的一面足以成为自然界中的强权，极具威慑力。

综上，哈代的诗歌中常出现人和动物的对立，他擅长写对罹难的动物的同情，这既反映了工业化背景下人与动物关系的异化，也受到达尔文进化论的影响，更有"一战"之后的反思。20 世纪二三十年代的劳伦斯似乎逐渐摆脱了战争的阴影，但工业化和进化论的影响逐渐加深，他对野生动物充满感情，因此能在诗作中写出动物世界美好明朗的一面，表达人与动物和谐相处的生态伦理观。拉金是 20 世纪 50 年代"运动派"诗歌的领军人物，"二战"给英国带来前所未有的沉重打击，加上工业化影响日益加剧，于是被工业化迫害的小动物，被驯化的牛、马、羊和逝去的英国风景成了他生态诗歌中的题材，亦如战后英国人"非英雄"的心态，他以写实的手法反映人与动物、自然对立的一面，不加评论，笔调沉重，风格冷静。到了 20 世纪 60 年代，休斯打破了"运动派"诗人的写实风格，他受劳伦斯动物诗歌中生态伦理观的影响，擅长写野生动物的力与美，在战后诗坛刮起一股遒劲的风；随着 20 世纪末期生态伦理思想的发展，人们的环保意识逐渐增强，在《寂静的春天》等生态文学作品的影响下，晚年的休斯开始反思人类因破坏环境而受到的惩罚，并接受了中国道家"天人合一"的思想，表现了注意物种延续和生态平衡的环保意识，并体现在其晚年的诗歌创作中。由此可见，20 世纪英国生态诗歌所呈现的是从人与自然的对立到人与动物、环境的融合共生的流变趋势。

（二）由怜悯动物遭遇、控诉人类中心主义转向积极参与环境保护、维护生态平衡

休斯晚期的生态诗歌创作开始体现强烈的环保意识和人类参与自主性，与前辈生态诗人哈代、劳伦斯和拉金的生态诗歌创作风格截然不同。哈代、劳伦斯和拉金或慨叹个体动物的悲惨遭遇，或控诉人类中心主义行径，或

对逝去的英国风景表示惋惜……总之还停留在人与动物、与生态环境对立的阶段，更多地关注人与动物、自然的生存斗争，虽然表现了对罹难动物的同情以及人与动物、自然和谐相处的美好图景，但人类参与环保的主动性并没有表现出来。相反，休斯的早期诗歌常将动物拟人化，表达了对野生动物昂扬斗志的赞美，而其晚期诗歌因接受了中国道家的思想，并受到西方生态伦理学的发展和生态文学作品繁荣的影响，更明确地表达了"天人合一""物我两忘"的生态理想，如《摩尔镇》《河流》等诗集歌颂了人类参与环境保护的行为，有积极地维护生态平衡的思想和强烈的环保意识。这是相比其他三位诗人在生态伦理观方面的进步之处，也是20世纪英国生态诗歌中生态伦理思想进一步发展的有力表现。

人与动物、人与自然的对立关系在三位前辈诗人的诗作中都有所体现。在《捕鸟人之子》一诗中，通过父与子一段关于捕鸟的对话，哈代表达了人类对动物持有的两种截然相反的态度。小弗雷德象征着人性中的善良和天真："爸爸，我害怕你的行为，／这种交易很不正当！／把小小的云雀捕捉起来，／变成一个个终生的囚徒，／云雀伤痕累累，在狱中流血，／它们试图远走高飞：／每只关在笼里的夜莺／很快会死亡或憔悴。"而他的父亲象征着残忍和世故："好一个傻瓜，我的孩子！／鸟雀就是任逮任捕，／干这种行当是我的命运，／而你这是接受教育。"① 犹如"天真之歌"和"经验之歌"的对话，孩子天真的话道出了人类对云雀的残忍迫害，可是小弗雷德不但没有说服父亲，反而要"接受教育"，这说明在哈代的时代人类中心主义盛行，人类要与动物保持和谐共融的关系阻力重重，这一理想的实现任重而道远。

到了劳伦斯时代，其"众生平等"的生态思想表现了对所有动物的崇敬和关爱，他的大多数诗作写野生动物自由自在、温暖明朗的一面，还有少数诗作揭露了人类对野生动物的残忍迫害，给人以无限的哀思。如在《美洲狮》一诗中，当看到美洲狮被射杀时，劳伦斯将对人类中心主义的批判发挥到极致："就这样，她将永远不会一跃而起／伴着射杀美洲狮的黄色

---

① 托马斯·哈代：《哈代文集》，刘新民译，人民文学出版社，2004，第825页。

闪光！/ 她的明亮的带着条纹的脸永远不会出现在 / 雪橙色的洞口 / 黑色山谷口的树上。"① 诗人最后的结论令人感慨：曾经人和美洲狮都有生活的空间，而今美洲狮已经没有生存的空间。诗人强烈谴责了人类迫害野生动物的行径，同时也凸显了对野生动物被杀害的深沉的惋惜和对生态危机的忧患。然而美洲狮应该如何避免被捕杀的命运，诗人似乎并没有给出行之有效的做法。

拉金也对人类中心主义进行了无情的揭露和批判，他采用了一种客观描写的现实主义手法，即用一种冷静的态度叙述动物的悲惨遭遇，《铁丝网》就是一例："宽阔的大草原围着电网，/ 连老牛都知道它们一定不会迷路 / 小牛犊总能闻到纯净的水的味道 / 不是在这里而是在别处。在铁丝网外 / 老牛带着它们四处乱闯铁丝网 / 不到一刻钟就把它们的肌肉猛烈地撕成碎片。"② 牛为纯净的水源付出了巨大的代价，因为人类为了限制牛的自由，在草原上架起了带电的铁丝网，为了重获自由，获得纯净的水源，老牛带着小牛犊奋力冲击来自人类的束缚，结果惨剧发生了，"它们的肌肉猛烈地撕成碎片"。没有强烈的感情抒发，仅这极具视觉冲击的客观描述就表现了人类对待动物的残忍手段，接着拉金评论道："小牛犊变成了老牛就在那个日子，/ 那时它们最狂野的感觉带电的边线。"③ 惨剧的罪魁祸首在于人类搭建的带电的铁丝网，为了给人类提供纯净的水源，动物只能是牺牲品，在这里拉金对人类凌驾于动物之上的"人类中心主义"的强烈控诉和批判达到了高潮。然而撤掉铁丝网，保护牛的自由，让牛在大草原中尽情地驰骋并喝到新鲜的水源，这种和谐的景象在当时的英国只能是一种生态理想，注重客观写实的拉金无法在诗歌中表现出来，却引发了读者无尽的反思。

休斯和前辈诗人有所不同的是他在诗中表现出来的对野生动物的欣赏与赞美、对人类积极参与环境保护行为的歌颂和对维护生态系统平衡的生

① D. H. Lawrence, "Mountain Lion", < http：//scenechanges. org/lawrence. php > , retrieved on November 10, 2018.
② Philip Larkin, *Collected Poems*, Anthony Thwaite, ed. , London：The Marvell Press and Faber & Faber, 1988, p. 293.
③ 菲利普·拉金：《菲利普·拉金诗选》，桑克译，河北教育出版社，2003，第 42 页。

态意识的倡导。休斯和劳伦斯虽相隔半个世纪，但两人在个人生活经历、诗歌创作和生态伦理观上有诸多相似之处，休斯本人也意识到这一点，他在写给尼克·甘米奇（Nick Gammage）的信中，高度评价了劳伦斯及其作品带给他的巨大影响："像劳伦斯这样一位使整个民族的思想因而改变的作家，势必已经融入我们呼吸的文化空气中，以至于很难区分哪些是直接产生于我们头脑里的东西，哪些是通过他而来的。"① 劳伦斯和休斯的思想都有生物中心主义和浪漫主义两大特征，两位诗人的动物诗歌中的生态伦理观都源自所处时代英国的社会历史背景及其个人的生活经历，工业革命和战争对自然生态的破坏使得诗人更加怀念过去的美好，而达尔文的进化论以及与动物的亲密接触使得诗人对动物更加珍爱和敬畏，诗人不仅在诗歌里书写动物，而且抨击人类对动物的迫害，憧憬人与动物的和谐相处。休斯提倡敬畏自然和尊重动物，对"适者生存"的理解使他更强调动物的原始野性，使他不自觉地着重刻画动物冷酷残忍的一面，而劳伦斯的动物极少是暴力的。因此，劳伦斯和休斯所处时代的不同以及个人经历的差异使得两人在描绘动物、表达生态伦理观时表现手法各异：虽都是表达对动物的敬畏和爱，但劳伦斯的温暖明朗不同于休斯的冷酷血腥。另外，休斯在其后期创作的诗集《摩尔镇》和《河流》中，表现出明显的保护环境、维持生态平衡和可持续发展的生态意识，如对河流遭到污染的忧虑，描绘了人与自然和谐相处的美好画卷，表达了人与自然共生的美好希望。和其他三位诗人不同的是，他不停留在慨叹动物被摧残的悲惨命运或者对人类中心主义的鞭挞之上，也不停留在对野生动物世界的生动刻画上，而是难能可贵地表现人类对生物和环境的保护意识，如他后期诗集中的主人公都是环保主义者，为保护环境、维护生态系统的平衡做出实际的努力。可见在共建生态和谐方面，休斯的环境保护意识和"天人合一"思想有别于其他诗人的"批判人类中心主义"，更体现积极的行动力。

休斯和其他诗人如此差异的根源在于以下四个方面：其一是工业革命和科技发展的影响对生态系统的持久破坏；其二是战争对英国人的打击；

---

① Nick Gammage, ed., *The Epic Poise: A Celebration of Ted Hughes*, London: Faber & Faber, 1999, p. 149.

其三是对达尔文进化论的不同理解；其四是晚年休斯对中国道家思想的接受。工业革命对生态系统的破坏力是长期而持续加重的，哈代和劳伦斯虽然经历过"一战"，但战争对他们诗歌中的动物和自然界影响不大，与休斯相比，他们眼中的动物世界有着更加明朗温暖的面目；休斯所处的英国经历两次世界大战，蒙受了政治和经济的双重打击，导致英国人民族自豪感和自信心的缺失，而当时领军英国诗坛的"运动派"不能担当重振民族自信心的重任，在这一背景下，休斯以其充满活力的诗风颂扬了野生动物的力与美，解放人类被压抑的本能，重拾了英国人的活力和信心。此外，虽然几位诗人都在不同程度上接受了达尔文的进化论，哈代和拉金表达了对罹难动物的深切同情，劳伦斯强调"众生平等"，而休斯将"适者生存"的思想全面而深刻地体现在他的创作中，因此，休斯笔下的动物都卷入了一场激烈的生死搏斗，这种机械性与劳伦斯笔下充满灵性的动物不同，好在休斯最终让自己那"出自于拒绝机械、功利和理性的浪漫主义传统"的想象力拐过了由战争阴影和进化论造成的"死角"，[①] 逐步调整自己对外部自然的观念和态度。随着生态伦理思想的发展，晚年的休斯接受了生态整体观，并深受中国道家思想的影响，抵达了一个全新的世界，即一个人与自然同生同存的世界。从这一点说，休斯承继了英国浪漫主义诗歌的传统，成为"延自布莱克和劳伦斯的英国反理性的浪漫主义思想传统的真正继承者"。[②]

由此可见，从 20 世纪初哈代对遭遇不幸的动物的同情和对正在逝去的英格兰乡村生活环境的留恋，到劳伦斯动物诗歌中的"众生平等观"和对人类中心主义的批判和控诉，到拉金对逝去的英国风景的慨叹和对工业文明和城市化对英国风景和英国人生存环境负面影响的批判，再到休斯对野生动物野性和力量的赞美及其后期生态诗歌创作中倡导人与自然和谐共生的环保意识，可见 20 世纪英国生态诗歌呈现了流变的另一个特征：由怜悯动植物遭遇、控诉人类中心主义转向积极参与环境保护、维护生态

① Hugh Underhill, *The Problem of Consciousness in Modern Poetry*, Cambridge：Cambridge University Press, 1992, p. 282.

② 陈红：《特德·休斯诗歌研究》，华中师范大学出版社，2014，第 217 页。

平衡。联系当时英国的政治、经济、社会和文化背景，探究其深层次的原因，可见科技发展和工业革命对生态系统的破坏已达到空前程度，"二战"对英国和英国人的心态造成前所未有的负面冲击，再加上达尔文的进化论的影响深远，以及中国传统生态哲学尤其是道家思想的传播，等等，使得20世纪英国生态诗歌中的生态伦理观呈现纵深发展和流变趋势，越来越强调人与生态环境的和谐共生以及人类在保护生态环境方面的能动作用。

六　结语

自第一次工业革命在英国兴起和发展以来，科技发展给人类文明带来翻天覆地的变化。然而，在全球化和现代化的时代背景下，科技发展和经济繁荣给人们带来前所未有的便利的同时，也给人类的生存带来严重的问题甚至灾难。在20世纪的英国以及全世界，科技加速发展，经济空前繁荣，但这是以对生态环境的毁灭性破坏为代价的，表现在人对自然资源的掠夺和无节制使用、对动物的虐待等，这些都对人类的生存环境构成了威胁，如全球变暖、沙尘暴肆虐、酸雨频降、淡水资源匮乏、部分物种濒临灭绝、海平面上升以及海洋污染甚至地震海啸时有发生，人类和动物的整体生存环境空前恶化。在此危机之下，人类认识到改善人与自然的关系的迫切性，并为改善生态污染和环境破坏做积极的努力，积极倡导从身边小事做起，如放弃一次性塑料袋的使用以减少环境污染，乘坐公共交通工具实现绿色出行，尽量实现无纸化办公，夏天调高空调的温度，随手关灯、关电脑等以节约能源，在有条件的情况下种一些绿色植物，放弃捕猎以保护珍稀动物等，为环境保护尽可能多做贡献。在此背景下，生态伦理学也作为一门学科迅速发展起来，并与文学创作和研究相结合实现跨学科发展，很多生态文学家和文学研究者迫切地发出自己的声音，通过自己的方式如生态文学创作或文学研究的生态学转向呼吁人类为改善环境做出努力，实现人与自然的和谐共处。如前所述，随着西方伦理学的发展，文学的生态批评从20世纪70年代的美国发端，迅速在世界范围内传播，到20世纪90年代成为文学研究的显学。由于中国具有优良的生态哲学的传统，生态批评在中国如重返故乡般受到欢迎。国内生态批评视角的外国文学研究兴起于 20 世纪末 21 世纪初，并在短短十几年中呈现井喷趋势，从研究内容看，包括生态批评理论研究、生态审美及生态艺术特性研究、生态思想文化维度研究；从研究对象看，既包括对 20 世纪 60 年代以来涌现的生态文学的研究，又包括对古往今来所有外国文学作家作品中生态思想的研究，后者多是重新评价，揭示其被忽视的美学价值，对反生态思想和人类中心主义展开批评。

20 世纪英国生态诗歌中的生态伦理思想非常丰富，是工业革命和两次世界大战对生态环境的持久破坏以及达尔文的生物进化论等在文学中共同作用的结果。纵观 20 世纪英国生态诗歌，从世纪之初的托马斯·哈代到二三十年代的 D. H. 劳伦斯、50 年代的菲利普·拉金，再到 60 至 80 年代的泰德·休斯，他们的生态诗歌中的生态思想都超越了"人类中心主义"的西方文学文化传统，倡导地球中心主义，体现出对罹难动物的怜爱与同情，对人类残害动物等破坏自然行为的谴责，对人与动物平等关系的讴歌，对逝去的英国风景的怀念，对野生动物原始力与美的颂扬，以及对人与自然的和谐共生的向往。此外，他们的生态思想发展还呈现了人与自然关系思考维度拓展、伦理理念递进的流变趋势，主要表现在人与动物、自然关系由对立走向统一和谐共生倾向；以及由怜悯动物遭遇、控诉人类中心主义转向积极参与环境保护并维持生态的平衡和可持续发展方面。以哈代、劳伦斯、拉金和休斯四位诗人为例研究 20 世纪英国生态诗歌，目的在于揭露工业化和科技文明的高度发达给其他生物和自然环境造成的负面影响，鞭挞人类中心主义思想，深思诗歌中所蕴藏的生态意识和道德关怀，从而对世界范围内的读者有深刻的警示和借鉴作用。

此外，20 世纪英国生态诗歌中蕴含的丰富的生态伦理思想和中国传统生态思想有很多类似之处，如对动物的怜爱和同情，众生平等观，对人类中心主义的批判与儒家的恻隐之心，道家的类无贵贱，佛教的戒杀、放生和素食等如出一辙。中国儒家的生态伦理思想还包括孔子"畏天知命"的生态伦理意识、"乐山乐水"的生命伦理情怀以及"弋不射宿"的生态资源节用观，孟子"仁民而爱物"的生态爱护意识和荀子"天行有常"的生态伦理意识；① 道家的生态伦理思想包括老子"道法自然"的生态平等观、"天网恢恢"的生态整体观和"知常曰明"的生态保护观，庄子"至德之世"的生态道德理想、"物我同一"的生态伦理情怀和"万物不伤"的生态爱护观念。② 可见古今中外生态伦理思想的相通之处：遵循客观规律，节约有度，爱护动植物和大自然，珍惜生命，保护环境，以此维护生态平衡和可持续发展。不可否认的是，随着现代社会科技的发展和人口的膨胀，新的环境问题不断出现，中西方生态伦理观在以上相通的总体原则基础上也注入了现代元素，纳入了新的内涵，因此，环境保护的具体做法应与时俱进，如节约用电、绿色出行、反对使用杀虫剂和保护物种多样化等；而且，环境保护不仅靠个人从身边日常生活的小事做起，还应该提升到国家和社会发展的战略高度上来，纳入各国国家战略发展方案中，形成世界范围内的一种合力。

当前，在世界范围内生态危机持续加重，地球可持续发展危在旦夕的背景下，通过分析20世纪英国生态诗歌中生态伦理观的共同特征和发展态势，解析和借鉴古今中西方生态伦理思想，对我们克服固有的中西方传统文化偏见，树立正确的生态伦理观，改善动物保护现状，深刻反思人与自然以及生存环境的关系，推进世界范围内的生态文明建设有重要意义。人与环境的关系问题和生态伦理学的发展既有深厚的中西方传统文化思想基础，又有关系到国计民生和可持续发展的深刻的现实意义，已成为世界范围内各研究领域关注的焦点，今日中国正以负责任的态度成为全球生态文明建设的重要参与者、贡献者和引领者，并做出庄严的承诺和坚定的行动。因此，在当今时代背景下，研究20世纪英国生态诗歌的生态伦理思想，以此唤起人们的生态意识和环保责任，是对当前的环境问题和人类生存现状以及可持续发展的反思，也是对西方生态伦理学和文学实现跨学科发展经

---

① 任俊华、刘晓华：《环境伦理的文化阐释——中国古代生态智慧思考》，湖南师范大学出版社，2004，第166–176页。

② 任俊华、刘晓华：《环境伦理的文化阐释——中国古代生态智慧思考》，湖南师范大学出版社，2004，第217–223页。

验的借鉴，更是为中国推动构建人类命运共同体的宏伟目标尽一份绵薄之力。

【Abstract】As an important part of western ecological ethics, the ecological ethics in 20th century English Ecopoetry is very rich, which reflects the interaction of impacts of industrial revolution, two world wars and Darwin's theory of evolution. In the Ecopoetry by Thomas Hardy, D. H. Lawrence, Philip Larkin and Ted Hughes, it is found that they share the common characteristics of showing love and sympathy towards the persecuted animals, criticizing anthropocentrism, cherishing "all creatures are equal", memorizing the going English landscape, eulogizing the power and beauty of wild animals and looking forward to a harmonious relationship between man and nature. Besides, there are some variations in ecological ethics, which show the trend of thinking dimensions of man-nature relationship and ethical thought evolvement. For one thing, man-nature relationship is changing from opposition to unification, which shows the tendency of harmonious coexistence of man and nature. For another, there is a change from sympathizing ill-treated animals and criticizing anthropocentrism to participating actively in environmental protection and maintaining ecological balance and sustainable development. These ecological ethics are similar to traditional Chinese ecological thoughts. Analyzing and borrowing these thoughts comply with the basic strategy of "Adhering to the Harmonious Coexistence between Man and Nature" of China today. It is of great significance in setting up correct ecological ethics, improving animal protection, and reflecting deeply man-nature relationship, thus promoting the construction of ecological civilization in a world-wide scope.

【Key words】English Ecopoetry; Ecological Ethics; Thomas Hardy; D. H. Lawrence; Philip Larkin; Ted Hughes

建设性后现代主义视角下的美国自然文学*

石海毓

（首都经济贸易大学外国语学院，北京，100070）

【内容提要】源于西方文明中希伯来文化的基督教和希腊文化的理性主义的影响从思想上和心理上造成了精神与物质、自我与环境、人与自然的分离，这导致了个人主义以及它的集体形式——人类中心主义——的形成。人类中心主义产生的自大使得人类将自己看作地球的管理者，将自然仅仅当作资源，对实用性的关注最终导致了人与自然关系的紧张。美国自然文学试图重新聚焦于自我、个体和人类之外的事物，超越人类中心主义，重建人与自然和谐共存的关系。建设性后现代主义是在回应激进的后现代主义哲学过程中产生的。与激进的后现代主义相比较，建设性后现代主义更加积极，少了激进和批判。本文从建设性后现代主义视角分析美国自然文学的核心理念：超越人类中心主义和大地伦理。

【关 键 词】建设性后现代主义　超越与建构　美国自然文学　超越人类中心主义　大地伦理

后现代主义哲学最初是以否定现代哲学的面目出现的，因而通常被认为是一种激进的后现代主义哲学。激进的后现代主义哲学从否定物质与精神、主体与客体的对立统一关系出发，拒斥“形而上学”（本体论），反对基要主义、本质主义、理性主义，宣扬所谓的不可通约性、不确定性、易

* 本文系北京市教育委员会社科计划一般项目“美国自然文学中的女性作家作品研究”和北京市社会科学基金项目“生态文明价值导向下的美国自然文学研究”【项目号：18WXB007】的阶段性成果。

逝性、碎片性、零散化，最终形成了以推崇主观性、内在性和相对性为特征的唯心主义和形而上学。① 建设性后现代主义哲学作为后现代主义哲学中的一个重要流派，是在回应激进的后现代主义哲学过程中产生的，以美国学者大卫·雷·格里芬（David Ray Griffin）为代表的建设性后现代主义哲学家们，对现代文化持否定的态度，但这种否定并非完全摧毁和彻底根除，而是主张通过对现代性的批判和反思，实现对现代性的超越，从而确立一种全新的世界观。建设性后现代主义哲学拒斥 17 世纪以伽利略、笛卡尔、培根、牛顿的自然科学为基础的世界观，其建设性特征主张超越这种世界观，而不是"解构、摧毁、否定、反世界观"，② 这与欧洲大陆后现代哲学反对启蒙运动以来的现代价值观相一致，倡导超越现代性，即超越个人主义、人类中心主义、机械论等现代社会中普遍存在的观念，主张重建人与自然的关系。在人与世界的关系上，建设性后现代主义认为人与世界不是彼此相分离，由互不相关的部分组成的，如果这样人就会成为孤立的人，这一主张消除了现代性构建的人与世界之间的对立。建设性后现代主义认为，如果我们重新审视世界，就会看到世界也和人类一样具有某种秩序，这样我们就会感到自己与世界构成一个整体了，会对它怀有发自内心的爱，因此我们将不再为了自己的利益而试图操纵世界，这样，建设性后现代主义便改变了世界的形象："世界的形象既不是一个有待挖掘的资源库，也不是一个避之不及的荒原，而是一个有待照料、关心、收获和爱护的大花园。"③ 建设性后现代主义超越人类中心主义重建人与自然新关系的主张与美国自然文学蕴含的理念不谋而合。

自然文学是美国文学中独具特色的流派，它萌芽于清教徒登陆北美大陆，成型于超验主义时期，19 世纪以来又不断地发展兴盛，尤其是在工业文明造成环境恶化，人与自然关系紧张的现实问题凸显的现当代，自然文学更有唤醒人类与地球重建和谐共存关系的新使命，更加焕发出新的生命力。自然文学作为一个概念产生于现代，20 世纪 80 年代成为一个被广泛采

---

① 赵光武：《后现代主义哲学述评》，西苑出版社，2000，导论第 1 - 2 页。
② 赵光武：《后现代主义哲学述评》，西苑出版社，2000，第 95 页。
③ 赵光武：《后现代主义哲学述评》，西苑出版社，2000，第 8 - 10 页。

用的名称，指一种关于人与自然关系的非小说散文体的文学形式。"自然文学"（nature writing）属于非小说的散文文学，主要以散文、日记等形式思索人类与自然的关系。简言之，"自然文学最典型的表达方式是以第一人称为主，以写实的方式来描述作者由文明世界走进自然环境时身体和精神的体验"，① 以及个人对自然的观察和哲学思考。《这片举世无双的土地：美国自然文学文选》（*This Incomparable Land：A Guide to American Nature Writing*）的编者托马斯·J. 莱昂（Thomas Jefferson Lyon）指出，自然文学包括自然史、随笔、散记、游记等涵盖了自然历史事实到哲学阐释的各种作品。现代自然文学可以追溯到流行于 18 世纪后半叶和整个 19 世纪的自然史著作，包括吉尔伯特·怀特（Gilbert White）、威廉·巴特姆（William Bartram）、约翰·詹姆斯·阿杜邦（John James Audubon）、查尔斯·达尔文（Charles Darwin）等人以及其他探险家的著作。亨利·大卫·梭罗（Henry David Thoreau）被认为是现代美国自然文学之父，其他自然文学经典作家包括拉尔夫·沃尔多·爱默生（Ralph Waldo Emerson）、约翰·巴勒斯（John Burroughs）、约翰·缪尔（John Muir）、奥尔多·利奥波德（Aldo Leopold）、蕾切尔·卡森（Rachel Carson）、爱德华·艾比（Edward Abbey）等。自然文学充分体现了浪漫主义和超验主义的传统，赞美自然，唾弃物欲主义，追求精神的崇高。通过讲述人与土地的故事，构建人与自然之间和谐的共存关系。自然文学破除了文学中常以人类为中心的观念，提出了倡导人类与自然和谐共处的"土地伦理"。

本文旨在探讨建设性后现代主义视角下美国自然文学超越人类中心主义的传统观念，试图建构人与自然由对抗到妥协再到平衡的新型关系，因此，首先有必要梳理一下建设性后现代主义的理论脉络。

一 建设性后现代主义的超越性与建设性

（一）建设性后现代主义的超越性

尤尔根·哈贝马斯（Jürgen Habermas）等当今最具影响力的现代性理论

---

① 程虹：《美国自然文学三十讲》，外语教学与研究出版社，2013，第 2 页。

家以启蒙运动时期作为现代性精神真正确立的时代，认为"现代性"是用来指称社会现代化和文化现代主义背后所共有的哲学或形而上学基础理念，是一种精神的或意识形态的力量，即现代性是一种精神理念或思想形态。①解构性和建设性后现代主义都对现代性进行了建设性后现代主义视角下的美国自然文学批判性反思，从人与自然的关系角度来看，主要批判现代性在人与自然的关系中强调的二元论观点。现代性关于人的心灵和自然的二元论观点"把意识自我运动和内在价值仅归结为人类灵魂的属性，证明了人对自然的优越性"。② 现代性的二元论与个人主义密不可分，现代性精神接受了机械主义的自然观，认为人的灵魂和思想是独立的实体，认为人与自然是两个相互独立的实体，而自然界是没有知觉的。

大卫·雷·格里芬指出，"几乎所有现代性的解释者都强调个人主义的中心地位，而个人主义则意味着否认人本身与其他事物有内在的关系"。③这就表明了个人主义不承认个体与其他人的关系，不承认个体与自然、个体与历史，或者个体与造物主之间的关系。现代性不是把社会当成最重要的部分，而是把社会当成为达到某种目的而集结在一起的共同体，进而强调个人独立于他人的重要性。后现代主义认为"个人主义已成为现代社会中各种问题的根源……对'自我'的坚执往往是以歪曲、蔑视、贬低他人为条件的，其结果是导致人我的对立"。④ 因此，在人与人的关系上，后现代主义批判激进的个人主义，通过倡导主体间性来消除人我对立。后现代主义认为，每个人都不是孤立的，人永远存在与他人的关系网中，是一种关系存在。

现代性在人与自然的关系中倡导二元论的观点，因此，"它为现代性肆意统治和掠夺自然（包括其他所有种类的生命）的欲望提供了意识形态上的理由。这种统治、征服、控制、支配自然的欲望是现代精神的中心特征之一"。⑤ 建设性后现代主义哲学是一种有机哲学，它同时超越了现代的二

---

① 张华：《生态美学及其在当代中国的建构》，中华书局，2006，第27页。
② 赵光武：《后现代主义哲学述评》，西苑出版社，2000，第97页。
③ 赵光武：《后现代主义哲学述评》，西苑出版社，2000，第4页。
④ 赵光武：《后现代主义哲学述评》，西苑出版社，2000，第10页。
⑤ 赵光武：《后现代主义哲学述评》，西苑出版社，2000，第5页。

元论和功利主义。持有后现代观念的人认为其他物种具有自身价值和目的，他们能体验到自己同其他物种之间的亲情关系，因此，"他们并不感到自己是栖身于充满敌意和冷漠的自然之中的异乡人，而是拥有一种家园感"。① 这样，"借助这种家园感和亲情感，后现代人用在交往中获得享受和任其自然的态度驱除了现代人的统治欲和占有欲"。② 这种与自然交融为一体的后现代理念使得它把对人的福祉的特别关注与对生态的考虑融为一体。

在与时间的关系上，现代性蔑视过去和传统，认为现代性是"启蒙"，过去则是"黑暗的时代"。现代性强调未来主义，这是一种"几乎完全从对将来而不是从对过去的关系中寻找现在的意义的倾向"。③ 这意味着"对过去持一种遗忘的、漠不关心的态度，割断了与过去的联系，沉醉于对新颖性的追求"。④ 在与时间的关系上，现代性的观点以对未来的强调使人们脱离了过去，但同时也弱化了人们对未来的关注，而只将关注点集中在当下。建设性后现代主义与过去和未来也有某种新型关系，它重新唤醒了人们对过去的关注。建设性后现代主义认为当下的经验在某些方面和在某种程度上自身包含了整个过去的经验，而过去的经验和知识对于自我认识是非常重要的。另外，建设性后现代主义还包含对未来利益的基础。现代性主张未来与现在不存在内在关联，个体的利益不会超出自己有限的生命之外。而建设性后现代主义则认为，当下的某些事物的确与未来相关，未来也必定从现在产生出来，"展望未来对目前的存在具有重大的建设性意义"。⑤ 这样，建设性后现代主义就超越了现代性所强调的个人主义，运用联系的观点，将人与人、人与自然和人与时间的关系从整体角度加以考量，消解了个人主义的中心地位、人与自然的二元对立以及人与时间关系上的不完整性，为确定一种相互联系的新型关系奠定了基础。

---

① 赵光武：《后现代主义哲学述评》，西苑出版社，2000，第22页。
② 赵光武：《后现代主义哲学述评》，西苑出版社，2000，第22页。
③ 赵光武：《后现代主义哲学述评》，西苑出版社，2000，第6页。
④ 赵光武：《后现代主义哲学述评》，西苑出版社，2000，第6页。
⑤ 赵光武：《后现代主义哲学述评》，西苑出版社，2000，第25页。

（二）建设性后现代主义的建设性

与后现代主义的否定和解构的特点相对的是后现代主义所具有的肯定和建设性的内涵。在回应激进的后现代主义哲学的过程中，大卫·雷·格里芬、小约翰·B. 科布（John B. Cobb, Jr.）等持有后现代观点的哲学家从怀特海的过程哲学中寻找理论基础，形成了建设性后现代主义哲学。怀特海的过程哲学认为，过程将过去、现在和未来联结起来，过程最为根本，它是外在和内在的统一、客观条件和主观感受的结合。过程表现为外在客观条件的转变、共生，即暂时性的现实条件的转变和永恒性的具体体验的共生。因而，"在实现个体共生的瞬间，过程的每一个单位都享有某种主观的直接性，都具有内在的价值"。[①] 建设性后现代主义哲学继承并发扬了过程哲学的核心观点，提出了内在关系说、生态的世界观等后现代理论。

大卫·雷·格里芬认为：

> 与文学艺术的后现代主义密切相关的是这样的后现代主义，它发端于实用主义、物理主义、维特根斯坦、海德格尔、德里达以及其他一些近期法国思想家……它以一种反世界观的方法战胜了现代世界观：它解构或消除了世界观中不可或缺的成分，如上帝、自我、目的、意义、现实世界以及一致真理。由于有时出于拒斥极权主义体系的道德上的考虑，这种类型的后现代思想导致相对主义甚至虚无主义。[②]

建设性后现代主义则不同，"它试图战胜现代世界观，但不是通过消除上述世界观存在的可能性，而是通过对现代前提和传统概念的修正来建构一种后现代世界观。建设性或修正的后现代主义是一种科学的、道德的、美学的和宗教的直觉的新体系。它并不反对科学本身，而是反对那种单独允许现代自然科学数据参加，建构我们世界观的科学主义"。[③] 因此建设性

---

① 赵光武：《后现代主义哲学述评》，西苑出版社，2000，第96页。
② 大卫·雷·格里芬：《后现代精神》，王成兵译，中央编译出版社，2005，第236页。
③ 大卫·雷·格里芬：《后现代精神》，王成兵译，中央编译出版社，2005，第237页。

后现代主义哲学将现代的价值观与前现代价值观相结合，创造性地提出了有机论，希望从前现代思想中恢复曾被现代性摒弃的各种形式的价值观。由此可见，建设性后现代主义哲学的主要特征是：倡导创造性、倡导多元性的思维风格、倡导对世界的关心和爱护。

倡导创造性是建设性后现代主义的第一个非常重要的特征。在格里芬看来，"创造性是人性的一个基本方面，从根本上说，我们是'创造性'的存在物，每个人都体现了创造性的能量，人类作为整体显然最大限度地体现了这种创造性的能量（至少在这个星球上如此）"。[1] 他认为我们需要从他人那里得到创造性的付出，同时，我们也需要对他人做出创造性的奉献，这是人类本性的基本需要。后现代思想家所倡导的创造与现代人观念中的"创造"完全不同。受机械论影响的现代人认为创造是机械的，或者一些受浪漫主义影响的现代人将创造理解为随心所欲的行为和对秩序的破坏。但是在后现代思想家眼里秩序是有限度的，真正的创造对适度的有序和无序都持接受态度，也就是说"创造"既尊重无序又尊重有序。另外，现代人将创造特权化，认为创造属于天才、艺术家等少数人，而后现代思想家认为创造性也应该是普通民众的特性，"通过阐发创造是人的'天性'来激发普通民众的创造热情"。[2] 建设性后现代主义的第二个特征是倡导多元性的思维风格。后现代思想家信奉平等原则，要求摒弃一切歧视，平等对待一切有区别的东西，"接收和接受一切差异"。[3] 受本体论的平等概念的影响，倡导多元性的后现代思想家认为任何存在的东西，无论伟大还是平凡，都是真实的。这样，建设性后现代主义就消解了任何歧视与不平等，以对多元性的倡导和鼓励实现了主体间的平等共存的可能。建设性后现代主义的第三个特征是倡导对世界的关心和爱护。格里芬引用米歇尔·福柯的观点指出，福柯极为重视被基督教和传统哲学藐视的"好奇心"，他认为相对于现代人对世界态度冷漠、感觉迟钝，好奇心能够唤起人们对各种存在物的"关心"，可以使人们对现实敏感，这种好奇可以让人们更加关注和爱护身

---

① 大卫·雷·格里芬：《后现代精神》，王成兵译，中央编译出版社，2005，第4页。
② 大卫·雷·格里芬：《后现代精神》，王成兵译，中央编译出版社，2005，第5页。
③ 大卫·雷·格里芬：《后现代精神》，王成兵译，中央编译出版社，2005，第7页。

处其中的世界。

格里芬等人倡导的建设性后现代主义深受福柯观点的影响，吸收、接受了福柯的观点并加以发扬。格里芬指出他所倡导的建设性后现代主义具有三大特征。特征一，建设性后现代主义强调个人与他人、他物之间的内在联系，认为个人与他人、他物的关系是内在的、本质性的，这就与现代性将个人与他人、他物的关系视为外在的、偶然的不同。格里芬指出："个体并非生来就是一个具有各种属性的自足的实体，他（她）只是借助这些属性同其他事物发生表面上的相互作用，而这些事物并不影响他（她）的本质。相反，个体与其躯体的关系、他（她）与较广阔的自然环境的关系、与其家庭的关系、与文化的关系等等，都是个人身份的构成性的东西。"[①]特征二，持有二元论的现代人与自然的关系是一种对立异化的关系，而与之不同，后现代人倡导有机论，这就帮助现代人改变了机械论的世界观，进而改变了现代人利用自然、剥削自然、占有自然的心态。特征三，建设性后现代主义倡导一种关心过去和未来的崭新的时间观，不忘过去、关注未来的理念充分体现在建设性后现代主义所推崇的"生态主义"和"绿色运动"中，同时，它所推崇的"内在关系""有机论"等理论在生态运动中也得到了具体体现，并为生态运动提供了哲学思想基础。生态运动的出现让人们认识到一切事物都是彼此联系的，因此，在与自然的关系中，人类应当同自然保持和谐。生态运动的文学形态包括生态批评的诞生与发展，生态批评第一次浪潮便是以非虚构的自然文学为主要研究对象开始的，此后，虽然生态批评又经历了三次浪潮，但是对自然文学的研究从来没有式微。

二　西方自然观念的演进

毫无疑问，自然文学以人与自然的关系为关注对象，目的是通过文学形式重新审视人与自然的关系，明确人在自然界中的位置，从而建立人与

---

① 大卫·雷·格里芬：《后现代精神》，王成兵译，中央编译出版社，2005，第9页。

自然和谐共生的良性关系。纵观人类历史，人与自然的关系首先由人对自然概念的理解和定义来决定。

劳伦斯·布伊尔（Lawrence Buell）在他的环境批评专著《环境批评的未来》中指出自然的三个基本含义："自然是一些事物的本质特征；自然是引导世界的内在力量，即古典神话或 18 世纪自然神论中大写的自然（Nature）；自然是物质世界，它有时（而不总是）包括人类。"① 这第三个含义用自然宽泛地表示"人类没有制造过的东西，尽管如果人类在足够久远的年代制造了它——一堵灌木墙或一片沙漠——通常也将被归为自然物"。② 因此，看起来像自然的东西其实经常是被自然化了的东西。布伊尔指出，工业革命之后，人类影响没有改变的那个传统意义上的自然可能已经不复存在了。事实上，几千年间，自然就一直在屈从于这种改造。哲学家凯特·索珀（Kate Soper）通常将关于非人类自然的思考区分为三个层面：将自然作为一个"形而上的"概念（"人类借此思考其差异和特性"）；将自然作为一个"现实主义"概念（指结构、过程和"在物质世界里生效的"力量）；将自然作为一个"世俗的"或者"表层的"概念（指"世界中通常可观察到的特征"）。③ 西塞罗（Cicero）最早将"第一自然"（原始自然）与"第二自然"进行对比。"第二自然"是指人类通过灌溉、筑坝等方式创造的自然。到了现代，这种区分被一些马克思主义思想家重新创造。他们认为，在资本主义背景下，交换价值和使用价值以更复杂的方式对自然进行了调和。新马克思主义者则认为全球资本主义霸权模糊了第一自然和第二自然的区别，他们认为自然的生产（而非本质上的第一自然或第二自然）才是主导性的现实，同时指出自然的生产不应该混同于对自然的控制。但是，第二自然在非技术性的意义上被继续应用，具体指习惯或文化造成的自然化的行为和态度。与此同时，"视像和信息技术的出现导致了'第三自

---

① Lawrence Buell, *The Future of Environmental Criticism*: *Environmental Crisis and Literary Imagination*, Malden: Blackwell Publishing, 2005, p. 143.

② Ibid.

③ 参见 Lawrence Buell, *The Future of Environmental Criticism*: *Environmental Crisis and Literary Imagination*, Malden: Blackwell Publishing, 2005, p. 143。

然’概念的产生，意指作为技术再生产物的自然”。① 可见，自然的概念在不同的人类发展阶段含义并不相同，它更多的是人类建构的结果。

英国哲学家、历史学家罗宾·乔治·柯林武德（Robin George Colling-wood）在《自然的观念》一书中将西方自然哲学的演进过程分为三个阶段，他认为每个阶段都有一个最为主要的自然观，而每一个自然观都建立在一个类比之上。古希腊自然观是有机自然观，它将自然与人类个体进行类比；文艺复兴时期的自然观是机械自然观，它是将上帝创造世界和人们制造机器进行类比；现代自然观则是进化自然观，它将自然过程与历史进程进行类比。

古希腊自然科学认为自然界存在着心灵，希腊思想家则认为自然中心灵的存在促成了自然界中规则和秩序的产生，他们把自然界看作一个由于活力或灵魂而产生自身运动的物体的世界。心灵在它所有的显示中都是一个统治者，扮演着支配或控制的角色。自然界是一个持续运动而又充满活力的世界，是一个有规律地运动的世界，因此，希腊思想家认为自然界是活的有理智的，又是一个有着灵魂的巨大动物，还是一个有"心灵"的理性动物。建立在自然与人类个体类比之上的希腊自然观认为人类先是发现了自己作为个体的一些特征，接着推测自然也有相似的特征。人类认为自己的身体的各个部分都恒常地和谐运动，并且通过微妙的调节而实现整体的活力，同时，人类还发现自己不仅是一个身体，而且是一个按照自己的想法控制身体运动的心灵。于是，"作为整体的自然界就被解释成按这种小宇宙（microcosm）类推的大宇宙（macrocosm）"。②

柯林武德把 16 和 17 世纪的自然观命名为"文艺复兴的"宇宙论。他认为文艺复兴时期的自然观是与古希腊的自然观相对立的：它认为自然界不是有机体，它没有理智也没有生命，因此，它不能用理性的方式控制自身的运动，它的运动和规律性都是来自外界。这样，自然界不再是一个有机体而成为"一架按字面意义和严格意义上的机器，一个被在它之外的理

---

① 参见 Lawrence Buell, *The Future of Environmental Criticism： Environmental Crisis and Literary Imagination*, Malden：Blackwell Publishing, 2005, p. 143。

② 柯林武德：《自然的观念》，吴国盛译，北京大学出版社，2006，第 10 页。

智心灵，为着一个明确的目的设计出来、并组装在一起的躯体各部分的排列"。① 文艺复兴时期的思想家们认为自然界的秩序是理智的一个表现，认为它是来自自然以外的神性创造者和自然的统治者的理智。而古希腊思想家认为这个理智就是自然本身的理智。柯林武德认为文艺复兴的机械自然观建立在基督教的创世和全能上帝的观念之上，同时，也建立在人类设计和建造机械的经验之上。18 世纪工业革命刚刚开始，日常生活中出现各种各样的机械并被人们大量使用，人们认为"上帝之于自然，就如同钟表制造者或水车设计者之于钟表或水车"。②

现代自然观在某些地方要归功于古希腊的宇宙论和文艺复兴时期的宇宙论，但从本质上又与它们不同。现代自然观将自然界的变化过程与人类社会的变迁进行类比，就像文艺复兴时期的宇宙论形成于对制造和操作机械的广泛的熟悉之中，现代宇宙论只能产生于对历史研究的熟悉之中。现代自然观中出现了"进化"的观念，这一观念认为生物物种不是固定不变的，而是在时间中存在和消亡。这种建立在同历史相类比的自然观的主要观点有以下四点。（1）变化不再是循环的，而是前进的。这一观点指出希腊的、文艺复兴的和现代的各个时期的思想家们都认为，自然界中的一切事物都是持续不断地变化着的。但希腊思想家们认为，这些自然的变化归根结底是循环的。现代思想家在从历史不会自我重复的原理所得出的发展的概念的影响下，认为自然界中没有物体是重复的，自然是由于新事物的不断出现而像历史那样有着进步特征的第二世界。（2）自然不再是机械的。在将进化的观念引入自然科学的条件下，不可能将同一个事物同时描述成既是机械的又是发展进化的，因为进化论的观点认为自然中或许有机械，但自然本身不可能是机械。（3）引入目的论。现代自然观将被机械自然观排除了的目的论的观念，再次引入自然科学。现代自然观主张自然中的所有事物都有一种把自己保持在自身的存在之中的努力，对于进化的自然科学而言，自然中任何事物的存在就是它的流变。（4）实体消解为功能。在进化的自然观逻辑引导下建构出来的自然科学将结构分解为功能，"自然被

---

① 柯林武德:《自然的观念》，吴国盛译，北京大学出版社，2006，第 10 页。
② 柯林武德:《自然的观念》，吴国盛译，北京大学出版社，2006，第 10 页。

理解为由过程组成，自然中任何特殊类型的事物的存在，都被理解为一个特殊类型的过程正在进行"。①

至此，柯林武德为我们勾勒出西方自然观念演变的历史。纵观人类文明的发展，人类与自然的关系从依赖、从属、敬畏朝着索取、掠夺、破坏的方向发展。

人和自然的关系始终是文学研究的对象，人与自然的关系的主题是文学创作中永久的主题，从神话传说到宗教经书，从文艺复兴到启蒙运动，从浪漫主义到自然主义，从现代主义到全球化时代，人与自然的关系的主题频频出现在文学作品中，经久不衰。

三　美国自然文学的超越性：超越人类中心主义

将精神与物质、自我与环境、人类与自然相分离的西方文明极大地影响着美国历史。基督教关于人是特殊的创造的观念以及亚里士多德关于人的理性是人类特有的观点导致了个人主义及其集体形式——人类中心主义的形成，而这种起主导作用的西方世界观在美国语境中产生了深刻的影响：个人主义激发了向边疆拓展的行为，同时又忽视了生态系统是一个完整的整体，结果是土著居民的大片土地被征用进而被毁灭，大量动物灭绝。在这样的历史背景下，博物学家和自然文学家将关注点投向自我、个体和人类之外的世界，他们意识到人类中心主义的危害，在自然文学作品中随处可见超越人类中心主义的观点和认为自然界中的万物都有其自身价值，所有生命生而平等并彼此联系的整体思想。

（一）人类中心主义的根源及其危害

宗法时代以人为主体的新的伦理道德、经济秩序使得人与自然被置于利用与被利用、征服与被征服的二元对立关系之中，其后果便是人类中心主义造成了自然环境的破坏。布伊尔在《环境批评的未来》一书的术语表

---

① 柯林武德：《自然的观念》，吴国盛译，北京大学出版社，2006，第31页。

中给人类中心主义（anthropocentrism）做了这样的解释：（人类中心主义是）"认为人类利益高于非人类利益的设想或观点。经常用作生物中心主义或生态中心主义的反义词。人类中心主义涉及众多潜在的立场——从认为人类利益应当占上风的肯定性信念（强人类中心主义），到认为零度人类中心主义不可行或不恰当的信念（弱人类中心主义）"。① 雷毅总结了生态哲学家们对于人类中心主义的具体内涵的种种不同看法后明确指出："人类中心主义把人作为宇宙的中心，把人看成是自然界唯一具有内在价值的存在物，是一切价值的尺度，自然及其存在物不具有内在价值而只具有工具价值。"② 因此，人类的种种行为都是从人自身的利益出发，在伦理层面上人对自然没有直接的道德义务，这样，人类中心主义就将自然排除在人类的道德关怀之外。

　　人类中心主义文化传统主要有两大源头：基督教和哲学。美国历史学家林恩·怀特（Lynn White, Jr.）在《我们生态危机的历史根源》一文中指责基督教是当代生态危机的根源，对当代生态危机负有罪责。怀特指出，人类大规模地破坏自然是因为中世纪以来科学技术的快速发展，这些发展受到基督教文化的深刻影响。他认为西方基督教是"世界上人类中心主义思想最严重的宗教"，③ 这种人类中心主义使得人类漠视自然存在的内在价值，无限度地剥削和利用自然，因此，在基督教神学中，"自然除了服务于人类以外，就没有别的理由存在"。④ 人类对待生态环境的方式深深植根于我们对自然和命运的信念即宗教中。"基督教对于异教的胜利是西方文化历史上最大的心理革命。"⑤ 今天，虽然处于"后基督时代"（the post-Chris-

① Lawrence Buell, *The Future of Environmental Criticism*：*Environmental Crisis and Literary Imagination*, Malden：Blackwell Publishing, 2005, p.134.
② 参见雷毅《深层生态学思想研究》, 清华大学出版社, 2001, 第15页。
③ Lynn White, Jr., "The Historical Roots of Our Ecologic Crisis", in Cheryll Glotfelty and Harold Fromm, eds., *The Ecocriticism Reader—Landmarks in Literary Ecology*, Athens：University of Georgia Press, 1996, p.9.
④ 参见胡志红《西方生态批评研究》, 中国社会科学出版社, 2006, 第48–49页。
⑤ Lynn White, Jr., "The Historical Roots of Our Ecologic Crisis", in Cheryll Glotfelty and Harold Fromm, eds., *The Ecocriticism Reader—Landmarks in Literary Ecology*, Athens：University of Georgia Press, 1996, p.9.

tian age）的西方人的思维方式和语言不再是基督教的，但是他们仍然生活在一个巨大的"基督教公理影响下的语境中"（a context of Christian axioms）。关于人与环境的关系，基督教告诉人们的是上帝造了白天和黑夜、日月星辰、地球和生长于其上的所有动植物，最后又创造了人类。人类为所有的动物命名，因此取得了对动物的主宰权。自然中的一切都是为了服务于人类的利益和统治而存在的。人类的身体虽然是泥土做的，却不仅仅是自然的一部分，因为他是根据上帝的形象创造出来的。基督教不仅建立了人与自然之间的二元对立，将人类高高地凌驾于自然之上，成为自然的主宰和盘剥者，而且认为人类剥削利用自然是上帝的意志，这样，基督教就确立了以人类为中心的人与自然关系的合法地位。在古代，人们认为每一棵树、每一眼泉水、每一条溪流、每一座山丘都有自己的守护精灵，它们可以被人类感知到。人们在砍倒一棵树，开掘一座矿山，或是在河流上建造大坝时，都要一直抚慰它们的守护精灵。通过摧毁异教的泛灵论，基督教使得人们在剥削利用自然时能够漠视自然物体的感觉。通常，人们认为教堂中圣徒的狂热崇拜取代了泛灵论。但是，圣徒的狂热崇拜完全不同于泛灵论中对万物守护精灵的尊敬，圣徒不是自然界中的物体，他属于天堂，而且，圣徒是人，可以用人类的方式靠近。这样，自然物体中保护其免受人类摧残剥削的守护精灵消失了，人类因此而加强了对世界的有效掌控。

"如果说基督教的人类中心主义是信仰的人类中心主义，那么哲学人类中心主义则把基督教所确立的人类中心主义观念理性化了。"[1] 人类中心主义观念在哲学上的根源可以追溯到古希腊。西方从柏拉图开始就将客观存在的自然界与人类的理念世界相分离，成为对立的两个世界，并形成了物质与精神、理性与感性等二元对立的思维模式和传统。西方近代哲学家弗朗西斯·培根和勒内·笛卡尔则将自然完全物质化，将人类与自然彻底分离，使自然成为"与人类相对立的一个客观世界，一种为人类提供福利的资源，一架遵循所谓客观规律运转的机器"[2]。培根给世界提出了一个通过

---

① 雷毅：《深层生态学思想研究》，清华大学出版社，2001，第 17 页。
② 鲁枢元：《自然与人文》，学林出版社，2006，第 3 页。

科学和人类的管理可以变得丰饶的人造乐园，在那里人类将恢复尊贵和崇高的地位，并获得高于其他动物的权利。培根宣称："将人类帝国的界限，扩大到一切可能影响到的事物。"他认为："世界为人服务，而不是人为世界服务。"① 笛卡尔则认为人与动物以及自然界中的其他存在物的区别在于人具有理性和语言能力，动物由于缺乏这种能力而只能被看作自动机器，人对动物和自然没有义务，除非人自身受到影响。康德又进一步发挥了笛卡尔的思想，声称只有理性的人才应该受到道德关怀。就这样，近代哲学便使人类中心主义思想在观念上被确立下来。

人类中心主义的思想在近代西方得到了空前的张扬，在西方思想界居于主导地位，人类中心主义的危害之一就是自然生态危机。以自我为中心、自以为是的人类随心所欲地对自然加以控制、干预，导致了自然规律的破坏。正如美国自然文学作家爱德华·艾比在其自然文学经典作品《大漠孤行》中记录的他在公园中巡视时看到的情况："这一带（指公园中的一处）生长的沼泽松（pinyon pine）也值得赞美：好年景可以产出好吃的果实，它好看的样子，以及作为燃料的好品质——燃烧得既干净又缓慢，烟少、灰少而且像松柏一样好闻。可惜，这个地区的沼泽松多数已经死亡或即将死亡，因为它们是豪猪的受害者。这种情形的出现是先前叫作野生动物服务机构的联邦机构认真努力的结果。这个机构忙着捕捉、射杀、毒死野生动物，尤其是郊狼和山狮，几乎消灭了豪猪的天敌，野生动物专家使得豪猪的数量快速增长，结果是豪猪不得不啃咬沼泽松的树皮来生存。与豪猪一样，鹿也成为人类干预自然规律的受害者——周围没有足够的郊狼，山狮又几近灭绝，鹿像兔子一样激增，周边的草正被吃光，这意味着许多鹿会慢慢地饿死。"② 这里，艾比指出自大又无知的人类无视自然规律，自作主张地对自然横加干涉，其结果反倒增加了自然的负担，破坏了自然界的平衡。

可见，脱离自然整体的人类中心主义是造成今天生态危机的主要思想

---

① 参见唐纳德·沃斯特《自然的经济体系——生态思想史》，侯文蕙译，商务印书馆，2007，第51页。

② Edward Abbey, *Desert Solitaire: A Season in the Wilderness*, New York: Ballantine Book, 1971, pp. 32 – 34.

根源，同时科学技术的发展又起到了推波助澜的作用。马丁·海德格尔认为技术是当代生态危机的根源，近代以来，人与自然就不得不顺从近现代技术的奴役，在海德格尔看来，技术成为统治自然和人的工具。他指出，古希腊最初意义上的自然曾经两次被敌对的力量"祛自然化"，一次是自然被基督教贬低为创造物，另一次是通过现代自然科学，自然被纳入世界商业化、工业化，尤其是机械技术的数学秩序轨道中。海德格尔认为的技术的真正的危险是对人的异化，"对人的威胁并不是来自潜在杀人的机器和技术设备，事实上是危害人的本质。技术座架规则的最大威胁是，它有可能剥夺人进入一个更原初的呈现和体验终结真理的召唤。"[1] 但是，海德格尔也并不完全拒斥技术，因为，在他看来，技术的实质不是技术本身，我们必须像对科学领域的技术一样，对其他领域内的技术进行反思。没有技术我们将无所作为，不只是出于技术的原因，而是因为技术是我们的存在方式。但它不应是我们唯一的存在方式，对于不可避免要使用的技术物品我们可以说"是"，也可以说"不"，以防止它们歪曲、扰乱以致毁坏我们的本性。[2] 总之，我们对于生态环境的所作所为取决于我们对人与自然关系的观点，同时，目前全球环境的破坏又是科学技术的产物，所以更多地依赖科学和技术并不能使我们摆脱现在的生态危机，除非人们找到一个新的宗教或重新思考已有的宗教，反对自然只是为了服务于人类而存在的基督教公理，重新确立人与自然关系的观念，否则我们的环境危机会进一步加剧。

（二）所有生命生来平等

挪威哲学家阿伦·奈斯（Arne Naess）指出深层生态学的一个基本准则就是每一种生命形式都拥有生存和发展的权利。深层生态学把平等的范围扩大到整个生物圈，是生态中心意义上的平等。生态中心主义平等，是指"生物圈中的一切存在物都有生存、繁衍和充分体现个体自身以及在'自我

---

[1] 转引自 J. W. Meeker, *The Comedy of Survival: Studies in Literature Ecology*, New York: Charles Scribner's Sons, 1972, pp. 256 – 257。

[2] Ibid., pp. 257 – 258.

实现'中实现自我的权利"。① 也就是说在生态系统中，一切生命体都具有内在的目的性和自身的内在价值，一切存在物都没有等级差别，都处于平等的地位。在整个生态关系中，人类也只是所有物种中的普通一员，既不比其他物种高贵，也不比其他物种低劣。深层生态主义者认为生物圈中的一切都具有内在价值，"既然我们认为我们拥有内在价值，而我们自身的存在又与其他存在物密不可分，那么，那些存在物也应当拥有内在价值"。② 因此，生态中心主义平等的基本思想认为生物圈中的所有生物都是作为与整体相关的部分而存在，因此都具有平等的内在价值。而阿尔贝特·史怀泽（Albert Schweitzer）从伦理的视角对一切生命的平等权利进行了论述。1915 年 9 月，史怀泽在去往恩戈莫传教的途中，创造性地提出了"敬畏生命"的伦理学，史怀泽认为只涉及人对人关系的伦理学是不完整的，也不具有完全的伦理功能。敬畏生命伦理与其他伦理学的区别就在于它观照的对象不仅仅局限于个人、家庭和社会，而是将范围扩大到了生物、自然与宇宙，形成了一种敬畏前提下的生命相互依存的共生关系。

作为 19 世纪四五十年代超验主义新英格兰派的无冕之王的梭罗假定了超灵魂的存在，人类不过是多样的行星生态系统的一个微小的组成部分。所有自然的存在，包括人，甚至石头，对于梭罗来说，都结合在一起成为一个单独的活生生的整体："我心目中的地球不是一种麻木的惰性的物质，它是一个实体，它有精神，是有机的和在其精神的影响下发生变化的，并且，在我身上无论如何都存在着那种精神的微粒。"③ 梭罗在给朋友的信中写道："如果一些人因为虐待孩子被指控，那么其他人也应该为蹂躏应受他们照顾的大自然而被指控。"④ 他坚信所有的生物都是平等的。在他的作品中，他认为植物、臭鼬甚至行星和星星都是围绕着他的这个世界中的平等伙伴。艾比在日记中写道："我真的认为如果人类生命是神圣的，那么所有

① 胡志红：《西方生态批评研究》，清华大学出版社，2001，第 41 页。
② 雷毅：《深层生态学思想研究》，中国社会科学出版社，2006，第 50 页。
③ 唐纳德·沃斯特：《自然的经济体系——生态思想史》，侯文蕙译，商务印书馆，2007，第 106 页。
④ Quoted in James Bishop Jr., *Epitaph for a Desert Anarchist*, *the Life and Legacy of Edward Abbey*, New York: Maxwell Macmillan, 1994, p. 223.

生命都是神圣的——或者都不是神圣的。"① "如果地球和动物是有价值的，那么每一个生于地球上的男人和女人，每一个动物都拥有继承地球一部分的权利，享有它的资源，它的自由的空气、海洋、沙子、山脉、沙漠和日出的继承权——这意味着某种社会主义、社会正义、经济民主、去中心化、义务、合作，以及一个空间广阔的联邦，在这个绿色理想国中所有公民都有足够的空间。"② 艾比认为存在的自由和权利属于每一个生命，无论它以何种形态存在，每一个生命都平等地享有自然的馈赠和大地的恩泽。美国著名自然文学作家亨利·贝斯顿（Henry Beston）在《遥远的房屋》一书中写道：

> 对于动物，我们人类需要持一种新的、更为明智或许更为神秘的观点。远离广博的大自然，靠足智多谋而生存，现代文明中的人类是透过富有知识的有色眼镜来观察动物的，我们以施恩者自居，同情它们投错了胎，地位卑微，命运悲惨。而我们恰恰就错在这里，因为动物是不应当由人来衡量的。在一个比我们的生存环境更为古老而复杂的世界里，动物生长进化得完美而精细，它们生来就有我们所失去或从未拥有过的各种灵敏的感官，它们通过我们从未听过的声音来交流。它们不是我们的同胞，也不是我们的下属；在生活与时光的长河中，它们是与我们共同漂泊的别样的种族，被华丽的世界所囚禁，被世俗的劳累所折磨。③

正如艾比和贝斯顿指出的，地球上的一切生命都是神圣的，都有其继续存在的权利，同时也拥有平等享有地球所提供的一切生存资料和适宜的生存环境的权利，因此，人类应该怀着敬畏之情对待其他生命。人类并不是地球的主宰，每一种生命，甚至每一个个体生命都有其与众不同之处，

---

① David Peterson, ed., *Confessions of a Barbarian：Selections from the Journals of Edward Abbey, 1951－1989*, Boston：Little, Brown, 1994, p. 337.

② Ibid., p. 8.

③ 亨利·贝斯顿：《遥远的房屋》，程虹译，生活·读书·新知三联书店，2007，第21页。

就像自然界中没有完全一样的两片树叶一样，地球上也没有完全一样的两个生命。在自然面前，没有高低贵贱的等级划分，所有生命都只是地球存在的历史中的一个瞬间，我们与其他生命有幸相遇在一个时空点上，就应该和谐共生。

四　美国自然文学的建设性：大地伦理

"对自然文学最早最大的影响就是土地本身。"[①] 美国温和而多样化的生态系统产生了大量激发自然文学作家创作的场所，如深入北大西洋的科德角吸引亨利·贝斯顿在此居住一年并写下了《遥远的房屋》；在四季常青的佛罗里达半岛，《旅行笔记》一书的作者威廉·巴特姆发现了未被人类开发的天堂；养育了最具野性象征的北美野牛的中部大平原以及西南部的沙漠里让人望而却步又倍感惊喜的广阔空间吸引了众多自然文学作家，写出了大量自然文学佳作，荒野成为美国自然文学繁荣的沃土。自然文学讲述的是人与土地的故事，自然文学经典文本中随处可见作者对生活在其上的大地的热爱，处处体现着奥尔多·利奥波德倡导的大地伦理。

美国生态学家和环境保护主义的先驱、自然文学家、被称为"美国新环境理论的创始者"的奥尔多·利奥波德提出了包括土壤、水、植物和动物在内的"大地伦理"概念。1949年，奥尔多·利奥波德出版了散文集《沙乡年鉴》，这本书是利奥波德对自然的观察日记，是他对自然、土地以及人与土地的关系的观察与思考的成果，反映了生态系统和人类道德之间的内在关系，《大地伦理》是其中最有代表性的一篇。利奥波德倡导一种开放的"大地伦理"，即"把人类在共同体中以征服者的面目出现的角色，变成这个共同体中的平等的一员和公民。它暗含着对每个成员的尊敬，也包括对这个共同体本身的尊敬"[②]。利奥波德呼吁人们以谦恭的态度对待土地，他努力寻找一种能够培养人们对土地的责任感的方式，同时也希望他找到

---

① Thomas J. Lyon，ed.，*This Incomparable Lande：A Book of American Nature Writing*，Boston：Houghton Mifflin Harcourt，1989，p.16.

② 奥尔多·利奥波德：《沙乡年鉴》，侯文蕙译，吉林人民出版社，2000，第194页。

的这种方式能够在政府对待土地和野生动物的态度和管理方式上产生影响。在文章中他表述了土地的生态功能，希望借此唤起人们对土地的热爱和尊敬，加强人们维护生态共同体健康发展的责任感。利奥波德倡导人们要培养对我们生存在其中的自然环境的伦理上的责任感，要"像山一样地思考"，即从人与自然的关系和保持土地健康的生态角度来思考，培养一种"生态良心"。他提出了"大地伦理"的行为标准："一件事只有当它趋向于保护整个生物圈的完整性、稳定性和美丽，才是正确的，如果相反则是错误的。"[1] 这一行为标准为人类确立了行动指南，指明了人与生态系统相互依存的关系，整个生态圈的健康是人类需要关注的问题，不能无视整个生态系统的状况而为所欲为。

自然文学中的大地伦理思想充分地体现在其强烈的荒野意识中。正如《多彩荒野》(*Wilderness Tapestry*)[2] 一书中指出的，荒野让人回到更加原始自然的状态，体验自然带来的自由，荒野是逃离文明世界的必要的避难所，同时荒野让人类意识到与地球上其他存在物社群的关联。荒野的自身价值使其成为美国自然文学中不可缺失的主题，自然文学是关于人与土地的关系的文学，而荒野指向了地域和精神双重层面，承载着自然文学的特点和精髓，它能够帮助人们正确地认识自然、对待自然，重建人与自然的和谐关系。美国历史学家威廉·克若恩 (William Cronon) 指出荒野可以用来改变人类的傲慢，并且能在人类行使对非人类世界的责任和义务时，帮助人类构建更好的伦理规则。对于荒野，梭罗则指出人们所说的荒野是人类之外的一种文明，梭罗认为我们生存于其上的地球不是没有生命和自动力的物体，它是一个有着精神的有机的实体，并且会对其精神受到的影响做出反应，地球这一有机体的精神也在荒野中显现。如果说存在没有危险的荒野这一论断是错误的，那么"一个更大的真理是一个没有荒野的世界是生存的危险之地。"[3] 人类可以从荒野自然中获取心理能量，得到心灵的慰藉；

---

[1]　奥尔多·利奥波德：《沙乡年鉴》，侯文蕙译，吉林人民出版社，2000，第 221 页。

[2]　Samuel I. Zeveloff, L. Mikel Vause, and William H. McVaugh, eds., *Wilderness Tapestry*, Reno：University of Nevada Press, 1992.

[3]　转引自 Cheryll Glotfelty & Harold Fromm, eds., *The Ecocriticism Reader—Landmarks in Literary Ecology*, Athens：University of Georgia Press, 1996, p. 311.

也可以从自然中得到启示，实现精神的升华；更可以从自然中生发想象。荒野经历能够影响精神健康，这使得精神分析学家西格蒙德·弗洛伊德逐渐意识到几百万年的荒野生活在人类心理上留下的印记，相对短暂的人类文明史无法将其抹去。从心理上，人与树木、田野以及水是可以调和的，由此证明，荒野对在现代文明压抑环境下生存的人类的心理和精神健康有着积极的治疗作用。1836 年，爱默生发表了《自然》一文，在此文中爱默生承认自然具有作为物质性物品的基本价值，但同时，他认为还有其他的更高的自然可以满足的目的，主要是它可当作人类想象力的源泉。他解释道，"世界上的各种现象都可以被看作是一种精神实质的外在标志，精神和物质是彼此相互反映的等同而和谐的整体"。① 被看成生态哲学的集大成者、美国环境伦理的先驱之一的霍尔姆斯·罗尔斯顿（Holmes Rolsdon）提出的"自然价值论生态伦理学"，集中体现了他的生态中心主义思想。他的"价值走向荒野"的思想认为，荒野自然界是一个有组织的可以自动调节的生态系统，它持续地进行着"积极的创造"。荒野创造了人类，而不是人类创造了荒野，荒野不仅是人类生命的摇篮，更是人类价值的摇篮，它比人类文明更为久远和完整，它是人类价值之源。如果没有人类的存在，荒野仍然能运行；但是如果没有荒野，人类无法生存，因为荒野构成了人类赖以生存的生物共同体的金字塔，可以说荒野在人类文明历程中一直是人类的"根"之所在。

荒野是美国文化的一项基本构成，是美国的立国之本，无论是物质层面还是精神层面。17 世纪当拓荒者们从"五月花"号上下来看到可怕的和孤寂的荒野时，他们便开启了一种对荒野厌弃的传统，因为荒野确实对他们的生存构成了难以克服的威胁，他们很少从功利主义之外的标准来衡量荒野，直到脱离了荒野处境之后，才开始意识到了荒野的道德和美学价值。随着浪漫主义在 18 世纪和 19 世纪的盛行，对荒野的厌弃感开始有所减少，形容荒野的"壮美"的概念在 18 世纪广泛应用。到了 19 世纪中叶，少数美国人开始大力赞赏荒野，民族主义者意识到他们的国家在自然的野性上

---

① 参阅唐纳德·沃斯特《自然的经济体系——生态思想史》，侯文蕙译，商务印书馆，2007，第 135 页。

是无可匹敌的，荒野成为美国独一无二的东西，成为一种文化和道德的渊源、民族自尊的基础。在美国历史上不乏对荒野的精辟论述。梭罗早在一个多世纪前就提出了"世界的保护存在于野性之中"这一著名观点；19 世纪末，历史学家弗雷德里克·杰克逊·特纳（Frederick Jackson Turner）在他的"边疆假说"中表明了荒野对美国民族性格形成的重要意义和作用；20 世纪 40 年代，生态伦理学家、自然文学家奥尔多·利奥波德进一步指出荒野是人类文明得以实现和构建的原材料；20 世纪 60 年代荒野作为文明的对立面几乎成为自然的代名词，直到此时，荒野的主题才引起人们的重点关注。20 世纪末，一批哲学家、知识分子和活动家中的领先者开始在伦理层面赋予荒野以及整个自然完全独立于它们对人类功用目的之外的存在权利，学者们逐渐认识到荒野自身存在的价值，而美国人对荒野的欣赏和保护则是最近产生的、革命性的，而且是仍未完成的，对荒野的研究近年来也越来越引起学者的兴趣和关注。

荒野主题广泛存在绘画、文学分析、文化研究、哲学、思想史等研究中，而美国自然文学中荒野主题的研究更是具有跨学科的特点，它涉及文学、历史、哲学、生态学、伦理学、心理学等多个学科。文史哲相互关联，因此研究自然文学中的荒野，不能不提及 1967 年美国学者罗德里克·弗雷泽·纳什（Roderick Frazier Nash）出版的《荒野与美国思想》（*Wilderness and the American Mind*）一书，此书先后出了五版，印数达几十万册，经久不衰，成为美国荒野主题研究的一部经典之作。作为第一部从思想史角度全面系统论述荒野的著作，《荒野与美国思想》按照时间的先后顺序，描述了荒野从旧大陆到新大陆的变化过程，从被忽视到被赞美、从被征服到被保护的整个过程，阐明了美国人在不断调整对荒野认识的同时，也在调整着和自然的关系。另一本荒野主题的重要著作是美国生态哲学的开拓者和奠基者霍尔姆斯·罗尔斯顿出版于 2000 年的《哲学走向荒野》（*Philosophy Gone Wild*）一书，作者从"伦理与自然""自然中的价值""实践中的环境哲学""体验中的自然"四个方面以荒野为题阐述了哲学的环境转向，这不仅是一部哲学专著，还是一部文笔优美的文学作品。这两部著作分别从思想史和哲学角度探讨了荒野主题，为从跨学科视角研究文学中的荒野主题提供了依据。

荒野思想在美国文化中的变化在自然文学中的体现也有迹可循。在约翰·史密斯（John Smith）和威廉·布雷德福（William Bradford）等早期新大陆拓荒者笔下，荒野是荒凉恐怖但又充满了活力的形象，而到了超验主义者爱默生和梭罗眼中，荒野成为世界的希望所在。这在国内自然文学研究奠基者程虹的著作中有详细的论述，在三本专著《寻归荒野》（2001）、《宁静无价》（2009）和《美国自然文学三十讲》（2013）中，程虹详细介绍了美国自然文学自发端以来的发展情况，指出"自然文学渗透着强烈的荒野意识"，"荒野是人类的根基，也是人类精神的家园"。[①] 美国自然文学作品中关于荒野的主题随处可见，既有对荒漠的描写，如爱德华·艾比、特里·坦佩思特·威廉姆斯（Terry Tempest Williams）等人对美国西部沙漠的描写，也有约翰·缪尔、加里·斯耐德（Gary Snyder）对加州群山的描写。代表性研究专著如唐·谢斯（Don Scheese）的《自然写作》（*Nature Writing*, 1995）和托马斯·莱昂的《这片举世无双的土地：美国的自然写作》（*The Incomperable Lande: A Book of American Nature Writing*, 1989）。这两本著作在阐述了美国自然文学的发展特点后对包括上述作家在内的经典自然文学作家作品进行了详细解读。还有一位对荒野充满激情的自然文学家是被称为荒野之子的约翰·缪尔，缪尔把荒野当成一个圣殿，反对人类纯粹实用性地对待自然。为保护美国的荒野，缪尔进行了不屈的斗争。缪尔是一个自然保护主义者，强调保存荒野的完整性，认为荒野是上帝赐给人类的礼物，荒野的美需要人们用心去想象，去欣赏。经济需求固然重要，但不能以损害精神安慰为代价。缪尔思想的核心是超功利主义的环保观，每一种生物都是值得尊敬的，万物是相互依存的。"当我们试图把任何一个事物单独摘出来，我们发现它与周围的事物密不可分。"[②] 他呼吁建立国家公园以保护大自然的美，并要求人们用心去欣赏；他促使美国联邦政府通过了国家公园法，建立了最早的一批国家公园；国家公园思想作为他思想遗产的一部分，受到美国人的尊敬，他因此被尊为"美国国家公园之父"。美国自

---

① 程虹：《美国自然文学三十讲》，外语教学与研究出版社，2013，第16页。
② 约翰·缪尔：《山间夏日》，川美译，百花文艺出版社，2008，第3页。

然文学中以荒野意识为核心的大地伦理体现了生态整体主义思想，这为建构人与自然的和谐共存关系提供了文学上的范例。

在现代社会，自然观念从亚里士多德时代的有机整体观念转变为一个无机的机械物体概念，从一个有生命的世界转变成可以被人类认识、利用和改造的无生命体。在科学技术的巨大力量的推动下，随着现代化进程的加快，人类对自然肆无忌惮地进行着掠夺，结果在将自然掠夺得满目疮痍的同时，也破坏了人类自己赖以生存的家园。自然文学中的生态自觉重新审视了人与自然万物、人类文化与自然规律之间的联系，坚信人类是自然生态系统中不可分割的一个组成部分，在生态环境中应该起到恰当的作用。利奥波德提出的荒野是人类从中锤炼出文明的原材料的观点表明荒野不是一种具有同样来源和构造的原材料，它是极其多样的，因而，荒野的多样性决定了它所产生的被理解为文化的最后成品是多种多样的。反过来，世界文化的丰富多样反映了产生它们的荒野的相应多样性。[①] 每一块荒野、荒野的每一个点上都是独特的，都具有独特的价值。关于这一点，罗尔斯顿认为在人类文化出现之前，自然已经有着无穷的多样性，自然是多种多样生命的共同体。我们不能牺牲天然的多样性来换取有序，牺牲精彩的自然历史来获得系统性。荒野的存在增强了自然历史的成就，因为带有偶然性的野性使得每一个地方都与其他地方不同，形成了对自然有利的差异，这种差异使每一个生态系都成为独特的，从而体现出更多的价值。[②] 怀特海认为，大自然的各个不同部分就像一个生物机体内部的各个部分一样，是相互依存的关系，没有哪个部分能够被单独抽离出来而不改变机体自身的整体特征。怀特海指出："一切事物都与其他事物勾连在一起——不是像机器内部那样表面上机械地连在一起，而是从本质上融为一体，如同人身体内各部分一样。"[③] 由此可见，保持生物多样性就是保护有机体的各个部分，一个物种的消亡就意味着有机体的伤残和欠缺，物种失去的越多，作为整

① 奥尔多·利奥波德：《沙乡年鉴》，侯文蕙译，吉林人民出版社，2000，第178页。
② 霍尔姆斯·罗尔斯顿：《哲学走向荒野》，刘耳、叶平译，吉林人民出版社，2005，第244页。
③ 参见唐纳德·沃斯特《自然的经济体系——生态思想史》，侯文蕙译，商务印书馆，2007，第318页。

体的自然生态就会越不健康。自然文学作家对大自然中一切存在物都持有敬畏的立场和态度，承认自然规律的自发调节作用，意识到荒野的健康关系到生态系统的整体健康，也关系到人类的福祉，而建立人与自然之间和谐共生的关系更多地关涉艺术而非科学，走进荒野，更多倡导的是诗性模式，因此，作为艺术形式的自然文学则肩负着让人们正确地认识荒野、自然，从而建立和谐的人与自然关系的重任，具有理论建设性的大地伦理的提出可以帮助人类认识自己在生态系统中的位置，从而为实现整个生态系统的健康美丽做出贡献。

【**Abstract**】 The Christian and rationalist influences from Western civilization, especially from Hebraism and Hellenism, philosophically and psychologically enforce the separation of mind from matter, self from surroundings, and man from nature which fosters a sort of egoism and its collective form—anthropocentrism. The anthropocentric arrogance makes human beings regard themselves as the manager of the earth and nature merely as resources. The focus on utility ultimately causes the tension between human and nature. American nature writing tries to refocus on the vision outward from the self, individual and man, surpass the anthropocentrism and tries to restore the relationship of harmonious coexistence between human and nature. Constructive postmodernism originated in the process of responding to the radical postmodern philosophy. Compared with radical postmodernism, constructive postmodernism is more optimistic than radical and critical. This article adopts a constructive postmodernist perspective to interpret the core themes of American nature writing: transcending anthropocentrism and land ethic.

【**Key words**】 Constructive Postmodernism; Transcending and Constructing; American Nature Writing; Transcending Anthropocentrism; Land Ethic

中西方男性气质研究概论

张志玮

（清华大学外文系，北京，100091）

【内容提要】 男性气质研究作为20世纪末兴起的新学科领域正逐渐受到中西方学界的重视。1995年，澳大利亚学者瑞文·康奈尔在其专著《男性气质：知识、权力与社会变化》中系统地论述了"支配性男性气质"的概念，这标志着男性气质研究作为一个独立的学科首次出现在公共的视野中。如今，经历了二十余年的发展，西方的男性气质研究已经在多个学科领域百花齐放。相较而言，起步稍晚的中国男性气质研究也在近十年中取得了一些进展。本文旨在就男性气质研究在中西方的开展状况加以梳理，通过介绍男性气质研究的历史发展脉络、理论体系以及其跨学科性应用以加深中国学界对于这一新兴学科领域的认知和了解。

【关 键 词】 男性气质　全球化　瑞文·康奈尔　中国男性气质

"男性气质研究"（masculinity/masculinities study）以及"男性研究"（men's study）是20世纪90年代兴起的一个新学科领域。在此之前，"男性"作为一个独立的研究主体并没有受到学术界的足够重视。究其原因，首先是在漫长的人类文明中，男性长期处于性别秩序的中心，而女性则被边缘化为"第二性"；在一切以男性为中心的父权制度中，女性主体地位是缺失的，因此男性不仅是男性，他还为女性代言，并由此兼具了全人类（mankind）的属性，正如法国知名学者雅克·拉康（Jacques Lacan）所言：

"女性并不存在。"① 如此说来，与女性相对的男性也是不存在的；而将女性包含其中的男性则是无处不在的。男性作为一个独立存在的性别范畴，只有在女性主体地位获得之后方可得到确认。因此，男性研究的兴起与女权与女性运动的推进有着紧密的关系。其次，男性研究的发展也得益于人们对性别身份的新认知。随着后结构主义的发展和后现代主义的挑战，学界对于"身份"（identity）有了新的理解。"身份"不再被视为一种固有的、稳定的、恒久的且与生俱来的属性；相反，"身份"的不稳定性、复杂性以及它的生成性成为人们关注的焦点。这种"身份"认知上的突破，造成了一系列固有身份边界的松动，这当中自然也包括了性别的边界。作为身份革命后兴起的学科，男性研究一开始便是反本质主义和亲女性主义的，它的意图不是巩固男性权威，而是重新审视和批评男性权威。它将男性气质（masculinity/masculinities）视为一种社会的和历史的建构，并着眼探究男性气质的历史性变迁，以及男性气质在不同文化中的多样性呈现，揭示男性气质的建构条件和过程，探究男性权力的不均分布。

男性研究的重要理论突破来自20世纪90年代澳大利亚学者瑞文·康奈尔（Raewyn Connell）所提出的"支配性男性气质"（hegemonic masculinity）以及"父权红利"（patriarchal dividend）说。在其专著《男性气质：知识、权力与社会变化》（*Masculinities：Knowledge, Power and Social Change*, 1995）中，康奈尔提出了四种不同类型的男性气质并分析了其中的权力关系，即支配性（hegemony）、从属性（subordination）、共谋性（complicity）和边缘性（marginalization）。其中，支配性男性气质对其他男性气质起到了主导和压制的作用。此外，她还指出纵使所有男性都从父权制度中分得了红利，这种分配也是不均匀和不对等的。尽管一些学者并不赞成康奈尔对男性气质进行分类，或批评她的分类过于简单化，但康奈尔关于男性权力内部差异的讨论的确开启了男性研究的新维度。在此之前，男性始终被视为性别

① 参见伊丽莎白·赖特《拉康与后女性主义》，王文华译，北京大学出版社，2005，第70页。根据拉康的性别身份公式的推论，尽管男性和女性都要受到符号的阉割，但女性并不像男性一样是一个具有明确界定的集合。因而，女性无需同男性一样全部认同于"阳具功效"，而符号对女性也不存在统一一致的规定，因此拉康提出"女性"（the-Women）作为统一的、具有明确界定的性别群体是不存在的。

权力的共同受益者。而康奈尔的研究揭示了男性权力的不平等分配和男性权力内部的金字塔形分布。换言之，她指出了男性权力的获得不仅来自男性对女性的压迫，而且来自位于金字塔顶端的男性对边缘男性的压迫。这种压迫在全球化时代来临前或许只存在某种文化的内部，但随着西方帝国主义的扩张和经济全球化的蔓延，男性气质便不再只是一种封闭文化的产物，以西方白人男性为范式的男性形象和男性气质逐渐在全球范围内得到确认，并进一步扰乱了本土男性气质的建构。因此，进入 21 世纪以来，以康奈尔为代表的西方男性研究学者开始格外关注全球化与性别秩序的关系。

一 男性气质研究溯源：弗洛伊德、拉康与荣格

对于男性气质的讨论和研究并不是一个全新的课题，换言之，在人类的历史中，男性的声音从来就没有缺席过，因此便有男性学者将"历史"（history）一词戏称为"他的故事"（His(s)tory）。然而，随着女性主义运动的开展，关于男性气质的讨论也逐渐独立出来，男性不再被视为一个笼统的、普遍的、拥有绝对意义的性别。男性研究的奠基人瑞文·W. 康奈尔把男性气质研究的早期形式归于西格蒙德·弗洛伊德（Sigmund Freud）以精神分析对男性气质的探讨。

尽管活跃于 20 世纪初的精神分析学家从未系统地提出过男性气质学说，但是他们对于性别所持的观点已明显脱离了本质主义的论调。弗洛伊德的精神分析理论将我们引入了认识性别的另一维度——潜意识。而在此之前，性别研究大多只是关注了生物学与解剖学层面上的两性差异，并试图通过这些差异来解释两性在心智以及社会分工上的不同。弗洛伊德的理论则揭示了性别差异的复杂性。弗洛伊德指出"男性气质"与"女性气质"是科学中最含混的概念。① 对弗洛伊德而言，两性气质并不是完全割裂且相互对立的范畴。

在他著名的性学著作《性学三论》（*Three Essays on the Theory of Sexuali-*

---

① 瑞文·W. 康奈尔：《男性气质》，柳莉等译，社会科学文献出版社，2003，第 3 页。

ty，1905）中，弗洛伊德不仅论述了潜伏于幼儿口唇期、肛门期与阳具期的性欲表达形式，还指出了男孩与女孩在性别发展上所经历的不同轨迹，他提出了决定幼儿性欲发展的两个关键情结，即"俄狄浦斯情结"（Oedipus complex）与"阉割情结"（castration complex）。十多年后，在其另一著作《自我与本我》（*Ego and Id*，1923）中，弗洛伊德又指出男孩同时希望取代母亲的位置而成为父亲所爱的对象。也就是说男孩在期望取代父亲拥有母亲的同时又渴望成为母亲而被父亲所爱，这种矛盾心理使得所有男性个体在幼儿期都同时兼具两性特质。[①]

弗洛伊德将男性气质的获得归结为幼儿性欲发展的另一个阶段，即"阉割情结"的产生。在他对五岁男孩小汉斯（little Hans）的恐惧症的分析中，弗洛伊德论述了这一过程的产生。起初男孩并不会在意缺失阳具的女性身体与自己的不同。然而，当男孩成长到3~5岁这一阶段时，他便开始意识到两性身体上的区别，他清楚地看到了自己拥有阳具，而母亲和其他女孩却没有。这时，男孩的担忧便产生了：他害怕那个他时刻期望取而代之的强大对手（父亲）会将他阉割。在弗洛伊德看来，正是阉割焦虑压抑了男孩的俄狄浦斯情结，并永久地决定了他与女性的关系，即弗洛伊德所说的："对（女性）这一被阉割生物的恐惧和洋洋得意的蔑视。"[②] 拥有阳具使男性产生了性别的优越感，而担心失去它则促使男性去认同于男性气概。弗洛伊德认为，男孩只有在经历了"阉割焦虑"并将"俄狄浦斯情结"很好地压制后才能变成真正的"男性"。换言之，弗洛伊德从某种意义上提出了"男性是变成的"这个概念。在《论两性解剖学差异所导致的精神后果》（"Some Psychical Consequences of the Anatomical Distinction between the Sexes"，1925）一文中，弗洛伊德曾经明确指出："大多数男性远没有达到理想男性的标准是由于人类个体的双性倾向及交叉遗传的影响，每个人都同时具有双性特征，因而纯粹的男性气质与女性气质只是没有明确内涵的

① 让·米歇尔·奎诺多：《读懂弗洛伊德》，陆泉枝译，上海译文出版社，2016，第103页。

② Sigmund Freud, "Some Psychical Consequences of the Anatomical Distinction between the Sexes", *in The Standard Edition of the Complete Psychological Works of Sigmund Freud*, Vol. 19, James Starchey trans. , London：Hogarth, 1953, p. 252.

理论建构。"①

如果说弗洛伊德是当代男性气质研究的奠基人，那么他的继承者——法国精神分析学家雅克·拉康则是弗洛伊德精神分析学说的重要继承人。他在进一步发展弗洛伊德理论的基础上又将语言与符号带入了精神分析的框架中，发展出更为复杂的精神分析学说。拉康对于男性气质的讨论既传承于弗洛伊德，又有别于弗洛伊德。在拉康看来，"阳具"（phallus）并不是一个男性器官，而是一个重要的能指符号。

拉康在弗洛伊德幼儿性欲论的基础上将"阳具"的意义引入了象征界的维度。他所指的"阳具"不再是弗洛伊德所关注的男性器官，而是将阳具视为一个象征符号，一个语言学意义上的"能指"（signifier）。拉康借用现代语言学家索绪尔提出的"能指"与"所指"的概念，将其应用到精神分析的领域。然而不同于索绪尔的是，他并不认为"所指"优先于"能指"。相反，拉康认为"能指"决定了"所指"。正如他在论文《男根的意义》（"The Signification of the Phallus", 1958）中所言："不仅人在说话，语言也在人身上通过人言说；人是语言的素材，语言作用于人并编织人的本质。"② 拉康看来，人类的观念和意识始终受制于语言。当儿童掌握了语言后，他便进入了一个充满"能指"符号的世界，即拉康所称的象征界。它是由语言构建的世界，是一个历史的，结构的且有序的疆域。但是由于语言系统的存在先于个体的出生，因此这个世界不仅限制了主体的自由，更是从某种意义上建构了主体。

拉康认为语言始终是他者的世界，并被"父亲的法则"（Law of the Father）所统领。而"阳具"作为一个特权能指建立了其他所有的能指模式。因此无论男人还是女人在进入语言世界时必然要遭到"父亲的法则"的阉割，成为分裂的、缺失的主体。"欲望"的产生基于主体的分裂与缺失，但欲望始终无法被满足。当发现母亲缺失阳具时，孩子的欲望便成为母亲的

① Sigmund Freud, "Some Psychical Consequences of the Anatomical Distinction between the Sexes", *in The Standard Edition of the Complete Psychological Works of Sigmund Freud*, Vol. 19, James Starchey trans. , London: Hogarth, pp. 257 – 258.

② Jacques Lacan, "The Signification of Phallus", *in Écrits: A Selection*, Bruce Fink trans. , New York: Norton, 2005, p. 274.

阳具。这时，男孩通过"有阳具"（having）来满足母亲的欲望，女孩则通过"是阳具"（being）来认同母亲的欲望。在这个过程中，女孩通过"伪装"（masquerade）而拒绝女性气质的本质部分。而男孩即使存在一种与阳具认同的企图，也只不过是一种倾向而已，因为所有男性都归于"男根的功效"（phallic function，即"男根"代表着限制）之下，因此也必须经受符号的阉割。在拉康的理论中，男性气质与女性气质既没有生物学的根基，也没有本体论的实质可言。它们只存在与"男根能指"的关系之中，或者更直白地说是一种符号意义上的差别。

无论是对男性研究还是对女性研究，拉康的理论都提供了一种更具流动性的性别概念。这一概念不仅使女性主义拥有了新的立足点，而且为当今男性气质研究做出了重要贡献。拉康揭示了男性主体亦遭受"阳具能指"阉割的事实，换言之，除了那位象征性的父亲，所有的男性都被"阉割"了，男性既是父权社会的压迫主体又是其压迫的客体。

瑞士心理学家卡尔·荣格（Carl Gustav Jung）作为现代深层心理学的奠基人之一在其学术生涯的早期继承了弗洛伊德心理分析理论。但在其学术生涯的后期，荣格与弗洛伊德渐行渐远，继而形成了自己独树一帜的心理学理论。荣格在其著作中同样论述了男性与女性性别身份的构成，并将这种性别身份的构成归结于"个人无意识"与"集体无意识"共同作用的结果。

荣格在1936年发表的讲稿《集体无意识的概念》（"The Concept of the Collective Unconscious"，1936）中，提出了个人无意识与集体无意识的概念。其中，个人无意识的内容被称为"情结"（complex），而集体无意识的内容则被称为"原型"（Archetype）。而"人格面具"（persona）是介于个体意识与社会情境之间的一个复杂关系系统，它是个体为适应社会情境而携带的面具，其存在遮掩了真正的自我。这就意味着社会生活中的个体永远受制于社会的规范，个体只能认同于"人格面具"，而非本质上的"自我"。戴上"人格面具"的自我是个体对外部世界的一种妥协。荣格试图通过揭示"阿尼玛"（anima）与"阿尼姆斯"（animus）这两个原型与"人格面具"的对应关系来解释男性气质与女性气质的形成。简言之，"阿尼玛"指的是男性心中的女性意象，"阿尼姆斯"则是女性心中的男性意象。

荣格认为"阿尼玛"是男性"人格面具"的对立物，"人格面具"要求男性以社会中理想化的阳刚气质示人，"阿尼玛"则在私下以"女性化的柔弱"对男性进行心理补偿。不过"阿尼玛"不仅是内化于男人无意识之中的女性意象，还是男人对于女人的个人情结，一种心灵的投射。这种投射作用于现实中的女人身上，起初是他的母亲然后是他的妻子。于是他在她们的身上看到了自己内在的"阿尼玛"。同样"阿尼姆斯"作为集体的男性意象也始终存在女性的无意识中。它与女性阴柔的"人格面具"相对立，具备了男性阳刚气概的特征。荣格认为"阿尼玛产生情绪，阿尼姆斯则产生观念"，这两种原型的作用使得男性的无意识与女性的无意识产生"本质性的差异"。① 荣格的分析心理学使我们看到，无论男性气质还是女性气质都不被性别主体独自占有。而想要实现"个性化"——"自我的实现"，使得人格得到平衡的发展，性别主体必须要平衡他们所兼具的这两种性别气质。② 不过荣格所论述的性别差异仍然没有脱离本质论的认识，而他所设定的"原型"类别也因为过于僵化而被当今强调多元化的性别研究者所摒弃。

心理学作为男性气质研究的开端开启了人们认识性别的新维度。无论是弗洛伊德、拉康还是荣格，他们都在某种意义上揭示了构成性别主体的不稳定因素。这种不稳定因素来源于意识世界与无意识世界之间的不对等。这种不对等首先击穿了西方世界对于人类本体完整性的认识，从而为一系列"后"学奠定了基础。尽管心理分析理论在某种意义上被贴上了"男性中心主义"的标签，但不可否认的是，它的确将人们对于性别差异的认识带出了"生物学差异"的局限。继心理学之后，关于男性性别的探究开始在更广阔的学术领域开展，并相继在人类学领域、历史学领域以及社会学等领域开花结果。

二 男性气质研究的跨学科性

（一）女性主义与男性气质研究

尽管男性研究关注的是男性群体与男性气质，但它始终脱离不了女性

---

① 詹俊峰、洪文慧、刘岩编《男性身份研究读本》，武汉大学出版社，2010，第27页。
② 詹俊峰、洪文慧、刘岩编《男性身份研究读本》，武汉大学出版社，2010，第25页。

问题的牵涉。20 世纪是女权主义高涨的世纪，女性通过近百年来的抗争与努力终于在追求两性平权平等的道路上看到了黎明。随着女性自主意识与经济能力的崛起，男性特权开始遭受质疑和批判，那些曾被认为优于女性的男性生理和心理特质亦被颠覆。那么，抛开了性别特权与特质的男性究竟还剩下什么？这成为后女性主义时代的男性不得不思考的问题。从一定的角度来看，促使男性去反思自己是女性主义的胜利，而当今方兴未艾的男性研究正是这一反思的结果。事实上，自 20 世纪 60 年代起，已经有相当一部分男性学者开始运用女性主义的理论来审视和批判男性在社会中所享有的性别特权，他们不仅为女性的平权运动做出了努力，也致力于让更多的男性加入为女性争取平等地位的运动中。自此，在争取两性平权平等的道路上，女性们不再形单影只，男性和女性主义者的合作，共同促进了女性地位的巨大改变。事实上，很多亲女性主义或研究女性主义的男性学者都随后成了男性气质研究的主力军，如瑞文·康奈尔在涉足男性研究之前便是一名优秀的女性主义学者，另一位美国男性研究的领军学者迈克尔·基梅尔（Michael S. Kimmel）也是这样一名亲女性主义的男性研究者。早在 1975 年，基梅尔便协助创立了美国第一个反性别歧视的男性组织——"美国男性反性别主义运动组织"（NOMAS）。这个组织的初衷便是唤起男性的性别平等意识，使他们能够摒弃压迫和歧视女性以及其他同性恋男性的行为。因此，当今的男性研究不仅与女性主义毫不对立，还相互借鉴，享有相似的目标——找寻性别不平等的根源，并竭力去改变这种现状。

同样，一些女性主义学者，尤其是 20 世纪 90 年代以后的女性主义学者也不再将研究重点仅聚焦于女性群体，她们往往以一种相对缓和与理解的态度来重新审视两性关系，并加入其对男性气质的考量。事实上，在男性气质研究尚未独立之前，大多数关于男性与男性气质研究的文章都发表于女性研究的刊物上。知名的女性主义学者林恩·西格尔（Lynne Segal）就曾于 1993 年发表论文《变化中的男性：大背景下的男性气质》（"Changing Men：Masculinities in Context"）就男性气质在女性主义运动中的转变做了论述。西格尔指出，从 19 世纪初到 20 世纪，男性气质已经历过多次改变。而在男性内部，受族裔、地域与年龄的影响，男性气质也呈现多元化的表达。不过，西格尔进一步承认，尽管部分男性已经对女性主义的挑战做出让步和改变，但两性间的权力关系仍然没有逆转，男性特权仍旧稳固。从西格尔的分析中，我们不难看出女性主义所做的改变。更多时候，她们不再剑拔弩张地将男性视为与其对立的性别和压迫女性的主体，而是部分肯定了男性所做的积极改变，并将注意力转向了两性内部的多样化特征。既不再将所有女性视为同一的群体，也觉察到男性群体中的多样与差异，认识到并非所有男性都是女性群体的压迫者，边缘男性与边缘女性一样遭受着不公与压迫。

借鉴第三次女性主义浪潮与性别研究的成果，男性研究不再对普遍的、永恒的、本质性的男性属性进行探究，而是更专注于男性群体内的多元性、复杂性和差异性。因此，同当代女性主义研究者将更多的注意力转向边缘女性一样，男性气质研究者也更加关注受阶级、族裔、年龄、经济能力、身体状况等影响的边缘男性群体，因为他们同样是父权体制的受害者，遭受着来自社会顶层男性统治者的压制和歧视。总之，当代的男性研究与女性主义有着千丝万缕的联系，它们互为依托，彼此借鉴。

（二）人类学领域的男性气质研究

正如女性研究一样，男性研究亦广泛开展于诸多领域。目前，男性研究已在人类学、历史学、社会学等诸多领域中开展得如火如荼。人类学视阈下的男性气质研究以民族志为主要研究方法，依靠田野工作对研究对象进行第一手的观察、记录与研究，以微观和直接的方式考察男性气质、男性身份、男子气概和男性角色的形成与表达。人类学所展开的针对不同地域与族裔的男性研究为揭示男性气质的多元化做出了贡献，与此同时，人类学的研究也揭示了男性在社会与历史变迁中的改变，这些结论进一步揭示了男性气质的非本质性特点。

在这些人类学研究中，学者刘绍华（Shao-hua Liu）的《通向男子气概之路》（*Passage to Manhood*，2011）[①] 是一部关于彝族诺苏男性的民族志著

[①] Shao-Hua Liu, *Passage to Manhood*, Stanford: Stanford University Press, 2011.

作。在该书中，作者考察了四川西南部地区的彝族诺苏男性在 20 世纪下半叶所经历的变化。刘绍华探究的不仅是地域文化与民族性在彝族诺苏男性身上留下的印迹，更是大山之外的社会对彝族诺苏男性的重塑与影响。事实上，深居山区的诺苏人并没有隔绝于外部世界，中国社会的变革与经济全球化无不影响着诺苏男性的生活与经历。这部民族志不仅记录了彝族诺苏男性对于男子气概的独特陈述，还将这种陈述与外面世界的关联性揭示出来。学者马修·古德曼（Matthew Gutmann）的著作《男子气的意义》（*The Meanings of Macho*，1996）① 则以墨西哥城的工人阶级男性为研究对象，通过一系列田野研究，揭示被研究者对男子气概这一观念的认同与理解。这一研究着重探讨了父亲身份、儿女抚养、夫妻关系、性行为取向、酗酒与家庭暴力等一系列问题与建构男性气质之间的复杂关联。此外，古德曼还重点研究了两性关系的变革以及女性身份的改变对男子气概这一观念的冲击和影响。

（三）历史学领域的男性气质研究

如果说人类学着重关注的是男性气质的地域性差异，那么历史学视域下的男性气质研究则考查了男性气质的历时性差异。美国男性研究学者基梅尔在他的著作《改变中的男人：男性与男性气质研究新方向》（*Changing Men：New Directions in Research on Men and Masculinity*，1987）、《美国男性身份的文化历史》（*Manhood in America：A Cultural History*，1996）以及《男人的历史》（*The History of Men*，2005）中探讨了男性气质尤其是美国男性气质在历史中的变迁。他指出随着美国工业化和市场化的大力推进，美国的主流男性气质发生了明显的改变。基梅尔认为 18 世纪末到 19 世纪初，美国社会存在着两种典型的男性气质模式：儒雅的家长（Genteel Patriarch）和英勇的匠人（Heroic Artisan），这两种气质的典范便是华盛顿（George Washington）、杰弗逊（Thomas Jefferson）与美国独立战争时期著名的工匠伊利威尔（Paul Revere）。儒雅的家长式男性具有"土地拥有者"的身份，

---

① Matthew Gutmann, *The Meanings of Macho*, Berkeley, CA: University of California Press, 1996.

他们管理着自己的土地和地产；在家中，他们往往是温和又关怀孩子的父亲。另一种典型的男性气质则具有"体力"与"技术"的匠人身份。[①] 他们或是自耕农、城市手工艺者，或是商店的经营者。他们或者教授儿子营生的技术，或者带领儿子通过学徒而掌握技能，成为经济独立的匠人，并为自己的工作而骄傲。但 19 世纪 30 年代以后，一种资产阶级市场型男性逐渐崛起，并最终取代了这两类传统的美国男性气质，成为主流。基梅尔指出这类男性气质需要不断以物质上的成功来加以证明。因为市场型的男性气质需要在不断的竞争中确立和维持，因此这类男性气质的重要特征便是深度的"恐同症"（homophobia）："他们不断靠排斥'他者'来确立自己：通过同'女性'、'非白人男性'、'移民男性'以及'同性恋男性'进行可怕的争夺，他们进入这个原始而又神秘的同性伊甸园里，并最终从其他男性中'脱颖而出'成为真男人。"[②] 也就是说，在美国所有非白人男性和移民男性都不同程度地构成了美国本土白人男性的参照系。

除了关注男性气质的历史性变迁，历史学者对男性气质研究的贡献还在于其力图打破大写历史的宏大叙事，将被掩盖的或被遗忘的小写历史展现出来。在浩渺的历史素材中，隐藏着无数边缘男性的经历，他们的声音或被淹没，或被剥夺。更糟的是，他们只能任由别人表达与叙述，而无力反驳。在程巍的专著《泰坦尼克号上的"中国佬"：种族主义想象力》中我们便可以看到这种小写历史的逆写。程巍在书中指出，泰坦尼克号上仅有的 7 位中国男性乘客由于有着奇高的逃生率（1 人遇难），而遭到了欧美媒体的大肆报道。大量扭曲真相的新闻被欧美各大媒体竞相转载，称泰坦尼克号上的"中国佬"是因为乔装成女人藏匿于救生艇中才得以生还，他们占用妇孺位置的行为极其"卑劣"，完全不像个"男人"。而与"怯懦的"中国男性形成鲜明对比的是那些具有"骑士风度的"盎格鲁－撒克逊男性，在报道中，他们大义凛然地将逃生机会让给船上的妇孺。这种充满了种族

---

① Michael S. Kimmel, "Masculinity as Homophobia: Fear, Shame, and Silence in the Construction of Gender Identity", in Michael S. Kimmel, ed., *The Gender of Desire: Essays on Male Sexuality*, New York: State University of New York Press, 2005, p. 28.

② Ibid., p. 29.

主义想象力的海难叙事不仅成了"事实",甚至成了当代白人男性的"神话",至今仍广为传诵。而自始至终,亲历海难的中国幸存者却连发声的机会都没有,他们不会英文,也没有翻译。这些"中国佬"的故事被肆意篡改和渲染以此来衬托盎格鲁－撒克逊男性的"伟大"与"优秀"。事实上,真实的数据显示,在泰坦尼克号海难中,男性生还者共335人,女性生还者共314人,儿童54人,男女比例基本相当;而在生还的男性中,英国与美国籍生还者占了绝大多数(267人)。针对这种无视真相的叙事,程巍分析道:

> 1912年4月美英的泰坦尼克号海难叙事成了盎格鲁－撒克逊的"男子气概"在全球同时举行的一场招魂仪式,让带着帝国的使命在全球各个角落奔忙的盎格鲁－撒克逊男子油然而生一种作为盎格鲁－撒克逊人的种族骄傲,同时让别的种族的男子顿生自惭形秽之痛。[1]

程巍的研究质疑了大写历史的真实性和可靠性,也表明了男性气质的虚构性,更重要的是,他揭示了19世纪拥有绝对话语权的白人男性是如何编织出一个"白人至上"的男性神话,并利用其他族裔的男性实现自己"男性气概"的书写。

(四)社会学中的男性气质研究

相对于以上几个领域,我们不难发现,男性研究在社会学领域的成果更为丰富。社会学领域对于男性气质的探究主要集中在揭示社会与文化对性别的建构作用。在20世纪40～60年代,由美国学者们提出的性别角色理论(Sex Role Theory)一直占据主导地位。这一理论将性别特征理解为特定环境中的社会化的产物。但20世纪80年代后,不少学者对性别角色过于僵化的分类提出了质疑与批评。20世纪90年代,随着性别研究的崛起,朱迪斯·巴特勒(Judith Butler)的性别操演理论开始获得广泛地关注,巴特勒

---

① 程巍:《泰坦尼克号上的"中国佬":种族主义想象力》,漓江出版社,2013,第8页。

提出将性别看作一种"表演性"（performance）的建构。性别操演不是一个单一的行为，而是通过风格化的重复稳定下来。巴特勒的观点否定了性别的本质主义观点并揭示了性别是流动的这一概念，其理论为新兴的"酷儿"研究奠定了理论基础。

同样在 20 世纪 90 年代，男性气质研究异军突起，其代表人物澳大利亚社会学家康奈尔在其首部探讨男性气质的专著《男性气质：知识、权力与社会变化》（*Masculinities: Knowledge, Power and Social Change*, 1995）中提出了"支配性男性气质"的概念。她将单数的男性气质（masculinity）引申为复数的男性气质（masculinities），并将其划分为"支配性"、"从属性"、"共谋性"和"边缘性"四种类型。康奈尔指出这些男性气质存在一种等级结构中，阶级、族裔、年龄、经济地位、职业等诸多因素建构了这种等级。其中"支配性男性气质"占据着金字塔的顶端并压抑着其他男性气质。进入 21 世纪后，由康奈尔领军的男性研究将重心转移到全球化视野下的男性气质研究。正如康奈尔在《男人与男孩》（*The Men and The Boys*, 2000）一书中展现的，区域性的性别秩序已经受到帝国主义文化和国际资本市场的影响，很难幸免于全球化的波及。她细数了全球化在个人生活、集体实践和身体层面对男性气质的影响，并提出一种跨国界的"全球化男性气质"正成为一种全球性的支配性男性气质，它们的表现形式有三："征服和殖民的男性气质"（masculinities of conquest and settlement），"帝国的男性气质"（masculinities of empire）以及"后殖民主义和新自由主义的男性气质"（masculinities of post-colonialism and neo-liberalism）。这三种支配性男性气质分别在不同的历史阶段发挥着作用，并极大地干扰了本土男性气质的建构。它们将一种资本主义白人男性所持有的价值观强势输出到全球各地，形成了一种全球性的、以西方为中心的男性秩序体系。

此外，法国著名社会学家皮埃尔·布尔迪厄（Pierre Bourdieu）也于1998 年出版了其第一部男性研究专著《男性统治》（*La Domination masculine*, 1998）。在该书中，布尔迪厄运用他自己提出的"习性"（habitus）理论解释了男性气概的形成。

男子气（vir）意义上的男人身包含着一种应当（devoir-etre），一种人格（virtus），它以"自然而然"的方式让人接受，不可辩驳。荣誉与高贵一样，是以一系列配置的形式存在于身体之中的，这些配置表面上是自然的，通常表现在一种行为、举止的特定方式中，比如一种头部姿态、一种仪表、一种步态，与一种思考和行动方式、一种习性形态、一种信仰等密切相关——荣誉排斥一切外部限制，支配着有荣誉感的男人。①

布尔迪厄指出，性别的自然化是一种社会策略，它巧妙地将"社会规范的随意性转变为自然的必要性"，② 使得男性气质具备了某种自然的表象。尽管男性与女性之间的确存在明显的生理学差异，但是这些差异却"是依照男性中心观念的实践模式被理解和构造的"。③ 因此，这些差异早已不是生物学意义上的差异，而是权力的差异。此外，布尔迪厄还认为在这种男性统治的表象中，男性自己也是囚徒与受害者，因为他们同样需要服从这种社会配置，并需要时刻警醒自己是否表现得像个男人。因此，在他看来，所谓男性特权不过是男人长期的压力与紧张换来的陷阱。④

时至今日，男性气质研究已经历了二十多年的发展。在西方，男性气质研究的相关文章和著作早已汗牛充栋。进入 21 世纪之后，男性研究已俨然崛起为一个重要的学科领域。不断加入其中的心理学家、社会学家、人类学家、文学批评家、历史学家、经济学家、文化研究者等都在共同扩展着男性研究的疆域。2001 年，史蒂芬·怀特海德（Stephen M. Whitehead）与法兰克·巴雷特（Frank Barrett）合编了第一本男性气质研究读本（*The Masculinities Reader*）。2002 年，雷切尔·亚当斯（Rachel Adams）与大卫·沙文（David Savran）合编的《男性研究读本》（*The Masculinity Studies Reader*）问世。2003 年，第一本男性气质百科——布雷特·卡罗（Bret Carroll）

---

① 皮埃尔·布尔迪厄：《男性统治》，刘晖译，中国人民大学出版社，2012，第 71 - 72 页。
② 皮埃尔·布尔迪厄：《男性统治》，刘晖译，中国人民大学出版社，2012，第 13 页。
③ 皮埃尔·布尔迪厄：《男性统治》，刘晖译，中国人民大学出版社，2012，第 28 页。
④ 皮埃尔·布尔迪厄：《男性统治》，刘晖译，中国人民大学出版社，2012，第 73 页。

的《美国男性气质：一部历史百科全书》（*American Masculinities：A Historical Encyclopedia*）出版。不久，基梅尔与艾米·阿瑞森（AmyAronson）出版了《男性与男性气质：社会，文化与历史百科全书》（*Men and Masculinities：A Social，Cultural and Historical Encyclopedia，*2004）。2005 年，基梅尔、杰夫·赫恩（Jeff Hearn）与康奈尔合编了第一本男性研究手册《男性与男性气质研究手册》（*Handbook of Studies on Men and Masculinities*）。2007 年，第一本具有全球性视野的男性研究百科全书《男性与男性气质国际百科全书》（*International Encyclopedia of Men and Masculinities*）由劳特利奇出版社汇编出版。除此之外，关于男性研究的期刊也随即出现，自 1998 年第一个男性研究期刊《男性与男性气质》（*Men and Masculinities*）创刊以来，仅英文出版的关于男性与男性气质研究的期刊就已多达十几种。[①] 这一系列的成果都说明了男性研究在经历了二十多年发展后，已经逐渐趋于成熟和完善。

三　中国男性气质研究发展与现状

正如上文所言，当今的男性气质研究早已将重点放在了男性气质的差异性和多元性上面。因此，探讨不同文化与社会环境对于男性气质的影响和建构就显得尤为重要了。历史悠久的中华文明和儒家社会建制曾经为传统中国树起了一套坚不可摧的父权制度。而这一制度也势必会催生出一种规范性的中国男性气质，或是说一种典范性的中国男性气质。第一部系统论述中国男性气质的专著是澳大利亚华裔学者雷金庆（Kam Louie）于 2002 年出版的《男性特质论：中国的社会与性别》（*Theorising Chinese Masculinity：Society and Gender in China*）。在该书中，雷金庆指出"文"与"武"是建构中国传统男性气质的两个核心元素。然而，尽管"文"和"武"两种精神都长期存在中国文化中，但是"文"对于"武"始终占有着压制性胜

---

① 这些期刊分别是：*American Journal of Men's Health*；*Boyhood Studies*；*Culture，Society & Masculinities*；*Journal of Gender Studies*；*Journal of Men's Health*；*Masculinities & Social Change*；*Masculinities：A Journal of Identity & Culture*；*Men and Masculinities*；*NORMA：International Journal for Masculinity Studies*；*Psychology of Men & Masculinity*；*The Journal of Black Masculinity*；*The Journal of Men's Studies*；*Voice Male Magazine*。

利，这一点自战国时期就已经形成。随着中国君主权力的扩大，封建贵族地位的下降以及士大夫势力的上升，这种"文"的倾向便越发明显。一方面，雷金庆将中国历史与中国男性气质的建构相联系，解释了传统中国男性气质的独特之处；另一方面，他也指出，这种所谓中国男性气质无关于性别本质，而是一种长期的社会建构。因此，在"中华帝国"土崩瓦解之后，这种"文人"式的男性气质典范便逐步退出了历史舞台，取而代之的是一种代表现代性的男性形象。通过分析鲁迅、郁达夫和郭沫若笔下懦弱的男性形象，雷金庆认为随着西方性别话语的介入，中国已经经历了男性气质的重要转型，传统的"文人"气质已经成了被讽刺的对象。而丁玲笔下的被莎菲女士所迷恋"凌吉士"，这一西方化的男性形象成了"魅力先生"。但随着社会主义中国的建立，一种"以劳动为荣"的男性劳模形象逐渐成为被追捧的对象。而 20 世纪 80 年代以后的寻根文学，无疑又开启了在中国乡土寻找"硬汉"的过程。

同样剖析中国男性气质的另一本专著是中国香港学者宋耕（Song Geng）的《文弱书生：中国文化中的权力与男性》（*The Fragile Scholar: Power and Masculinity in Chinese Culture*, 2004）。在这本著作中，宋耕主要分析了中国传统文学作品中的才子形象，并探讨了中国才子文化的成因，以及为何"才子"会成为中国传统社会中理想男性的代名词。作者运用了福柯的话语与权力观点分析了前现代中国男性的气质特点，他认为与现代西方社会相较，前现代中国并没有形成一种对立的男性与女性的二分法。男与女的差别不是生理上的绝对差异，而是一种角色上的相对差异，一种社会性的差别。因而，无论男性还是女性，在某种程度上都是雌雄同体的，即"阴"与"阳"同时存在，且相互调和。这种基于性别的认知是有别于西方的。因而，所谓"女性化"的文人或书生这一观念并不存在于前现代中国。相反，这种博学多才、温文尔雅、克己复礼的男性气质最能反映儒家所提出的"君子"理想。相对而言，"武"并不是中国儒家传统所提倡的，尽管中国古代文学中不乏武士，但是他们往往被刻画成"禁欲"的英雄，不近女色，且不具吸引力，比如关羽或李逵等。

此外，中国台湾学者黄克武 2016 年在台出版的《言不亵不笑：近代中国男性世界中的谐谑、情欲与身体》一书则试图从另一个角度来分析男性气质。黄克武主要从心理学的男性欲望角度，阐述和分析了中国男性的性欲望。他运用巴赫金的狂欢节理论分析了性欲在中国男性世界中的作用，并指出中国自雍正时期便启用了一系列意在压制性欲的法规和举措，如曾经流行的春宫小说被禁，妓院和嫖娼行为被政府明令禁止，此外，同性恋行为也第一次以法律形式严令禁止。从此，性欲与性行为被严格限制在家庭当中，完全成了私人空间的隐秘行为。性在公共领域的完全消失，导致了性欲作为一种狂欢形式的失效。这种发生在近现代中国的针对性欲的束缚行为，与福柯《性史》第一部中论述的西方世界在维多利亚时期将性精巧地限制在家庭里的做法如出一辙。

此外，2002 年由苏珊·布劳内尔（Susan Brownell）与华志坚（Jeffrey N. Wasserstrom）合编的《中国女性气质/中国男性气质读本》（*Chinese Femininities/Chinese Masculinities：A Reader*）中也收录了几篇探讨不同历史时期中国男性气质的文章。在此读本中，马修·萨默（Matthew H. Sommer）的文章《危险的男性、脆弱的男性与被污染的男性：论清朝法律中的男性气质规章》（"Dangerous Males，Vulnerable Males，and Polluted Males：The Regulation of Masculinity in Qing Dynasty Law"）有助于人们理解晚清男性气质的法律性建构。该文章主要论述了清朝法律是如何通过限制男性的行为来加强儒家理想的家庭秩序，这其中包括对婚内性行为的严格限制，对没有家庭的男性"流民"（如流浪汉、光棍、僧人等）实行严管等，这些法律都意在巩固和树立以稳定的家庭为中心的儒家男性气质。此外，苏珊·格罗斯（Susan L. Glossor）在文章《我所知道的事实：中国新文化运动中的民族主义、家庭改革与男性身份》（"The Truths I Have Learned：Nationalism，Family Reform，and Male Identity in China's New Culture Movement，1915 – 1923"）中关注了男性气质在新文化运动中的转型，即树立一种新型的男性理想，他们重视物质，职业化且倾心于核心家庭而不是传统的大家庭。

目前中国大陆的男性气质研究尚处于起步阶段，主要从事男性研究的学者包括方刚、詹俊峰、洪文慧、刘岩、王政、张颖、杨斌、汪涟、隋红升、浦立昕、张结海、范扬、郑军等。其中，北京林业大学的方刚可以说是中国大陆男性研究领域的开拓者。他的著作《男性研究与男性运动》（2008）是中国内地第一本关于男性气质研究的学术著作（方刚将 masculinities 翻译成男性气概，而不是气质，以此来区分心理学上的气质）。在这本专著中，方刚首先梳理了西方男性研究的历史发展，并系统地介绍了西方研究者的主要理念与男性研究的现状。他认为不能简单机械地套用西方男性气质理论来解释中国男性气质的问题。扎根于中国独特的历史与文化土壤中的中国男性气质与康奈尔所提出的四类男性气质尚存在差异。方刚指出男性气概是一种实践，因此是在具体情境与符号中建构的。他提出："传统文化、地理差异、国际化趋势、集体实践，以及个人所属的阶级、性倾向、从业模式、身体实践，以及在实践男性气概过程中同女性气质的互动等等，这些都影响着男性气概的实践结果。"① 此外，在分析中国当代男性气质构成的同时，方刚还提出了"男性运动"的必要性与意义。当然，他所提出的"男性运动"并非要为男性争取更多权利，而是希望男性可以积极参与两性平等的建设。这种亲女性主义立场的男性运动与西方学界所开展的男性运动如出一辙，其目的并不在于削弱男性本身，而是希望男性能够意识到父权制度以及男权社会对于女性的压制，从而在意识上和实践上做出改变，成为与女性平等的男性，而不是凌驾于女性之上的男性。此外，方刚的另外一部专著《男公关：男性气质研究》（2009）主要讨论了男性性工作者的男性气质问题，并在一定程度上填补了该领域的空白。

此外，华南师范大学的詹俊峰也是大陆男性研究的主要学者之一。2010年，詹俊峰与广东外语外贸大学的洪文慧和刘岩合编了大陆第一本男性研究读本——《男性身份研究读本》。该读本精选了西方男性研究的 20 篇重要论文和文摘，汇集了该领域颇有影响的十几位男性研究学者的主要思想，如瑞文·康奈尔、约翰·麦克因斯（John MacInnes）、迈克尔·基梅尔、鲍勃·皮斯（Bob Pease）、迈克尔·梅斯纳（Michael A. Messner）等西方学者的代表性文章。此外，除了收录当代男性研究的学术成果，该读本还收录了 20 世纪早期心理学对于男性气质探究的文章，如弗洛伊德、荣格与拉康

① 方刚：《男性研究与男性运动》，山东人民出版社，2008，第 46 页。

等心理学学者对于男性气质形成的讨论。该论文集还收录了部分女性主义者探讨男性气质的文章，如知名女性主义学者伊芙·K. 赛吉维克（Eve K. Sedgwick）的文章。总之，此读本对于西方男性研究所做的梳理是比较全面且具时效性的。作为大陆第一本男性研究读本，该书的出版对于男性研究在中国的开展起到了奠基性作用。2015 年，詹俊峰出版了《性别之路：瑞文·康奈尔的男性气质理论探索》一书。该书第一次将西方男性研究的奠基人康奈尔的主要学术思想呈现给中国读者。当然除了介绍康奈尔的学术理论，他还着重论述了如何在文学与文化研究中运用康奈尔的理论和方法。例如，他示范性地讨论了小说《无极之痛》与《美国牧歌》以及戏剧《蝴蝶君》中的男性气质问题，并分析了大陆流行一时的真人秀节目《爸爸去哪儿》中所呈现的男性气质转型。

大陆出版的第二本男性研究读本是 2012 年由王政和张颖合编的《男性研究》。该读本可以说是对此前出版的《男性身份研究读本》的补充。与之前的读本相较，该读本更注重男性理论的应用而不是理论本身。尤其是该读本选录了两篇关于种族与男性气质的文章，一篇是马里娜力·辛哈（Mrinalini Sinha）的《给男性特质一个历史：殖民地时期印度历史研究的贡献》（"Giving Masculinity a History：Some Contributions from the Historiography of Colonial India"），另一篇是盖儿·比德曼（Gail Bederman）的《用种族和"文明"重塑男人身份》（"Remaking Manhood Through Race and 'Civilization'"）。这两篇文章均以"全球化"背景下的边缘男性为研究主体，从不同角度剖析了帝国主义与殖民主义对非白人男性造成的影响。

然而，从目前大陆出版的与男性气质相关的著作数量来看，男性气质研究仍存在太多需要补足的空间。与西方的男性研究以及中国港台地区的男性研究现状相比较，中国大陆的男性研究仍然处于起步状态，且缺乏足够的关注。相较于西方在这二十多年的发展而言，中国男性研究的状况也是相对落后的。尽管近年来越来越多关于男性研究的文章浮出水面，但它们大多发表在文学、电影学、文艺学或是女性研究的刊物中。由此可见，相较于英语世界已存在的十多种男性研究刊物而言，中国大陆学者对于男性气质研究的关注度仍是远远不够的。

四　结语

事实上，男性研究在经历了二十多年的发展之后，已经愈发趋于成熟。中国理应是开展男性研究的重镇。因为首先，中国男性在世界男性人口中占比最高；其次，历史上长久稳固的中华文明与社会建制不仅塑造了历史上的中国男性，也为今日学者留下了大量研究中国男性的历史资料；最后也是重要的是，在前现代时期，中国人的性别观与西方人所持的性别二元论认知有着根本性差异。中国哲学对阴阳两性相生互补关系的定义，直接决定了中国人思维中独特的性别定义与两性关系。这种思维模式与文化遗产对于冲破当今由西方话语主导的两性研究起着至关重要的作用。因此，在中国开展男性研究的学术基础是丰实的。借势于西方男性研究的丰硕成果，中国的男性研究完全具备另辟蹊径的基础，以东方视角补写西方理论。

【**Abstract**】 As a rising academic discipline, masculinity study has enjoyed a growing attention around the globe. In 1995, Raewyn Connell, an Australian sociologist, published the book *Masculinities*: *Knowledge*, *Power and Social Change*, in which she promoted the concept of "hegemonic masculinity", and marked the beginning of this new subject. Until now, masculinity study in the West has undergone over two decades of development. It has become more and more interdisciplinary, inclusive and diversified. Comparatively speaking, masculinity study in China is a late starter, which is going through a rapid growth in recent years. This essay aims at introducing the history, theories and the interdisciplinary approaches of masculinity study to the Chinese academia, so as to strengthen the future development of masculinity study in China.

【**Key words**】 Masculinity; Globalization; Raewyn Connell; Masculinity studies in China

马克思主义与世界文学研究

卢那察尔斯基论世界文学*

韩静帆

（华东师范大学外语学院，上海，200241）

【内容提要】作为杰出的马克思主义理论家，卢那察尔斯基继承了马克思、恩格斯所倡导的文艺批评的美学观点和历史观点。在对俄苏文学以及欧美文学进行社会历史分析时，卢那察尔斯基重视阶级分析，坚持运用艺术反映论来分析作家作品同一定历史时代社会生活的客观联系。与此同时，他还关注文学作品的风格、技巧、形式、艺术感染力等美学因素，注重考察作家对生活和艺术的独到见解以及其艺术作品的独创性。在经典马克思主义理论的指导下，卢那察尔斯基把俄苏文学以及欧美文学置于广阔的国际视野下进行比较和考察，超脱了单一的民族/国别文学现象研究，时至今日对世界文学的研究依然具有重大的指导意义。

【关 键 词】卢那察尔斯基 马克思文艺理论 世界文学 俄苏文学 欧美文学

随着全球化时代的来临以及世界主义思潮的盛行，在国际文学界中逐渐兴起了对世界文学问题的研究。1827 年，歌德在与爱克曼的谈话中首次创造了"世界文学"的概念，"指出了各民族文学所具有的共同美学特征"，"涉及了长期以来不为人所知的东方文学"，"建构了具有'乌托邦'色彩的

＊ 本文系国家社会科学基金重大招标项目"马克思主义与世界文学研究"【批号：14ZDB082】的阶段性成果。

世界文学观"。① 受到这一构想的启迪，马克思、恩格斯在《共产党宣言》中对世界文学时代到来的原因进行了深入的研究。之后，他们还在论著、书信、谈话以及期刊中对欧洲文学史上的经典作家做过一些辩证的评论和分析，也就一些文学理论批评的基本问题作过阐述。这些关于世界文学的论述，后来分别由东西方的马克思主义理论家加以整理、阐释和发挥，逐步形成了一个马克思主义世界文学研究的传统和话语体系。19世纪末20世纪初期，俄国的马克思主义者不仅在社会生活中运用马克思主义理论解决俄国革命的问题，同时还在文艺界运用马克思主义观点解决俄国文学发展中的问题，于是俄国的马克思主义文艺理论应运而生。俄国马克思主义文艺理论最初是由普列汉诺夫开创的，他提出了对艺术现象和艺术作品作历史客观的、发生学的考察，而列宁则以艺术反映论、文学的党性学说以及两种文化学说，促进了该理论体系的不断完善。除了普列汉诺夫和列宁以外，俄国的马克思主义文艺理论家还有沃罗夫斯基、卢那察尔斯基、奥尔明斯基等人，他们均为马克思主义文艺理论做出了自己的贡献。通常人们把普列汉诺夫、沃罗夫斯基和卢那察尔斯基称为俄国三大马克思主义文艺理论批评家。其中普列汉诺夫、沃罗夫斯基的批评活动主要集中于十月革命前，而卢那察尔斯基则亲自参加了社会主义的文化建设，坚决捍卫和深入阐发了列宁的文艺思想，运用马克思主义理论解决了苏联文学中出现的新问题。因此，从这个角度而言，卢那察尔斯基对马克思主义文艺理论做了新的阐释和发展，其贡献更加值得重视。

作为杰出的马克思主义文艺理论家、文艺批评家和社会主义文化活动家，卢那察尔斯基对马克思主义文艺观的论述和实践创新均做出了卓越的贡献。在经典马克思主义的理论指导下，他的研究涉及文艺学、美学、艺术理论、文学史和文学批评等领域，从20世纪初期一直延续到20世纪30年代。卢那察尔斯基对马克思主义文艺批评和俄国文学批评史均进行过系统而深入的阐述，为我们留下了相当可观的文学批评遗产。卢那察尔斯基最为关注的是俄苏文学，他研究过拉季舍夫、茹科夫斯基、普希金、果戈

---

① 王宁：《马克思主义与世界文学》，载《文学理论前沿》（第十二辑），清华大学出版社，2014，第3页。

理、赫尔岑、涅克拉索夫、陀思妥耶夫斯基、谢德林、柯罗连科、契诃夫、托尔斯泰、高尔基等众多俄苏作家及其作品，发表了众多具有真知灼见的文学评论，为当今的世界文学研究提供了基于俄罗斯文化的独特批评视角。除此之外，卢那察尔斯基对外国文学，尤其是对欧洲文学也进行过许多富有理论洞见的评论。他精通英、法、德等多种语言，从事过欧洲文学的翻译工作；并且在十月革命前长期居住在国外，亲自接触过许多欧洲著名作家和艺术家，因此对西方文化有着更为独特的理解。卢那察尔斯基一生中写了大量的欧洲文学评论，还在 1923～1924 年应邀在斯维尔德洛夫大学讲授西方文学，涵盖了从荷马到当代西欧文学的丰富内容。这次课程的讲稿之后以《西欧文学史指要》为名多次出版，成为多所高校的欧洲文学教材。卢那察尔斯基继承了马克思、恩格斯所倡导的文学批评的美学观点和历史观点，坚持对文学现象进行社会历史分析，具体阐述社会历史因素对文学的制约作用。在文学批评实践的过程中，卢那察尔斯基"系统地提出了马克思主义文学研究的方法论体系和理论模式，强调了文学研究的历史意识与美学意识相结合的思维模式"，同时还"系统总结和归纳了俄国马克思主义文艺理论家的思想和理论实践"，"把俄国马克思主义文学思想作为科学研究对象"，促进了"马克思主义文学思想作为一套话语的确立和制度化"。[①] 除此以外，卢那察尔斯基"对不同民族文学所作的对比"，"在世界文学的联系中揭示民族文学现象的地位和意义"，在处于全球化时代的今天依然具有积极的指导作用。[②]

　　有鉴于此，本文将结合马克思主义文艺理论，从三个层面系统地阐述卢那察尔斯基对世界文学的一些富有真知灼见的论述。概括来说，在马克思主义文艺理论的指导下，卢那察尔斯基撰写了大量的马克思主义文艺批评文章，对本民族文学以及欧美文学进行了社会历史的分析，一方面指出要重视阶级分析，坚持运用艺术反映论来分析作家作品同一定历史时代社会生活的客观联系；另一方面又强调注重创作主体如何从自己的个性出发

① 邱运华等：《19－20 世纪之交俄国马克思主义文学思想史论》，北京大学出版社，2006，第217 页。
② П. 尼古拉耶夫：《马克思列宁主义文艺学》，李辉凡译，安徽文艺出版社，1986，第 172 页。

对社会历史做出的独特的反映，以及社会和创作主体之间复杂关系的辩证分析。与此同时，作为文艺美学家，卢那察尔斯基还尤为关注文学作品的风格、技巧、形式和艺术感染力等美学因素，注重考察作家对生活和艺术的独到见解以及其艺术作品的独创性。值得特别注意的是，卢那察尔斯基对俄苏文学以及欧美文学进行的论述，不仅仅只拘泥于单一的民族/国别文学现象研究，而是将它们均置于一个更加广阔的国际视野下进行比较和考察，时至今日对马克思主义理论指导下的世界文学研究依然具有巨大的指导意义。

一　阶级分析和艺术反映论

作为马克思主义文艺理论家，卢那察尔斯基继承了列宁的文艺思想中阶级斗争的观点，即在文学研究和文艺批评中要用阶级斗争的观点来看待俄国文学现象，把作家作品放在革命和改革两条道路以及民族派和自由派两大派别相互斗争的大背景中加以考察。一方面，卢那察尔斯基认为，在文学中运用"两条道路"、注重作家作品的阶级属性的确有助于更好地理解俄国的历史和文学；另一方面，他又强调不能把阶级分析简单化，"把两条道路的观点运用于文学的时候，不能不注意到列宁对待历史过程现象的态度中占有如此重要地位的反映论。反映论所注意的，与其说是作家隶属的关系，不如说是他对社会变动的反映，与其说是作家主观上的依附性和同某个社会环境的联系，不如说是他对于这种或那种历史局势的客观代表性"。① 也就是说，在马克思主义理论的指导下，对作家作品进行社会历史分析时，不仅要考察作家的阶级出身，还要看艺术作品表现了何种历史趋势以及同那个时代的关系。从这个层面而言，卢那察尔斯基对文学现象的社会历史分析是独树一帜的，他对马克思主义文艺批评理论的发展也是值得认真探究和总结的。在这一理论的指导下，他撰写了大量的文艺批评文章，细致地分析了本民族文学和欧美文学中的创作现象。

---

① 卢那察尔斯基：《卢那察尔斯基论文学》，蒋路译，人民文学出版社，2015，第6页。

在俄罗斯文学史上，普希金的地位和成就都是不容置疑的。自普希金去世至今，从俄罗斯文学批评界到世界文学批评界，无论是作家还是文艺批评家均对其作品的艺术特色和时代意义进行过系统而深入的阐释。19 世纪初期，俄国依然是相对落后的沙皇专制农奴制国家，此时发展迅猛的新兴资本主义从政治、经济、思想意识层面对俄国社会造成了巨大的冲击。在这样的时代背景下，受西欧先进思想影响的贵族青年知识分子在社会上积极进行改革，追求政治上的自由，间接地刺激了文学等艺术形式的发展和繁荣。在马克思的"物质生产发展同艺术生产发展的不平衡关系"的理论指导下，卢那察尔斯基在《亚历山大·谢尔盖耶维奇·普希金》和《批评家普希金》这两篇文章中详细论述了普希金的创作与 19 世纪俄国社会之间的关系，从俄国文学现象中的"知识分子问题"和"阶级性问题"出发，对普希金的艺术创作进行了深刻的、天才的分析。从总体来看：

> 普希金所隶属并因而使他获得数十项最难得的特权的那一阶级，同时又是个四分五裂的阶级，它自身包含着某种悲剧……因此，从普希金身上反映出来的不只是贵族在国内的统治地位，不只是他们的财富，不只是他们的文化素养的长进和由此而来的日益提高的敏感性、日益增强的思想敏锐性，——不，普希金还反映了破落世袭贵族、中等地主阶层里的古老贵族部分的惨重失败的感觉；普希金反映了这种退化所导致的深深的屈辱和设法战胜屈辱以保全自己的个人尊严和社会地位的热烈愿望；普希金也反映了对这行将到来的阶级灭亡的恐惧；凡此种种，都给他那黄金似的乐章造成了不匀称、不谐调的音响。①

由此可见，阶级属性决定了作家创作的内容，决定了艺术作品的多样性和独特性。卢那察尔斯基认为，作为"探索的、惶恐不安的贵族的文学"代表，普希金所象征的文艺繁荣与俄罗斯作为一个独立民族的觉醒有着密切的关系，其艺术成就是俄国意识觉醒的体现，标志着俄罗斯民族的文化

---

① 卢那察尔斯基：《卢那察尔斯基论文学》，蒋路译，人民文学出版社，2015，第 102 页。

从"模仿"走向"创造"。在早期的创作中，普希金和同时代的许多贵族青年一样受到拜伦和拜伦主义的影响。在作品《高加索的俘虏》和《茨冈》中，普希金塑造了一系列带有拜伦主义色彩的贵族知识分子，反映了社会大变革时期贵族阶级走向衰落的悲剧命运，以及农奴和农民的生活遭受破坏的社会现实。随着十二月革命的爆发，受阶级局限性的影响，普希金内心涌起了对黑暗现实的绝望和畏惧，甚至有了设法与现实达成和解的意向。在《叶甫盖尼·奥涅金》中，普希金塑造了从城市生活"遁入"平凡的庄园地主生活的贵族知识分子形象，表现了从拜伦式人物的孤立状态中寻求出路的探索。在这之后的作品《上帝别让我发疯》和《青铜骑士》中，普希金竭力把反专制的积极因素与庸俗因素、个人情感等同起来，把社会中激烈的阶级冲突弱化为有组织力的社会性同个人的无政府主义的冲突，表达了个人因素必然会失败的消极观点。无论是普希金个人的文学创作，还是其代表的俄国文学的黄金时代，都与整个俄罗斯民族、与民族的特定历史时代紧密相连。因此，作为文化现象中一个很显著的实例，诗人普希金所"表现的思想感情、他笔下的形象、他的文学风格、他的音乐等等，以至他的细节，无不细致入微地依存于社会基础，社会基础通过他的阶级，更具体地说，通过该阶级中他所隶属的那个集团，对他起了影响"。①

在运用马克思主义文艺理论看待文学问题，对作品进行社会历史分析时，卢那察尔斯基认为："不仅要从起源学的角度、从发生学的角度揭示文学作品产生的社会历史根源，而且要从功能学的角度对文学作品作出判断，重视它在每个时代所起的作用，特别是它同当代生活的联系、它的现实意义。"② 从这个层面而言，卢那察尔斯基继承和发展了普列汉诺夫的批评理论，使马克思主义文学批评理论的科学性和革命性达到了统一。卢那察尔斯基认为，列宁论托尔斯泰的文章《列·尼·托尔斯泰和他的时代》，"既从起源学方面（即是从产生托尔斯泰的作品的各种力量的角度），又从功能的角度（即是就托尔斯泰作品在各个时代所能起的作用来说），对托尔斯泰

---

① 卢那察尔斯基：《卢那察尔斯基论文学》，蒋路译，人民文学出版社，2015，第138页。
② 程正民、王志耕、邱运华：《卢那察尔斯基文艺思想理论批评的现代阐释》，北京大学出版社，2006，第117页。

作了明确的概括和总的评价。"① 在经典马克思主义理论的指导下，卢那察尔斯基多次在演说以及发表的论文中论及托尔斯泰，如在讨论美学和文学问题时，引用其作品创作加以论证；在论及普希金、陀思妥耶夫斯基、高尔基等作家时，从阶级出身、思想意识、艺术创作手法等与托尔斯泰进行多层面的比较；同时，还对列宁、普列汉诺夫等论托尔斯泰的文学评论再进行批评，进一步丰富和发展了对托尔斯泰创作思想以及创作内涵的研究。卢那察尔斯基的这些对托尔斯泰思想和创作风格的独特论述，主要体现在《论托尔斯泰的创作》（1926）、《列·尼·托尔斯泰》（1928）、《托尔斯泰与我们现代》（1928）这三篇文章里。卢那察尔斯基认为，在面对资产阶级制度在俄国取代封建地主制度这一社会大变动时，贵族出身的托尔斯泰经历了逐渐脱离自身阶级的思想变动，从否定西方资本主义到否定俄国现实，最终投向"被他理想化的农民"来寻求出路。在早期作品《战争与和平》中，托尔斯泰描写了处于全盛时期的贵族，"极力想用把贵族奉为神明的办法，以解决使他苦恼的矛盾——正在消逝的旧俄国同进攻中的、可恶的市侩气的资产阶级之间的矛盾"，他试图建立一个"崇高的农民—绅士的世界"，并以此来对抗"渺小的、过分推崇个别人物的智慧的西方"，② 充分表明了他对自身阶级的肯定和赞赏。随着社会变革的进行，托尔斯泰看到了自身阶级走向衰落的不可避免的结局，因此在《安娜·卡列尼娜》这部作品中表现了处于瓦解中的贵族阶级，充满了愤怒的情绪和强烈的批判精神。但与此同时，从"一个人具有他那阶级和时代的其他人所固有的内心特点"来看，卢那察尔斯基认为托尔斯泰也有着"对犯罪的恐惧和对死亡的恐惧"。③ 在后期创作的长篇小说《复活》中，托尔斯泰展示了权势显赫的男人对遭受凌辱的女性的罪孽；在《克莱采奏鸣曲》中也表现反对罪孽的肉欲的狂热、追寻欢愉的自私力量。为了克服这两种恐惧，贵族出身的托尔斯泰接受了基督教的世界观，承袭了"农民的优柔寡断和他们革命本能的

---

① 卢那察尔斯基：《论文学》，人民文学出版社，1983，第36页。

② 卢那察尔斯基：《论欧洲文学》，蒋路、郭家申译，百花文艺出版社，2011，第179、180页。

③ 卢那察尔斯基：《论欧洲文学》，蒋路、郭家申译，百花文艺出版社，2011，第186页。

消极面", 承袭了 "对自然地依赖性的根深蒂固的宗教信仰"。① 因此, 在卢那察尔斯基看来, 作为艺术家的托尔斯泰, 以丰富的形象、加工的精细、史诗的手法和叙事的平静来表达真挚的感情和博大的思想, 从而赋予作品极强的艺术感染力; 作为思想家和道德家的托尔斯泰, 其艺术作品充满探索和问题意识, 道德说教就是这些探索和问题的答案, 体现了他对俄国未来走向的思考和探索, 体现了他对自身阶级的突破和超越。卢那察尔斯基从马克思主义文艺批评的立场出发, 从阶级分析和反映论两个角度出发, 对普希金和托尔斯泰的文学现象进行了系统而全面的文学批评, 为我们研究这两位经典作家作品的社会意义和美学价值提供了一个新的角度。

围绕着车尔尼雪夫斯基的理论与创作, 学界始终存在着多种观点和看法。文艺理论家普列汉诺夫、沃罗夫斯基以及作家斯捷克洛夫等都曾对其作品进行过褒贬不一的论述。如普列汉诺夫在文章《论艺术 (没有地址的信)》中谈及了车尔尼雪夫斯基的长篇小说《怎么办?》, "一件艺术品, 无论使用的手段是形象或声音, 总是对我们的直观能力发生作用, 而不是对我们的逻辑能力发生作用, 因此, 当我们看见一件艺术品, 我们身上只产生了是否有益于社会的考虑, 这样的作品就不会有审美的快感; ……"② 他认为该作品缺乏艺术性, 有过于明显的政治倾向性。而卢那察尔斯基从马克思主义文艺理论出发, 客观地阐述了文学史上的确存在一种 "科学性的政论", 即政论家在十分客观地阐述理论观点时, "不容许有一点儿感情去干预那纯理智的论述和思想的激流", 但同时也存在着马克思、恩格斯、列宁等政治家所创作的 "生气蓬勃的政论", 即 "大多数的政论家同时也是艺术家……他们很喜欢譬喻、讽刺、引用大诗人的诗句, 他们嬉笑怒骂, 提出疑惑, 等等"。③ 就如同马克思主义创始人一样, 车尔尼雪夫斯基 "为了抓住更广大的读者 (读者爱读小说甚于爱读论文), 以及 "需要用想象所创造的具体事例证明自己的原则的正确", ④ 在小说中以寓言的方式阐述自

① 卢那察尔斯基:《论欧洲文学》, 蒋路、郭家申译, 百花文艺出版社, 2011, 第 146 页。
② 普列汉诺夫:《论艺术 (没有地址的信)》, 曹葆华译, 生活·读书·新知三联书店, 1973, 第 107 – 108 页。
③ 卢那察尔斯基:《卢那察尔斯基论文学》, 蒋路译, 人民文学出版社, 2015, 第 164 页。
④ 卢那察尔斯基:《卢那察尔斯基论文学》, 蒋路译, 人民文学出版社, 2015, 第 164 页。

己的思想理论。在小说《怎么办?》中,车尔尼雪夫斯基从现实主义的角度出发,塑造了罗普霍夫和吉尔沙诺夫这两个特定思想体现者的形象,而小说中薇拉的几个梦则赋予了作品浪漫主义的色彩。卢那察尔斯基高度评价了作家借助于新人的形象所建立的一种理想伦理模式,即利己主义与利他主义的辩证统一,肯定了作品对当时社会所具有的现实意义。因此,卢那察尔斯基认为,车尔尼雪夫斯基的小说是"思想性"的作品,肯定了这类小说的主要价值。

除了深入论述俄国古典作家以外,卢那察尔斯基也尤为关注苏联作家的创作,并且以更为接近现实的眼光来看待这些文学现象。作为著名的无产阶级作家,高尔基的艺术创作无疑是十分有价值的。20世纪二三十年代,苏联文学界围绕着马克思主义文学理论和新的创作方法进行了激烈的讨论,"无产阶级文化派""列夫""拉普"等,对于什么是"无产阶级文学",以及什么是"马克思主义文学的精髓"等问题给予了极大的关注。当时有部分评论家质疑高尔基的文学创作是否为无产阶级的文学创作,如拉狄克就写了尖锐的评论文章抨击高尔基;而普列汉诺夫和沃罗夫斯基也认为高尔基的政论性过于膨胀,这种倾向性歪曲了艺术形象。在列宁文学党性学说的指导下,卢那察尔斯基写了《作家和政治家》(1931)、《艺术家高尔基》(1931)、《高尔基》(1932)以及集中论述其长篇小说《克里姆·萨姆金》艺术特色的文章《萨姆金》(1932),精辟而深刻地分析了高尔基文学创作中的现实主义和艺术特色,认为他"是一个无产阶级的作家和无可争议的无产阶级文学权威"。[①]

首先,相对于一些无产阶级作家采用政论和文艺作品的艺术结构相融合的手法而言,"高尔基不单纯是政论家,而且是政论家兼艺术家",无论从思想还是实践来看,他都是一个"从事描写的艺术家"。[②]卢那察尔斯基以格列勃·乌斯宾斯基为例,认为其把政论穿插到艺术故事的结构本身中,"使政论和文艺作品的艺术结构杳然并存",同时作者直接向读者说话,使作品"哀婉动人,充满着绝望情绪",是作家创作中"尖刻而光辉、典范式

---

① 卢那察尔斯基:《卢那察尔斯基论文学》,蒋路译,人民文学出版社,2015,第268页。
② 卢那察尔斯基:《卢那察尔斯基论文学》,蒋路译,人民文学出版社,2015,第274页。

的政论篇章"。① 但与乌斯宾斯基不同，作为伟大现实主义者的高尔基在艺术创作上，"属于另一个流派、另一个趋向——他要做一个从事描写的艺术家。……他要用关于现有的生活、可能有和应当有的生活的信息，去震动自己的听众和读者，——用呻吟、哀号、嗟怨和噩梦中的生活，用蜕化和战绩中的生活，用追求美好事物和取得胜利的生活的复制品去震动他们"。② 在卢那察尔斯基看来，高尔基并不只是单纯地描写生活方式，还通过人物来表示一种反抗和改变。在早期作品《马卡尔·楚德拉》《切尔卡什》以及后期作品《母亲》《敌人》中，高尔基塑造了一系列英雄形象，"表现了同剥削制度相对抗的力量，表现了生活可能变成什么样子，人身上有着可能的潜力。"③

其次，卢那察尔斯基还把高尔基与托尔斯泰进行对比，深入论述了不同的现实主义创作手法。19 世纪末 20 世纪初俄国资本主义取得了胜利，但也滋生出一系列的社会问题，如尖锐的生活矛盾、人民的苦难以及卑劣的罪恶等，而这些均成了高尔基的艺术创作和人生哲学的素材。相对于托尔斯泰追求"天然无饰就是最高的矫饰"，高尔基则"喜欢格言警句，喜欢阐述思想，喜欢尽可能灵活地、完全地抓住一个性格，喜欢使用这样的花字体，以至叫人马上能看出他抓得多么巧妙，——所以他不怕技巧，他喜欢显示它"。④ 在卢那察尔斯基看来，巧妙的结构、凸显的技巧、丰富的内容以及圆熟地表现内容的期望，共同构成了高尔基的艺术现实主义。同时，高尔基在塑造人物时，惯于采用"高大的、虚幻的、将美好崇高的因素集于一身的形象的手法"，从而形成了"现实主义的变体的浪漫主义——含有现实主义的浪漫主义"。⑤ 因处于苏联 20 世纪二三十年代那个特殊时期，以及特定的政治身份，所以卢那察尔斯基对当时出现的文学现象的评论更多地侧重于文学的当下意义，未免会有失偏颇。但作为文学的一种解读方式，还是为当今世界文学中对社会主义现实主义、社会主义浪漫主义等文学现

① 卢那察尔斯基：《卢那察尔斯基论文学》，蒋路译，人民文学出版社，2015，第 278 页。
② 卢那察尔斯基：《卢那察尔斯基论文学》，蒋路译，人民文学出版社，2015，第 279 页。
③ 卢那察尔斯基：《卢那察尔斯基论文学》，蒋路译，人民文学出版社，2015，第 279 页。
④ 卢那察尔斯基：《卢那察尔斯基论文学》，蒋路译，人民文学出版社，2015，第 283 页。
⑤ 卢那察尔斯基：《卢那察尔斯基论文学》，蒋路译，人民文学出版社，2015，第 284、286 页。

象的研究提供了一个新的阐释角度。

　　除此以外，作家所属的阶级属性，也会对其艺术风格产生影响。在 19 世纪中期，英国社会中出现了在夹缝中求生存的小市民阶层。当时资产阶级与工人阶级之间存在巨大矛盾，同为受害者的小资产阶级虽然对社会现实也有不满，但因能得到基本的生存保障，所以他们是反对激烈的改革方式的。在这样的处境下，一方面，小资产阶级中的知识分子精英被财富的快速增长所吸引，努力跻身上流阶层去猎取功名利禄，所以他们就用理想主义的色彩来粉饰资本主义制度中的不合理因素；另一方面，整个小资产阶级在走向没落，生活充满了不安定感，部分知识分子就成了表达不满的发言人。小资产阶级出身的作家，既十分同情穷人的苦难，又因资本主义的迅猛发展而怀有虚幻的期望，所以就在赞美的牧歌和激烈的抨击之间形成了一种特殊的艺术风格。卢那察尔斯基认为：“凡是拥有充分生命力的人，很少会听任社会的苦难完全支配自己，把自己弄到含垢忍辱、发疯或自杀的地步的。如果不能醉心于过分渺茫的希望，那就应该设法缓和一下自己的苦难的严重性。这个缓和人生灾祸、缓和阶级矛盾的尖锐性的方法，便是幽默。”① 受阶级属性的影响，英国现实主义作家狄更斯更是把这种幽默创作风格发挥到了极致，“这个总的特征决定了狄更斯在社会思想史，包括社会小说在内的一般文学史上的地位，也决定了他的创作手法”。② 从题材方面来看，狄更斯钟爱描写小资产阶级的现实生活，以幽默来缓和、平衡作品中的尖锐因素。在早期作品《匹克威克外传》中，狄更斯有意避开阴暗的社会现实，通过一个忠厚、乐观、高贵的圣诞老人的角度，以赞美的语调展现了不同角度的古老英国；在《圣诞故事集》《教堂钟声》《灶上蟋蟀》《着魔的人》等作品中，表达作家对安乐、舒适的传统礼仪的崇尚，对家庭的尊崇。之后随着狄更斯思想的演变，更深层次的心理探索和社会性的宣传在作品中居于主要地位，如在《董贝父子》中就以丰富的色彩和多样的笔调塑造了一系列小资产阶级和底层穷人的典型；而自传性巨著《大卫·科波菲尔》中虽然还有对旧的道德基础和家庭基础的赞美，但作品

---

　　① 卢那察尔斯基：《卢那察尔斯基论文学》，蒋路译，人民文学出版社，2015，第 415 页。
　　② 卢那察尔斯基：《卢那察尔斯基论文学》，蒋路译，人民文学出版社，2015，第 415 页。

的幽默性已经减弱。受阶级局限性的影响,狄更斯在长篇小说《艰难时世》中以否定的笔触描述了宪章运动。在人物塑造方面,狄更斯不是简单地创造代表着一种普遍性格的平均形象,而是"从实际生活中撷取典型",同时"又把写典型提高到夸张、大加渲染,有时几乎是荒唐不经的地步"。① "幽默往往是狄更斯防御伤人太甚的生活打击的一块盾牌",虽然这种幽默在某种意义上带有消极面对现实的特点,但卢那察尔斯基依然认为,"狄更斯这种清新的现实主义对我们本国的现实主义古典文学的发展起过很大影响",②肯定了其艺术手法的独特性。作为自觉的马克思主义文学批评家,卢那察尔斯基的文学批评是建立在马克思主义的社会批判的基础之上的,这一批评的首要任务是在整体的社会构成中,在社会经济基础和意识形态的互动中考察文学现象。一方面,卢那察尔斯基深入分析了作家小资产阶级立场的不彻底性,结合社会地位来论述其幽默的生存态度,言明要批判看待小说的内容;另一方面,卢那察尔斯基认为作家清新的现实主义为俄国现实主义古典文学的发展做出过巨大贡献,指出其通过夸张、渲染来塑造典型的艺术手法在世界文学中具有的特殊意义,体现了马克思主义辩证的思想。

二 创作个体和社会历史

作为马克思主义批评家,卢那察尔斯基认为:

> 马克思主义的批评跟其他任何批评的不同之处,首先在于它不能没有至关紧要的社会学性质,而且,不言而喻,是以马克思和列宁的科学社会学的精神为依据的。有时人们习惯地将批评家和文学史家的任务加以区别,而且这种区别主要不是根据研究的对象是过去还是现在来划分,而是根据——对于文学史家来说——对该作品的渊源、作品在社会生活中的地位和它对社会生活的影响的客观研究而定;对于批评家来说,则是从对有关作品的形式的或社会的优缺点出发进行评

---

① 卢那察尔斯基:《卢那察尔斯基论文学》,蒋路译,人民文学出版社,2015,第425页。
② 卢那察尔斯基:《卢那察尔斯基论文学》,蒋路译,人民文学出版社,2015,第424页。

价。这种分法，对于马克思主义的批评家来说，几乎失去了自己全部的力量。虽然批评——从这个词的本义上说——是马克思主义者全面评析作品时不可或缺的因素，至于社会学的分析，那就更是必不可少的基本要素了。[①]

因此，卢那察尔斯基以社会学的批评方法为基础，把文学现象放在社会经济基础和意识形态的互动中加以考察，考察艺术作品所产生的社会语境，这也是他与 20 世纪俄国盛行的庸俗社会学批评的不同之处。同时，卢那察尔斯基在分析文学现象时，尤为关注作家如何从自己的创作个性出发对社会现实做出反应，以及作家创作个性的内在矛盾，并把这种内在矛盾看成某个时代现实社会矛盾的反映。从这个角度而言，卢那察尔斯基为马克思主义文学批评理论做出了独特的贡献，同时也为我们提供了宝贵的启示。也就是在这一批评理论的指导下，卢那察尔斯基从时代特性对作家创作个性的影响角度，阐述了俄国作家陀思妥耶夫斯基复调的艺术风格；论证了法国作家司汤达"理智与激情"并存的内在个性，以及梅里美的特殊浪漫主义创作风格；分析了德国古典作家歌德"矛盾而复杂的内在个性"，以及席勒创作中逐渐弱化的"革命性"。

1929 年，在研究陀思妥耶夫斯基小说的基础之上，巴赫金提出了著名的"复调"理论。他借助哲学的眼光，以整个欧洲小说体裁传统为基础，认为陀思妥耶夫斯基的小说继承了"苏格拉底对话"以及古希腊罗马梅尼普讽刺等体裁模式，在特定的历史时期创造了多声部对话形式的复调小说。而卢那察尔斯基的评论性文章《论陀思妥耶夫斯基的"多声部性"》（《新世界》1929 年第 10 期）一文，即是对该理论的积极回应。只是相对于巴赫金更多从美学传统和文学传统对陀氏小说进行的研究而言，卢那察尔斯基是从社会学的角度来充分考察陀氏创造多声部艺术的时代和社会背景。此后，卢那察尔斯基还写了《思想家和艺术家陀思妥耶夫斯基》一文，再次从社会学的角度揭示了时代变革对陀氏复调艺术所产生的影响。卢那察尔

---

① 卢那察尔斯基：《马克思主义批评任务提纲》，载《艺术及其最新形式》，郭家申译，百花文艺出版社，1999，第 326 - 327 页。

斯基认为，在各种相互矛盾的强大社会潮流影响之下，在尖锐的社会危机冲突之下，相对更易于出现最伟大的作家和艺术家。在这里，卢那察尔斯基特意谈到列宁的评论文章《列夫·托尔斯泰是俄国革命的镜子》，指明无论是托尔斯泰还是陀思妥耶夫斯基均是俄罗斯自然经济解体、资产阶级新俄国建立的社会大变革的产物，只是"托尔斯泰作为一个以农村代表自任的地主承受了这场危机"，而"陀思妥耶夫斯基却作为一个市民、一个小市民反映了它"。① 而处于俄国社会的转型期，"作为一个人，陀思妥耶夫斯基不是自己的主人，他的人格已经解体，分裂，——对于他愿意相信的思想和感情，他没有真正的信心；他愿意推翻的东西，却是经常地、一再地激动他而且看来很像真理的东西；因此，就他的主观方面来说，他倒是很适合做他那时代的骚乱状态的反映者——痛苦的但是符合需要的反映者"。② 在卢那察尔斯基看来，作为那个时代的典型，陀思妥耶夫斯基意识的内在分裂，"代表着年轻的俄国资本主义社会中知识分子意识的分裂"，"反映了中、小市民在资本主义蜕化的风暴中的慌乱心理。"③ 卢那察尔斯基认为，出身小市民阶层的陀氏，身上存在三种相互冲突、相互矛盾的世界观：一是奉行"百事可为——吃掉一切人和一切东西"的小市民生存法则，"攫取和虐他狂"的习气；二是同"人民"联合，以摆脱小市民苦难出路的空想社会主义；三是宗教世界观。正是这分裂而矛盾的世界观，使陀思妥耶夫斯基以复杂的思想情感和多样的人物形象构建了自己的艺术体系，囊括了"绝妙的诡辩、狂热的信仰、'圣痴'的疯癫、精密的分析、用宗教思想的人物远见来取得读者好感的手法等等"。④ 因此，在卢那察尔斯基看来，对其思想意识的梳理，是理解长篇小说和短篇小说中复调音乐的关键。相对于前人从技巧、形式方面对陀思妥耶夫斯基的艺术特征所进行的分析，卢那察尔斯基更侧重于作品的内在意义。卢那察尔斯基认为，陀思妥耶夫斯基的艺术创作具有三个特点：一是其所有艺术作品是"倾泻他的亲身感受

---

① 卢那察尔斯基：《卢那察尔斯基论文学》，蒋路译，人民文学出版社，2015，第183页。
② 卢那察尔斯基：《卢那察尔斯基论文学》，蒋路译，人民文学出版社，2015，第192页。
③ 卢那察尔斯基：《卢那察尔斯基论文学》，蒋路译，人民文学出版社，2015，第201页。
④ 卢那察尔斯基：《卢那察尔斯基论文学》，蒋路译，人民文学出版社，2015，第190页。

的火热的河流", 是 "灵魂奥秘的连续的自白"; 二是作家满含感染、说服、打动读者的热情来表达主题思想; 三是作家本人具有 "宏大的、无穷的、强烈的生活的渴望", 作为 "伟大的、极其深刻的抒情诗人", 他以 "极端质朴" 的语言、"虚构的叙事的形式"、"别开生面" 的结构布局、与其 "紧密相连" 的人物形象等, 创造了独特的叙事艺术形式, 也使读者更加接近作品中人物的 "思想感情的激流、思想感情的万花筒"。① 因此, 卢那察尔斯基认为, 处于资产阶级俄国的变革危机中的 "时代之子"——陀思妥耶夫斯基:

> 在自己的作品中反映了疯狂涌入改革前俄罗斯的纷繁资本主义关系所造成的道德崩溃的巨变, 他就是一面艺术的镜子, 从中反映出与现实对等的多样性。生活在以多种形态沸腾着, 不同的世界观, 不同的道德观, 无论是作为一种完善的理论, 还是仅仅被这种观念的持有者所意识到的, 或者几乎是在行动和争执中无意识迸发出来的观念, 都在彼此在冲突碰撞着: 这就是在陀思妥耶夫斯基那里进行的那种辩论, 那种斗争。既没有准确的音叉以调谐这种杂音, 也没有一个和弦以遏制这种杂音, 因此可以说, 只有把这些声音吸纳进来, 而无力将这种独特的杂音组织成某种合赞曲。②

"在真正的艺术创作中, 艺术家个人的独创性是成功的根本标志。独创性一方面体现在卓越的艺术技巧、对事物精致的形式感受, 另一方面, 也体现在艺术家的个性力量对社会现实的审美改造。"③ 作为马克思主义文学评论家, 卢那察尔斯基还细致分析了陀氏癫痫症的生理原因和社会原因, 认为该病症与其艺术的多声部之间存在着重大深切的关系。在《论陀思妥耶夫斯基的 "多声部性"》一文中, 卢那察尔斯基从整体上论述了癫痫症是

---

① 卢那察尔斯基:《卢那察尔斯基论文学》, 蒋路译, 人民文学出版社, 2015, 第 197 页。
② 卢那察尔斯基:《论陀思妥耶夫斯基的 "多声部性"》, 载《文学论集》, 莫斯科国立艺术文献出版社, 1957, 第 277 页。
③ 王志耕:《社会话语的辩证解析——卢那察尔斯基批评观反思》,《南开学报》(哲学社会科学版) 2003 年第 6 期, 第 10 页。

造成陀氏思想意识分裂、世界观相互矛盾的原因，从而导致了其在艺术创作中采用多声部对话的形式，"应当提请注意的不仅是陀思妥耶夫斯基笔下人物所处世界的分裂性，而且还有他个人意识的分裂性。……在此我们只想特别指出他的意识的一种基本错位，由骇人的病态所造成的错位，它使得陀思妥耶夫斯基成为那一时代，或准确地说，成为俄国文化史上整整数十年间的典型人物"。① 之后在《思想家和艺术家陀思妥耶夫斯基》中，卢那察尔斯基进行了更为详细的论述：一方面，作家本人因神经敏锐而感到"轻微的、然而被夸大的痛苦"，另一方面，癫痫症的发作使作家感到"与全宇宙和谐一致"，达到了"情绪上的某种理想境界"，② 这是与所厌恶和愤恨的现实达成和解的途径。因此，卢那察尔斯基认为，现实社会加剧了陀思妥耶夫斯基的生理病症，从而也就共同打造了其独特的世界观和创作风格。

在《司汤达》这篇评论性文章里，卢那察尔斯基用马克思主义社会批评方法系统论述了司汤达个性中"理智与激情"并存的原因。从性格角度而言，司汤达有革命的激情，但同时他又是个人主义者；而从艺术创作来看，"在有些方面，他似乎是在艺术性范围内所能设想的最清醒的现实主义的先驱，而另一方面，人们却把他归为浪漫派"。③ 针对这些同时存在又彼此矛盾的因素，卢那察尔斯基进行了细致的分析：一方面，司汤达身上一直存在着从古典主义时期就倡导的理性战胜感性的文化传统，这是其固有的理性的一面；另一方面，19世纪中叶法国进入大革命后的消沉时期，这种社会背景又决定了作家感性的一面。资产阶级革命虽然给整个欧洲带来了摧毁封建制度的希望，但革命没有使多数资产阶级和小市民阶层的理想得以实现，整个社会此时弥漫着萎靡颓废的风气。因此，在时代精神和传统思想的双重影响下，司汤达既是一位深刻而尖锐的社会分析家，"力求以最大的诚挚、极端的真实性（有时近乎厌世和冷嘲）去描绘，某类典型的

---

① 卢那察尔斯基：《论陀思妥耶夫斯基的"多声部性"》，载《文学论集》，莫斯科国立艺术文献出版社，1957，第285页。
② 卢那察尔斯基：《论欧洲文学》，蒋路、郭家申译，百花文艺出版社，2011，第137页。
③ 卢那察尔斯基：《卢那察尔斯基论文学》，蒋路译，人民文学出版社，2015，第453页。

人物在这一特殊环境里将如何行事";同时也是一位带有浪漫主义色彩的艺术家,塑造了"动物式的人",歌颂纯净爱情的力量,"使爱情从下流虚伪的诗歌中,从各种虚构的幻想、从一切基督教教义和自以为美妙的温存体贴中净化出来"。① 在卢那察尔斯基看来,无论是作为独立的个体,还是作为作家,司汤达的性格都是符合逻辑,且鲜明地反映了时代精神的。当时法国革命的不彻底性和社会变革希望的破灭,在人们的心中留下了失望、悲观的情绪。这种情绪使同时代的作家如夏多布里昂陷入悲观,使雨果和巴尔扎克陷入了神秘主义的幻想之中,但司汤达"把个人当作他心目中一项基本价值",② 平静而客观地描写身边的生活,精确、尖锐而清晰地反映个人在社会中争取自由的斗争。同时,相对于夏多布里昂、巴尔扎克、拜伦等作家惯于采用"浮夸的形式"来进行创作,司汤达追求的则是"典重的浑朴"、紧凑而精确的独特文体风格。因此,卢那察尔斯基认为,时代特性是影响作家创作个性的关键因素,决定了作家的世界观以及写作方法,也决定了司汤达是无以复加的现实主义者。

"对一种文学现象的批评首先从其生成的历史环境做具体的考察,从而将文学视为整个社会历史进程中的一个构成性事件。"③ 时代政治环境的复杂性以及阶级划分的复杂性,决定了法国萧索时代文学的复杂性。卢那察尔斯基同样以马克思主义的社会历史批判为基础,分析法国作家梅里美独特的艺术个性。一方面,革命中被击垮的贵族阶级在现实生活中失去了基础,他们主张复辟,极度仇视资产阶级。所以,法国贵族阶级出身的作家属于带有神秘色彩的浪漫主义者,其代表人物就是夏多布里昂,即"从已消亡的贵族气息和从被抛弃的小资产阶级这两个方面而言,涌起了一种天才的浪花"。④ 另一方面,革命结束之后资产阶级建立温和的君主政体,摧毁了知识分子群体的政治幻想。这些小资产阶级出身的知识分子演变为特殊的浪漫派,"他们要回归的不是革命前的时代,而是革命的时代,所以,

---

① 卢那察尔斯基:《卢那察尔斯基论文学》,蒋路译,人民文学出版社,2015,第455页。
② 卢那察尔斯基:《卢那察尔斯基论文学》,蒋路译,人民文学出版社,2015,第456页。
③ 程正民、王志耕、邱运华:《卢那察尔斯基文艺思想理论批评的现代阐释》,北京大学出版社,2006,第228页。
④ 卢那察尔斯基:《西欧文学史指要》,郭家申译,中国社会科学出版社,2014,第252页。

法国知识分子的浪漫主义是革命的"。① 作家梅里美就是属于这一范畴的浪漫主义者，即"多少有点厌弃现实的浪漫主义，它却是萧索时代泥沼中的花朵"。② 梅里美的作品追求异国情调和惊险场面，远离当时的社会生活，作家更像是以孤独和冷漠来忽略现实社会，不带任何的倾向性以及抒情意味。因此，有人认为梅里美的艺术是纯艺术，是一个独特的文学现象。但卢那察尔斯基认为：

> 　　无论他多么高傲，多么落落寡合，多么鄙视社会舆论，他身上却有一种同福楼拜的强大抗议一脉相通的东西。如果说他喜欢描写凶狠的男男女女，如果说他醉心于作奸犯科的事情，如果说他不顾道德的话，那么这首先是为了用他的优越感做鞭子，从远处去抽打心怀偏见的庸庸碌碌的俗流、由中上阶级构成的俗流。梅里美对人民群众一点也不凶狠，但是他把他们的本质看得如同岩石和植物的本质差不多。梅里美的无倾向性中贯穿着一个倾向：一位严格、纯洁而正直的艺术家同可厌的资产积极分子、可憎的庸人的对立。③

也就是说，梅里美在作品中对现实社会的回避，对理想的回避，是艺术创作的一种独特方式。正是通过梅里美独特的描写，人们才发觉了萧索时期法国社会生活的另一个侧面。可见，特殊的时代造就了梅里美独特的艺术风格。

"艺术批评中很重要的一个部分就是对艺术家个性的研究，不仅要研究创作主体的个性是如何在社会语境中生成的，还要研究个性是内在规律，或者个性是如何在对抗现实的过程中成长壮大的。"④ 相对于法国文学，作为世界文学重要组成部分的德国文学经历过几次崛起，其中最辉煌的一次是18世纪下半期至19世纪初期。相对于已进入资本主义高速发展阶段的欧

---

① 卢那察尔斯基：《西欧文学史指要》，郭家申译，中国社会科学出版社，2014，第251页。
② 卢那察尔斯基：《卢那察尔斯基论文学》，蒋路译，人民文学出版社，2015，第461页。
③ 卢那察尔斯基：《卢那察尔斯基论文学》，蒋路译，人民文学出版社，2015，第463页。
④ 程正民、王志耕、邱运华：《卢那察尔斯基文艺理论批评的现代阐释》，北京大学出版社，2006，第204页。

洲其他国家来说，这一时期的德国在经济和政治上都十分落后。这一处境使深受启蒙思想影响的德国资产阶级知识分子反抗封建专制统治，批判落后的思想文化，在哲学和艺术领域取得辉煌灿烂的成就。恩格斯认为：

> 只有在我国的文学中才能看到美好的未来。这个时代在政治和社会方面是可耻的，但是在德国文学方面却是伟大的。1750 年左右，德国所有的伟大思想家——诗人歌德和席勒、哲学家康德和费希特都诞生了，过了不到二十年，最近的一个伟大的德国形而上学家黑格尔诞生了。这个时代的每一部杰作都渗透了反抗当时整个德国社会的叛逆的精神。歌德写了《葛兹·封·柏里欣根》，他在这本书里通过戏剧的形式向一个叛逆者表示哀悼和敬意。席勒写了《强盗》一书，他在这本书中歌颂一个向全社会公开宣战的豪侠的青年。但是，这些都是他们青年时代的作品。他们年纪一大，便丧失了一切希望。歌德只写些极其辛辣的讽刺作品，而席勒假如没有在科学中，特别是在古希腊古罗马的伟大历史中找到慰藉，那他一定会陷入悲观失望的深渊。用这两个人作例子便可以推断其他一切人。①

恩格斯的这一论述，对这一时期的德国文学做了总体概述，强调了这一时期德国文学中歌德和席勒的思想变化所具有的代表性意义。

在评论性文章《歌德和他的时代》中，卢那察尔斯基引用了列宁资本主义两条发展道路的理论：一条是美国式的发展道路，资本主义突飞猛进，能够动员群众革除一切旧思想、旧制度；另一条则是"普鲁士式的道路"，"资产阶级没有一批能对那些妨碍社会发展的事物进行内战的群众，因此孤立的领袖们——即使是最优秀的，即使是最有远见、最崇高的，——不得不向统治阶级谋求妥协；僧侣和贵族仍然控制着社会，资产阶级则满足于个别的让步，一味迁就、支持他们"。② 他从社会学的角度分析了歌德所面临的特殊时代背景，以及作家的创作个性及其内在规律。作为"普鲁士式

---

① 转引自卢那察尔斯基《卢那察尔斯基论文学》，蒋路译，人民文学出版社，2015，第 520 页。
② 卢那察尔斯基：《论欧洲文学》，蒋路、郭家申译，百花文艺出版社，2011，1965，第 513 页。

的道路"的牺牲品，歌德的艺术创作虽然表现了对黑暗现实的批判，却充满了政治上的妥协与让步。从社会学的立场出发，卢那察尔斯基认为，歌德在政治上的妥协是一种基于现实环境的选择，就如同恩格斯在《诗歌和散文中的德国社会主义》做的论述一样。

> 歌德在自己的作品中，对当时的德国社会的态度是带有双重性的。……连歌德也无力战胜德国的鄙俗气；相反，倒是鄙俗气战胜了他；鄙俗气对最伟大的德国人所取得的这个胜利，充分地证明了"从内部"战胜鄙俗气是根本不可能的。歌德过于博学，天性过于活跃，过于富有血肉，因此不能像席勒那样逃向康德的理想来摆脱鄙俗气；他过于敏锐，因此不能不看到这种逃跑归根结底不过是以夸张的庸俗气来替代平凡的鄙俗气。他的气质、他的精力、他的全部精神意向都把他推向实际生活，而他所接触的实际生活却是很可怜的。他的生活环境是他应该鄙视的，但是他又始终被困在这个他所能活动的唯一的生活环境里。①

而歌德身上的"鄙俗气"，实质上也是时代的烙印。马克思说，假如一种社会制度能够使人身上的全部潜力发挥到最大限度，那便是优越的制度。在这一理论指导下，卢那察尔斯基认为歌德出于艺术天分，选择了纯粹个人性的政治任务，即"发挥人身上所包含的全部潜力"。歌德希望自己或者其他杰出人物可以改变德国的社会现实，但与此同时，他也意识到当时的社会并不存在能给予支持的阶层，他预感到了杰出人物注定是要遭受挫败和牺牲的。因此，歌德在《普罗米修斯》《穆罕默德》《少年维特之烦恼》等作品中塑造的这类杰出人物多以死亡为结局，弥漫着消极的死亡意识。但需要指出的是，《少年维特之烦恼》提出了震动世界、使许多人自杀的死亡思想，歌德本人虽然放弃了革命，但他一直在进行着思想探索。在晚年时期，歌德选择了与贵族阶级联合，彻底走上了妥协的道路。但因其所具

---

① 恩格斯：《诗歌和散文中的德国社会主义》，载《马克思恩格斯全集》（第4卷），人民出版社，1971，第257页。

有的艺术天分，歌德看出了资产阶级社会发展所导致的内在矛盾，看到了资产阶级带来的市侩习气和混乱局面，"因此他企图向自己描绘出一种制度，在那种制度下，计划化的原则将取得胜利，自由的劳动人民会结成一个劳动联盟"。①《浮士德》第二部分尤其体现歌德的这一卓越思想，阐述了"能够战胜自然甚至死亡、体现理性因素的人类的思想"，体现了"深刻的集体主义和社会主义的思想"。② 从这个层面来看，作为思想家、诗人的歌德，是超越了他的时代的。

与歌德经历相似的席勒，也是卢那察尔斯基关注的对象。作为先进资产阶级的代表，青年席勒的创作中贯穿着十分明确的革命倾向。如在戏剧《强盗》中，作家塑造了反对一切偏见、为压迫者伸张正义、尖锐批判市民社会及其政府和教会的革命者形象——卡尔。就像文艺批评家梅林所认为的那样，"尽管有其缺陷和弱点，［强盗］作为一个二十岁的青年的作品，却是一部极有分量的东西，在名为'世界'的舞台上，他们直到此刻依然是活生生的人，尽管现实世界从那时以来起了重大的变化，如果一个革命无产阶级在言行上同卡尔穆尔相一致，他的形象就不真实了，可是荡漾在剧本里的革命精神，至今还异常有力地吸引着观众"，③ 显然，梅林肯定了其作品所具有的革命性。但之后，为了避免在尖锐的社会冲突中受到损害，席勒有意识地改变了自身激进的革命因素。如在戏剧《唐·卡尔洛斯》中，席勒借主角波萨之口说"这个时代对我的理想来说还不成熟"，表明他"同现实和解"的思想。在晚期作品《墨西拿的新娘》、《奥尔良的姑娘》和《玛丽亚·斯图尔特》中，席勒更侧重表现小市民的生活方式，从作品素材上看完全失去了革命性。"能把鲜明的艺术性同社会思想的力量相结合的，才是最高级的艺术。"④ 卢那察尔斯基认为，席勒正是以看似"纯艺术"的方式来表达"先进的道德－政治宣传"，其作品具有超越时代的教化意义。可见，卢那察尔斯基主要是从歌德、席勒与时代的关系出发，论证了作家

---

① 卢那察尔斯基：《卢那察尔斯基论文学》，蒋路译，人民文学出版社，2015，第533页。
② 卢那察尔斯基：《西欧文学史指要》，郭家申译，中国社会科学出版社，2014，第223页。
③ 转引自卢那察尔斯基《卢那察尔斯基论文学》，蒋路译，人民文学出版社，2015，第540页。
④ 转引自卢那察尔斯基《卢那察尔斯基论文学》，蒋路译，人民文学出版社，2015，第541页。

以强大的个性对萧索的时代所做的超越，体现了马克思主义的文艺批评观。

三　美学因素与政治倾向性

作为经典的马克思主义者，卢那察尔斯基坚持以社会历史观点为基础，注重对创作主体的个性探讨以及对文本艺术形式的分析，但与此同时，他还提倡把社会历史批评和美学批评相结合。在卢那察尔斯基看来，要成为"真正的、完美的马克思主义文学批评家"，除了社会历史批评以外，还要关注文学作品的风格、技巧、形式、艺术感染力等美学因素，同时考察作家对生活和艺术的独到见解及其艺术作品的独创性。卢那察尔斯基深受德国古典美学理论，尤其是黑格尔和席勒的辩证的整体美学思想影响，所以"他对艺术本体的认识不仅限于社会现实的反映和批判，而是内容与形式、理性观念与感性观念的结合"。[①] 而这一认识也与马克思主义的艺术理论相契合。"他的美学批评的重要特点就是善于抓住作家创作的艺术特色，抓住艺术作品的独特性，并且做出细腻的、有分寸的和精到的艺术分析，同时又力求把这种艺术分析同思想分析紧紧结合在一起，把社会历史批评和美学批评紧紧结合在一起。"[②] 作为一位有着丰厚艺术修养的批评家，卢那察尔斯基凭借敏锐的艺术感受力和艺术判断力，通过比较分析的方法抓住作家的艺术特色，对文学作品做出独特的美学分析。

在《符·加·柯罗连科》一文中，卢那察尔斯基通过对比托尔斯泰、陀思妥耶夫斯基、契诃夫、屠格涅夫、福楼拜等一系列作家的语言特色，突出了柯罗连科非凡的写作才能和艺术禀赋。首先，卢那察尔斯基认为，作为俄国知识分子的代表，在当时黑暗的俄国社会里，柯罗连科通过小说以另一种笔法表达了美好的人道主义思想，"以内容而言，他的全部中短篇小说经常写一个基本主题：对人的爱、对人的恻隐心、对那些作践人的势

① 程正民、王志耕、邱运华：《卢那察尔斯基文艺理论批评的现代阐释》，北京大学出版社，2006，第202页。
② 邱运华等：《19－20世纪之交俄国马克思主义文学思想史论》，北京大学出版社，2006，第234页。

力的愤恨"。^① 在沙皇制度下的黑暗时期，柯罗连科能够在艰难生活的考验中维持着优美的内心的平衡，满怀着激荡人心的真正的爱、强烈的恻隐之情，保持着文笔上的非凡的和谐，即"富有音乐性的、水晶似的奇妙文体"。其次，卢那察尔斯基把柯罗连科放置在俄国文学以及世界文学的视野之下，对比了其他处境相似的同时代作家的文体特点。如托尔斯泰就有意忽略文笔，用"有点拙劣的、仿佛根本未加修饰的文体"，使读者相信其所叙述内容的真实性。与托尔斯泰相似，陀思妥耶夫斯基也是用"透明的空气一样"的文体，忽略文辞的优美和精确，侧重于营造火热的氛围。而契诃夫在文笔上追求最大限度的朴素，注重生动的刻画，重视语言的艺术表现力。在卢那察尔斯基看来，契诃夫也正是通过这种艺术表现手法，在"带着艺术上表现得很精巧的冷淡神情的微笑之下，在温婉的幽默之下，隐藏着自己的愤怒和绝望"。^② 柯罗连科的文体与屠格涅夫、福楼拜更为接近，相比较而言，福楼拜的语言更能抓住人、更有力、更泼辣，屠格涅夫的语言更为优美、华丽、铿锵。作为屠格涅夫的效仿者，柯罗连科的作品因文笔优美而完全成了散文诗，产生了丰富的形象体系，成为"帮他摆脱那横在阴暗现实同他的光明理想之间的矛盾的一条出路"。^③ 卢那察尔斯基的这些细致分析和比较，表明了他对每个作家艺术精髓的透彻理解，突出了他的丰富的艺术修养和敏锐的艺术感受力。

福楼拜作为一个美文家，其作品的艺术形式在法国 19 世纪的文学中堪称最高成就。卢那察尔斯基认为，"他对自己的职业抱有自一种严格到神圣的态度：句子的结构、词汇的发音、篇章的布局、整部小说的结构，所有问题，他都认真对待，一丝不苟。……他就像一名金匠师傅，很欣赏自己产品的光鲜亮丽；他字斟句酌地写出几部堪称杰作的作品……"^④ 他高度评价了福楼拜文本艺术形式的价值，体现了作为文艺批评家对构成艺术的诸要素卓越的鉴赏力。福楼拜在小说《圣安东的诱惑》中描绘了一幅幅由游

① 卢那察尔斯基：《卢那察尔斯基论文学》，蒋路译，人民文学出版社，2015，第211页。
② 卢那察尔斯基：《卢那察尔斯基论文学》，蒋路译，人民文学出版社，2015，第211页。
③ 卢那察尔斯基：《卢那察尔斯基论文学》，蒋路译，人民文学出版社，2015，第213页。
④ 卢那察尔斯基：《西欧文学史指要》，郭家申译，中国社会科学出版社，2014，第306页。

行的人群和各种隆重的仪式所组成的鲜活画面，通过魔鬼之口表达了其唯物主义的世界观。卢那察尔斯基对这部作品的艺术形式极为推崇，认为文中"诸多圣像彩绘得非常细腻逼真"，"遣词造句，语音安排，对于人物形象的塑造都很有分寸感"，① 比较之下，他觉得俄罗斯作家扎伊采夫对这部作品的翻译并未传达出原著的韵味。在论述普希金如何"同现实协调"时，卢那察尔斯基认为现实主义作家福楼拜，是"十足的形式主义者，他发誓说，似乎任何事情都不能像句子的结构本身、像语言结构本身、像写作技巧本身那样引起他的兴趣，——又是一位对取得胜利的凶狠的小市民、对俗恶的资产阶级习气抱憎恨态度的最深刻的浪漫主义者典型"。② 因此，他惧怕资产阶级取得胜利，又对任何推翻庸俗政权的革命尝试十分冷淡，但其内心依然有追求和谐、和睦的光明世界的理想。正是这种矛盾的立场，使福楼拜与契诃夫一样，以精巧细腻的笔触来描绘当时丑恶的现实，试图以"艺术上的现实主义"来冲淡作家以及人们对可怕现实的内心痛苦，从而达到"同现实协调"。但卢那察尔斯基认为，福楼拜对资产阶级制度的毫无顾忌地刻薄的讽刺，实质上，"既嘲弄了资产阶级，也嘲弄了他自己"。③

卢那察尔斯基与英国作家威尔斯有过交往，对其创作十分熟悉。虽然卢那察尔斯基认为，威尔斯"完全不是一个真正的、名副其实的革命者"，甚至"连孟什维克也说不上"，而只能是一个费边主义者，一个大抵上比较先进的阶层——技术人员和工程师阶层——的代表。然而从马克思主义文艺批评的立场出发，卢那察尔斯基通过对作家的个性探讨和对其作品文本艺术形式的赏析，肯定了威尔斯的艺术成就。在欧洲文学的背景下，威尔斯是个极有创造性和光辉的人物。他以现实主义的态度，以幻想的形式创造的《星际战争》《时光机器》等作品曾经轰动一时。一方面，在思想上，他在一定程度上意识到了资产阶级政权会给人类带来巨大灾难，所以在其作品中一直对资产阶级制度持否定态度；另一方面，在创作风格上，其幻想小说中人物心理的刻画逐渐复杂化，"他一次又一次地找到独具一格的精

① 卢那察尔斯基：《西欧文学史指要》，郭家申译，中国社会科学出版社，2014，第308页。
② 卢那察尔斯基：《卢那察尔斯基论文学》，蒋路译，人民文学出版社，2015，第126页。
③ 卢那察尔斯基：《西欧文学史指要》，郭家申译，中国社会科学出版社，2014，第308页。

巧的技艺、不同寻常的手法、出乎意表的观点，来赋予他的小说以完美的独特性，并且往往让人能够从料想不到的很叫人信服的方面去看事物"，"真实地叙说了各种带有很精细的心理性质的错综的矛盾，这些矛盾形形色色而又甚为奇异，有时远远超出了意识形态的常规的范围"，从而使其人物形象"属于人类艺术彩色的经久不衰的创造之列"。① 通过对威尔斯思想、个性的探讨和作品文本艺术形式的分析，卢那察尔斯基认为，威尔斯的卓越之处，"首先在于他作为一名有真知灼见的自然科学家，他对现代科学知识了解得更多，同时，他拥有非凡的艺术才能，因此，他把自己的科学小说写作成了名副其实的艺术作品。从这个意义上说，威尔斯是一位真正优秀的现实主义心理学家和现实主义社会学家。"②

作为一位艺术批评家，卢那察尔斯基凭借着丰厚的艺术修养、敏锐的艺术感受力和艺术判断力，在欣赏和评论作家作品时可以做出独特的艺术分析。但是，卢那察尔斯基处在一个特殊的时代，即社会主义国家建立初期，文学艺术作为一种思想意识不能不在主流意识形态之下起它应有的作用。"在大多数情况下，文学作为艺术较任何其他种类的艺术都更具意识形态，一切其他种类的艺术都可以参照文学进行阐释。"③ 作为杰出的马克思主义文学评论家和社会主义文化建设的参与者，卢那察尔斯基也不能不对艺术提出政治上的要求。事实证明，他的许多论著乃至艺术创作，直接关系到无产阶级文艺乃至后来苏联文学的成长，也促进了马克思主义美学和文艺学的发展。虽然卢那察尔斯基也认为，"艺术家是用和政治理论不同的方法组织他的材料的。即使对待我们当中出身的艺术家，我们也不能把狭隘的党的目标、纲领的目标强加给他的艺术作品"。④ 但在论述欧美文学时，对于如何接受、借鉴西方资本主义文学，卢那察尔斯基的评价标准是有明显的政治倾向性的，把作家作品、文学现象置于苏联政治话语之下进行考察。

---

① 卢那察尔斯基：《卢那察尔斯基论文学》，蒋路译，人民文学出版社，2015，第 433 页。
② 卢那察尔斯基：《西欧文学史指要》，郭家申译，中国社会科学出版社，2014，第 300 页。
③ 卢那察尔斯基：《西欧文学史指要》，郭家申译，中国社会科学出版社，2014，第 8 页。
④ 中国社会科学院外国文学研究所等编《拉普资料汇编》（上），中国社会科学出版社，1981，第 163 页。

鉴于之前谈到的英国作家威尔斯，虽然卢那察尔斯基充分肯定了他的艺术成就，但认为他"完全不是一个真正的、名副其实的革命者"——这是威尔斯本质上的缺点。从马克思主义文艺批评的立场来看，文学的社会批评方法应侧重于时代、环境对作家所产生的影响，但卢那察尔斯基过多地考虑外在的政治因素，忽略了批评对象的特定生成语境，单一地以自身所处语境去衡量作家及其作品，在一定程度上有失偏颇。类似的评价，还出现在对肖伯纳的批评中。在讲授西欧文学史时，卢那察尔斯基仅是简要阐述了肖伯纳创作的总体思想，如"讽刺有力而大胆，动摇了关于私有制、婚姻、宗教和英国的一切礼仪的观念"；粗略分析了作品的艺术特色，如"在自己的剧本中将人物进行人为的对比，目的是要他们畅所欲言，各说各话，像解剖刀一样，剖析资产阶级的灵魂，展示其内在的状况"。① 卢那察尔斯基认为，肖伯纳虽然同情苏联的状况，但其作品中对资产阶级的抨击不够有力，"虽然他透彻了解资产阶级的伪善和整个资本主义制度的荒谬，同时他却决不相信革命，不号召革命，甚至谴责它，甚至暗中取笑它"。② 之后在《肖伯纳〈黑女寻神记〉序》中，卢那察尔斯基阐述了对肖伯纳思想的看法，"他对每件事都有他的想法，他想到什么就说什么。正是这种独立不羁的精神将他引入了反资产阶级的阵营，但也是它，妨碍着他去深刻领会严谨的思想体系、比较彻底的信念、比较坚定的世界观。在他那里，尖锐得惊人的思想同相当空洞的颠倒之言，大胆的飞翔同出人意料的下降，杂然并列"。③ 可见，卢那察尔斯基从作家是否与苏联的政治话语相适应的角度出发，忽略了对其艺术成就的细致分析，仅仅是进行了非文学的评价，体现了强烈的实用主义色彩。

在谈到当代西欧文学中的象征主义时，卢那察尔斯基也是以批判否定的态度来看待的。随着资本主义的衰落，作为文学的主要体现者的小资产阶级和知识分子也在退化堕落，因此象征主义就在艺术中应运而生了，"象征主义占资产阶级衰败文学的很大一部分，我们有时候称它为'颓废主

---

① 卢那察尔斯基：《西欧文学史指要》，郭家申译，中国社会科学出版社，2014，第301页。
② 卢那察尔斯基：《卢那察尔斯基论文学》，蒋路译，人民文学出版社，2015，第439页。
③ 卢那察尔斯基：《卢那察尔斯基论文学》，蒋路译，人民文学出版社，2015，第442页。

义’，即没落情绪”。① 象征在艺术中是极其重要的概念，是艺术家以非常具体的形象或形象组合来传达思想感情的方式，直接作用于读者的想象和心灵。卢那察尔斯基认为，积极的象征主义的范例莫过于歌德的《浮士德》，它囊括了极其丰富的内容和重大的思想。而对于象征之父沙尔·波德莱尔，卢那察尔斯基称其象征手法是消极的，侧重于表达个人内心的黑暗、消沉思想。

> 他描写了各种各样荒淫无耻的败行，各种沉重而敏感的思想情绪；他喜欢描写动物的腐尸和枯枝败叶，喜欢描写他遇到的病人与乞丐，经常跟他心中的魔鬼对话，后者在不断地引诱他，他喜欢神秘主义，很想当个天主教徒。他抓住颓废者个人病态感受的种种线索，竭力将这些素材打造成精巧别致的东西；这种颓废者缺乏社会本能，只为自己的腐化生活着想。②

可见，卢那察尔斯基对颓废主义的评价主要基于其是资本主义生活方式的体现，对无产阶级的文化建设没有任何意义，而认为其毫无价值可言。虽然文学作为一种意识形态，具有教化的作用，但并不意味着这是评价它的主要标准。“在艺术对自由的追求上，它应当遵循的是普遍伦理价值，而不是政治标准。”③ 所以，原则上，作家有创作的自由以及表达自己思想的自由，虽然有时未必符合大众的愿望。

“特定的阅读语境也会产生特定的评价标准。”④ 卢那察尔斯基的论著绝大多数是在十月革命之后完成的，且相对于早期而言，他晚期的文艺评论更加成熟、稳定。但因其所处的时代大背景，他对作家的评价基于“革命立场”也就不足为奇。下面就以他对罗曼·罗兰的三篇评论为例来看待这

---

① 卢那察尔斯基：《卢那察尔斯基论文学》，蒋路译，人民文学出版社，2015，第321页。
② 卢那察尔斯基：《卢那察尔斯基论文学》，蒋路译，人民文学出版社，2015，第327页。
③ 程正民、王志耕、邱运华：《卢那察尔斯基文艺理论批评的现代阐释》，北京大学出版社，2006，第214页。
④ 程正民、王志耕、邱运华：《卢那察尔斯基文艺理论批评的现代阐释》，北京大学出版社，2006，第214页。

一问题。在《罗曼·罗兰六十寿辰》中，卢那察尔斯基从思想内容、艺术手法、人物形象等方面，高度评价了其规模宏大的小说《约翰·克里斯朵夫》的艺术价值，如包罗所有"可能使一个先进西欧知识分子激动不安的问题"；涵盖"最精细的艺术性的篇章"；深刻分析"作为一个人和一个艺术家的主角的内心感受"；① 等等。但因罗曼·罗兰在法国乃至整个欧洲文学界呼吁对资本主义采取不抵抗的态度，使卢那察尔斯基对其政治立场一度产生了怀疑。所以，他认为在这部小说中，人物奥里维参加无产阶级运动并因此丧命的情节设置，以及小说主人公带有的某种神秘主义的性质，均是罗曼·罗兰反对革命的思想体现。卢那察尔斯基也认为在《爱与死的搏斗》中，作家表达的主题思想也是反对革命。这部以法国大革命为背景的历史剧讲述了这样的故事：一位名为顾尔瓦希耶的科学家后来成了雅各宾派党人，在镇压吉伦特党人的时候，顾尔瓦希耶对他们充满了同情，却没有勇气祖露，但还是引起了同派人的怀疑。正在此时，他妻子以前的情人吉伦特党人法莱逃到了他家。在这种情况下，顾尔瓦希耶毅然把朋友送给他，让他逃走的两张假护照给了法莱，让法莱带着他妻子逃走，而自己赴死。但他妻子把自己的护照烧毁，留下来与丈夫同生共死，而法莱则用假护照逃走了。这部历史剧，表达了人道主义与革命对立的矛盾，因此，卢那察尔斯基认为："历史缔造着人类的命运；人道主义则认为人生中每时每刻都是神圣的，并且死死抱住这一点不放。罗曼·罗兰把这两者对立起来，从而破坏了历史的意义本身。"② 作为马克思主义的文艺批评家，卢那察尔斯基毫无疑问是从革命者的立场出发反对任何否定革命的言论，因此这一历史语境下其对罗曼·罗兰作品的解读有一定的局限性。

结　语

从 19 至 20 世纪马克思主义文艺理论的发展来看，俄国马克思主义文艺理论的发展占据了特别重要的地位，开创了马克思主义文艺理论发展的列

---

① 卢那察尔斯基：《卢那察尔斯基论文学》，蒋路译，人民文学出版社，2015，第 564 页。
② 卢那察尔斯基：《论欧洲文学》，蒋路、郭家申译，百花文艺出版社，2011，第 485 页。

宁阶段，而卢那察尔斯基在其中做出了巨大的贡献。在经典马克思主义理论的指导下，在继承和发展了列宁文艺思想的基础之上，卢那察尔斯基力求把文学现象摆在一定的历史范围内，摆在具体的历史环境和社会环境之内来考察，以阶级斗争为基本方针，确切说明作家和作品的历史价值与现实意义。与此同时，他还以思想分析和艺术美学分析相结合的方法，对俄罗斯文学和欧美文学进行系统而深入的解读，体现了马克思主义的科学态度、艺术眼光以及宽阔的视野。但同时应注意到卢那察尔斯基过多地考虑外在的政治因素，忽略了批评对象的特定生成语境，单一地以自身所处语境去衡量作家以及作品，在一定程度上是有失偏颇的。总之，卢那察尔斯基的文学评论，为当今世界文学的研究提供了基于俄罗斯文化的独特批评视角。

【Abstract】 As an outstanding Marxist theorist, Lunacharsky inherited the aesthetical and historical views of literary criticism advocated by Marx and Engels. In the social historical analysis of Russian literature as well as Euro-American literature, Lunachatsky pays considerable attention to class analysis and insists on probing the objective connection between the works and the social life of the writer in the specific historical period with the theory of artistic reflection. Meanwhile, he pays particular attention to the aesthetic factors such as style, technique, form and artistic appeal of literary works, emphasizing the writer's unique views on life and art as well as the originality in the artistic works. Under the guidance of classical Marxist theory, Lunacharsky compares Russian literature with Euro-American literature from a broad international perspective thus making an exploration, which goes beyond the study of the literary phenomena of single nation or country, and contributes to the study of world literature. His significant views still function as great guiding principle even today.

【Key words】 Lunacharsky; Marx's Theory of Literature and Art; World Literature; Russian Literature; Euro-American Literature

中外文学的双向交流

海外中国文学研究中的汉字诗学传统[*]

于　伟

（北京语言大学发展规划处，北京，100083）

【内容提要】海外中国文学研究中的汉字诗学传统，或曰从汉字的音、形、义，汉语的词法、句法等角度研究汉诗的传统，奠基于美国学者费诺罗萨的传世奇文《汉字作为诗的表现媒介》。这篇文章经庞德整理发表之后，先后在美国诗歌界和汉学界引起了不小的轰动与纷争，诗歌界惊异于汉字作为诗歌表现媒介的优势，把汉字的构形、组义与汉语的词法、句法作为美国诗歌改革的突破口，掀起了声势浩大的新诗运动，而汉学界则抓住费诺罗萨对汉字的构形、字与词的混淆等方面的错误进行严厉的指责与批评，但吊诡之处在于，他们对于费诺罗萨在文中指出的汉语词性的多元、汉语句法的松散与语法的灵活等特性予以积极认同，并对其加以补充、完善和发展。由此，海外中国文学研究中的汉字诗学传统开始形成并产生影响，流波荡漾及于海内外的许多华人学者及汉学家。

【关　键　词】汉字诗学　费诺罗萨　意象并置　汉语句法　字源学

　　周发祥在《西方文论与中国文学》一书中，用汉字诗学的概念对西方汉学界从汉字形体结构的角度入手研究中国古典诗歌的倾向进行了概括。他说，"中学西传"以来，眩惑于汉字符号的深奥莫测，西方学者开启了他们神秘而又饶有趣味的对汉字构形构意的体验与探险之旅，他们"从汉字

＊　本文系中央高校基本科研业务费专项资金资助项目"汉字诗学与欧美中国文学研究"的阶段性成果。

形体结构出发，进而延伸到语言、意象和句法诸层次，试图建立一种特殊的诗媒理论——汉字诗学"。① 在西方学界生成的汉字诗学，遵循的是从汉语的文字层面出发，进而深入语言层面，最后抵达诗学层面的研究路径，这种研究范式与国内学界以社会学方法为基础的文学史研究和以文学史料考证为基础的考据式研究是不同的。发轫于西方汉学界，20 世纪初由恩内斯特·费诺罗萨（Ernest Francisco Fenollosa，1853－1908）与埃兹拉·庞德（Ezra Pound）等人奠基、20 世纪六七十年代复兴于研究中国文学的海外华人学者之间的汉字诗学，历来存在诸多争议，学界对其褒贬不一，众说纷纭。本文希望能够追溯汉字诗学起兴、演变的源流，细心探究汉字诗学的深刻洞见与盲视，仔细分析其在发展过程中的自我修正与调整，并在比较诗学的视野下对其在中国文学研究中的适用性与价值进行再评估，希望消除学界对汉字诗学的误会与偏见，给当下的中国文学研究以及比较文学研究提供新的启示。

一　汉字诗学传统的开创

尽管从汉字字形角度研读中国诗歌的传统由来已久，但学界一般认为汉字诗学传统的奠基者是费诺罗萨，他那篇旷世奇文《汉字作为诗的表现媒介》（"The Chinese Written Character as a Medium for Poetry"）无疑是汉字诗学传统开创阶段的精彩之作。

（一）费诺罗萨及其《汉字作为诗的表现媒介》

恩内斯特·费诺罗萨是美国诗人、哲学与东方艺术学学者，② 曾长期在日本学习东方尤其是中国文学艺术。在《汉字作为诗的表现媒介》中，费诺

---

① 周发祥：《西方文论与中国文学》，江苏教育出版社，1997，第 69 页。
② 当下学界一般将费诺罗萨定位为汉学家，其实这个定位不准确，蔡宗齐在《比较诗学结构》中曾有过明确的反驳，他说："费诺罗萨并不是一位汉学家，他几乎不懂中文。"从其接受的教育、游学日本的经历以及研究的内容与成果来看，将其定位为哲学与东方艺术的学者是比较准确的。（恩内斯特·费诺罗萨又译恩内斯特·费诺罗莎、欧内斯特·菲诺罗莎等——作者注）

罗萨开宗明义，他说："我的题目是诗，不是语言，可是诗根植于语言。"① 行文中，费诺罗萨将关注的焦点始终在语言文字之上，他希望能够透过对汉字、汉语与英语的比较研究，发掘以汉字为表现媒介的中国诗歌的诗性优势与特色，进而更精准地理解东方文化。葛兆光曾在《汉字的魔方——中国古典诗歌语言学的札记》中说，在东西方诗歌的对比研究中，存在一个简单而又正确的不容置疑的事实：英美诗歌是用英文写成的，而中国古典诗歌是由汉字写成的。② 事实确实简单，但处身中国文化单一语境下的中国学者，却不太容易自觉到这一点，必须出现出身异质文化、拥有他种语言背景的人，才有可能有此洞察。处身西方文化语境、不断出入于东方文化的费诺罗萨，非常难得地自觉并指出了这样一个事实。于是，费诺罗萨一改其前辈学者对东方语言与文学的蔑视与偏见，采用了被他们"忽略了许多个世纪的语言与文学作为理解东方文化的工具"③ 的做法，从诗歌根植于其中的语言文字入手，详细对比了中西两种文字、语言，提出了一种理想的诗歌艺术的基本原理，并在字里行间流露出对汉字作为诗歌表现媒介之优越性的欣赏与肯定。于是，费诺罗萨开创了西方中国文学研究的汉字诗学传统。

《汉字作为诗的表现媒介》的副标题是"诗艺"，费诺罗萨的立意是要在文中探讨诗之原理，庞德也在序言中指出，文章"不仅是语言学上的讨论，而且是对所有美学的基本理论的研究"。④ 在这篇文章中，费诺罗萨提出了他的核心观点，即"最好的诗，不但处理自然的形象，而且处理高超的思想、精神的暗示以及深奥的关系"。⑤ 在费诺罗萨看来，汉字的"生动的速记图画"的性质，使得中国诗表现出绘画的生动性；汉语动词可以在"及物"与"不及物"之间任意切换，使得中文的句式能够更好地与自然界中普遍的动作形式美妙呼应，故而其在表现自然中的事物、行动和过程时

---

① 费诺罗萨：《汉字作为诗的表现媒介》，杜国清译，《中外文学》1979年第12期，第81页。
② 葛兆光：《汉字的魔方——中国古典诗歌语言学的札记》，中华书局，1989，第1—6页。
③ 黄运特：《跨太平洋位移——20世纪美国文学的民族志、翻译和文本间旅行》，陈倩译，江苏人民出版社，2012，第30页。
④ 费诺罗萨：《汉字作为诗的表现媒介》，杜国清译，《中外文学》1979年第12期，第79页。
⑤ 费诺罗萨：《汉字作为诗的表现媒介》，杜国清译，《中外文学》1979年第12期，第93页。

具有表音文字无法比拟的优越性。这些汉字的优越性，使汉字就像自然一样鲜活，给人读中国诗如"观看事物演出本身的命运"的美感，也正因为如此，在费诺罗萨眼中文成为最具体、最生动、最自然的表现媒介，成为诗意传达的最理想的语言。费诺罗萨说，自然本身并不讲求语法，所有的民族莫不在发明语法之前已经写下最有力、最生动的文学，文字形式的变化和词类的划分，无不违反自然本身，而对素朴的语言造成戕害，"汉语词类不带形态标记，汉字不随词类变化而变形的特点"，① 使得汉语较少语法规则，从而更富于诗意，也更接近自然。

　　"思想关乎逻辑"，不讲文法、不讲逻辑分类的中文，要靠什么才能仅"从书写形象建立起伟大的知性的结构"？费诺罗萨说，中文所采用的方法是隐喻，是"以其特殊的要素"，达到"以物质的形象暗示非物质的关系"的效果，是借助于自然世界中的相似之物"以看得见的小真理通向看不见的大真理"。② 在费诺罗萨看来，隐喻是大自然的揭示者，是诗的真正本质。在隐喻中，汉字接近自然的核心，其优越性表现在"它的字源经常是可见的，它保持创造的冲力和过程，看得见而且在发生作用"。③ 汉字的意义，不像今天的表音文字意义越来越"浅薄和冷淡"，"而是一代代越来越丰富"，汉字"就像沾满血迹的战旗之于一个老战士"，周围投射出丰富绚丽的意义的光晕。讲求逻辑分类的西方语言，因其对语言的"滥用"与"虐待"，窒息了语言的动力与生命力，难以处理事物之间的交互关系，从而使句子的诗意逃遁于无形。"汉字根源于具体的事物，当一些汉字并用在一起时，由于宇宙万物就有类似性，因此彼此发生交感照应，而震动出一层层的弦外之音。这是汉字依照自然的和谐，所形成的暗示力量。"④ 费诺罗萨总结道，"以句子的堆积，并不能展示自然的财富，诗以暗示工作，将最大限度的意义挤进一个片语，自其内部受胎、充电、发亮"，而"中文每个汉字内部莫不积蓄着这种能量"，"一个字像一个太阳，带有它的光环和彩层，

---

① 蔡宗齐：《单音汉字与汉诗诗体之内联性》，《岭南学报》（复刊）2016 年第 5 辑，第 279 页。
② 费诺罗萨：《汉字作为诗的表现媒介》，杜国清译，《中外文学》1979 年第 12 期，第 93 页。
③ 费诺罗萨：《汉字作为诗的表现媒介》，杜国清译，《中外文学》1979 年第 12 期，第 95 页。
④ 杜国清：《论〈汉字作为诗的表现媒介〉》，《中外文学》1979 年第 12 期，第 19 页。

字挤压着字，彼此各以光辉外层包裹在一起，直到句子变成清晰不断的光晕。"①

尽管费诺罗萨的奇文，尤其是他对汉字的界说引起了美国汉学界的严厉批评，但他在文中所表现出来的奇诡的想象力和深刻的诗学洞见，对后世学者产生了深远的影响，由此他开创了海外中国文学的汉字诗学传统。

（二）庞德及其《华夏集》

在遇到费诺罗萨的奇文之前，庞德（Ezra Pound）作为意象主义诗歌运动的发起人，就曾极力提倡以"直接处理事物""绝对不用无益于呈现的词汇"等原则写诗。在读到费诺罗萨的文章之后，庞德不禁欢呼雀跃，他不仅从中获得了自己先前所主张的诗学原则的印证，更重要的是费诺罗萨的论述使他获得了诗歌革命的美学灵感。很快，庞德将自己的诗学主张，提炼升华为"表意文字法"，并将这"表意文字法"概括为三个词：phanopoeia, melopoeia, logopoeia。② 根据庞德的解释，这三个词的意思分别是：直接处理事物、把诗歌与音乐结合起来、中国文字式的意象并置。

所谓直接处理事物，即诗人表达事物时要直观，不要抽象，以物的视觉意象为媒介，像中国人运用图画文字表达自己的思想一样，让人一看便知；所谓把诗歌与音乐结合起来，则是通过悦耳的声音实现其声文之美；所谓中国文字式的意象并置，是庞德从中国合体字中所悟出的诗歌原则，他发现由两个或多个独体汉字相互叠加而成的合体汉字，具有丰富的意蕴和强大的意义生成能力。1915 年，庞德因"不满于意象派的那种静态的、图画式的素描诗"，又依据费诺罗萨的"汉语中有大量及物动词"的说法，将"中国文字式的意象并置"发展为"漩涡主义"诗学。③ "漩涡主义"诗学是对"中国文字式意象并置"原则的集中与强化，在这个概念中，意象已不再是静态的、图画式的形象，而被强化为"一个辐射节或者交集束。

① 费诺罗萨：《汉字作为诗的表现媒介》，杜国清译，《中外文学》1979 年第 12 期，第 97 页。
② 胡向华：《汉字与艾兹拉·庞德的立文之道——表意文字法》，《国外文学》2003 年第 1 期，第 41 页。
③ 赵毅衡：《诗神远游——中国如何改变了美国现代诗》，四川文艺出版社，2013，第 246 页。

思想不断从这里涌现，经过这里，又进入这里"，意象此时更像是一个"漩涡"，一种能量场，它影响与裹挟着诗中的事象，形成一股思想的激流，从而激起读者心中的感受，最大限度地发挥诗歌的能量。庞德在《华夏集》中对中国古典诗歌的翻译、改写，明显投射与彰显了他上述的诗学主张。

《华夏集》——这本只翻译、改写了19首中国古典诗歌的小册子，给当时的美国诗坛带来了强烈的震撼，庞德在《华夏集》中所展现出来的诗歌翻译理念与改写技巧，引领了意象派诗歌运动由涓涓细流演变成美国新诗运动的重要潮流。正如赵毅衡所说，"庞德从费诺罗萨论文中推演出来的诗学原则，在创作实践上最重要的还是意象并置组合"，[1] 庞德在《华夏集》中对汉诗的翻译，频繁采用不合传统英文句法的并置手法，如结构相似的片语行间并置、多个词或短语并置、两个完整的句子并置、短语与句子的混杂并置。[2] 这些并置手法的采用，使得庞德的译文呈现与传统英文不相符的句法，译文为达到并置的效果而刻意省略了英文中某些必要的成分，如冠词、系动词与连词，在贴近原诗的表达句法的同时，恢复了原诗的神髓，最大限度地发挥了诗歌的能量。其实，庞德"意象并置"的概念在某种程度上是可以将其他两项原则涵容为一体的，后来这个概念又被庞德的研究者叶维廉等人援引到中国诗学研究之中并产生重大影响。[3]

根据张节末等人的研究，虽然我们今天以"意象的并置"作为中国古典诗歌句法的重要特征之一，但并置的概念"并非中国传统诗论中本有的概念，而是纯正的西方词汇"，它"是随西方反理性主义思潮而出现的艺术表现手段"，原为绘画、音乐等领域中，"艺术家们将各种表面看来不相关的事物并列排放，不做逻辑分析，力图通过具体的事物来客观地表现自然"的创作手段，是庞德为了革新西方诗歌传统，将其引入诗歌领域并概括提

---

① 赵毅衡：《诗神远游——中国如何改变了美国现代诗》，四川文艺出版社，2013，第247页。
② 张节末、袁靖：《诗学中的"并置"——从西方到东方的考察》，《浙江大学学报》（人文社会科学版）2012年第6期，第41-42页。
③ 张节末、袁靖：《诗学中的"并置"——从西方到东方的考察》，《浙江大学学报》（人文社会科学版）2012年第6期，第43页。

升为一种重要的诗学术语的。① 此处需要说明的是，虽然庞德在接触费诺罗萨的文章之前，已然将并置的术语引入诗歌创作，成为意象派的诗学术语之一，但此时"并置"的概念还仅仅处在意象的简单拼贴层面，诗人还难以以其处理事物之间复杂的关系。费诺罗萨在文章中所分析的汉字的结构与构造，以及从汉字的合体字中所看到的两个或两个以上的单字之间所暗示的基本关系，或者说"高度充电"的单字之间所产生的"重大暗示力"，为庞德的并置概念提供了重要的理论启发。② 正是得此启发，庞德的并置概念，才开始摆脱前期简单意象并置叠加的模式，具有了更为丰富和复杂的内涵，象形文字式的复杂并置才开始出现。

庞德是费诺罗萨汉字诗学的忠实拥护者，他对费氏奇文的欣赏是从诗学与美学的角度着眼的，他像费诺罗萨一样不懂中文，所以对费诺罗萨关于汉字与汉语的论说正确与否并不在意，关键是他从费氏的文章中印证了自己的诗学主张，并获得了变革美国诗坛的诗学力量。也正是通过庞德的提倡，费诺罗萨的汉字诗学才开始为美国学界所知，并开始产生持续不断的影响。

（三）洛威尔与艾思柯及其《松花笺》

艾米·洛威尔（Amy Lowell）是继埃兹拉·庞德之后的美国意象派诗人领袖，她在推展新诗运动的同时，也积极翻译中国古典诗歌。1921 年，她与其汉学家朋友艾思柯（Florence Ayscough）合译出版了中国古典诗歌集《松花笺》（*Fir-Flower Tablets*），选译了包括题画诗在内的中国古诗 140 余首，以李白的诗为最多，达 83 首。艾思柯长居中国，1918 年，她回美国做关于中国诗的演讲，展览了她收藏的中国字画，启发了洛威尔的一个"天才"般的发现："我做出了一个发现，先前西方所有关于中国诗的著作从未提及，但我相信中国文人尽知此事，我指的是：每个汉字的组成使此字带上言外之意……我们不可以按汉字的字面意义译诗，每个字都必须追寻其

① 张节末、袁靖：《诗学中的"并置"——从西方到东方的考察》，《浙江大学学报》（人文社会科学版）2012 年第 6 期，第 37 页。

② 赵毅衡：《诗神远游——中国如何改变了美国现代诗》，四川文艺出版社，2013，第 247 页。

组成，这样我们才能明白为什么用这个字，而不用同义的其他字。"① 赵毅衡把它概括成"分解中国文字可得其意象组成"，这个发现为洛威尔的诗歌翻译奠定了理论基础，她立即将这个发现运用到诗歌翻译中去。

试以洛威尔对李白两句诗的翻译为例。其一，洛威尔将李白《塞下曲》中的"骏马似风飙"一句，翻译为"Horses! / Horses! / Swift as the three dog's wind!"其二，洛威尔将李白《访戴天山道士不遇》中的"犬吠水声中"一句，翻译为"A dog, /A dog barking, /And the sound of rushing water"。在第一例中，洛威尔将"飙"字拆解为三只犬与风，并将该字翻译为"three dog's wind"。根据《说文解字》，我们可知"飙"字是会意字，乃"扶摇风"之意，"从风猋声"，"上行风谓之扶摇"，而"猋"字，乃"犬走皃"，用现代汉语来说即"三犬竞逐奔跑的样子"。如此看来，洛威尔对"飙"字的拆解，也不算离谱，而她将"飙"字翻译为"三犬之风"，很是形象传神地将暴风来时，迅疾猛烈、尘土飞扬的状态表达出来了。在第二例中，洛威尔将"吠"字拆解为"口"和"犬"，将该句译为"一只狗，一只狗在叫，还有水流激荡声"，也很形象地描写了作者写诗时的触目即景之状。就这两例看来，洛威尔运用拆字法进行的翻译，确实出人意表，让读者感到了新鲜的诗意。

但是在更多的翻译实践中，拆字法很难行得通，他们将一个个汉字拆为若干个笔画或部首再进行翻译的译法，立刻使得一行短小的汉诗变得冗长繁复，从而使得汉诗的凝练风格在译作中丧失殆尽。艾思柯首先意识到这个问题，所以她写信委婉地提醒洛威尔在译诗中应少用拆字法，她说："我比以往任何时候更深信不疑我们是正确的，但是对于将中国人所理解的中国诗的全部意义转达给西方读者，我感到失望，简直不可能……实际上对于今天的读者来说，汉字已不显示解析意义……"② 有了艾思柯的提醒，再加上赵元任、张歆海等中国学者的劝谏与批评，固执己见、一着不让的

---

① 赵毅衡：《罗厄尔："女罗斯福"拆字》，载《对岸的诱惑——中西文化交流记》，四川文艺出版社，2013，第197页。（罗厄尔即洛威尔，译法不同——作者注）

② 赵毅衡：《罗厄尔："女罗斯福"拆字》，载《对岸的诱惑——中西文化交流记》，四川文艺出版社，2013，第197页。

洛威尔终于在译诗中减少了拆字的数量，并且在使用拆字诗时谨慎小心，尽量保持汉诗的简朴明快，最后"全书只剩下十多处拆字，这才幸运地挽救了这本译诗集"。①

事实上，在洛威尔之前，法国诗人丁·戈蒂耶（Théophile Gautier）的女儿瑞蒂·戈蒂耶（Jadith Gautier）就已经采用拆字法翻译了一本中国古典诗歌集《玉书》（*Le Livre de jade*）。② 费诺罗萨在其去世（1908）前写就的惊世之文《汉字作为诗的表现媒介》中对汉字特征的揭示，以及由此而形成的诗学与美学观，也已经发现了中国文字的这一奥妙。可惜洛威尔未曾得见，还以为是自己首创。但无论如何，我们可以看出，西方学者对迥异于他们的字母文字的汉字的偏爱与令人惊异的直觉能力。正是因为洛威尔和艾思柯对图画文字的汉字的直觉领悟，她们生成了"汉字偏旁部首在诗歌创作中的作用远比通常所意识到的还要大。诗人之所以择选此一个汉字而非与其同义的另一个，无非是因为此一汉字间架中蕴蓄着某种描述性寓意（descriptive allusion）；汉诗之意蕴正由于汉字结构中的意义潜流（undercurrent of meaning）而得以充盈"，③ "若能从最本质的汉字字根出发翻译诗作，那么作品将更贴近中诗原意，更能准确地传达中华文化的意蕴"④ 的译诗观。

许慎在《说文解字·叙》中说，"仓颉之初作书也，盖依类象形，故谓之文。其后形声相益，即谓之字。文者，物象之本；字者，言孳乳而寖多也。"从许慎的叙言，反观费诺罗萨、庞德与洛威尔的汉字诗学，不难发现他们某些观点与我们传统的文字学观点有相合之处。我想这个契合，一方面固然是因为这些学者过人的想象力与创造力，另一方面也很有可能是因为他们曾经接触过中国的说文解字传统。蔡宗齐在《比较诗学的结构》一

---

① 赵毅衡：《罗厄尔："女罗斯福"拆字》，载《对岸的诱惑——中西文化交流记》，四川文艺出版社，2013，第197页。
② 邱云：《论艾米·洛威尔汉诗英译集〈松花笺〉》，首都师范大学硕士学位论文，2008，第19页。
③ 任增强：《〈松花笺〉"拆字法"的生成与审美诉求——以"三犬之风"为中心》，《中南大学学报》（社会科学版）2015年第3期，第263页。
④ 邱云：《论艾米·洛威尔汉诗英译集〈松花笺〉》，首都师范大学硕士学位论文，2008，第19页。

书中曾有过大胆的猜测，费诺罗萨跟从日本学者修习中国诗歌，而日本学者很可能对《说文解字》及其对汉字结构的解析方式非常熟悉，并在教学过程中传授给了费诺罗萨，然后再通过费诺罗萨的文章传给了庞德。洛威尔则可能是从另一种渠道、另一种角度，对汉字的结构有了了悟。无论如何，也许我们可以说，西方人眩惑于汉字的结构，并试图从汉字构形的角度解析中国诗歌的做法，固然可能部分源于他们的天才的创作，但也不能排除中国古老的说文解字传统给他们带来的启发与联想。正是在这个意义上，蔡宗齐说，许慎及其说文解字的传统，也应该为费氏等人在汉字诗学中对汉字字形在诗歌解读中所起作用的片面推崇负点责任。

二　汉字诗学传统的拓展

由费诺罗萨开创的汉字诗学传统，尽管有庞德等人的支持与倡导，但随着意象派诗歌运动的退潮，也逐渐沉寂下去。一直到20世纪六七十年代，华裔学者开始在美国崭露头角，他们对费诺罗萨、庞德所开创的汉字诗学传统进行了批判地继承，使得这一富有冲击力的诗学传统再次浮出水面，重新为大家所关注。

（一）刘若愚：从汉字到汉语

刘若愚认为费诺罗萨的这篇文章代表了西方读者对汉语诗歌的普遍误解："他们以为所有的汉字都是象形或会意文字"，"这种误解导致了一些对中国诗持狂热态度的西方人得出了奇怪的结论……欧内斯特·菲诺罗莎……就强调了这种错误看法，从而赞美了汉字具有图画性……他的很多结论往往是并不正确的，这主要是因为他不愿意承认汉字的语音要素……如果把菲诺罗莎的研究作为中国诗的入门理论，那么至少可以说，它也是容易导致重大误解的。"①

1. 对费诺罗萨"汉字诗学"的批评

在刘若愚看来，费诺罗萨与庞德等人至少存在三个对汉字与汉语的误

---

① 刘若愚：《中国诗学》，韩铁椿、蒋小雯译，长江文艺出版社，1991，第7－8页。

解：一是他们认为所有的汉字都是象形或会意文字，极力赞美汉字的生动的速记图画性；二是他们把"词"与"字"混为一谈，认为中文是单音节的语言；三是由上述两个误解而来的、他们对汉字字源的清晰性与因历史的累积而造成的字意的丰富性的强调。①

为了清除费诺罗萨等人对汉字都是象形字或会意字的误解，刘若愚将中国传统文字学中的六书理论引入论述之中。他说，中国传统文字学认为汉字造字有六种原则，即象形、指事、会意、形声、转注与假借，其中前四种原则是汉字的构造基础。但由这四种造字法而得的汉字中，象形字与指事字仅占少数，"大多数的汉字都属于最后一个范畴，含有音符的要素"，即形声字占据绝大多数。不仅如此，刘若愚还说甚至那些本来是根据象形原则所造的汉字，也失去了绘画性，它们的现代字形"与那些被认为是它们所描绘的事物，几乎已经没有什么相似之处了"。② 除此之外，刘若愚在文中也对他们在汉字与汉语词之间的误解进行了解析。西方学者将汉字之"字"与汉语之"词"混为一谈，显然是用西方语言学的观点来套汉语语言。刘若愚说，在汉语之中，字与词并不是完全对应的。从理论上讲，每个汉字都有意义，但实际上有些字在使用时却必须与其他字结合方能成词，如"窈窕"。更特殊的是，有些字，既可以单独使用以成词，又可以与其他字结合而成一新词、复合词，如"先生"，这种复合词的词义来自组合成词的两个部分。当然，还有特殊情况，如含典故的复合词，词义则不能这样解释了，而必须结合典故来看，如"志学"等。

刘若愚进一步指出，组构成词的汉字与词的含义也并不完全一致。刘若愚说，只要汉字是代表一个词或者词的一部分，这个字的含义和联想，便与这个词的含义和联想相同，即汉字的含义，在组构成词的过程中，是服从于汉语句子中词的含义与联想的。但是，汉字因造字之人运用某种造字原则而必然带来的意义包孕性与暗示力，使其带有了一定的对单纯充当语音之书写符号的拒斥之力，而具有了一定的独立性，故汉字在表面上服从于词语之意的同时，又具有它本身独自的含义。刘若愚说，这汉字的因

---

① 刘若愚：《中国诗学》，韩铁椿、蒋小雯译，长江文艺出版社，1991，第 7 – 11 页。
② 刘若愚：《中国诗学》，韩铁椿、蒋小雯译，长江文艺出版社，1991，第 10 页。

字源而来的含义与词的通常意义或主要意义可能有关，可能无关，也可能虽表面看来有所关联，但已不再构成意义的一部分，而降至联想的地位。

由是，刘若愚得出结论说，显然在以费诺罗萨和庞德为代表的西方读者与学者那里"汉字的象形特性和语源的联想可能已被极大地夸张"，[①] 他们把一个汉字分成几个部分，然后把这个字的意义，根据实际上或想象中的语源加以解释的"假语源学"的汉字分解法，极易产生荒谬的结果，因而是不可信的。刘若愚说，中国诗中的汉字的确可以给人带来美感享受，但这只是诗中汉字的附加价值，实际上，用汉字写成的中国诗，并不像费诺罗萨所认为的那样，是一种"力量的转移"与"戏剧性的呈现"，虽然说汉字对其所描述的事物在视觉方面有不少暗示，但也只是暗示而已。[②]

2. 对汉语听觉效果的发掘

刘若愚对汉语听觉效果的强调，是有的放矢的。一方面，西方读者与批评家过分着迷于汉字在诗中的视觉效果，却相对地忽略了汉语的听觉效果；另一方面，中文诗歌的翻译者在翻译时，将富于形式变化和韵律特色的中国古典诗歌大多翻译成英语的自由体诗歌。这就使得英译的汉语诗歌相较于原诗，音乐性流失殆尽。因此，刘若愚主张，汉诗的英译，在形式方面应该尽量接近于原诗的形式，在韵律方面应该给予与中文基本相符的重音节数，而且押韵也要按照原诗的韵脚进行。在刘若愚看来，只有坚持这样的原则翻译出来的中国古典诗歌，才能给跨语言的诗歌欣赏者以诗歌音乐性方面的美感，才不至于让西方读者误解中国古典诗歌不讲形式没有音律。

在刘若愚看来，汉语有两个听觉上的特点，一是汉字的单音节，二是汉字的声调。由于汉字的单音节性，中国诗中每行的音节数便与汉字的数目相同。按照刘若愚的逻辑，传统上所说的四言诗、五言诗、七言诗，其实也就是四音节诗、五音节诗和七音节诗，刘若愚说，鉴于前者所指的是书写形式，而后者所指的是声音，他认为用后者来称呼律诗就更为恰当。刘若愚还提到，一首中文诗中的每一行的音节数自然决定了这首诗的基本

[①] 刘若愚：《中国诗学》，韩铁椿、蒋小雯译，长江文艺出版社，1991，第24页。
[②] 刘若愚：《中国诗学》，韩铁椿、蒋小雯译，长江文艺出版社，1991，第24页。

节奏的观点，但是他未曾深入探究与阐释。他所着重强调的，还是由汉字的单音节性而来的诗体形式和声调、押韵、双声、叠韵、叠字及拟声等因素所赋予中国古典诗歌的韵律特色。

刘若愚总结说，中国古典诗歌具有比英文诗更为强烈的音乐性，这不应该被忽视，虽然中国古典诗歌的这种音乐性略欠微妙。因此，汉语的听觉效果，或曰汉语的语音效果，不应该被放置到汉字诗学的讨论范围之外。虽然刘若愚的讨论还略显简略与不足，但他作为在英美学界首先将汉语语音方面的特色列入中国诗学讨论范围的人，功不可没，更何况他的讨论激发了后来学者的关注与兴趣，并将这方面的探讨继续引向了深入。

3. 对汉语诗歌的语法分析

刘若愚虽然不同意费诺罗萨对汉字均为象形字或会意字的误解，但是他赞同费诺罗萨与庞德将汉字（汉语）作为诗歌表现的理想媒介的观点。他之所以赞同费诺罗萨等将汉字（汉语）作为诗歌表现的理想媒介，是因为他也发现汉语词的多义性、词性的多元与流动、句法松散、自由与简省，使得用汉字写成的诗歌，更接近自然，更富有诗意，更能发掘当下审美经验的普遍性与永恒意义，更能关注事物的普遍性并"呈现给读者以一种足以反映本质的气势或景象"。①

关于汉语词的多义性，刘若愚说："与英语比起来，汉语词的词义大多数不是十分清晰和固定的。一个词往往具有不同的含义，其中有的甚至完全相反。"② 刘若愚在文中援引新批评理论家瑞恰慈和燕卜荪的观点，认为汉语词的这种多义性，或曰歧义性，在散文中或许是一种障碍，但对于诗歌来说，确实具有得天独厚之优势，"它有言简意赅之利，诗人可以用以充分地表达自己的思想感情，尽可能地把数种不同的含义都汇注于一个词中"，③ 从而丰富诗歌的意义与情感，并在读者心中引发众多的美感联想与想象。关于词性的多元，刘若愚同意费诺罗萨的分析，他认为在汉语散文里，根据不同的上下文，同一个字可以用作名词、动词以及形容词，这种

---

① 刘若愚：《中国诗学》，赵帆声等译，河南人民出版社，1990，第44页。
② 刘若愚：《中国诗学》，赵帆声等译，河南人民出版社，1990，第8页。
③ 刘若愚：《中国诗学》，赵帆声等译，河南人民出版社，1990，第8页。

自由在诗歌中更是得到了淋漓尽致的体现，这不仅使得汉诗的用语简洁、生动，更重要的是它使得"我们可以准确地保持一个字的暗含意义与联想，而无须再去寻求具有相似功能的其他词了"。①

关于汉语文言的语法句法，刘若愚所谈甚多，而且在诗歌阐释领域都有创见。他说，与英文相比，中文是完全没有字形变化的语言，它没有性、数、格、语气、时态等累赘，这既是汉语的优点，也是汉语的不足。但他认为，在诗歌中，这种摆脱了语法限制的语言，显然得多于失。正如亚里士多德所说，诗人所关心的是普遍而非特殊的东西，"由于汉语中的名词没有单、复数之分，动词也不具备时态，使得诗人能够全神贯注地发掘和表现眼下的审美经验的普遍与永恒意义"。② 而汉诗中主语的省略，则进一步使诗人在诗歌中表现的此情此景具有了超时空的能量，"因为没表明的主语可以很容易地被认为是任何人，不论是读者或者是想象中的某个人物都可以。其结果就使得中国诗常常具有一种非个人化的普遍性质"。③

除了主语的省略，刘若愚还指出，在汉诗中还存在省略动词的现象，动词的省略使诗行只由一连串的名词组成，从而避免了散文中不可缺少的连词、动词和虚词，"诗人展开的诗景就像中国的画卷，我们的注意力从一个景物移动到另一个景物，而缺少了动词便创造出动作静止的感觉，似乎这些景物在时间中被凝固而以永恒的姿势凝结在那里"，④ 这种"令几个名词意象和短语并置，把时间凝聚在某一强烈的审美瞬间，造成一种静止的画境"，颇有英国诗人济慈的《希腊古瓮颂》之风。律诗句法与散文句法的另一个不同之处在于主语和谓语的倒置，如"竹喧归浣女，莲动下渔舟"，在刘若愚看来，这首诗中的倒置，不但有利于词句的更大的浓缩与经济，而且有助于在韵律规则的束缚中获得变化多端的节奏，从而避免由于严格遵守诗律而造成的单调。

刘若愚对费诺罗萨和庞德的批评，对汉语语音特点的发掘以及对汉语

---

① 刘若愚：《中国诗学》，赵帆声等译，河南人民出版社，1990，第52页。
② 吴伏生：《汉学视阈——中西比较诗学要籍六讲》，学苑出版社，2016，第5页。
③ 刘若愚：《中国诗学》，韩铁椿、蒋小雯译，长江文艺出版社，1991，第52页。
④ 刘若愚：《中国诗学》，韩铁椿、蒋小雯译，长江文艺出版社，1991，第53页。

句法与语法的拓展性研究，在为汉字诗学的发展纠偏之际，也为其注入了新的活力。刘若愚对汉语声律效果的研究，与高友工等学者一起，开创了汉字诗学的语音研究方向，并为后来的学者如蔡宗齐所继承。而他对汉诗中汉语句法与语法的分析与研究，则或直接或间接地影响了叶维廉、程抱一等学者的中国诗学与比较诗学研究。故而，在这个意义上，虽然刘若愚的《中国诗学》是写给英语世界的中国文学爱好者的，其牵涉汉字诗学的部分又带有一定的资料性质，但从汉字诗学发展传承的角度来看，其价值是不能低估的。

（二）叶维廉：对汉字诗学的运用及美学分析

1967 年，叶维廉在美国普林斯顿大学获得比较文学博士学位，其博士学位论文题为"庞德的《华夏集》"（Ezra Pound's *Cathay*）。论文以庞德翻译的 19 首中国古典诗歌结集而成的《华夏集》为研究对象，细致探讨了庞德在翻译过程中对中国古典诗歌的句法、语法特色的关注及其所采取的翻译策略，以及这种特色对他诗歌创作所产生的影响。在这篇论文之中，以李白《送友人》一诗的原文与英译为例，叶维廉总结了中国古典诗歌的四个特色。

（一）中国诗没有跨句，每行一句，或为一意义完整的字词。（二）和大多数旧诗一样，本诗没有人称代词，因此诗人个人的经验变成普遍的经验。（三）中文中没有时态变化，因此诗中经验超越了人为的特定的时间范畴，而回归到现象本身。（四）由于缺乏以人称代名词和冠词为基础的宾主从属关系，和以动词时态为基础的逻辑时间概念，因此中国诗多半避过分析、诠释过程，让现象的共相自然演出。[①]

很显然，既然叶维廉的研究对象就是那位整理出版费诺罗萨之《汉字

[①] 该译文采用的是台湾学者张汉良在《语言与美学的汇通——简介叶维廉的比较诗学方法》一文中的翻译。该文见廖栋梁、周志煌编《人文风景的镌刻者——叶维廉作品评论集》，文史哲出版社，1988。

作为诗的表现媒介》的埃兹拉·庞德，那么，他对中西诗歌的比较研究自然也受到了他们诗学主张的影响。值得注意的是，在叶维廉总结的四个特点之中，我们也可以看到刘若愚所指出的中国古典诗歌之语言文字特色的影子。

在 1973 年写成的《语法与表现——中国古典诗与英美现代诗美学的汇通》中，叶维廉接着其在博士学位论文中对汉语诗歌中文言特色的探讨，继续就汉字作为诗歌表现媒介的优势进行了挖掘。在文章的楔子中，叶维廉就在一定程度上肯定了费诺罗萨和庞德的"汉字诗学"说，他说："庞德对中国语文的狂热自有其美学的原因，虽对中国字时有望文生义之处，而对现代美学的推展却有出人意表之精彩。"① 接下来，在《庞德的〈华夏集〉》中总结的中国古典诗歌的四个特色的基础上，叶维廉又对"汉字诗学"进行了深入的开掘——对中国古典诗歌中超脱语法的所谓"罗列句式"的研究。在叶维廉看来，中国古典诗歌中句式的罗列，"最伤欧美译者的脑筋"，受"翻译者及欣赏者歪曲最烈"，但也最能彰显中国古典诗歌的艺术境界与特色。叶维廉说，这种罗列句式不但构成了物象的强烈的视觉性，而且提高了每一物象的独立性，使得物象与物象之间形成了一种共存并发的空间张力。句式的罗列，带来诗人与读者观物感物的活动视点以及诗歌意象的罗列并置。观物感物的活动视点，类似于中国传统绘画中的旋回视灭点或多重视灭点，即所谓散点透视，这种活动视点，可以使读者从多角度同时看到诗歌事象的全貌，诗人既然不站在事象与读者之间条分缕析，不把自我的观点加诸事象之上，读者就可以自由观览，自由出入，好比环视一件雕塑品，自能获得更加细致的美感经验。

关于诗歌意象的罗列并置，或简称意象的并置，叶维廉发现苏联电影导演爱森斯坦的蒙太奇艺术手法的发明与此有异曲同工之妙。有意思的是，叶维廉指出爱森斯坦蒙太奇技巧的发明，恰恰是因受到汉字造字法中"会意"字的启示而起的。会意字，是造字者拿两个或两个以上的象形字或指事字，配合起来，去表示复杂的意义而产生的。当叶维廉将这一"利用两

---

① 叶维廉：《语法与表现——中国古典诗与英美现代诗美学的汇通》，载《叶维廉文集》（1），安徽教育出版社，2002，第 76 页。

个视觉物象的并置而构成一个具体的意念"的造字法或曰蒙太奇的手法运用到中国古典诗歌的分析中时，他发现中国古典诗歌在利用意象的并置以强化物象的演出效果的同时，也使诗人的个人感受和内心紧张借外在事物的弧线托出："外在的气象（气候）成为内在气象（气候）的映照。"① 外在的风暴和内在的风暴抛出了律动一致的线条。

不仅如此，叶维廉继续探究了作为中国古典诗歌之媒介的中文为何能有如此的美学根底。在叶维廉看来，这跟中国数千年来一直推崇的"无我""忘我""丧我"以使自己"溶入浑然不分的自然现象"的美学追求有关。于是，叶维廉在接下来的几篇文章，如《无言独化：道家美学论要》（1979）、《语言与真实世界——中西美感基础的生成》（1982）里，就道家老庄的美学思想进行了深入的开掘。叶维廉说，我们张眼看世界，就可以发现宇宙的一个基本事实：宇宙万象乃是一有机整体，宇宙的运作是一个连续无间的过程，无论人类有没有文字或用不用文字去讨论它和表现它，都无碍于它的继续演化与生成。而以老庄为代表的道家，早就勘破了这一天机自然，因此从一开始就否定用人为的概念和结构形式去表现宇宙的生成演化过程、去类分宇宙的现象、去重组或决定宇宙的秩序。②

在老庄看来，作为人为的概念之公式的语言文字，不足以包含宇宙现象生成的全部，更无法参透肉眼看不见的物之精微。于是，他们便果断放弃了人类对宇宙的类分、框限和指义行为，转而以保持与印证未被人类割裂重组的，万物浑然、物各自然的指义前的世界作为己任，他们尊重万物自然自生的活动，避免以人为的法则去规矩天机，力求任万物万象质样俱真地自由兴发、自由涌现。老庄的美学思想极大地影响了中国传统的艺术家和诗人们的美学理想与艺术追求，他们采用叶维廉所谓"离合引生"的辩证方法，追求离弃抽象思维加诸自身的种种偏、减、缩、限的观感程式，消除知性的负赘，以重新拥抱原有的具体的世界，任事物在诗中以非串联性的、

---

① 叶维廉：《语法与表现——中国古典诗与英美现代诗美学的汇通》，载《叶维廉文集》（1），安徽教育出版社，2002，第100页。
② 叶维廉：《语言与真实世界——中西美感基础的生成》，载《叶维廉文集》（1），安徽教育出版社，2002，第136页。

戏剧化的方式出场，任事物并发直现，并保持物物间多元多重的空间关系。

在这里，我们很容易发现一个悖论：正如道虽不可道，但又不得不道，诗歌毕竟是使用语言文字写的，这就使得诗歌的传释不可避免地带有语言文字天然地带有的"限指、限义、定位、定时的元素"。① 就此，叶维廉引入了"以物观物"的观感态度，他认为只要诗人能对宇宙的真秩序有了通明的了悟，语言的性能是可以借着"以物观物"的观感态度，避开限指、限义、定位、定时的元素，调整到几近"风吹""鸟鸣"的自然状态的。于是，中国古典诗歌中的语言文字，已然不是通常意义上带有严密的语法逻辑与语义顺序、深深刻写着作者自我所发明、所决定的意义结构与系统的语言文字，它变成了指向具体、无言独化的真世界的一种指标与符号的松散集合，它致力于点兴与逗发万物自真世界形现演化的气韵气象，正如一支水银灯，把某一瞬间的物象突然照得通明透亮。

需要强调的是，尽管文言自身非常简洁，但中国古典诗歌的语言特色，其实并不完全是由文言赋予的，正如叶维廉所说，文言其实也是限指、限义、定位、定时的元素，中国古典诗歌的语言，之所以可以在某种程度上避开这些元素，其实得益于道家思想的美学理想与艺术追求。程抱一在《中国诗语言分析》中，将中国古典诗的"诗语言"作为研究对象，并也将其特色的来源追溯到道家美学，正是参透了这一点。

(三) 陈世骧：从汉字字源学角度分析诗学问题

陈世骧主要从汉字字源学的角度，将费诺罗萨所开创的，与中国的说文解字传统有密切关系的汉字诗学，引向了深入。就此，陈国球在研究文章中曾说："对中国文学语言的'陌生化'阅读，本是西方学者如费诺罗萨等首倡……陈世骧认同这个观点，也以此为他后来的'抒情传统'论述的出发点之一。"② 陈世骧极有学术分量的几篇文章，包括《中国"诗"字之

① 叶维廉：《语言与真实世界——中西美感基础的生成》，载《叶维廉文集》(1)，安徽教育出版社，2002，第141页。

② 陈国球：《陈世骧论中国文学——通往"抒情传统论"之路》，《汉学研究》2011年第2期，第225-243页。

原始观念试论》《原兴：兼论中国文学特质》，几乎都是沿着汉字诗学的道路，从汉字字源学的角度推演展开的。陈世骧说，中国文艺研究，虽如《文心雕龙》之"体大而虑周"者并不多见，但历代学者所积的"只言片语"中，却蕴蓄着"极可贵"的资料，值得我们以"现世界多面的方法理论和科学成就"做参考，以"严密的方法，广大的眼光，和发微阐巨的工夫"，[①] 从这些珍贵的材料汲取精华。陈世骧的这几篇文章，都是其此种学术追求的绝佳例证。

《说文解字·言部》："诗，志也。从言寺声。""古文诗省。"陈世骧在《中国"诗"字之原始观念试论》一文中，引清人王筠、近人杨树达的说法，质疑了许慎的观点，他们认为"诗，从言寺声"，是"照小篆后起的字形妄测"，[②] 实际上"诗"的古字应是"詍"，从言屮声，而志的古字为"㞢"，从心屮声。诗与志，这两个字从结构上看，一注"言"旁，一属"心"部，但都是同一个字根。陈世骧说，一个字，究其字源，终必达到一个最始的实物意象。"屮"像足，不但是足之停，而且是足之往、之动。足之动又停，停又动，正是原始构成节奏之最自然的行为。"屮"为足之动停，为诗乐舞混沌未分之际的综合艺术节奏的原始意象。诗得了言字的偏旁，有"屮"为字根，得到加言的"詍"，以诗为特别注重语言以区别于音乐舞蹈的艺术。于是，"诗"，从言，外发；而"志"，从心，指内，这便内外相成。所以，"诗言志"之义，"既是蕴止于内心的深情至意，又是宣发于外的好语言了"。[③] "诗"的原始观念，"诗"字之成形得意，从原始就有的一个明确意象，简单综述，即："蕴止于心，发之于言，而还带有与舞蹈歌永同源同气的节奏的艺术。"[④]

在《原兴：兼论中国文学特质》一文中，陈世骧采用了同样的方法，

---

① 陈世骧：《中国"诗"字之原始观念试论》，载张晖编《中国文学的抒情传统》，生活·读书·新知三联书店，2015，第99-100页。

② 陈世骧：《中国"诗"字之原始观念试论》，载张晖编《中国文学的抒情传统》，生活·读书·新知三联书店，2015，第97页。

③ 陈世骧：《中国"诗"字之原始观念试论》，载张晖编《中国文学的抒情传统》，生活·读书·新知三联书店，2015，第99页。

④ 陈世骧：《中国"诗"字之原始观念试论》，载张晖编《中国文学的抒情传统》，生活·读书·新知三联书店，2015，第99页。

研究并试图澄清《诗经》研究中的一些基本问题。陈世骧说，要探索中国文学的起源，自然应该将探求的目光集中在《诗经》上，而要追索《诗经》的形成、考察其艺术的成就、探讨构成《诗经》这一特定文类的共同基础，①"蹊径只有两条：其一为'诗'字在语源上的真意；其二为……意义隐晦的'兴'字"。② 人们对于"兴"的理解，主要来源于成书于汉代的《毛诗序》，序中说："诗有六义焉：一曰风，二曰赋，三曰比，四曰兴，五曰雅，六曰颂。""赋、比、兴是《诗》之所用，风、雅、颂是《诗》之成形。"此说为唐代学者接受与传承，后代的诗论者亦大抵以为如此。陈世骧说，虽然汉唐之间有钟嵘起而反抗"诗大序"的权威，将"兴"释意为"言外之意"，说"兴"具有弦外之音的性质、复有潜伏的力量，但是并未能阻挡唐人简单地把"兴"字阐释为诗在形式方面的技巧的倾向。如此一来，随着后代学者们对"兴"意阐释的固化，"兴"的本意日渐被遮蔽了。陈世骧立足于《诗经》文本，根据"兴"之技巧在《诗经》中的广泛分布，从文类学的角度对《诗经》进行透视之后，提出了新的解释，他大胆假设说，"兴"乃是诗三百属于同一文类的线索，如果能追索到"兴"的原始含意和重要性，我们对《诗经》的认识则能更深一层。

由是，陈世骧开始对"兴"字进行字源学的追索。"兴"字的初形，见于甲骨文，象形字，像四手合举一盘，既有众人合举一物而旋转，又有舞蹈而发声之意。循此，陈世骧将"兴"字最初的含义阐释为"初民合群举物旋游时所发出的声音，带着神采飞逸的气氛，共同举起一件物体而旋转"。③ 陈世骧说，"《诗经》里复沓、叠覆和反覆回增等句法现象，这些

---

① 陈世骧是将《诗经》作为一个特定的文学类型来进行研究的，陈世骧说，以文类为基准研究文学，可以增进我们评鉴力的深度和广度，可以分辨典型文类和原始形态，可以认清文艺的升华和堕落。正是从文类的研究角度，陈世骧发现，《诗经》也像是后代的各种问题类型一样，有着漫长而曲折的成长过程，从民间形式步步进化为才子诗人的匠心独运，从自然初民的艺术冲动发展为文人作家的艺术创造，而对"兴"字的破译，正是他这一发现的线索和关键。

② 陈世骧：《原兴：兼论中国文学特质》，载张晖编《中国文学的抒情传统》，生活·读书·新知三联书店，2015，第107页。

③ 陈世骧：《原兴：兼论中国文学特质》，载张晖编《中国文学的抒情传统》，生活·读书·新知三联书店，2015，第115页。

其实正是脱胎于'兴'的诗法"①，而"兴"的手法，显然为我们展现着远古民众淳朴民歌的产生过程。于是，陈世骧对诗中"兴"之功能做了新阐发："兴"已经不是前辈学者所界定的单纯的表现技巧和用来引领章句的无意义的因素了，它变成了"诗三百"的机枢，具有了决定一首诗的风味和气氛的功能，甚至能起而控制一首诗的面貌，它具有了融诗歌音律、意义和意象于一炉的特殊功能。在此基础上，陈世骧终于把"兴"作为"诗三百"一个特殊文类的基石的假设落到了实处。

其实，正如蔡宗齐所说，在陈世骧教授试图从"兴"的结构和字源中寻找汉诗诞生于远古宗教仪式的终极源头之前，清人阮元、现代学者闻一多等人已试图在"颂""诗""诗言志"等字形中重构远古诗歌创作的情景。② 陈世骧的汉字诗学研究，无疑继承了中土的汉字研究传统，也难免同时受到当时汉学界风行的汉字研究的影响。而且，据蔡宗齐所说，费诺罗萨和庞德等人开创的汉字诗学研究之风，还启示了其他汉学家们纷纷把注意力转向汉字，竞相试图从汉字中找到破解中国古代文化奥秘的钥匙，加利福尼亚大学伯克利分校的卜弼德教授就是代表。他致力于分析"君子""政""德""礼""义"等术语的字形结构及其远古的词源，以求精准地把它们的哲学含义确定下来。③ 可见，汉字诗学的魅力与影响之大。

由费诺罗萨等人开创的汉字诗学传统，经过刘若愚等学者的批评与修正之后，在海外华裔学者的研究中得以复兴，并焕发出新的光彩，这确实是一个非常有趣的现象。如果说费诺罗萨等人接触中国文学，惊异于诗歌的汉字媒介，并发掘汉字媒介对诗歌艺术表达的优势，属于由中西文化与文学交相碰撞与融合而得的神来之笔，那么陈世骧、程抱一④、刘若愚、叶维廉等在欧美大学教研的学者对这一传统的批判性传承，则彰显了他们所

---

① 陈世骧：《原兴：兼论中国文学特质》，载张晖编《中国文学的抒情传统》，生活·读书·新知三联书店，2015，第130页。
② 蔡宗齐：《单音汉字与汉诗诗体之内联性》，《岭南学报》（复刊）2016年第5辑，第281页。
③ 蔡宗齐：《单音汉字与汉诗诗体之内联性》，《岭南学报》（复刊）2016年第5辑，第281页。
④ 本文未对程抱一从汉字诗学的角度对中国古典诗歌的研究进行论述，但程抱一先生在《中国诗画语言研究》一书中，接受费诺罗萨所开创的汉字诗学的影响，从汉字字形的角度对几首古诗的解读，尽管也受非议，却也非常精彩。

处身的海外文化语境的需求，他们要向海外的学生、读者讲解中国文学，援引与利用这样的传统确有很多便宜之处。这种传统比较符合当时海外读者对中国文学的想象，处身海外的学者们在教学中修正、调整并使用这种汉诗研究传统，比较容易被西方读者接受，更有意义的是，这也可以因势利导扭转西方人对汉字、汉语与汉诗的成见，使他们能够真正了解中国诗歌，认识中国诗歌相较于西方诗歌的特色及其艺术价值。

三　汉字诗学传统的新变

从汉字构形学、汉字字源学、汉语句法、汉语语法等方面得到丰富与拓展的汉诗诗学传统，也不断在西方各种理论资源的冲击与刺激之下产生新变。高友工从语言学的角度研究唐诗，蔡宗齐从势能美学的角度对汉字诗学的重估，以及石江山（Jonathan Stalling）从跨学科的角度对费诺罗萨的解读，都显示汉字诗学传统在西方文论大爆发时期的蜕变与新生。其实，汉字诗学的新变目前仍在进行之中，后期的高友工反思了仅从语言学、分析哲学的角度进行文学批评的局限与边界，尝试在文学的语言学研究的基础上引入美学的理论，并试图由此突入对中西文化的理想与价值的研究，这种努力被其学生蔡宗齐所承继。而蔡宗齐对汉字字音与汉诗艺术之间决定性关系的强调，石江山发现的费诺罗萨讨论汉语声调、格律和韵律的新材料，都预示着汉字诗学可能开始朝着"声音与意义"的层面转向。

（一）高友工：诗歌的结构主义批评

高友工与梅祖麟合作，从文学的语言要素如音位、节奏、句构、语法、意象、措辞等出发，从语言学的角度研究文学，其代表性成果为著名的《唐诗三论：诗歌的结构主义批评》（《杜甫的〈秋兴〉：语言学批评的尝试》、《唐诗的句法、用字与意象》和《唐诗的语义、隐喻和典故》）。在《杜甫的〈秋兴〉：语言学批评的尝试》一文中，高、梅二人曾明确指出他们的文学研究方法："大体说来，我们将采用的是语言学批评的方法，这种方法是与燕卜荪（Empson）和瑞恰慈（Richards）的名字联系在一起的。"①

在对杜甫的《秋兴》八首进行语音分析时，他们发现"杜甫驾驭音型的能力是非常杰出的，他能通过改变音型密度以加快或放慢语言的节奏"，②以转移或调整诗歌的主题与感情的基调。例如，高、梅在分析《秋兴》第三首时发现，诗中的第二联"信宿渔人还泛泛，清秋燕子故飞飞"，两行诗的音型完全一样，"头两个字是双声，结尾两字是叠字，而且'信宿'/'清秋'都含有齿音；'泛泛'/'飞飞'都含有唇擦音……这两句的音型是/AA/ - -/ -RR/，其中 A 代表双声，R 代表叠字"；而诗中第三联第一句"匡衡抗疏功名薄"，"前六个音节有五个是软腭鼻音（ - ng）……一、三、五三个音节都是由后腭音、后元音和软腭鼻音构成的音（匡/抗/功）。相似音的规律的间隔重复便产生了节奏，而这里的节奏和前面提到的节奏已完全不同……这里是/R′ -/R′ - R′ - -/。"③ 据此，高、梅总结说，诗歌前半部分音型对应的平衡，使人产生一种单调乏味的感觉，其基调是一种带有厌倦色彩的平静，而诗歌后半部分由于"像 kong 这样的几个音节的间隔重复和软腭音的密集排列传达了某种激动不安"，④ 其基调是"激动不安"的，而且全诗结束在"失望的情绪"之中。尽管葛兆光认为高、梅的此种语音分析，带有一种来自"传统"的、对此诗种种讨论的先入之见，且以这种先入之见所引发的阅读感受为前提的嫌疑，⑤ 但若细细品味鉴别还是能够见出高、梅此种分析的价值的。高、梅说，杜甫作为中国文学史上的伟大存在，他们无意去撼动，他们所做的是研究杜甫为何伟大。与以往学者的不同之处在于，他们将分析的眼光聚焦在诗歌的语言（语音）上，分析

① 高友工、梅祖麟：《杜甫的〈秋兴〉：语言学批评的尝试》，载《唐诗三论：诗歌的结构主义批评》，李世跃译，商务印书馆，2013，第 3 页。
② 高友工、梅祖麟：《杜甫的〈秋兴〉：语言学批评的尝试》，载《唐诗三论：诗歌的结构主义批评》，李世跃译，商务印书馆，2013，第 5 页。
③ 高友工、梅祖麟：《杜甫的〈秋兴〉：语言学批评的尝试》，载《唐诗三论：诗歌的结构主义批评》，李世跃译，商务印书馆，2013，第 6 页。
④ 高友工、梅祖麟：《杜甫的〈秋兴〉：语言学批评的尝试》，载《唐诗三论：诗歌的结构主义批评》，李世跃译，商务印书馆，2013，第 8 页。
⑤ 葛兆光：《语言学批评的前景与困境——读〈唐诗的魅力〉》，《读书》1990 年第 12 期，第 42 页。

之后他们认为杜甫能"创造性地运用语言并使之臻于完美境界","的确是一个无与伦比的诗人"。①

在对唐诗进行句法分析时，高、梅一口气引入 T. E. 休姆（T. E. Hulme）、恩内斯特·费诺罗萨、苏珊·朗格（Susanne Langer）三个人的三种句法理论，亦即"独立性句法""动作性句法"和"统一性句法"。

所谓"独立性句法"，是指纯粹由名词并置而成的句法。在休姆看来，句法本身是非诗性的，它会产生"前趋动力，催迫人们从句子的开头读到结尾，从一个句子到另一个句子，从而使阅读变成抽象的过程"，而"诗是与直观相联系的，它的目的就是在人们面前不断展现物质事物。它是通过直观的具体形象并以缓慢的节奏实现这个目的的"。② 诗是用语言写成的，句法肯定难以避免，那么若要提高诗意，就只能降低句法的作用，甚至取消句法，由是休姆提出了著名的名词或名词性短语各自独立但并置拼贴的句法，比如"月落乌啼霜满天，江枫渔火对愁眠"是由六个连续的短语构成的，其间并没有连接成分。

所谓"动作性句法"，是指体现了自然界中"力的转移"过程的句式，即"名词＋动词＋名词"的句式。在费诺罗萨看来，自然界中最普遍的运动形式，就是这种"农夫舂米"式的有施动者、动作和动作对象的"力的转移"过程。而这种"农夫舂米"式的句法，使"语言接近事物，而且由于大大依赖动词，把它使所有言语表现变成一种戏剧性的诗"。③ 也就是说，与休姆强调对句法消解以提升诗句的诗意不同，费诺罗萨强调这种句法的作用，认为这种"动作性句法"因为贴近自然界中最基本的运动形式而具有浓郁的诗意，他说上乘的诗歌，让人读来应似觉得在"观看事物演出本身的命运"。④ 由此看来，如果说休姆是在强调诗句中事物的静态性质，那么费诺罗萨则是在强调诗句所表现的自然界中的动态过程，比如王安石的

---

① 高友工、梅祖麟：《杜甫的〈秋兴〉：语言学批评的尝试》，载《唐诗三论：诗歌的结构主义批评》，李世跃译，商务印书馆，2013，第 37 页。
② 高友工、梅祖麟：《杜甫的〈秋兴〉：语言学批评的尝试》，载《唐诗三论：诗歌的结构主义批评》，李世跃译，商务印书馆，2013，第 43 页。
③ 费诺罗莎：《汉字作为诗的表现媒介》，杜国清译，《中外文学》1979 年第 12 期，第 87 页。
④ 费诺罗莎：《汉字作为诗的表现媒介》，杜国清译，《中外文学》1979 年第 12 期，第 87 页。

名句"春风又绿江南岸",诗句中形容词"绿"活用为动词且是及物动词,从而传神地描摹出春回大地时自然界的变化与情状。

所谓"统一性句法",是指对诗的整体性效果能产生统一性作用的推论性句法。苏珊·朗格认为,在诗歌中句法的作用和音乐相同,"正如音乐的声音形式在相互联系中运动一样,在文学作品中,由句法和韵律构成的语言组合也是在相互联系中运动",① 并且诗也能像音乐一样,"创造出一种虚幻的时间序列,这是通过文字组合的规模和复杂程度的变化,通过强加给它们的一种整体组织表现的"。② 也就是说,诗歌中具有推论性句法的诗句,有着为全诗的效果定基调,且自始至终将诗歌中其他的诗句连缀在一起,聚拢为一个整体的作用,通过这个推论性句法的诗句,全诗的句子组织成一种连续的节奏。比如杜甫的《江汉》中最后一句"古来存老马,不必取长途",这种带有叙述性的下论断的诗句,其实与散文句子无异,但正是这样一个推论性的诗句,将全诗中原本彼此独立、分离的意象和由意象所反映的主题联系、聚合在一起,使全诗有了一种首尾相连的整体感。

在对唐诗语义进行分析时,高、梅受瑞恰慈和燕卜荪的关于诗歌"多义性原则"的启发,将关注的焦点放在了唐诗的多层意义之上。但是,他们对多义性的关注与研究,并不像许多学者那样将兴趣集中在"论证诗歌的内在歧义或把意义划分成不同的层次或类型",而是"把重点放在了由基本词义向引申意义演变的过程上"。③ 为了解释诗歌中这种意义的演变与生成而造成的诗歌的多义性,高友工在对唐诗(近体诗)的研究中引入了诺曼·雅各布森的"语义的对等原则"。在雅各布森看来,"语言行为有两种排列模式:选择和组合……选择是在对等的基础上,在相似与相异、同义与反义的基础上产生的;而在组合的过程中,语序的建立是以相邻为基础

---

① 高友工、梅祖麟:《杜甫的〈秋兴〉:语言学批评的尝试》,载《唐诗三论:诗歌的结构主义批评》,李世跃译,商务印书馆,2013,第47页。

② 高友工、梅祖麟:《杜甫的〈秋兴〉:语言学批评的尝试》,载《唐诗三论:诗歌的结构主义批评》,李世跃译,商务印书馆,2013,第48页。

③ 高友工、梅祖麟:《唐诗的语义、隐喻和典故》,载《唐诗三论:诗歌的结构主义批评》,李世跃译,上海古籍出版社,2013,第140页。

的。诗的作用是把对等原则从选择过程带入组合过程。"① 由此看来,对等包括两个方面的含义,既包含了"相等"与"相似"之意,也包括"相反"与"相异"之意。高友工说,"当两个词构成对等关系时,就会产生新的意义或引申意义",具体说来主要包括两种形式,"如果两个词都是名词,那么,它们就相互作用以突出其特征的相同或相异;如果一个是名词一个是动词,由于动词的意义较为稳定,名词则会有所改变以适应动词"。② 不仅如此,"当两个语言单位并列时,其相似性与相异性几乎总是并存的,词与词之间的张力与对等关系是密不可分的,可以说两个语言单位因其相似性而互相吸引,同时又因其相异性而互相排斥"。③ 具体到汉语诗歌,我们都知道古典诗歌的句法联系本身就比较弱,到了近体诗中则充满了简单的名词意象并置的现象,高友工将这种语言现象称为"意象语言"或"隐喻语言",以与西方诗歌中或日常用语中严格运用语法规则组织起来的语言相对待。高友工说,中国古典诗歌这种词与词之间缺少句法联系或仅有松散的联系的语言,其实就是按照对等原则结合的,"对等原则是诗中局部组织的基础,它把词与词连接起来,并使之转变为肌质……对等原则不仅能使各处局部的词成为一体,而且能作为结构组织的普遍法则贯穿整首诗"。④ 而对中国古典诗歌中常见的隐喻和用典现象,高友工也从对等原则出发,将其划归为对等原则的特殊情况。于是,中国古典诗歌中词语的并置、隐喻和典故,都被高友工并置于对等的原则之下,并在这"对等"之中,解释和发掘了诗歌的新意义和引申意义。高友工曾经引用刘勰《文心雕龙》中讨论对句的话"反对者,理殊趣合者也;正对者,事异义同者也",来解释诗歌中由对等而来的意义之多层性。他说:"对话所体现的'趣合'或'义同'是由上下联所表现的,它也就是存在于张力之中的意义,而这张力

---

① 高友工、梅祖麟:《唐诗的语义、隐喻和典故》,载《唐诗三论:诗歌的结构主义批评》,李世跃译,上海古籍出版社,2013,第140页。
② 高友工、梅祖麟:《唐诗的语义、隐喻和典故》,载《唐诗三论:诗歌的结构主义批评》,李世跃译,上海古籍出版社,2013,第143页。
③ 高友工、梅祖麟:《唐诗的语义、隐喻和典故》,载《唐诗三论:诗歌的结构主义批评》,李世跃译,上海古籍出版社,2013,第144页。
④ 高友工、梅祖麟:《唐诗的语义、隐喻和典故》,载《唐诗三论:诗歌的结构主义批评》,李世跃译,上海古籍出版社,2013,第144页。

正是由上下联所维持的，因此，这种张力所蕴含的意义绝非语言可以穷尽的。"①

高、梅二人在上述三篇文章之中，仔细分析了诗歌音型、节奏的变化，常用的句法类型，语言的多重意义等语言要素对诗歌意义的影响。如果对这三篇文章的论述重心加以笼统的概括的话，应该可以概括为高、梅分别从语音、语法和语意的角度，对唐诗进行了精彩的语言学分析。

（二）蔡宗齐：从"势"的美学理想重估汉字诗学

1. 从势能美学重估汉字诗学

蔡宗齐在《比较诗学结构——中西文论研究的三种视角》中，专辟一章来谈论费诺罗萨与庞德的汉字诗学。与美国其他汉学家或批评他们对中国文字的误解、或推崇他们提出的表意文字诗学不同的是，蔡宗齐从中国文学与书法批评传统中"势"的美学理想的角度，重新评价了费诺罗萨的《汉字作为诗的表现媒介》一文。蔡宗齐说，上述两种截然不同的批评意见，都毫无例外地将自己关注的焦点集中到了汉字的象形特征方面，但这种单纯关注汉字的象形特征的做法，是有失偏颇的。这种讨论偏离了费诺罗萨和庞德讨论的重点，遮蔽了该文的文学洞见与诗学价值，"不可避免地会忽视费诺罗萨和庞德对汉字的字源学、美学和书法方面的洞见，并且也因而会失去一个不可多得的、跨文化和跨学科的语境下探讨《诗媒介》全部意义的大好机会"。②

首先，蔡宗齐针对西方汉学界的批判为费诺罗萨进行了辩护。他说：

> 如果我们仔细研究《诗媒介》（即《汉字作为诗的表现媒介》——引注）就不难发现，该文中提到汉字及对其"半象形效果"的评论只有寥寥数处，而且引用时强调的也是汉字"基于自然运作（operation）

---

① 高友工、梅祖麟：《唐诗的语义、隐喻和典故》，载《唐诗三论：诗歌的结构主义批评》，李世跃译，上海古籍出版社，2013，第 182 页。

② 蔡宗齐：《比较诗学结构——中西文论研究的三种视角》，刘青海译，北京大学出版社，2012，第 169 页。

的生动的、速写式的图像"以及"其表意的语源把自然的动感表现出来"。他们关心的并不是汉字自身的象形性，而是要全面研究汉字中体现出来的自然界的势能，无论这样的势能是以象形还是别的形式表现出来。①

不仅如此，在蔡宗齐看来，费诺罗萨无论是分析汉字的句法结构，还是剖析中文的词类，还是考订汉字的字源，其目的都是展现中国文字结构中的自然势能。蔡宗齐说，如果看不到这一点，而仅仅关注费诺罗萨在文中对汉字的象形特征的夸大，以及凭想象对文字会意所做的随意解释上，就会忽略文中不少的真知灼见。更有意思的是，蔡宗齐进一步指出，费诺罗萨被学界指责与诟病的两个谬误，其实"并非费诺罗萨本人所创，而是源于传统中国文字学的奠基人许慎"。②许慎在《说文解字》中对汉字视觉要素的偏爱、对汉字字音有意无意地忽略，以及他解释字符结构时的武断与随意，或许通过王安石、日本学者森槐南而间接地影响了费诺罗萨。蔡宗齐大胆推测，如果能够通过森槐南，将费诺罗萨的汉字观念与王安石联系起来，那么费诺罗萨在汉字结构中追溯与展现自然势能的努力，也就有了传统中国文字学的渊源。

接着，蔡宗齐对费诺罗萨《汉字作为诗的表现媒介》一文进行了重估。他说，既然费诺罗萨在文中已然表明了其兴趣在于"诗学，而非语言学"，那么我们有必要超越西方学界的"汉字象形神话说"，从诗学与美学的角度对该文进行重估。从诗学角度来看，蔡宗齐认为，费诺罗萨对汉字的剖析主要是为了展现汉字具有而其他活的语言中没有的特征——保存和增加汉字字源中潜在的势能，而费诺罗萨的这种强调汉字表意结构是视觉吸引力、势能和诗歌灵感之源头的努力，竟然"令人吃惊地接近了中国古代文学批评"。③

---

① 蔡宗齐：《比较诗学结构：中西文论研究的三种视角》，刘青海译，北京大学出版社，2012，第170页。

② 蔡宗齐：《比较诗学结构：中西文论研究的三种视角》，刘青海译，北京大学出版社，2012，第174页。

③ 蔡宗齐：《比较诗学结构：中西文论研究的三种视角》，刘青海译，北京大学出版社，2012，第178页。

蔡宗齐以刘勰《文心雕龙》中的《练字》篇为例，论证了秦朝"书同文"之后，虽然汉字的图画吸引力有损，但在其后相当长的时间里中国学者仍不断发现与强调汉字结构在纯文学写作中的审美价值。蔡宗齐说，虽然刘勰并未把汉字结构看作诗歌感染力意味深长的源头，但他与费诺罗萨一样，都希望能将汉字的视觉吸引力最大化，进而希望在文学作品中再现自然的势能。饶有趣味的是，费诺罗萨和庞德的观点传到中国之后，中国诗人又开始重新认识汉字结构，并把它视为诗歌感染力的可信源头加以认真研究。从美学角度来看，中国势能的美学理想，相比较诗歌与诗学而言，更好地体现与保存在书法艺术领域。蔡宗齐说，中国的书法家与书法评论家从未中止过保存、整理和扩大汉字的势能，他们的努力甚至把书法最终发展成为可以与诗歌相媲美的艺术形式。在中国书法发展的历史背景之下，对比中国书法家与书法评论家对汉字势能的赞赏与探索，蔡宗齐发现费诺罗萨又一次展现了其见解的敏锐性。蔡宗齐发现，在论及汉字表现自然的势能、汉字内在的活力、汉字那种由自然的势能演变而来的动态美以及汉字自然势能中所蕴藏的宇宙根本法则——"道"之时，费诺罗萨几乎与中国书法家、评论家说着一样的话语。

　　最后，也是最重要的，是蔡宗齐在考证了庞德的势能意象理论—涡纹美学与费诺罗萨的论文之间的特殊关系之后，对中国的势能美学与费诺罗萨、庞德的势能美学进行了深层次的分析，并指出了两者之间存在的根本性差异。蔡宗齐认为，由于费诺罗萨和庞德的势能美学深深植根于西方的书写文字模仿论，亦即书写文字被视为口头言语的模仿，而口头言语又是对逻各斯或者说绝对主体的模仿，故而他们仍在诗学讨论中肯定主体的首要性，把诗歌的势能解释为趋向主体的创造力，这就使得他们虽然能够明确认识到汉字中所蕴含的势能是自然的而非主观的，汉字显现的不仅是个别现象的势能，而且更重要的是整个自然界的和谐结构，但是当他们将这一发现与他们自己的传统相联系时，他们马上引入了隐喻的概念，转而强调"用物质的形象来暗示非物质的关联"，从而犯了对汉字势能"隐喻化"的错误。而中国的势能美学是建立在非模仿论的书写理论的基础之上的，一开始，汉字就被视为自然力量的体现，东汉许慎更是通过参照伏羲神话来描述仓颉造字的过程，建立了对后世影响深远的书写观念：书写不但包含着具体的自然现象的形式，而且直接呈现"道"——统治所有自然力和自然过程的根本法则。受此影响，刘勰等中国批评家将文视为道的显现，在他们看来，书写、文学和艺术都是动态的自然之文，自然都以呈现自然力量为最高的审美理想。

2. 声音与意义

主持《岭南学报》复刊工作并担任学报主编的蔡宗齐，于 2016 年编辑出版了主题为"声音与意义：中国古典诗文新探"的复刊第 5 辑。在这一辑上，蔡宗齐除发表了一篇题为"中国诗文的声音与意义"的引言之外，还发表了一篇重要文章《单音汉字与汉诗诗体之内联性》。在《中国诗文的声音与意义》一文中，蔡宗齐引用了 18 世纪英国著名诗人亚历山大·蒲柏的名言"声音当是意义的回声"作为文章开篇，来说明声音对于诗歌艺术的重要作用。蔡宗齐说，相对于西方学界的诗歌研究较多地关注"声音"，在中国的诗歌研究中"声音"的地位却旁落了。为了改变这种"声音的重要地位长久以来却为人们所忽视"的倾向，"唤起研究者对中国诗文中声音的重视"，蔡宗齐邀请了海内外的专家围绕"声音与意义"的话题共同合作、创作、出版了这一辑专刊。很明显，蔡宗齐是为了强调诗歌艺术中的"声音"的意义。在《单音汉字与汉诗诗体之内联性》的文章中，蔡宗齐更是将这一点明确提出来。在文章的开篇，他就提出一个耐人寻味的问题："汉诗的艺术特征是什么？汉语如何决定了汉诗的艺术特点？"① 而他对这一问题的回答，就是汉字字形在形成汉诗的艺术特色过程中，只起到次要的作用，而起主要作用的或者说起决定作用的是汉字的字音。

在这篇文章中，蔡宗齐对话的对象依然是费诺罗萨与庞德，或者说以他俩为代表的注重汉字字形的诗艺效果的汉字诗学传统。蔡宗齐在这篇文章中对他俩的看法与他在《比较诗学结构》中对他俩的看法是一致的：既看到了费、庞二人对汉字和汉语的描述存在诸多谬误，同时也提醒大家不要被这些谬误遮住双眼、引入歧途，重要的是应该看到这篇奇文在美学方

---

① 蔡宗齐：《单音汉字与汉诗诗体之内联性》，《岭南学报》（复刊）2016 年第 5 辑，第 278 页。

面的洞见："费氏是从中国文字中看到艺术之美感。从文学批评的角度，无论就其见地或其影响而言，此文都堪称一篇惊世奇文。费氏本人并不精通汉语，主要是依靠他的日本友人了解汉语和汉诗，然而他却能洞察到，汉语结构可为诗歌创作所提供的独特而丰富的艺术想象空间，不得不令人折服。"① 但很快，蔡宗齐笔锋一转，围绕自己在文章开头所提出的问题，开始了对费诺罗萨、庞德以及受其影响的程抱一等人所倡导的注重汉字字形的汉字诗学的批判。蔡宗齐援引了中国传统诗学中唯一专门讨论字形使用的《文心雕龙·练字》，来探讨中国古代诗论家对汉字字形与汉诗艺术的看法。在蔡宗齐看来，刘勰所说"缀字属篇，必须拣择：一避诡异，二省联边，三权重出，四调单复"，这四个原则都是在强调写诗作文时，应该充分考虑字形的视觉美感，而不是"像某些学者所误解的更关心语义的表述"与"感物抒情"，他认为这些都反映出字形在汉诗艺术中的次要作用。由此，蔡宗齐得出结论说："程氏（还应包括费诺罗萨和庞德，作者按）有关汉字与汉诗艺术关系的描述应该算是误导式的描述。"②

在排除了汉字字形对汉诗艺术的决定性作用之后，蔡宗齐把注意力转向了汉字字音。在蔡宗齐看来，汉字字音的三个在世界语言中独一无二的特点，即每个汉字都是单音字，每个汉字都有固定的声调，单音节汉字绝大部分既表音也表意，对汉诗艺术产生了巨大的影响。他说："汉字单音节而又独立表意，这造就了世界上绝无仅有的一种韵律与语意紧密相连的语言节奏，而这种特殊语言节奏在诗体中得以升华，进而又影响了汉诗句法和结构，为在不同诗体的意境的产生奠定了语言基础。"③ 蔡宗齐在这里提到节奏、句法与诗境三者的关系并不是偶然的，他在 2009 年发表的一篇文章里已经探讨过，"节奏、句式和诗境是中国古典诗歌研究中极为重要的三个范畴。节奏和句法为实，诗境为虚，看似互不关联，可是实际上三者有着密不可分的关系。诗歌的音义节奏与句子结构是诗境营造的语言基础，

---

① 蔡宗齐：《单音汉字与汉诗诗体之内联性》，《岭南学报》（复刊）2016 年第 5 辑，第 281 页。
② 蔡宗齐：《单音汉字与汉诗诗体之内联性》，《岭南学报》（复刊）2016 年第 5 辑，第 288 页。
③ 蔡宗齐：《单音汉字与汉诗诗体之内联性》，《岭南学报》（复刊）2016 年第 5 辑，第 288 页。

而诗境则赋予诗句以生命和感发人心的力量"。[①] 而在《单音汉字与汉诗诗体之内联性》一文中，蔡宗齐为诗歌的音义节奏找到了汉字字音这一载体，当他发掘出汉字在字音方面的特性之后，也终于找到了汉字字音与节奏、句法和诗境的关系，从而完成了他对汉诗艺术的汉字诗学探寻。不同于费诺罗萨与庞德，他最终将汉诗艺术的决定性作用落实在了汉字字音上。蔡宗齐说，汉语的基本的句型，可以依据两个矛盾而互补的原则（时空－逻辑原则与类推－联想原则），分为主谓句与题评句两种。主谓句比较容易理解，它由动作的实施者与动作（状态）构成，极有可能还有一个受动者存在。而题评句的说法不大常见，它源自著名语言学家赵元任，其构成是"题语＋评语"，是一种非主谓句，"这类句子的形式主语实际上是讲话人或书写人所关注的主题，而句子的形式谓语则是说话人或书写人对主题所发表的评论"，[②] 比如"桃之夭夭，灼灼其华"，"桃"是题语，"夭夭"是评语。在对汉语的基本句型进行分类的基础上，蔡宗齐详细分析了汉语诗歌"每种诗体独特的节奏决定了该诗体可以承载何种主谓句式，在时空逻辑的框架呈现何种主客观现象；同时又可以承载何种题评句，超越时空逻辑关系来并列意象和言语，借以激发读者的想象活动"。[③] 不仅如此，蔡宗齐还注意到了汉诗节奏的变化所带来的句法、结构与诗境的变化，由此，蔡宗齐得出结论，正是这种由汉字字音而决定的汉诗节奏、句法、结构与诗境之间的深度互动，决定了汉诗诗歌的不朽的艺术价值。

（三）石江山：日本新佛教视域下的汉字诗学

石江山是美国俄克拉荷马大学的文学教授，其研究方向为当代美国诗歌、比较文学与东西方诗学，他对费诺罗萨的汉字诗学很感兴趣，颇有研究心得。他对汉字诗学的研究至少有两个方面的贡献：第一，他从佛教思想的角度对费诺罗萨的汉字诗学做了解读，通过他的解读我们发现了费诺

---

① 蔡宗齐：《节奏·句式·诗境——古典诗歌传统的新解读》，李冠兰译，《中山大学学报》（社会科学版）2009 年第 2 期，第 26 页。
② 蔡宗齐：《单音汉字与汉诗诗体之内联性》，《岭南学报》（复刊）2016 年第 5 辑，第 305 页。
③ 蔡宗齐：《单音汉字与汉诗诗体之内联性》，《岭南学报》（复刊）2016 年第 5 辑，第 325 页。

罗萨援用佛教思想对西方语言与逻辑的批判;第二,他对费诺罗萨这篇文章的新发现(庞德整理发表的只是费氏讲稿的前半部分,而在后半部分费氏主要论述的是汉语的韵律和音调问题)及其与苏源熙合作编辑的《〈汉字作为诗的表现媒介〉评注》(*The Chinese Written Character as a Medium for Poetry: A Critical Edition*)。

石江山在研究文章中指出,西方汉学家与文学评论家对费诺罗萨的《汉字作为诗的表现媒介》产生误解,最根本的原因就是:"参与这场讨论的各方人士皆拒绝进行跨学科研究,而跨学科研究是完整解读费诺罗萨的必由之路。"[①] 他说,汉学家们过分执着于费诺罗萨的语言学错误,以至于无暇运用他们的中国古代诗学与哲学的知识,以及费诺罗萨所身处的历史文化语境,去探究他那浩瀚的工程;西方评论家们囿于自身视野的狭窄与中国古代哲学训练的缺乏,以及对于东西方文化关系史学养的不足,无法看清费诺罗萨所做的工作。在石江山看来,如果不首先熟悉费诺罗萨二十年里对中国哲学与日本明治时代佛教所做的研究便去阅读他的著作,那是不可能得到对费诺罗萨的完整理解的。石江山主张并付诸实施的是:要研究费诺罗萨,我们需要研究中西文化范式和历史资源。于是,石江山开启了"把费诺罗萨的作品放置到他特定的历史语境之中,质疑对该文本'单一文化'的解读,并揭示一个惊人丰富的具有复杂的西方哲学和佛教认识论特征相结合的异质文化诗学"[②] 的研究路径。

首先,在佛学的视域下,石江山为我们重构了费诺罗萨在日本的学术活动。他说,费诺罗萨原本是在东京帝国大学教授哲学和社会学,尤其是讲授黑格尔和赫伯特·斯宾塞(Herbert Spencer),但由于他所处的时代是日本积极西方化的时代,因此他有了结识日本艺术界与哲学界的权威人士的机会。在石江山看来,费诺罗萨与佛教结缘,主要有以下三个活动:一是在三井寺方丈樱井敬德的指导之下研习天台佛教,并皈依佛门;二是研

---

① 石江山:《走向异质文化研究:汉学如何丰富美国文学与批评》,罗峰译,张靖、樊桦校,《世界汉学》2010 年春季号,第 108 页。

② 石江山:《虚无诗学——亚洲思想在美国诗歌中的嬗变》,姚本标译,中国社会科学出版社,2013,第 43 页。

习华严宗典籍《华严经》；三是积极参与日本新佛教运动，致力于日本佛教与社会达尔文主义和黑格尔哲学的结合。据石江山推测，费诺罗萨皈依佛门前后所研习、培训之天台佛学，其核心教义应为"中道"或"三谛"，具体说来，有三个方面：一，万物皆空（包括固有的存在）；二，万物皆有因果（即暂时的或相互关联的现实）；三，万物同时缺乏终极现实而只是暂时真实。① 同时，石江山在费诺罗萨早期的一次讲座中，发现他援引了华严宗一个著名的比喻，"把暂时比喻为海浪，把绝对的空无比作大海"。另外，石江山发现费诺罗萨还曾提到"因陀罗网"② 这个比喻。鉴于此，石江山认为如果从佛教、佛学的角度来研读《汉字作为诗的表现媒介》应该会另有收获。也正是在佛教诗学的烛照之下，石江山指出这篇文章的中心议题其实不是庞德重视的所谓汉字的能指和所指的完美同形，而实际上是对西方语言和逻辑"把精确性误解为真理，把分类学误解为知识，而且把抽象误解为现实"③ 的批评。

接着，石江山从佛教思想角度对《汉字作为诗的表现媒介》进行了分析。他指出费诺罗萨"佛教"诗学的核心是他对句法、语义和逻辑上各种"完整"形式所做的批评。在句法层面，石江山发现费诺罗萨对完整句法进行了区分，分为"习惯的完整"和"根本的完整"。④ 所谓习惯的完整，是费诺罗萨给自然句法的定义，"一个句子表达一个'完整的思想'"，或者通过主语与谓语的集合来实现完整的句子；而"根本的完整"在费诺罗萨看来，是任何语言都无法做到的，他说自然界中的"行动是连续的，甚至是反复的；一个事件引起或转化为另一个事件，虽然我们可以把很多从句串联成一个单一的复合句，但是行动到处泄露"，并且"自然界的所有过程都

① 石江山：《走向异质文化研究：汉学如何丰富美国文学与批评》，罗峰译，张靖、樊桦校，《世界汉学》2010年春季号。
② 石江山：《走向异质文化研究：汉学如何丰富美国文学与批评》，罗峰译，张靖、樊桦校，《世界汉学》2010年春季号，第60页。
③ 石江山：《虚无诗学——亚洲思想在美国诗歌中的嬗变》，姚本标译，中国社会科学出版社，2013，第58页。
④ 石江山：《虚无诗学——亚洲思想在美国诗歌中的嬗变》，姚本标译，中国社会科学出版社，2013，第59页。

是互相关联的"，"因此不可能存在完整的句子"。① 石江山说，费诺罗萨这种对句法的习惯性与根本性完整的区分，其理论诱因实际上来源于天台佛教"中道"的核心，而其万物"缘起"的观念及万物相互关联，缺乏自主之完整的思想，则分别来自中观派和华严派佛教。

在语义层面，石江山也发现了费诺罗萨质疑"语义完整"的背后，那或隐或显的佛教思想的影子。费诺罗萨说："真正的名词是受隔离的事物，实际上不存在。物体只是行为的终端，更确切地说是行为的交汇点，是行为切割的横截面，是单元镜头。"② 因此，英文中自然事物的名词化，本身就是一个抽象的过程，是带有欺骗性的。自然界中相互依存和互为因果的事物，是因缘际会而成的，是自生的，是无时无刻不处于变迁之中的，因而也不是不可能是语言完整与稳定的。而形容词，在费诺罗萨看来，只不过是过程的派生词，"绿色只是一定程度上的振动的速度，硬度只是黏合的紧张度"，对于这种说法，石江山说这不禁"使人想起佛学'波浪'的比喻"。③ 动词，只有动词，才是费诺罗萨强调与关注的重心，他说："孤立的事物不存在于自然界中"，"动词应该是自然界首要的事实，因为动作和变化是我们从动词那里认出的全部。"④ 基于此，在石江山看来，费诺罗萨强调的"任何以自然规律为根据的诗学都必然重视及物动词，轻视名词，重视'关系'，轻视'事物'"，其实是佛教"强调'大海'的相互关联，而忽视个别的'波浪'"的回响。更有意思的是，石江山指出费诺罗萨在文中一再强调的及物动词的"及物"（transitive），与佛教术语"短暂"（transient）"是同一个拉丁词语'transire'（走过/经过）"的过去分词与现在分词。⑤

---

① 石江山：《虚无诗学——亚洲思想在美国诗歌中的嬗变》，姚本标译，中国社会科学出版社，2013，第59页。

② 石江山：《虚无诗学——亚洲思想在美国诗歌中的嬗变》，姚本标译，中国社会科学出版社，2013，第61页。

③ 石江山：《虚无诗学——亚洲思想在美国诗歌中的嬗变》，姚本标译，中国社会科学出版社，2013，第62页。

④ 石江山：《虚无诗学——亚洲思想在美国诗歌中的嬗变》，姚本标译，中国社会科学出版社，2013，第62页。

⑤ 石江山：《虚无诗学——亚洲思想在美国诗歌中的嬗变》，姚本标译，中国社会科学出版社，2013，第62页。

在逻辑层面，石江山发现费诺罗萨对欧洲的逻辑分类及语言传统进行了不遗余力的批判，而其背后的理论资源仍是天台佛教。石江山指出，在费诺罗萨看来，"作为一种观念的事物不是孤立的。它们的过程并不简单。它们的意义并非破碎……生命无穷无尽并且同时存在。事物的真相并不在于它们的抽象性，而在于某种掌管其复杂的相互关系的根本法则"。① 因此，那种"用浅薄换取锐利，用孤立换取精确"的欧洲逻辑，并不能展示自然的财富，并不能真正认识与揭示自然。费诺罗萨说，西方语言中根深蒂固的逻辑分类，造成了逻辑对语言的虐待与滥用，其损失与弱点是显而易见且恶名昭彰的："它无法将两个概念连结在一起，假如这两个概念并非一个在另一个之下，或者在同一个金字塔之内。在这一系统中不可能表现变化或任何一种成长。……这种逻辑不能处理任何一种交互关系，或任何作用的繁复。"② 它所造成的原本彼此相连的事物之间的隔绝，它对处于金字塔底端事物的忽略与蔑视，它对于活泼泼存在于自然之中的具体事物的抽象，注定了它不能成为知识的核心基础，也注定了西方文化在一定时期无可挽回的衰退。费诺罗萨说，将来只有东方哲学与西方思想相结合，才能发展出有效应对这种因逻辑"暴虐"而带来的文化衰退。石江山发现，费诺罗萨从天台佛教中发现与汲取了破解危局的方案：否定自主的事物/语词（皆可呈现为复合体，而非"真正"的统一体）的观念。③ 费诺罗萨说，主要以作为生动的速记图画、以表现自然中的行动和过程、以兼具各种词类词性并始终保持及物动词基调为特征的汉字、汉语，为汉字等表意文字的使用者们提供了完美的"中道"，也为表音文字的使用者抗拒由逻辑而来文化堕

---

① 石江山：《走向异质文化研究：汉学如何丰富美国文学与批评》，罗峰译，张靖、樊桦校，《世界汉学》2010 年春季号，第 111 页。
② 费诺罗萨：《汉字作为诗的表现媒介》，杜国清译，《中外文学》1979 年第 12 期，第 96 页。
③ 石江山：《虚无诗学——亚洲思想在美国诗歌中的嬗变》，姚本标译，中国社会科学出版社，2013，第 63 页。石江山在谈到这个问题的时候，并未做太多的解释，他的寥寥数语颇让人费解。结合天台佛教的观念以及中国传统哲学与现代西方过程哲学的思想，笔者试做阐释：宇宙是一个由各种现实存在相互作用、相互影响、相互摄入而不断生成的过程，现实存在的"存在"是由其"生成"所构成的，它无时不处在生成演化之中，它永远依赖于他者，并在与他者的互动之中实现自己。既然无时无刻地生成演变与交互摄入，是构成事物存在的本质，既然自然界中的事物相互依存和互为因果，且无时无刻不处于变迁之中的，那事物或语词的自主性便无从谈起。

落和暴政提供了良好的借鉴。

据石江山阐释，费诺罗萨在《汉字作为诗的表现媒介》的第二部分中，主要讨论了汉字的声调、汉诗的韵律和中国文化的关联宇宙形式论等内容，并据此提出了他的"文学共同理论"：关联诗学（Correlative Poetics）或曰关联宇宙论诗学（Poetics of Correlative Cosmology）。石江山说，费诺罗萨拥有非常丰富缜密的中国古典（宇宙论的）诗学知识，他不仅从中创造了基于道家虚无理念的诗歌媒介观念，更是在日本新佛教运动思想的视野与语境下，概括提炼出了关联诗学的理论，他希望能够把这种讲求事物之间关联和谐的诗歌理论带入英语诗歌，以挽救英语诗歌与哲学、社会、政治或宗教文本的疏离以及由此而导致的英语诗歌的枯竭、离题与堕落。①

浸淫东方哲学、美学与诗学二十余年，费诺罗萨使他的诗学呈现独特的异质文化或曰东方文化价值观色彩。石江山指出，几乎贯穿中国古代宗教、政治和美学理论方方面面的关联宇宙学，在费诺罗萨的诗学中占据着核心地位。所谓关联宇宙学，在费诺罗萨看来，即人与自然的和谐、世间万物的相互依存与有机统一。在他概括出来的关联宇宙诗学中，中国古典诗学中的"文"字代表了他所主张的文学创作的最高境界。在他看来，"文"是潜在法则的外在表现，是"道"的表现形式，它来源于天地自然，并在人类体制中实现了和谐法则，它是音乐、绘画和美学等人类艺术形式的最重要的表达方式，并适用于展示人类理性和谐的所有成果。相对于人类的理性分析这种低级知识形式，"文"这种和谐的综合，无疑是人类知识领悟的最高级的形式。既然自然界中万事万物相互关联并追求彼此之间的和谐，人类与自然之间的关系，就不应该是敌对的、压迫的、征服的关系，而应该是相互关联、相克相生的关系，那么处身于自然之中，探索与模仿自然界各种要素之间相互关系或模式，并从中真正发现人类世界与自然世界之间类比关系的诗人或文学天才，自然能够创造出最高境界的诗歌。也正是在这种诗学主张之下，费诺罗萨认为，中国诗歌的声调、格律其实是与这种关联宇宙学有契合关系的，或者说正是因为汉语与宇宙学和佛学有

---

① 石江山：《虚无诗学——亚洲思想在美国诗歌中的嬗变》，姚本标译，中国社会科学出版社，2013，第 74 - 75 页。

着重要的关联，费诺罗萨才将关注的目光从汉字的字形结构转向了汉语音象，并且希望借此恢复西方诗歌的形式，促成西方诗歌作品的统一和谐（文）。

石江山对费诺罗萨奇文的跨异质文化、跨学科的解读，还原了费氏提出自己诗学美学的历史文化语境，并从日本新佛教运动和中国古典诗学的视角对费氏的诗学做了新的阐释，对我们认知和理解费氏的汉字诗学提供了重要的启示。

汉字诗学的新变阶段，问题变得复杂起来，这个阶段既有前面阶段对汉诗进行语言学研究范式的延续，也有从美学的角度对汉字诗学的考辨与探究，更有从跨文化、跨学科角度对汉字诗学缘起的新阐释与新解读，还有从汉字字音的角度对字形还是字音对汉诗艺术起决定性作用的新探讨。其实，也是在这个阶段，中国的学者也开始关注汉字诗学，饶宗颐的《汉字与诗学》、葛兆光的《汉字的魔方》、石虎的《论字思维》、骆冬青的《文艺美学的汉字学转向》等以及围绕"字思维与中国现代诗学"的讨论，都是在这样的新变阶段出现的，这些学说与讨论，也应当属于汉字诗学的新变，毕竟它们也都是因着费诺罗萨所开创的汉字诗学传统而来的。

结　语

汉字诗学以庞德发表费诺罗萨的奇文为开端，希望借汉语诗歌更新西方诗歌的现代派诗人们将关注的目光聚焦在了费氏所提出的汉字字形结构、汉语句式句法以及汉语词类活用上，他们希望从中汲取革新西方诗歌的力量，但这种对汉字字形的过度关注以及误释误解，引起了西方汉学家们的不满，他们认为费氏及其追随者片面强调汉字字形在汉诗艺术中的作用，将汉字的图画性视觉性过分张扬，将所有汉字当成是象形字，是违背汉字的事实的，是必须要严厉批判的。但是汉学家在猛烈批判汉字诗学片面关注汉字构形的同时，将汉字诗学中所涉及的关注汉语句法、语法的特殊性的语言学角度继承下来，并由此角度发掘这种句法、语法的特殊性给汉诗艺术特色带来的影响，同时也开始从美学的角度对汉字诗学进行审视。

　　刘若愚从汉语的句法、语法方面对中国古典诗歌的分析，对汉字诗学的拓展可谓居功至伟，他对汉语语音特点的发掘，也为后来的研究者开拓了新的研究领域。叶维廉在继承前辈学者已有成果的基础上，依靠自己诗歌创作与翻译的经验与敏感，将汉字作为诗歌表现媒介所具有优势的由来追踪到了道家美学的视点之上，从而为汉字诗学的研究找到了稳固的基石。陈世骧受费诺罗萨惊世奇文以及中土汉字研究传统的双重影响而从汉字字源学的角度对中国诗学与比较诗学基本问题的新阐释与新成果，也代表了欧美学界沿着费氏汉字诗学传统而来的、希望从汉字中找到破解中国古代文学与文化奥秘之钥匙的研究路子。高友工和蔡宗齐从语言学的角度对中国古典诗歌语音、节奏、句法、语义、诗境等方面及其之间关系的研究，在将汉字诗学研究引向深入与复杂的同时，也验证了汉字诗学的涵容能力与理论阐释力。汉字诗学的传统延续到当下，学者们一方面继续强化对汉字诗学的美学阐释，甚至发展出汉字美学，继续深入拓展汉字诗学的范围与境界，另一方面随着对费诺罗萨原文的发掘，开始转入对汉字字音、韵律的研究，开始强调汉字字音通过节奏、句法和诗境而对汉诗艺术效果的决定性作用。

　　同时，正是在汉字诗学由涓涓细流演变为浩荡洪流的过程中，学界对费诺罗萨《汉字作为诗的表现媒介》一文的争论也从未片刻停止。或者我们可以这样说，正是在学界对这篇文章的争议之中，汉字诗学开始创生与成长，两者之间竟然有种奇妙的共生关系。费诺罗萨的奇文留给学界太多的争议，但同时也留给学界太多可资借鉴的资源和新的理论生长点。在这方面，蔡宗齐从文中观察到的费氏有意无意地隐藏在文中的"势能"美学，石江山从费氏所处的历史语境与他的知识背景出发解读出来的天台佛教思想对费氏文章中心观点的塑造与影响等，都是绝佳的例证。我们有理由相信，在当下中国学界"再汉字化"的文化语境中，围绕费氏奇文的新讨论、新阐释以及因之而来的汉字诗学传统新发展还会继续下去。

　　总之，汉字诗学经过一个多世纪的发展演变，经过几代学者的坚持与拓展，在欧美已然成为不容忽视的研究传统，相信随着汉字学学科的不断发展，学界对汉字的美学与文化意蕴的理解的不断加深，汉字诗学将会与中国诗歌研究的文学史传统和史料考据传统一起，成为中国古典诗歌研究的三驾马车，引领汉诗研究不断向前发展。

【Abstract】The poetics of Chinese character, or the study of Chinese poetry from the perspectives of Chinese characters, vocabulary, meaning, and Chinese lexical and syntactic grammar, originated from the essays by American scholar Fenollosa's "The Chinese Written Character as a Medium for Poetry". Since its publication, this article has caused great sensation and dispute in the poetry and sinology circles in the United States. The poetry community is amazed at the advantages of Chinese characters as a medium of poetry expression. Therefore, they regard the configuration and group meaning of Chinese characters and the lexical and syntactic grammar of Chinese as the breakthrough of American poetry reform. Thus, a magnificent new poetry movement was set off. While the sinological circles have criticized Fenollosa's misunderstanding of Chinese characters in terms of their formation and confusion, they have, on the other hand, perfected the pluralism of Chinese parts of speech, the looseness of Chinese syntax and the flexibility of grammar. As a result, this research approach on Chinese poetry has begun to take shape and influenced many domestic Chinese scholars and overseas sinologists.

【Key words】Chinese Character Poetics; Fenollosa; Juxtaposition of Images; Chinese Syntax; Etymology

跨学科批评理论研究

基于振荡的意义涌现与生成[*]

——论梅洛–庞蒂与伽达默尔的语言观与意义观

冯文坤

（电子科技大学外国语学院，四川成都，710071）

【内容提要】 对话何时开始，语词的意义就何时开始。文本话题何时开始，哲学阐释学的语言问题就在何处出现，抑或我们对文本语言问题的思考就何时开始。同时，谁进行理解，谁就已经进入了一种事件（民族的、历史的、文化的），意义是或总是通过事件完成自我主张的。本文围绕意义之生成和涌现为话题，通过语言现象学家梅洛–庞蒂和伽达默尔关于语言和意义相关论述的比较分析，着重阐述文本与世界、文本与读者及文本与历史–时间的结构性关系，尤其分析梅洛–庞蒂提出的意义缘起于存在的结构性振荡这一洞见。该文为文化或文化翻译如何在语言中实现其具体化，即如何在翻译中体现个体的、诗学的、历史的、民族的"存在性投射"，寻找理性的认知基础。

【关 键 词】 梅洛–庞蒂　伽达默尔　意义　振荡　存在分析

引　言

莫里斯·梅洛–庞蒂（Maurice Merleau-Ponty）在《知觉现象学》中指出我们"存在–于–世界–中"，因此我们的身体与世界之间是一种活生生

* 本文系国家哲学社会科学基金项目"翻译与意义生成的本体论研究"【批准文号：11XYY003】的阶段性成果。

的和基于我们的身体体验的基本的、不可分割的含混性关系："在世界上存在的模棱两可能用身体的模棱两可来表示，身体的模棱两可能用时间的模棱两可来解释。"① 他认为我们需要采取一种存在分析的方法来描述身体与世界之间的这个模棱两可的存在关系，并提出建立一门能够帮助我们更好地理解身体和身体存在之含混性的"表达哲学"（expressive philosophy），从而帮助我们理解自然与文化、偶然性和含混性以及美学、政治和历史。② 梅洛－庞蒂的世界是感知的世界，这个世界是自然的、具体的、丰富的和富于表达的。与梅洛－庞蒂的世界相对应的主体是一种涉身的感知者，身体问题成为知觉现象学的中心，具身化的主体是被感知世界的感知对应物。哲学家的使命就是使这种美学苏醒过来，"变成一种生成的澄明"，因此"表达哲学"成为梅洛－庞蒂关于语言的基本认知和构想。事实上，表达哲学体现了梅洛－庞蒂关于语言的基本思想。梅洛－庞蒂一直关注和重视语言本身的问题。这种关注贯彻在他的《知觉现象学》《论语言现象学》《间接的语言与沉默的声音》和他的两部遗稿《可见的与不可见的》《世界的散文》之中。③ 当然，人们或许发现语言主题在梅洛－庞蒂那里并没有得到系统的表述，譬如他的《世界的散文》，这部著作被普遍认为更多的是关于真理的意义，关注的是人的存在结构而非文字的经验构成。尽管如此，我们发现在这个讨论存在的结构之中语言却占据了决定性的地位。④ 在确定存在、世界、语言这三者关系的认识上，梅洛－庞蒂的主张与马丁·海德格尔（Martin Heidegger）的"语言植根于作为场所（即作为存在在其中可以澄明和可以被领悟的场所）的此在之中，语言即被理解为'在此在的展开

---

① 梅洛－庞蒂：《知觉现象学》，姜志辉译，商务印书馆，2001，第119页。

② Maurice Merleau-Ponty, *Phenomenology of Perception*, Colin Smith trans., New York：The Humanities Press, 1962, p. 205.

③ For a complete account of these writings see Hugh Silverman, "Merleau-Ponty and the Interrogation of Language," *Research in Phenomenology*, Vol. X (1980), pp. 122 – 141.

④ 罗宾耐指出："在梅洛－庞蒂那里，'结构'这一概念既超出又包含了'所指意义'的概念，因为其中增加了一份不依靠'能指'即可独自成立的意义，而同时其中又已经'存在'于经验事实的根本纠结当中了。各种形式实现了'天性与理念之间的辩证综合'，它们是'各种力量的集合，势处平衡或恒定状态，以致单就其各个部分来说，没有任何可独自成立的法则可言，每一分子的大小或方向都取决于其他的补充。"参见安德烈·罗宾耐《模糊暧昧的哲学——梅洛－庞蒂传》，宋刚译，北京大学出版社，2005，第7页。

状态这一生存论状态中'有其根源"的主张高度一致。① 梅洛 - 庞蒂认为语言活动参与了存在的结构，存在如思维活动一样位于语言活动的势力之中。杰姆斯·艾迪（James Edie）在《言说与意义》（*Speacking and Meaning*）中指出："人们可以认为，语言不仅仅是他后期著作一个重要主题，也是他关注的核心，某种程度上语言被视为我们的意义经验之整体的动力模式。"② 早在 1947 年里昂大学举办的"语言和交流"讲座中，梅洛 - 庞蒂就明确表示，他对语言的思考，不针对语法学家眼里那种稳定不变的结构，他认为这种结构仅仅是用语言来充当破解某种既成意指的技术手段。③ 换言之，他认为，人们无法通过一种科学的语言学来解决语言的问题，因为科学语言只考虑语言本身的问题，而忽略了语言与言说主体之间的关系和语言对言说主体到底意味着什么这个问题，以及"如果我们不依靠言语的诡计把思想的公共场域置于我们之间的第三者，那么，体验是难以忍受"这样的境遇。④ 在《世界的散文》这部 20 世纪早期的著作里，梅洛 - 庞蒂十分明确地推进了对这一问题的讨论，并把矛头直指那些试图在语言中寻找一块纯粹意指领域的人们——这个纯粹意指的领域超越经验和表达，因而超越语言在言说的秩序中的真实功能。对梅洛 - 庞蒂而言，语言诞生于言说本身的序列之中，人们只有在这个序列中才能"重新发现已知语言的具体普遍性，这种具体的普遍性有别于语言本身却又不公开地否定语言本身"，即他反复提到的语言之中存在一种偶然性逻辑，也即一种具体逻辑。⑤ 他认为只要语言进入言说就一定是具体的，这才是语言的普遍性特征，是语言存在的本体论，因此，他写道："如果说我们必须放弃那种赋予所有语言共同的本质的理性语法的抽象普遍性，这只不过是为了重新寻找一种语言的具体的普遍性，这种普遍性不用自我否定就能够自我区分。因为我在现在说话，

---

① 刘小枫：《海德格尔式的现代神学》，孙周兴等译，华夏出版社，2008，第 150 页。

② James Edie, *Speaking and Meaning*, Evanston：Northwestern University Press, 1976, p. 167.

③ For a complete account of these writings see Hugh Silverman, "Merleau-Ponty and the Interrogation of Language," *Research in Phenomenology*, Vol. X (1980), pp. 122 – 141.

④ Maurice Merleau-Ponty, *Signs*, Richard McCleary trans. , Evanston：Northwestern University Press, 1964, p. 19.

⑤ Maurice Merleau-Ponty, *The Prose of the World*, John O'Neill trans. , Evanston：Northwestern University Press, 1973, p. 39.

我的语言对于我来说不是事实的总和，而是我的全部表达意愿的独一无二的工具。"①

可见，梅洛－庞蒂对语言问题的思考从未放弃"语言的具体普遍性"这一基本洞见。而且，我们非常有意思地发现他频繁使用"振荡"（vibration）一词来描述这一洞见。据统计，"振荡"一词在《世界的散文》中出现了13次，在《可见的和不可见的》中出现了7次，在《知觉现象学》中出现了12次。他在谈到"意指"或"意义"时写道："意指是从符号中爆发而出，但它只是它们的振荡，就如喊叫声携带自身又超越自身，将正在喊叫的人的呼吸声和痛苦传达给每个人。"② 在谈到人的身－心与世界的关系时，他写道："只要世界是我们体验的场，只要我们成为世界的一个视点，我们立即就能领会世界，因为我们明白在那种情况下我们的心理－物理存在的最贴心的振动已经揭示了世界，性质就是一个物体的轮廓，而物体构成了世界的轮廓。"③ 关于声音，在此有必要提到，有类似之看法的让－吕克·南希（Jean-Luc Nancy）给出了与梅洛－庞蒂相吻合的陈述。

> 声音始于声响。声响是一种颤动的状态，是在身体的一致性和对其凝聚的否定之间摆荡的行为。它好比一个无法完成自身的，保持纯粹颤动的辩证运动……灵魂已经在一个无生命的身体的共振式颤动中在场，身体，灵魂的这个机械的储藏室……但声音首先是一个自在的自由颤动的行为……这样的颤动中存在着灵魂，这个构成一种确定存在的理想性的现实性……存在的同一性——理念本身的具体在场——总是从一种颤动开始。④

梅洛－庞蒂在谈到视觉的交叉感觉能力时赋予了视觉或可视者以构型

① Maurice Merleau-Ponty, *The Prose of the World*, John O'Neill trans. , Evanston：Northwestern University Press, 1973, p. 40.

② Ibid. , p. 122.

③ Maurice Merleau-Ponty, *Phenomenology of Perception*, Colin Smith trans. , New York：The Humanities Press, 1962, p. 362.

④ Jean-Luc Nancy, *The Birth To Presence*, Stanford：Stanford University Press, 1993, pp. 241 – 242.

和赋义的功能，而这种能力正是源于振荡。他写道：

> 只要视觉或听觉不是对一种不透明物质的单纯拥有，而是对一种存在样式的体验，那么，只要性质的体验是某种运动或行为方式的体验，我的身体伴随着这种感觉的同时性以及联觉体验的形式问题就会得到解决，那么说我看到声音或我听到颜色就是有意义的。当我说我看到一个声音，我指的是我通过我的整个感觉存在，尤其是通过我身上受到颜色影响的这个区域，对声音的振动产生共鸣。①

对梅洛－庞蒂而言，语言的问题即言说之振荡的问题，是"振荡为语词提供它们的初始意义"。"振荡"不仅使言语得以具体化，还构成了言语的本体论基础。这个基础的核心就是语言的言说者或言说者之身体。"我的身体不仅把意义给予自然物体，也给予文化物体，比如语词。"② 在梅洛－庞蒂看来，承认具身（embodiment or being in a situated state）之本质，便意味着我们的全部习惯和文化都是在我们的可能行为和姿势与这个世界的耳鬓厮磨之中被塑造的。梅洛－庞蒂在《辩证法的冒险》一书中指出，表达不是语言与思想、大脑与思维之间的简单关系，而是对"在事实与意义之间的一个令人惊讶的链结的持续性肯定，是对我的身体与我的自我之间、我的自我与他者之间、我的思想与我的言语之间、暴力与真理之间的链结的持续性肯定，以及对坚定地拒绝通过因果和孤立因素去'解释'这些对立两极的持续性肯定"。③ 间际存在的各种"势力"处在震荡之中，但它们不在我们的语法－逻辑里，我们的语法－逻辑一靠近，它们就隐匿起来。因为，"我所谈的可感世界并不在可感世界之中，然而，除了谈它打算谈的东西外没有其他意义。表达把自己置于预先位置并要求存在来趋向它。过去与现在、物质与精神、沉默与言说、世界与我们的这种交流，彼此在对

---

① Maurice Merleau-Ponty, *Phenomenology of Perception*, Colin Smith trans. New York: The Humanities Press, 1962, p. 209.

② Ibid., p. 211.

③ Maurice Merleau-Ponty, *Adventures of the Dialectic*, Joseph Bien trans., Evanston: Northwestern University Press, 1995, p. 241.

方中变形。"①

　　值得注意的是，梅洛－庞蒂的语言哲学方向与立场非常接近汉斯－格奥尔格·伽达默尔（Hans-Georg Gadamer）的哲学阐释学。哲学阐释学认为语言问题不仅是语言学问题，更是指向文本中被言说的话题。准确地讲，在哲学阐释学那里，语言问题是一个交际行为事件，这是一个在言说的生动之中开始说话的声音事件。在交际行为中，"一次面向他者存在的潜在性总是超越每次所达成的共享协议：在某种程度上，言说不归于‘我’的范围，而是归于‘我们’"。② 伽达默尔同样认为语言的问题属于言说的秩序问题。

　　梅洛－庞蒂很少讨论阐释学或使用阐释学这个术语。若考虑到他是用交流这个术语代表阐释学的话，我们便可以认为他是以一种迂回的方式讨论阐释学的话题。下面我们将勾勒梅洛－庞蒂的语言哲学的相关细节，同时寻找一条贯穿含混哲学与哲学阐释学的线索，以便看清梅洛－庞蒂的语言哲学与伽达默尔的阐释学之间的联系。因此，我们需要找出含混哲学与哲学阐释学之间的共同主线。这条主线在梅洛－庞蒂的阐释学中由三个步骤构成：第一步是前面引入讨论的语言问题，即从纯粹意指域进入翻译或解释，进入言说的语词问题；第二步是对言说中引起振动的语言结构的存在性分析；第三步是指剥夺了言说主体的声音的变形，即本体性的振动问题，我们还将在第三步中分析含混哲学和阐释哲学的关系问题。

一　文本：居于人和世界之间

　　伽达默尔1981年在巴黎与德里达进行了一次对话。本次对话后来被伽达默尔写进《文本与解释》一文。③ 在文章中，他认为语言学家的立场往往是不充分的，因为语言学家从解释语言功能入手把文本视为一项终结产物

---

① 梅洛－庞蒂：《哲学赞词》，杨大春译，商务印书馆，2000，第17页。
② Hans-Georg Gadamer, *Philosophical Hermeneutics*, David E. Linge trans. and ed., Berkeley：University of California Press, 1977, p. 65.
③ Diane P. Michelfelder and Richard E. Palmer, eds., *Dialogue and Deconstruction：The Gadamer-Derrida Encounter*, Albany：State University of New York Press, 1989, pp. 21，27.

（end-product）。阐释学则认为，文本本身并非终结，而是中介物或居间物（betweenness），文本居于人与世界之间。他写道：

> 有鉴于此，人们需要解释这个概念的崛起。语词产生于协调性的关系中和不同语言的言说者之间的中介性功能中；就是说，语词最初与译者有关，然后才被移译到难以理解的文本之解释上。一旦当语言作为居间世界以它预先确定的意义把自己呈现给哲学意识时，翻译就必须在哲学中占据关键的地位。……正是翻译在人和世界之间执行着从未圆满完成的调解，并且在这个程度上我们把某事物理解为某事物这个事实，是具有唯一的实际即时性和给定性。[①]

伽达默尔显然认为解释就是翻译。解释何时开始，翻译就何时开始；对话何时开始，翻译就何时开始；对话何时开始，语词的意义就何时开始；文本的话题何时开始，哲学阐释学的语言问题就何处出现，或者我们对文本语言问题的思考就何时开始。因此，这就意味着语言的功能性服务于交际之理解，其中，文本中已言说的东西将作为理解本身的事件临近言说："谁进行理解，谁就已经进入了一种事件，意义通过事件完成自我主张。"[②]另外，对于阐释学而言，语言只是我们阅读文本的前提或存在性前提：文本中的话题才是读者关心的对象，因此文本不是一个终结产品（end-product），而是一个"居间"或居间协调的产品（resulting from betweenness）。恰恰在文本话题提出的地方，语言问题才出现在哲学阐释学中。话题使居间或间际存在的各种"势力"聚集并处在震荡之中，语词与文本，自我与整体，客体与主体，过去与现在，物质与精神，沉默与言说，认同与差异，总之，世界与我们的这种交流，彼此在对方中变形。就此而言，在语言的交际功能中，文本将作为理解的事件再次变成言说。对此，他写道：

---

① Diane P. Michelfelder and Richard E. Palmer, eds. , *Dialogue and Deconstruction*：*The Gadamer-Derrida Encounter*, Albany：State University of New York Press, 1989, pp. 29, 30.

② Hans-Georg Gadamer, *Truth and Method*, Loel Weinsheimer and Donald G. Marshall trans. , New York：Crossroad Publishing, 1989, p. 484.

由于单独的语词属于句子之整体，所以单独的文本属于作者作品之整体，后者属于文学或文学类型之整体。然而，同时同样的一个文本，作为一个创造性瞬间之表现，则属于作者内在生活之整体。充分理解只有在这种涵摄客体与主体之整体中实现。依循这种理论，迪尔泰谈到"结构"和"居间点的聚集"，从而使人们得以理解整体。他因此将所有文本性阐释的一条永恒原则应用于历史世界：一个文本必须根据其本身的条件来理解。①

伽达默尔这里是说，言说努力临近理解并在理解过程中达成协议。通过这种努力，语词的理想，即语言中指称的具体化，转化为已言说的语词。因此，已言说语词不仅不要与构成语言之符号系统混淆，而且不要与语词本身混淆。我们很容易看到书面语词如何获得一种理想，因为写作不同于言说，它摆脱了起源的即时性和口语的重复性。但是，写作对伽达默尔具有"一种惊人的真实感"，尽管它失去了口头语的直接性，譬如失去了帮助人们理解和实现交流的声调和重音。简言之，书写文本把语词的理想性放回言说语言中即交流事件中。伽达默尔告诉我们：理想"不只是适合于书写的结构而且适合原初的言说和闻听，所以它们的内容既可以与具体言说行为分离也可以再生产"。② 书写理想不仅与每个"现在"具有同时性，而且是对语言事件的抽象，因此，阐释就是让文本进入言说并再次说话。文本是交流事件中的一个阶段，是整体意义的中介物，因此，文本必须期待着未来；因为已言说的一切总是朝向理解以及把他者包含在自身之中，并意味着我们的全部习惯和文化都会在与这个文本的遭遇中被重新塑造。

与伽达默尔一样，梅洛－庞蒂同样希望对语言哲学进行一次阐释学转向。事实上，梅洛－庞蒂对纯粹的意指系统在交流中的失败的认识要比伽达默尔更清楚些。梅洛－庞蒂在《世界的散文》中对已言说的语言（spoken language）和能言说的语言（speaking language）进行了区分，这种

———————————

① Hans-Georg Gadamer, *Truth and Method*, Loel Weinsheimer and Donald G. Marshall trans., New York: Crossroad Publishing, 1989, pp. 291 – 292.

② Ibid., p. 291.

区分对应于伽达默尔关于语词的理想和已言说语词的区分。

> 被言说的语言，是读者和书本一起提供的语言，是既定的符号与可自由处置的含义的各种关系之全体。如果没有这一全体，读者实际上不能开始阅读，它构成了语言以及该语言的全部书面的东西；一旦获得理解并被补充到文化传统中去，它也就成为司汤达的作品。但是能言说的语言（speech），乃是书本向没有偏见之读者打招呼，它是这样一种活动：符号和可以自由处置的含义之间的某种安排由于它而发生了变化，接下来它们双方都产生改变，以至于最后，一种新含义分泌出来。①

梅洛-庞蒂的区分是说明语言内部符号和言说之间的差异。前者指文本语言，后者是由读者带给文本或由文本所诱发并超越文本之上的语言。梅洛-庞蒂认为："阅读既是我们思想的自我投射，又超越之而朝向他人的意图和意义，就像知觉跨越我们只是在事件之后才意识到的一种视域而带领我们走向事物本身。"② 对梅洛-庞蒂而言，交流无异于体验之体验，③ 交流的言语享有超越语言之上的权利。因此，交流不是思想内部意指的简单转换工具，而是成为体验自身，交流双方借助在体验中获得的意指而逾越思想。这就是说，在交流者借助于体验的过程中，某个未被对象化或具体化的意义得以在具体文字的表达中被把握。言说者的体验既在言语之中又在言语之外——交流或表达不是语言与思想、大脑与思维之间的简单关系，而是对事实与意义之间的一个令人惊讶的链结的持续性肯定，是对我的身体与我的自我之间、我的自我与他者之间、我的思想与我的言语之间的链结的持续性肯定，以及对坚定地拒绝通过因果和孤立因素去"解释"这些

---

① Maurice Merleau-Ponty, *The Prose of the World*, John O'Neill trans. , Evanston：Northwestern University Press, 1973, p. 13.

② Ibid. , p. 4.

③ Maurice Merleau-Ponty, *The Visible and the Invisible*, Alphonso Lingis trans. , Evanston：Northwestern University Press, 1968, p. 155.

对立两极的持续性肯定。①

梅洛－庞蒂认为言语诞生于沉默。如果言语从沉默中诞生，它就能在沉默中对言语的预期结果进行筹划，因为在经验和语言之间存在着一种交换；因为经验本身早已隐含超验性和变异性、表达性和结构性、世界性和事件性，以及因为它以某种方式呼唤语言——表达是一种人类的建构："它要的是把事物本身，把事物沉默的本质引向表达。"② 语言同样是经验性的和事件性的，如梅洛－庞蒂所认为的，有一种语言本体存在，语言之魔力在其中持续被重复，因为即使逾越了纯粹意指的运动，依然有话语的沉默之聚集，还因为表达的最大优点是它开启了从语词到存在，从存在到语词之间的持续性通道。诚如梅洛－庞蒂在《可见的和不可见的》中"交错与交织"一文末尾几行里写道：

> 从某种意义上说，就像胡塞尔说的那样，整个哲学都在于恢复意指的力量，恢复意义或原初意义的诞生，恢复通过经验而实现经验的表达，这种表达尤其阐明了语言之特殊领域。而且在某种意义上，就像瓦雷里说的那样，语言就是一切，因为它不是任何个人的声音，因为它是事物的声音本身，是水波的声音，是树林的声音。③

在交流序列之中，文字不再作为符号被固定在纸中，文字在书中不再单独依赖作者，也同样依赖读者。④ 梅洛－庞蒂认为，当人们把交流当成一

---

① Maurice Merleau-Ponty, *Adventures of the Dialectic*, Joseph Bien trans., Evanston：Northwestern University Press, 1995, p. 241.

② Maurice Merleau-Ponty, *The Visible and the Invisible*, Alphonso Lingis trans., Evanston：Northwestern University Press, 1995, p. 4.

③ Ibid., p. 155.

④ "序列"这个概念的好处在于能够不把现实分割成不同状态或界别，而仅仅是表示出一些"意义层"。"物理序列"是由一种依照一条有前有后的、量化的、有着确定地理位置的因果关系的力量系统组成的，它以"片段的完整个体"组成一个"相互关联的整体"，具有相对的稳定性，趋向一种与运动相对的静止状态。而知觉的世界在其中担负了现实的意义问题，它始终与其他相关主体处于一种开放状态，并通过言语得以表述，进而确立一个意志的序列。穿透这些无穷空间的终极目的性，使每个符号因其所属序列的不同而有了不同的意义，而意义却永远不会归功于"世界向躯体"或是"躯体向灵魂"的过渡性因果作用。参见安德烈·罗宾耐《模糊暧昧的哲学——梅洛－庞蒂传》，宋刚译，北京大学出版社，2005，第9－10页。

种工具，从不使它"逾越我们自己的反思力量"，① 就会导致交流从言语的语言动力学进入"一种纯粹语言的幻想"之中。在让语言背对经验的表达这种转向中，人们的任务就是"用纯粹的意指"代替"含混的暗指"。梅洛－庞蒂对此写道：如果"符号在任何时刻都依然是被完整地解释和证明的某种思想的单纯简化，那么，表达之唯一决定性效力，是我们使用真正为之负责的那些意指行为，去代替我们的每一思想对所有别的思想的混乱暗示"。② 若我们接受表达是明确的也是最完整的这一信念时，那么，我们将最终把算术作为语言的成熟形式。但是，若我们拒绝依赖日常语言中的混乱而把算术视为语言的最高形式，这不仅与阐释学格格不入，还会把言语与历史和语言自身中的思想撕裂开来。对此，梅洛－庞蒂的反驳是：

> 说话者将自己的思想编成密码，并用一种发声的或可见的排列——不过是空气中振动的声音或写在纸上的墨迹——取代他的思想。思想是自知和自足的，但它借助一种并不携带思想、只是把它毫无歧义地指示给别的思想的信息来宣告自己。③

显然，梅洛－庞蒂的语言观更具有一种人类学的情怀。他认为人类是在"与事物的原始联系中获取知识"的，他要求我们对存在进行质疑，去倾听寂静、深渊，通过存在去为本体论寻求一个圆满而统一的起点，而文学、艺术则为我们提供了最佳时刻，如诗人不是把自己置身于诗句中，而是"把事物本身，把事物沉默的本质引向表达"。④ 梅洛－庞蒂既因为语言学的科学性而拒绝了它，又因为语言的严肃性而拒绝了它。语言学家们一直试图把得之于物理科学和心理科学的科学严格性引入语言研究之中，他

---

① Maurice Merleau-Ponty, *The Visible and the Invisible*, by Alphonso Lingis trans., Evanston: Northwestern University Press, 1968, p. 7.

② Maurice Merleau-Ponty, *The Prose of the World*, John O'Neill trans., Evanston: Northwestern University Press, 1973, p. 5.

③ Ibid, p. 7.

④ Maurice Merleau-Ponty, *The Visible and the Invisible*, Alphonso Lingis trans., Evanston: Northwestern University Press, 1995, p. 4.

们对"意义"加以严格限制，并尽可能排除语言使用者，即言说主体。相反，梅洛－庞蒂则认为"任何分析都不能把语言变成完全透明的，好像语言是一个物体那样摆在我们面前"。① 故此，海德格尔清醒地表明了自己的态度并明确指出，形而上学之真理以"最深刻的错误为它最切近之邻居，所以科学的任何一种严格性都赶不上形而上学的严肃性。哲学决不能用科学理念的尺度来衡量"。② 梅洛－庞蒂同样认为，"数学的认识绝不比语文学－历史学的认识更严肃。数学的认识只是具有'精确性'特征，但这种'精确性'并不意味着严肃性。向历史学提出精确性要求，就会与精神科学所具有的特殊严格性观念抵牾"。③ 用胡塞尔的话讲，数学尽管可能精确，却不能对现象的本质做出任何揭示性或严肃性的解释。④ 梅洛－庞蒂之所以拒绝一种算术的语言，是他对语言之运作的某种理智主义的拒绝，是对语言科学家们把语言变成算法符号而使之零度化企图的一种拒斥。

> 算法，这一追求普遍语言的计划，乃是对于现实语言的一种反叛。人们不想依赖于现实日常语言的混乱，人们打算依据真理的尺度重新构造它，按照上帝的想法重新定义它，返回言语的历史之初，或者毋宁说使言语摆脱历史。⑤

可见，梅洛－庞蒂不是从一般意义上拒绝所谓科学的语言学，而是基于一种人类学情怀而做出的一种深刻反思。对此我们可以从费尔迪南·德·索绪尔对他的影响中看出。他在《知觉现象学》之后开始注意索绪尔的语言思想，并尝试利用后者为他本人提出的"言语主体生活于他的语言中"寻找一种合理的方法，去反对"语言学家们像对待面前的一个自然物

① Maurice Merleau-Ponty, *Phenomenology of Perception*, Colin Smith trans. , New York：The Humanities Press, 1962, p. 391.
② 海德格尔：《路标》，孙周兴译，商务印书馆，2000，第 140－141 页。
③ Maurice Merleau-Ponty, *The Prose of the World*, John O'Neill trans. , Evanston：Northwestern University Press, 1973, p. 120.
④ 胡塞尔：《欧洲科学的危机和超验现象学》，张庆熊译，上海译文出版社，1988，第 126 页。
⑤ Maurice Merleau-Ponty, *The Prose of the World*, John O'Neill trans. , Evanston：Northwestern University Press, 1973, p. 5.

那样去传播语言"的观点。① 后者把语言作为一个物体对象，就如逻辑把语言作为一种人为符号。科学语言学观把语言视为人在其中缺席的一个宇宙，而忘记了人与语言相互伴随，以及语言通过魔术、神话、诗歌和艺术向人所揭示的自然之敞开和时间之效果。他写道：

> （语言）总是与它表达的事物和观念相似，它是存在的一体两面。我们不能设想没有进入言语而存在于世界里的事物或观念。不管是神秘的还是可知的，总有那么一个地方，现在存在的或将要存在的一切都要在语言中准备着让自己被说出。②

梅洛－庞蒂同时从索绪尔的语言思想那里获得了支持：思想与事物之间没有一一对应的、直接的联系。按照索绪尔的观点，语言在能指和所指之间、在语词和概念之间体现出一种任意的关系和表现为一种差异化的游戏。③ 但是，梅洛－庞蒂对索绪尔语言思想的利用是为了解释自己的观念，他依然是从言语行为的现象学角度去思考语言的问题。《世界的散文》的英文译者约翰·奥尼尔（John O'Neill）认为："在梅洛－庞蒂那里，我们的思想和目的体现于身体的姿势之中，这些姿势在表达的行为中自我构成，并面向习惯性和自发性，因此我们构成我们的世界。"④ 在梅洛－庞蒂与索绪尔的结构语言学关系上，梅洛－庞蒂更加关心的是语言的"起源"或语言的意义起源问题："梅洛－庞蒂与索绪尔的结构语言学的关系典型地体现了他对待'起源'的方式。"⑤ 这种方式揭示了人的自我理解与人的世界之间存在着基本关系，人在理解中发现了自己在世界中的"此在"并在语言中

① Maurice Merleau-Ponty, "The Metaphysical in Man", in *Sense and Non-sense*, Hubert and Patricia Dreyfus trans., Evanston: Northwestern University Press, 1964, p. 87.

② Maurice Merleau-Ponty, *The Prose of the World*, John O'Neill trans., Evanston: Northwestern University Press, 1973, pp. 5 – 6.

③ Maurice Merleau-Ponty, *Themes from the Lectures*, John O'Neill trans., Evanston: Northwestern University Press, 1970, pp. 19 – 20.

④ Maurice Merleau-Ponty, *The Prose of the World*, John O'Neill trans., Evanston: Northwestern University Press, 1973, p. xxxiv.

⑤ Ibid., p. xxxv.

绽放出来。

我们知道，按照索绪尔的观点，语言和言语之间的关系，是单词以一种对立音位的游戏方式所构成的符号系统和言说的真实体验之间的关系。然而，值得我们思考的是，索绪尔之所以在语言和言语之间做出划分，是为了给语言学研究指明一条正确的方向，即人们应把语言作为一个符号系统，而这个符号系统应该是共时性的，因此也应该是一门共时语言学。索绪尔并没有考虑言说的经验或言说的存在方面，更没有对语言研究采取一种言说者与存在彼此建构的分析态度。梅洛－庞蒂曾这样评价结构主义语言学："索绪尔开启了一种言语的语言学，他认为言语每一时刻都必须在其内部表现为一种秩序、一种系统和一种整体性，没有它们，交流和语言共同体将是不可能的。"① 尽管如此，梅洛－庞蒂并没有在索绪尔那里看出矛盾，乃至说出共时语言学的研究对象最终是对发生在交流中的言说行为的结构性描述。显而易见，他是用自己的方式对索绪尔的结构主义语言学做出了有利于自己学说的理解。因此梅洛－庞蒂写道：

> 从现象学的观点看，即在把语言当作与一个现时的团体进行交流的手段来使用的会说话的主体看来，语言重新发现了它的统一性：语言不再是独立的语言事实的混沌的过去之结果，而是其所有成分都致力于转向现在和将来、因而受到当前的逻辑支配的一种努力的系统。②

换言之，无论是梅洛－庞蒂，还是伽达默尔，语言的问题都是关于语言作为言说的真实性和被使用的问题。语言在使用中既不是一个自然对象，也不是一个单纯由意识构成的问题。在梅洛－庞蒂那里，语言学就是哲学，他本人称哲学是一种由哲学的直觉走向哲学的表达的运动。那么，哲学之谜，就是表达之谜，就是"理解自然与意识的关系"之谜。他把表达发生前的那个瞬间称为"始源"，它以裂开、突破、脱位或开放的方

---

① Maurice Merleau-Ponty, *The Prose of the World*, John O'Neill trans. , Evanston: Northwestern University Press, p. 23.

② 莫里斯·梅洛－庞蒂：《符号》，姜志辉译，商务印书馆，2003，第105页。

式发生。为了更好地说明这一点，我在此要引用诺思罗普·弗莱关于语词与整体的话：

> 不管什么时候我们阅读什么东西，我们发现我们的注意力同时向两个方向移动。一个方向是外部的或离心的，顺着这个方向，我们走向阅读之外，从单个的词走向它们所指的东西，或者在实践上，走向我们按照约定俗成的程式把它们联系起来的记忆。另一方面则是内部的或向心的，顺着这个方向，我们努力从词语中引申出一种由它们造成的较大的语辞布局的意思。在两种情况下，我们接触的都是象征，但是当我们赋予一个单词以一种外部意义的时候，那么在语辞象征之上还得加上它所表征的或它所象征的东西。①

诺思罗普·弗莱的这段话让我们想起保罗·利科（Paul Ricoeur）在《活的隐喻》中所讲的话："意象从不是自由的，而是受到束缚的。"② 诗人笔下常常用玫瑰花来释放爱情和限制爱情，或者爱情的玫瑰花不是玫瑰花，而是玫瑰花的"味道"。可是我们知道，表达这种"味道"的意象却必须受制于玫瑰花。同样，在唐代诗人崔护的"人面桃花相映红"这句诗之中，表达佳人面容之姣好的意象既束缚于"桃花"的意象，又逸出"桃花"之外。在某种程度上讲，表达的一半是思想，是形而上学，甚至可称为"虚无"，另一半是经验中的"看见"；或者表达的一半属于思想，另一半属于体验。表达是思想和体验的相互混合，表达亦是思想和图像的相互混合，难道不是吗？同样，诗歌是具体的，那么，诗歌的作者就一定不是自由的，因为他必须从具体事相中使意义与意象变成整体融贯的直观关系。要实现整体直观的关系，就要对具体事相实行先立而后废的策略或先肯定后否定的策略：言在此而意在彼，或言在此而意在此亦不在此，即所谓"醉翁之意不在酒""项庄舞剑，其意常在沛公也"。

---

① 诺思罗普·弗莱：《批评的剖析》，陈慧、袁宪军、吴伟仁译，百花文艺出版社，2002，第73页。

② 保罗·利科：《活的隐喻》，汪堂家译，上海译文出版社，2004，第294页。

二 我们：早已处于语言之中

现在我们将看一看伽达默尔是如何认识语言现象和他是如何把理解作为一个事件来看待的。他认为，意义总是通过（理解）这个事件表现出来。对伽达默尔而言，语言是对话的活生生的语言媒介。他在《真理与方法》中把柏拉图对话称为哲学交流的样板。他认为对话的成功取决于对话参与者持续推进的意愿。对话始于双方自由地提出问题，诉诸语言，让对话持续推进，最终让意义在理解这个"事件"中涌现出来。在《人与语言》这篇文章中，他指出语言向我们迎面而来，"我们总是早已处于语言之中，正如我们早已居于世界之中"。① 世界构成我们理解语言的存在论基础，也因此构成伽达默尔著名的理解者的历史视域和阐释者的本体论局限。进入一种语言即进入一个世界，因此，语言是人有限性的标志。伽达默尔从该见解出发向我们指出语言的三大基本特征。语言的第一个基本特征是语言具有本质上的自我遗忘性（self-forgetfulness）。在真实对话的言说形式中，我们往往忽略被语言学主题化了的那些语言特征，即语言的结构、语法和句法等，它们往往借助某种抽象才进入我们的意识。他认为，真实存在的语言是对"构成我们栖居其中的共同世界"的道说。"语言越是生动，我们越不能意识到语言。"语言的第二个基本特征是语言的"自我－弱化性"（I-Lessness）或语言的无我性。伽达默尔认为，我说话时我总是对某人而说，即语言所言说的东西总是被置于我与之言说的那个人的面前。我的言语携带我并超越我本人进入一场我与言说者一起构成的运动中。任何话语不单独属于"我"，而是属于"我们"。"语言的具身现实性就是把我和你统一起来的精神。"② 对伽达默尔而言，每一次对话都是一次离散，都是一次对中心的偏离，每一次真正的对话都撕裂了每个言说主体中那个不断聚集、又不断分解的中心。语言的第三个基本特征被伽达默尔称为语言的具有包罗万象的普遍性。根据伽达默尔的解释，"语言不属于任何可言说对象的一个

① 加达默尔：《哲学阐释学》，夏镇平、宋建平译，上海译文出版社，2004，第 64 页。
② 加达默尔：《哲学阐释学》，夏镇平、宋建平译，上海译文出版社，2004，第 66 页。

专属领域，以至于凡所有不可言说的都可与之轩轾分离"，"语言是包容一切的。没有任何东西可以完全从被言说的领域中排除出去。"① 关于语言的第三个特征，伽达默尔解释道：

> 所有讲出来的话的真实含义决不仅仅包含在讲出的话中，而是或多或少地与未讲的话有关。每一个陈述都是有目的的，这就是说，我们可以敏感地对所说的每一句话发问："为什么你说这些？"只有在所说出的话中同时也理解到未说出的话，这个陈述才是可理解的。……没有任何东西可以从被说出的话中完全排除，除非我们的意义行为有意为之。我们说话的能力总是不知疲倦地与理性的普遍性保持同步。因此，每一场对话同样拥有一种内在的无限性，没有终止。②

那么，对哲学阐释学而言，意义的确定性，意义的不朽之品质，以及对于"对话"的肯定性理解，总是会在对话中面对那些未被言说的东西（what is unsaid）而消失。伽达默尔以翻译为例。他认为我们从翻译和阅读从外文翻译过来的译文的体验中可以获得说明：尽管译者注定要面对他所要翻译的东西，可是他却绝不可以简单地复制已言说的内容，而是把自己置放在已被言说的方向上，"以便把即将被言说的东西朝着自己言说的方向上引导"。③ 对伽达默尔来说，我们的阐释努力，总是具身于语言的王国之中，这是一个我们获得共识的领域。他写道：

> 译者必须把将被理解的意义翻译到另一个言说者在其中生活的语境中。当然，这并不意味着他可以随意地对另一个言说者说的话加以歪曲。相反，意义必须被保留下来，但因为它必须在一个新的语言世界中被理解，它必须以一种新的方式在这个新的语言世界中确立其有

---

① 加达默尔：《哲学阐释学》，夏镇平、宋建平译，上海译文出版社，2004，第 68 页。
② Hans-Georg Gadamer, *Philosophical Hermeneutics*, David Linge trans., Berkeley: University of California Press, 1976, p. 67.
③ Ibid.

效性。因此，每一个翻译都同时是一种解释。我们甚至可以说，翻译是译者对赋予他的语词所作出的解释的顶点。[①]

依据这些特征，伽达默尔认为凡以语言的名义所发生的一切，总是超越其所达到的单一命题本身以外。可是，这并不意味着语言就只是交流的一个手段，因为如果情况是这样的话，语言就将是言说主体优先性的副产物，并且它将对构成对话场景的主体性产生离散作用。语言之发生，在于语言存在于活生生的操作之中，存在于语言的行为姿势之中。语言行为之发生，是由于语言有自己的结构空间：语言除了自己的语法形式还有自己的存在或本体论空间。与原文相比，译文总是显得平淡无味，就是因为译文缺乏原文栖居其中的空间性。意义总是一种意向，而"包含在所说的话中的精确含义，仅仅在原文中才进入语言，而在所有替代性的说法中都会走样变形。因此，翻译者的任务绝不仅仅是把原文所说的照搬过来，而是把自身置入原文意向的运动中，这样才能把原文中所说的意思保存在翻译者的意向运动中"。[②] 因此，意义发生在语言事件之中，或发生在对话得以发生的空间中，或谓之语言的行为姿势之中，而不是在什么别的地方。同样，译者在翻译时必须去占有自己所属的行为空间或翻译行为的发生空间，"只有在这个空间里，对话，也就是属于所有日常理解力的内部的无限性，才是可能的。"[③] 这个空间成为翻译之可能性的延伸以及成为译语的语言事件性。对伽达默尔来说，恰恰正是在这种语言事件的延伸之中，我们才开始明白，为什么没有某种单一意义的重复生产。伽达默尔在其著作中多次用到"虚拟性"（virtuality）这个词，并近乎肯定性地认为，在我们的言说中存在一种"言语的虚拟性"，即由于语言在自身内部拥有可能性的存在而向我们敞开无数崭新的可能性。伽达默尔写道：

　　每一个语词都会导致语言之整体的共鸣和语言背后的世界观的出

---

① 伽达默尔：《真理与方法》，洪汉鼎译，上海译文出版社，1993，第491页。
② 加达默尔：《哲学阐释学》，夏镇平、宋建平译，上海译文出版社，2004，第69页。
③ 加达默尔：《哲学阐释学》，夏镇平、宋建平译，上海译文出版社，2004，第70页。

现。因此，每一个语词，作为一个瞬间的事件，都通过回应和召唤，与它相关联的未被言说的（沉默）共舞。人类言语的偶然性与语言表达力不是一种前因后果的不完美；相反，正是言语的活生生的虚拟性的逻辑表达将一种意义的整体性带入游戏中，而不是对整体进行表达。所有人类言说都是有限的，其中隐藏了需要解释和揭示的无限意义。①

伽达默尔认为，表达不是对整体的表达，但是理解却一定是整体的理解。他引用洪堡的话说道："语言确实是此在的，又与一种无限的、真正无穷无尽的领域有关，是一切凡可思维事物之缩影。因此，语言必须对有限的手段进行无限的使用，并且通过产生思想和语言的力量结合起来才可能做到这一点的。"② 语言的力量来自语言可以绽放出存在的可能性。这是因为人是存在的可能性，所以他存在的所有结构都具有开放性和可能性的特征。"世界并非现成的可数或不可数的、熟悉的或不熟悉的物的单纯聚合。……而我们人始终隶属于它。……由于一个世界敞开出来，所有的物都获得了自己的快慢、远近、大小。"③ 伽达默尔明确地认为，凡是涉及文本的理解就一定会转入诠释领域。他以翻译为例。

在对某一文本进行翻译的时候，不管译者如何进入原作者的思想或是设身处地把自己想象为原作者，他都不可能纯粹地重新唤醒作者大脑中的原始心理过程，而是对文本的再创造，而这种再创造乃受到译者理解文本内容的方式所指导。没有人会怀疑这里我们处理文本的方式就是解释，不是简单的重现。……正如所有的解释一样，翻译是一种突出重点的活动。谁要翻译，谁就必须进行这种重点突出的活动。译者不可能对他本人还不清楚的东西予以保留。他必须明确表示自己的观点。……译者必须自我放弃。他必须明确地表明他是如何理解的。

① Hans-Georg Gadamer, *Truth and Method*, Loel Weinsheimer and Donald G. Marshall trans. , New York: Crossroad Publishing, 1989, p. 458.
② Ibid. , p. 438.
③ 海德格尔：《林中路》，孙周兴译，上海译文出版社，2004，第30-31页。

因为他总是不能真实地把文本中的所有意义都表达出来，所以他必须习惯放弃。所有认真进行的翻译都不会比原文更为清楚和更为明白。即使翻译是出自大师之手，它也总会缺少某些振荡于原文中的韵味。①

文本在解释中呈现世界，语言在言说中进入运动，言说让世界振荡起来。语言之中的这种未说之言（这种沉默），一旦随着文字被说出来，就会随着文字一起运动并振动起来。文字因此获得了一种创造性的增量和繁殖。伽达默尔坚持认为，在对话的语言中存在一种预测性的结构。既然具有预测性，语言的功能就不在表现语言中被言说主题的表达力上，而是在可理解性得以首次形成的方式上发挥作用。对伽达默尔而言，进入语言之中并不意味着获得了另一种存在，而是事物以属于自己存在的方式来呈现其本身。比如在弗吉尼亚·伍尔芙（Virginia Woolf）的《到灯塔去》这部作品中，我们可以看到一系列客观事实："去灯塔旅行""夫人手中编织的袜子""莉丽·布里斯库的油画""拉姆齐夫人的晚餐""拉姆齐夫人眼中的孩子们"与"她丈夫眼中的孩子们""灯塔的闪光"，等等。但最重要的不在于它们是否客观的描述，而在于它们被用来揭示伍尔芙眼中的人和物是世界上的存在。正是它们在这个世界中的存在定义了人类和人类的意义，人类的命运出自这个世界并在这个世界之中，而作品在自身中突现和开启一个世界，并且在运作中永远守持这个世界。同样，如果对事物的认识根植于对事物的原始理解和它们与"存在－于－世界－中"的结合，那么促使理解之发生的一部分来自对历史（存在历史）和世界的参与，来自理解者看待和判断事物的倾向性和共同方式中。因为存在于世界上的人与别人生活在一起，他倾向于根据自己的想法去理解世界和世界中的他人。因此，一切语言的东西都有一个推测性的统一体：它蕴含了一种区别，即语言的存在与语言的自我表现之间的区别，但是这又完全不是一种真正意义上的区别。所有传统的材料都显示了这一既同一又差异的悖论。这些差异总是存在于同一之中，否则同一将不会是同一。

---

① Hans-Georg Gadamer, *Truth and Method*, Loel Weinsheimer and Donald G. Marshall trans., New York：Crossroad Publishing, 1989, p. 387.

因此，对伽达默尔来说，作为语言中实现意义的具体化的言语事件只能是预测性的："说某人的意思是什么……意味着要把已说的与未被说的无限性聚集在那种意义的统一体之中，并且确保它以这种方式被理解。"① 语言中实现了的具体化总是蕴含了个体的、历史的、神话的"存在性投射"（existential projection）。表达如此，翻译更是如此。翻译从一种语言向另一种语言的转换过程，不仅是原创者的"存在投射"，而且是译者（个体）的和译者空间（民族的和历史的）的"存在投射"。诺思罗普·弗莱在分析文学模式与作家之关系时指出，文学的每一种模式在其发展中都有自己存在的投影，如神话把自己投射为神学，作家把自己投射为天使、仙女、魔鬼和具有魔力的动物，春天、夏天、秋天和冬天投射为喜剧、浪漫故事、悲剧与反讽和讽刺。②

鉴于以上所言，我们似乎已经将言说主体转移为发生在言说事件中的一种解释关系。对伽达默尔说来，言说事件就是自我呈现，即在具体表达与存在之整体关系中产生一种存在的增量。伽达默尔认为，语言就是语词的虚拟性为我们敞开了话语的无限性以及"表达自我"和"任由自我表达"之自由的无限性。语言不是精雕细琢的墨守成规，语言亦不是用其前-图示化的负荷塞满我们的那些东西，语言是持续使整体涌现和生成的力量。伽达默尔认为："人类言语具有偶然性，但这种偶然性不是语言表达力的随意的缺陷；相反，它是那种把意义之整体性带入游戏的言语之活生生的、虚拟性的逻辑表达。一切人类言说都是有限的，蛰伏于语言中的是渴求解释和表达的意义之无限性。"③ 也就是说，阐释现象学只有借助于存在的有限性，才能得到彰显。

回顾前面，我们已经初步了解梅洛-庞蒂关于言语的创造性见解：言语不同于已被言说的语言，符号与意指在言语的运作中双方都会发生改变，从而从中"分泌出新的意指"，"分泌出一种不知来自何处的'意义'，并把

---

① 伽达默尔：《真理与方法》，洪汉鼎译，上海译文出版社，1993，第491页。
② 诺思罗普·弗莱：《批评的剖析》，陈慧、袁宪军、吴伟仁译，百花文艺出版社，2002，第201页。
③ Hans-Georg Gadamer, *Truth and Method*, Loel Weinsheimer and Donald G. Marshall trans., New York：Crossroad Publishing, 1989, p. 454.

该意义投射到它周围的物质环境和传递给其他具体化的主体。"① 可是，与伽达默尔相比，这些观念如何具有相同性，仍需拭目以待。符号与意指在使用中"出现新的意指"，这意味着，无论是伽达默尔，还是梅洛－庞蒂，他们两人都主张在言说的振动中会迎来再次言说的临近。由此让我们想到梅洛－庞蒂《世界的散文》中有关在阅读中放弃主权的言论。梅洛－庞蒂在谈到司汤达时写道：

> 我创造了司汤达，我在阅读他时变成了司汤达，但这是因为他首先知道如何把我安置在他那里。读者的主权不过是想象的，因为他从这本称为书的可怕机器中，从这一创造各种含义的装置中获得了力量……凡是读者和书之间的关系发生逆转之处，凡是书支配读者之处，可表达的瞬间就发生了。②

在这里，关于语言之效果，梅洛－庞蒂与伽达默尔的观点惊人地相同：语言表达始于语言隐匿之时。"正是语言使我们趋向它所意指的东西。语言在运作中向我们隐匿自身。语言的得意之处在于它能够自我抹除，并把我们带到语词之外进入作者思想中，我们因此幻想我们与作者之间彼此渗透，心领神会。"③ 这也是说，一旦"司汤达的语言在读者的心灵中恢复生命"，一种表达的瞬间就发生了，也同时改变了读者对该语言的理解。这一点尤其体现在阅读诗歌和小说以及阅读绘画的读者身上。作为读者的我面对眼前书页中的语言时，恍若有一种对"道"之朦胧涌现的感觉："道之为物，惟恍惟惚。恍兮惚兮，其中有象。"④ 此刻，语言与读者都实现了自我的各自敞开，我理解了自己，而语言通过我实现了它的具体化。即"只要语言真实地发挥作用，对听和说它的人来说，它就不会是一种去发现在它自身

---

① 梅洛－庞蒂：《知觉现象学》，姜志辉译，商务印书馆，2002，第255、408页。

② Maurice Merleau-Ponty, *The Prose of the World*, John O'Neill trans., Evanston：Northwestern University Press, 1973, pp. 12–13.

③ Ibid., p. 10.

④ 老子：《道德经·第二十一章》，载郭齐勇主编《中国古典名著选读》，人民出版社，2005，第89页。

那里已经存在着的含义的简单邀请"。①

人们常说，"一语惊醒梦中人。"其实梦中人早在语言中，是语言敞开沉默的存在。梅洛－庞蒂认为，我们在语言面前"具有按他人的形象重塑我们且让我们向别的意义开放的能力。这种能力，在作为有意识的我面前，他人是不能拥有的"。② 或者说，他人之所以能够在我面前自吹自擂，滔滔不绝，是因为我也是语言之"在"，我能够让自己被对话活动引向新的认识状态。那么，这个新的认识状态对读者是如何发生的呢？

与伽达默尔一样，梅洛－庞蒂把语言作为理解的一个事件，每一次言说都包含对话的双方，对话是双方共同努力的结果。对梅洛－庞蒂而言，在理解中出现新的意义这个问题，并不简单地是一个对话游戏的问题。与伽达默尔认为语言拥有一种预测性结构相吻合，他认为意义的问题发生在言说的振动之中，譬如语言的神秘之处"恰恰在语言痴迷于自身，通过自身的一种剩余，向我们开启一种新的含义"。③ 语言的"剩余"（sediment）是一种附加，是一种"气息"，是一种力场，犹如乾卦之爻辞"潜龙勿用"——隐而待用，乘机而为。它因言说的振动而弥散开来，语言表达力就蕴含于这种振动之中。言说的振动是边缘/边界/居间和空间的振动。最为纯粹的意义之真理是以边缘性的视点为前提的，而不是完全处于清晰的视觉的中心，它们的意义要归功于语言在它们周围的视域结构之中，而意义是这个结构中的凸显和爆裂。在梅洛－庞蒂看来，我拥有语言世界就像我拥有我的周围环境，我的身体拥有词语就像词语拥有我的肢体。

梅洛－庞蒂借用"身体"这个在他眼里作为境遇中的存在活物体阐释道：这就如"肉身是'看在可见者之中'和'可见者是在看之中'的裂缝那样。而且，正如我的身体只是因为它是在可见者中开启的一部分才能看一样，开启于声音的排列之上的意义则反映着声音的排列"。④ 场域中诸要

---

① Maurice Merleau-Ponty, *The Prose of the World*, John O'Neill trans. , Evanston：Northwestern University Press, 1973, p. 13.

② Ibid. , pp. 12, 13.

③ Ibid. , p. 115.

④ Maurice Merleau-Ponty, *The Visible and the Invisible*, A. Lingis Prose du Monde trans. , Paris：Gallimard, 1969, p. 167. （另见《可见的与不可见的》，罗国祥译，商务印书馆，2008，第190页）

素之间、各交叉场域之间、空时域之间、身体与多物体之间，我们触角器官和彼此相互作用之间的张力，尤其是右眼和左眼在双眼视觉中的张力，都以某种方式彼此拉动，从而允许知觉存在不断地诞生和肉身化。肉身化犹如蜘蛛网中的蜘蛛，其中"一切与存在的关系同时占有和被占有，把握和被把握，倾听和被倾听，它是记载同时又被记载在那个它所拥有的同一个存在之中"。① 身体是世界中的"裂口"也是我们进入世界的"入口"。它可以让世界之整体瞬间出现凹陷、深渊和出现构架，出现阴影和光亮，而身体既参与凹陷和构架的赋形，又处在它们各自存在的边缘，即置于世界多种入口相交汇的连接处。更通俗地讲，身体与世界的关系就如白色墙壁上突然飞来一只苍蝇停在上面，于是瞬间改变了整体墙壁的构图。身体（毫无选择地注定在某个时刻）置于何处，何处就成为"意义之虚体"与"浸润意指之身体"之间的对话与表达。② 就理解之发生而言，凡一个个体或主体乃是身体之中之个体或主体，身体之有限与身体之背景之有限或有限背景之无限之关系，或身体与身体滑落之处必将引起这个包含这个身体的世界发生震动，犹如石头投入湖泊之中推动水波涟漪漫延乃至无穷。

言说之振动，是有声与无声之间的振荡，是有声的沉默与沉默的声音之间的振荡，"无声"的振动是整体中的振动。我们往往在把握言说的意义时，总有"此中有真意，欲辨已忘言"的感觉，因为意义总是整体的意义，整体包含在意义之中。因为这振动，"有声"与"无声"之间开启一道裂缝，它构成了言说的创造性维度，也因此使言说具有独特的阐释性能力，让人们从包裹于过剩、已说、未说的语言中吸取它的新意义，真所谓"窈兮冥兮，其中有精，其精甚真，其中有信"。③ 梅洛－庞蒂用于表达"过剩"的另一个词是"沉默"。他认为"沉默"是一种即将到来的表达，"正因为这些表达已经是既有的，空白和沉默的要素在它们那里就被磨灭了。但正

① Maurice Merleau-Ponty, *The Visible and the Invisible*, A. Lingis Prose du Monde trans. , Paris：Gallimard, 1969, p. 266.

② Rajiv Kaushik, *Art and Institution Aesthetics in the Late Works of Merleau-Ponty*, New York：Continuum International Publishing Group, 2011, p. 39.

③ 老子：《道德经·第二十一章》，载郭齐勇主编《中国古典名著选读》，人民出版社，2005，第 89 页。

在形成中的表达的意义原则上不会是这样的：这是由语词本身的交流而来的一种侧面的、倾斜的意义"。①

那么，我们将如何理解沉默的性质？言说之所以发生是以非言说的内容为背景的，换言之，是以沉默为背景的。但语言注定要表达，又可悖论式地称之为"沉默的声音"，梅洛－庞蒂称之为"能言说的语言"，这是与被言说的语言相对应的一种语言。能言说的语言是整体的言说，而被言说的语言是整体中的言说。前者是在表达过程中自我形成和自我生成意义的语言，或者因言说之振动而产生运动，言说则在这种运动中发生。后者是完成表达的语言，是习得或现成的语言，也是在意义面前自我消失的语言。

能言说的言语不说话，在这个意义上讲，它是沉默，是一种有声的沉默（voice of silence），而不是一种虚无的沉默（silence of nothingness）。它是一种悖论式的发声的沉默，是前人类或前语言或前逻辑的沉默，它从无声走向有声，而被言说的言语则从有声走向无声。可是，在这里，沉默的意思与梅洛－庞蒂在《间接的语言与沉默的声音》中的主张是不一致的，因为梅洛－庞蒂认为，如果我们把一个原文——我们的语言也许是它的译本或编码本——的概念逐出我们的灵魂，那么，"我们将看到完整表达的概念是无意义的，任何语言都是间接的或暗示的，如果你愿意，也可以说任何语言都是沉默，因此意义与言语的关系不再可能是我们始终看到的这种逐点对应"。② 梅洛－庞蒂似乎认为"完整表达"是以间接、暗示的或沉默的方式实现的。他以儿童学习语言为例，儿童掌握语言的标志是"他学会把符号与符号的边音联系理解为符号与意义的最后关系——在边音联系在有关语言中获得的特殊形式下"。③ 若我们就此理解他的沉默概念，他似乎把词与词之间的关联理解为沉默，或者理解为词与词之间以及围绕它们的周围所形成的整体"漩涡"。他认为儿童一开始就是在整体中讲话，因为儿童是把一个音位或一个词语当成句子来用的。在儿童那里，尽管是说出一

① Rajiv Kaushik, *Art and Institution Aesthetics in the Late Works of Merleau-Ponty*, New York: Continuum International Publishing Group, 2011, p. 45.
② 莫里斯·梅洛－庞蒂：《符号》，姜志辉译，商务印书馆，2003，第47页。
③ 莫里斯·梅洛－庞蒂：《符号》，姜志辉译，商务印书馆，2003，第51页。

个词或一个音位，他已经把握住了听到的话语是从整体中涌现出来的。"只有作为整体的语言才能解释语言如何吸引儿童，儿童最终能进入人们认为只能从里面进入的这个领域。这是因为符号一开始就是可区分的，符号自我组成和构成，符号有一个内部世界，最终需要有一种意义。"①

沉默似乎直接属于活生生的言语，因为是言语把我们带往我们的思想之外的外部世界。运行中的活生生的言语不仅提出要求而且向我们呈现"言语组织交织于其中的这些沉默的线索"。② 这些线索永远把我们引向前方和未来，因此表达不会完成，没有绝对透明的意义，意义持续在发生，持续在涌现，它永远不会结束，而有些意义却只能在未来或他者那里获得拯救。既然在对话中一个语词的意义不会"像黄油涂抹在面包上"那样依附于一个语词，因此这一条沉默的线索就意味着开放的缺口，意味着从中产生超越我们自己的那些可能性。梅洛－庞蒂认为，正是那些没有被说出的东西构成了表达的可能性，它们为被说出的东西提供了一种假设性语词结构，或曰一种假设性的创造性实体，而意义从这些结构性关系中逸放而出。因此，我们可以说一切命题的意图意义就是引导人们去聆听那未被言说的沉默。一切言说或对话都是对沉默的言说，是对沉默的有声言说。所有具有意义的语词结构都是对那个被称为思维的难以琢磨的心理和生理过程的语言模仿。这是一个跌跌撞撞、含混朦胧的过程，经过同感情的纠结、突然的非理性的确信、不由自主的洞察的闪光、理性化的偏见、慌乱和惰性的阻塞，最后抵达一种全然不可名状的直觉。

不过，我们还有另一种理解沉默的方式。既然只有在被使用时或在运动中振动时，语言才拥有自己的意义，那么，沉默就属于我们在伽达默尔那里发现的"可能性"。伽达默尔指出："人们可以探讨人曾经历过的这个世界结构，这个结构不过是这个世界之'可能性'的经验而已，我们就是从这个意义去讨论一种世界的本体论的"，"所有理解的终极基础必须总是一种意气相投的占卜行为，而理解的可能性依赖于个体之间的一种先已存

---

① 莫里斯·梅洛－庞蒂：《符号》，姜志辉译，商务印书馆，2003，第50页。
② 莫里斯·梅洛－庞蒂：《符号》，姜志辉译，商务印书馆，2003，第55页。

在的约定。"① 在他看来，语言中所给定的主要不是同这种或那种对象的关系，甚至也不是同某个对象领域的关系，而是同整个存在的关系。从伽达默尔对"可能性"一词的使用中可见，他不是用该词来指一种有待实现的潜能，而是指一种不断开放的潜力，并且从这一点上我们看到梅洛－庞蒂和伽达默尔的一种基本差异。而这种差异之共同基础可概括为一体两面：语言总是与未被言说的、因此也与可能性联系在一起。

如先前指出的，梅洛－庞蒂接受了索绪尔的结构主义语言观以及符号的差异化运动的见解。他这样写道：

> 我们在索绪尔的著作中学到，单个符号不表示任何东西，每一个符号表达的意义少于该符号在它本身和其他符号之间指出的一种意义的差别。……语言只能通过符号的相互作用才能被理解。如果单独考察符号，那么，每一个符号都是模棱两可的或无新意的，只有符号的结合才能产生意义。②

依循这一方向，梅洛－庞蒂进一步对意义如何在相邻语词的间隙之中涌现的方式进行了讨论。意义是一种运动。意义是语词与语词之间的关系。意义涌现于关系之中（meaning emerges out of a relational existence），意义是一种居间性，犹如洞穴，洞穴遇风而鸣，亦如庄子所言风之遇"窍"，"似鼻、似口、似耳、似枅、似圈、似臼、似洼者，似污者；激者、謞者、叱者、吸者、叫者、譹者、宎者、咬者。"③ 梅洛－庞蒂自己也把它视为奇迹："语言在言语的运动中超越，这使语言在学习语言的人看来是一种自我超越、自我教授和自我解释的循环，这可能是定义语言的奇迹。"④

另外，对伽达默尔来说，差异总是发生在一种有限的有待阐释之语境中，而且这种有限与人的归属感有关。伽达默尔认为，"归属感"是对历史

---

① Hans-Georg Gadamer, *Truth and Method*, Loel Weinsheimer and Donald G. Marshall trans. , New York: Crossroad Publishing, 1989, pp. 239, 188.

② 莫里斯·梅洛－庞蒂：《符号》，姜志辉译，商务印书馆，2003，第46、50页。

③ 庄子：《齐物论》，载郭齐勇主编《中国古典名著选读》，人民出版社，2005，第173页。

④ 莫里斯·梅洛－庞蒂：《符号》，姜志辉译，商务印书馆，2003，第46页。

价值之原始意义的一种限制，不是因为主题的选择和探究服从科学范围以外的主观动机，而是因为一种对传统的归属就是始源地和本质地归属于此在的历史有限性，正如此在把自己投入未来筹划的可能性之中。理解的有限性不仅支配着我们人类，而且同样支配着我们的历史意识。在他看来，"对文本的理解和翻译并不仅仅是科学的事，而且明显是属于人的世界性经验。"① 因此，经验是对人类有限性的经验。真正有经验的人懂得把这点放在心上，他知道他自己既不是时间的主人也不是未来的主人。有经验的人都知道所有的远见都是有限的，所有的谋划都是不确定的。经验的任何真值都是在他本人身上得以实现的。② 显然，伽达默尔是基于一种辩证的思维来思考差异，他同时把这种辩证的思维引入他的解释结构之中。这一点与诠释学的发动者海德格尔通过对此在的时间性分析，进而把理解作为此在的存在方式来把握并无二致，他认为，解释是辩证的，"首先在于，适合于解释文本意义的语词把这种意义的整体表达了出来，从而使文本中的意义的无限性以有限的、具体的方式在词语中表现。"③

此外，梅洛－庞蒂还欲将他的语言差异概念延伸到可见的与不可见的本体论叠加/增值的框架之中，或者换言之，把它延伸至包含可见的与不可见的对立网络之中。对梅洛－庞蒂而言，语言是在可见者与不可见者之间的沟壑或缝隙中开始言说的。或者如他在《符号》中所言：语言必须成为"近乎不可见的"。而阐释学所依赖的言说的振荡问题要求我们对沉默和"本体性振荡"之间的链结做出回答。因此，他在《可见的与不可见的》一书中的《质疑与直觉》这篇文章中写道：

> 因为我们是一个一个的经验，也就是说是一些思想，它们感到了经验、思想后面它们所思考的空间、时间和存在本身的分量，它们因此在自己的目光下既未持有一个连续的空间、时间，也未持有系列的

---

① Hans-Georg Gadamer, *Truth and Method*, Loel Weinsheimer and Donald G. Marshall trans., New York: Crossroad Publishing, 1989, pp. xx, 277.

② Ibid., p. 351.

③ Ibid., p. 461. 另见汉斯－格奥尔格·伽达默尔，《真理与方法——哲学诠释学的基本特征》（下卷），洪汉鼎译，上海译文出版社，1999，第594页。

纯观念，而是在其四周拥有一个重叠的、增值的、侵越性的、杂乱的时间和空间——一个持续的孕育、持续的分娩、生成性、普遍性、原初本质、原初存在。它们是同一本体性振荡的交点和波腹。①

由此可见，梅洛－庞蒂的语言观既是前历史的（野性的、前逻辑的和前语法的），又是人类的（民族的、历史的和文化的）。在梅洛－庞蒂看来，表达不是语言与思想、大脑与思维之间的简单关系，而是对"事实与意义之间的一个令人惊讶的链结的持续性肯定，是对我的身体与我的自我之间、我的自我与他者之间、我的思想与我的言语之间、暴力与真理之间的链结的持续性肯定，以及对坚定地拒绝通过因果和孤立因素去'解释'这些对立两极的持续性肯定。"② 这些间际存在的各种"势力"处在震荡之中，但它们不在我们的语法－逻辑里，我们的语法－逻辑一靠近它们，它们就隐匿起来。表达把自己置于预先位置并要求存在来趋向它。过去与现在、物质与精神、沉默与言说、世界与我们的这种交流，彼此在对方中变形。它们是一种"前－反思"的经验世界，梅洛－庞蒂称之为野性存在（brute Being or wild Being），有时他称之为"阴影"（shadows）或"沉默"（silence）。他还认为，哲学家们（他眼里的语言学家就是哲学家）对这个世界的探索，其答案既不在"事实"中，也不在"本质"中，而是在"事实"和"本质"之间的区域，在野性存在里，它们如其所是，完整如初，蛰伏于我们所习得之民族文化和历史经验的后面或下面。

三 语言：亦出自沉默的深渊

梅洛－庞蒂在《可见的与不可见的》这部书中以否定的方式回答了哲学的任务，但其中非常有意思的地方是他把一种沉默的"表达"赋予了哲

---

① Maurice Merleau-Ponty, *The Visible and the Invisible*, Alphonso Lingis trans., Evanston: Northwestern University Press, 1968, p. 115.

② Maurice Merleau-Ponty, *Adventures of the Dialectic*, Joseph Bien trans., Evanston: Northwestern University Press, 1995, p. 241.

学。他认为，"哲学不是一个词，它对'语词的意义'不感兴趣，它不为我们所看见的世界寻找一个语词的代用品，它不把世界转变成言说之物，它不是按照被言说或被记载的秩序安顿自己，……"① 即他认为哲学的任务是把事物本身从它们的沉默的深渊引向表达。哲学家质疑世界并假装对世界和世界的想象无知，他只是感知这个运转着的世界，并让这个世界在他内部连续地成形。哲学家这样做正是为了让世界说话，因为他相信它们，期待从它们那获得全部的未来讯息。哲学家的质疑不是一种否定的开始，而是一种释放存在的可能。梅洛－庞蒂似乎想在语言和本体论之间，或在语言和世界之间，在言说主体与世界之间，建立一种更加密切的划不开的联系。这一联系构成了他通过语言的非确定性去建构一种含混哲学的发轫点。关于语言和本体论之间的联系，梅洛－庞蒂写道：

> 语言的生命只来自沉默；我们扔给他者的一切都在这个我们永远不离开的沉默的地方涌现。但是，因为哲学家自身内部体验到说话的需要，感到在其沉默经验深处言语像冒泡一样诞生，他比任何人都更清楚，被体验到的言语是言语的体验，语言出自沉默的深渊，不是存在之上的面具，只要人们知道如何去把握语言以及它全部的根须和枝叶，这些是存在的最有价值的见证。②

显而易见，他把语言理解成言说的本体振荡（ontological vibration），因为他认为正是这其间的振荡向我们提供了存在的明证性。语言不是运用于反思而与存在发生关系，语言通过自身的运动而出现在不同的场所中。他认为，哲学家"应该沉默，在沉默中重合，以及在存在中和已构成的哲学重逢"；"在一种语言那里，他不是它的组织者，他也不汇集诸语词，而是语词通过他而实现自身意义的自然交织，以及通过隐喻神秘的变迁汇集在一起，而在隐喻中重要的不再是每个词和每个形象的明显的意义，而是隐

---

① 梅洛－庞蒂：《可见的与不可见的》，罗国祥译，商务印书馆，2008，第 13 页。
② Maurice Merleau-Ponty, *Adventures of the Dialectic*, Joseph Bien trans., Northwestern University Press, 1995, pp. 125 – 126.

藏在其转化和交流中的侧面联系和亲缘关系"。① 易言之，只有当语言变成被言说的语词（words being spoken），变成活生生的语言，它才能成为存在的见证，而语词内部和本身没有意义。

对梅洛－庞蒂而言，在言说的振荡之中，交流事件之所以发生，是因为语言蕴含了存在对思想的支配。"我是一个有声的存在，但我是从我内部听到我自己身体的振动的；就像马尔罗所说的那样，我用我的喉咙来倾听我自己。"② 有声是存在的完成，人是发声的动物，人是言说的主体，人是语言的动物。有声与其说是存在的表达，毋宁说是人的存在的完成，即"身体—心想与另一个生命在存在中一起飘荡，想使自己成为其内部的外部，使自己成为外部的内部，因而丢失在世界之外、在其目的之外"。③

由此可见，语言是存在的见证，语言不是说话的主体。与之相反，"现在"是存在在言说，事物不是我们用言语去道出，而是由占有我们的言语去道出。"言语向我们提供过去的真理。言语不仅限于其在世界中占据位置和扩展过去。言语试图把过去保存在它的精神或它的意义中。"④ 如果有人因此要问存在的声音来自何处，我们不得不说，根据梅洛－庞蒂的意思，声音不是来自任何人，而是来自事物本身。"我的声音系于我的生活之整体，而不是任何别的人的——因为它就是事物的声音本身，是水波的声音，是树木的声音。"⑤

存在的声音同时是沉默的声音。但是，沉默在这里不是对表达的否定，恰恰相反，它是表达的完成或者是对表达的构成。这是一种肯定性的否定：沉默是一种永远在场的永远的缺席，沉默是一种充实圆满的虚无，但沉默绝不是"无"（nothing）。当我们在可见的与不可见的缠绵缱绻之中和在存在之中心的自我调解的可逆性中去思考非同一性这一问题时，这种声音总

① Maurice Merleau-Ponty, *The Prose of the World*, John O'Neill trans., Evanston: Northwestern University Press, 1973, p. 125.
② Ibid., p. 124.
③ Ibid., p. 144.
④ 莫里斯·梅洛－庞蒂：《符号》，姜志辉译，商务印书馆，2003，第97页。
⑤ Maurice Merleau-Ponty, *The Visible and the Invisible*, Alphonso Lingis trans., Evanston: Northwestern University Press, 1968, p. 144.

是在不断地回荡着。这种可逆性发生于言语的不可见里和言语的意指运动之中。如果语词有意义，是因为言语能够逆向回归自身，而且总是在回归之途中。梅洛－庞蒂写道：

> 言语是通过一个存在与另一个存在发生的联系，就像肉身一样，言语是自恋的、充满色情的，并赋有把其他意义吸引到自己的网络中的天然魔力，就像身体通过自我感觉而感觉世界那样。……在我们之上不再有本质，本质在我们之下，那是能指和所指的共同之脉，它们相互依附和相互逆转。①

对梅洛－庞蒂而言，言语与思想与世界相互折叠重合在一起。言说之振荡，作为回应的言说，是一个响亮的言说。言语之发生就是一次本体论的发生。言语的形成过程表达了——至少潜在地表达了——它作为其中一部分的本体论存在。更为重要的是，言语必然最有力地向存在持续开放、持续涌现、持续生成，因为它们注定要更接近地传达整个生命，因为它们注定要使我们习惯了的那些明证性持续震荡，直至消散又不断生成。

因此，在梅洛－庞蒂那里，问题就变成：要达至原初或原始存在的哲学是否能够通过雄辩的语言来完成。哲学的言说不应该失去它的当下性或直接意义的力量。"如果哲学能言说，那是因为语言不仅仅是固定和习得的意指之博物馆，因为语言的聚集能力来自预测和前期拥有的能力……因为语言本身在形成过程中表达了，至少侧面地，一种它为其一部分的本体发生。"② 语言具有"预测的能力"使语言总是在"向存在敞开"，在语言中发生的是本体论的不断形成和趋向整体的完成。"趋向"或趋迫而不是到达使语言需要持续地言说，持续地接近本体论，因此理解的发生是多次性与整体间的统一，意义是在整体中的意义，或者称之为意义是整体中的凸显。

诺思罗普·弗莱在《批评的剖析》中谈到诗歌的语言本质时与梅洛－

① Maurice Merleau-Ponty, *The Visible and the Invisible*, Alphonso Lingis trans. , Evanston：Northwestern University Press, p. 118.

② Ibid. , p. 102.

庞蒂的哲学观相吻合。

诗歌因此比哲学更富有历史性，更多地包含意象和事例。所有具有意义的语词结构都是对那个被称为思维的难以捉摸的心理和生理过程的语言模仿，这一点是很清楚的。这是一个跌跌绊绊的过程，经过了同感情的纠缠、突然的非理性的确信、不自主的洞察的闪光、理性化的偏见、慌乱和惰性的阻塞，最后抵达一种全然不可名状的直接。①

伽达默尔在《哲学阐释学》中把这种本体论的形成称为"现实"："我们当然知道，凡在有人说话的地方，语言都有它们的现实，或者说，凡在人们相互理解的地方，都有语言的现实。"② 非常有趣的是，保罗·利科在《活的隐喻》中把语言的开放性称为语言的非指称性。他使用苏姗·朗格（Susanne Langer）的话，称其"表达了一种虚拟的生活体验（a virtual experience）"。这种非指称的"虚拟性"是一种"深度语言"，它所表达的虚拟的生活体验类似于情绪——保罗·利科借诺思罗普·弗莱《批评的剖析》中的话补充道——"这种情绪由具有向心力而非离心力的语言赋予形式并且只是这种语言所表达的东西本身。"③ 反讽地讲，"情绪"是与"空气"有关的，如果"空气"与节奏联系起来，节奏与气氛、背景，以及包围和推动着声音流动的环境联系起来，那么空气就是一种本体论的存在，是一种虚拟的生活体验。那么，"情绪"一旦与语言结合，表达就变成了意义与感觉的融合。我们还注意到利科以阅读诗歌为例，指出阅读活动"不是意义与声音的融合，而是意义与被唤起的一系列意象的融合"。④ 须加以厘清的是，在这里"声音"不是梅洛-庞蒂意义上的"声音"，而是载体意义上

① 诺思罗普·弗莱：《批评的剖析》，陈慧、袁宪军、吴伟仁译，百花文艺出版社，2002，第77页。
② Hans-Georg Gadamer, Philosophical Hermeneutics, David Linge trans. , Berkeley: University of California Press, 1976, p. 78. 原文是 "We know that languages have their reality everywhere they are spoken, that is, where people are able to understand each other."
③ 保罗·利科：《活的隐喻》，汪堂家译，上海译文出版社，2004，第288 - 289页。
④ 保罗·利科：《活的隐喻》，汪堂家译，上海译文出版社，2004，第289页。

的"声音"。梅洛－庞蒂是用"声音"指示"表达",用"沉默"表示那些或处于边缘或处于侧面或居间或处于下面/上面的本体性存在,类似于保罗·利科所说的"被唤起的一系列意象"。

梅洛－庞蒂似乎已经看得很透彻,人在世界上所拥有的或将来可能拥有的一切早已经被原初地给予。虽然我们似乎与原初渐行渐远,但是我们又似乎笼罩在原初之中。他似乎告诫我们:我们关于本质的寻找不是在离我们太遥远的地方,而是存在于这里——存在于由我们的身体在静止或移动时所划出的暗影和结构中。对梅洛－庞蒂而言,沉默的声音不仅不沉默而且是洪亮的言说之音,是意义本体论的存在,又是表达的悖论。"如果人们要彻底地揭示人类身体的结构系统,揭示它的本体论构架,揭示人是怎么看和怎么听的,那么人们会发现沉默的世界的结构是这样的,语言的所有可能性已经在它之中被预先给予了。"① 语言唯有从沉默中获得生命;我们抛给他人的一切都是从这个我们绝不会返身离去的巨大的无声之领域中涌现的。

恰恰在这点上,保罗·利科与梅洛－庞蒂有了吻合之处。利科认为意义由一系列意象唤起,意象发展成为图像,图像构成了意义从中得以产生的整体。图像向意义不断开放并为解释提供无限广阔的领域。"我们的确可以说,阅读就是将原始材料赋予所有材料。在诗歌中,向文本开放就是向由感觉解放了的想象物开放。"② 梅洛－庞蒂则把我们阅读的对象放到了世界。我们的理解如何发生取决于我们与世界的关系。我们如何赋予世界以意义取决于我们与世界之间的具身性结构关系。我们理解一个汉字或理解一个英文单词不是完全接受其声音或形式的存在,或简单地说"我认识它"。那些不在单个语词之内却被单个语词所引出的沉默与词语一起,被一起给予了那个拥有耳朵的听者或那个能书写的作者。诗歌尤其具有这种特质。在梅洛－庞蒂那里,诗歌变成了感性的思想或感性的哲学。比如说,英国诗人威廉·巴特勒·叶芝(William Butler Yeats)说:"诗叫我们触、

---

① Maurice Merleau-Ponty, *The Visible and the Invisible*, Alphonso Lingis trans. , Evanston: Northwestern niversity Press, 1968, pp. 155, 126.

② 保罗·利科:《活的隐喻》,汪堂家译,上海译文出版社,2004,第289页。

尝，并且视、听世界，它避免一切仅仅属于头脑的思索，凡不是从整个希望、记忆和感觉的喷泉里喷射出来的，都要避免。"①

对梅洛－庞蒂而言，"沉默"反倒成为意义的看不见的载体和无声的表达。换言之，语词与语词之间有一道看不见的深渊，而这道深渊无疑就是意义。意义的链条是相互依赖的，意义单位的定义是由具有其他意义的词和句构成的。在这个意义上，意义离不开一个连续体，离不开它所处的那个起组织作用的系统整体。梅洛－庞蒂让我们以不同的方式看到了同一个悖论：这个悖论与个人或社会之间的悖论相同（个人是可分离的，是相互分离的，社会则是一个连续体，而个人是这个连续体中不可分离的一个阶段）。如夏尔·贝克尔（Charles Becker）所说："我不知道是我在说话，还是话通过我在说，还是人们通过我在说话，我至多能确认，这三种方式似乎共同存在于语言中。"② 对此我们亦可以继续演绎：不是语词在表达意义，而是意义在不断地表达语词。因为变化的不是语词，而是表达着的意义，语词因每一次表达而分泌出新的意义。如苏珊·朗格在《情感与形式》一书中所言："词语的全部意义，像闪烁明灭的火焰，由于意识在词语下面缓慢地演变着，意义就是不断变化的痕迹了。"③

在《可见的与不可见的》一书中，梅洛－庞蒂从质疑和探索开始，以回应的姿态去迎接"言说"。一切言说（all that is said）都是对已言说（what is already said）的回应，是对未被言说之物（what is unsaid）的言说。一切言说都是未完成式，都是沉默和言语相互纠缠的见证。梅洛－庞蒂的质疑在实践上针对那些不能被任何陈述或回答所超越的事物，因此它可以说是"我们与存在的关系的形式本身，就好像它就是我们的问题的无声或沉默的对话者"。④ 而哲学的任务就是揭示这个尚未确定的存在。但是，这也意味着存在呼唤解释，即使这只不过是一种自我的解释。同时伽达默尔

---

① 转引自戴无嫣《〈哈克贝利·费恩历险记〉：对美国社会传统价值观的解读》，《名作欣赏》1980 年创刊号，第 96－97 页。

② 转引自埃德加·莫兰《方法：思想观念》，秦海鹰译，北京大学出版社，2002，第 175 页。

③ 苏珊·朗格：《情感与形式》，刘大基等译，中国社会科学出版社，1986，第 175 页。

④ Maurice Merleau-Ponty, *The Visible and the Invisible*, Alphonso Lingis trans., Evanston：Northwestern University Press, 1968, p.129.

的哲学阐释学似乎依然有效。在讨论语言和世界之间的关系的语境中，伽达默尔指出，这种回答是一种神学的回答。他在思考存在者之存在时建议我们不要把哲学阐释学与从本质上对该问题做出神学回答的希腊思想混淆。

> 在思考存在者之存在时，希腊形而上学把这种存在视为在思想中自我完成的存在。这种思想就是奴斯（nous，理性）的思想，奴斯被认为是最高和最完美的存在物，它把一切存在物之存在都聚集自身之中，是诸存在者之存在。说出逻各斯就是把存在物之结构带入语言之中，进入语言之中对于希腊思想而言无非只是存在物本身的显现，即它的真理的显现。①

显然，伽达默尔并不赞成这种思考方式，因为他认为阐释学受制于历史经验之有限性。"为了正确对待这种有限性，我们需要继续抓住语言这条线索。"② 的确，语言是中介，我们与世界的关系在语言之中发生。这对伽达默尔则意味着语言是对有限性的记录，作为言说者的我们总是纠结于"语言的轨迹"，纠结于语言之有限性，因为在语言的轨迹中，存在的结构并不是简单地被反映，而是我们经验本身的秩序和结构在语言的轨迹中得以最初形成并不断地变化。正是基于"语言被不断构成和持续构成"这个语言的有限性与适应性相结合的特征，伽达默尔认为能被理解的存在就是语言。我们的言说是对语言面向我们讲述的一种应答，因此，其中必定存在一种言语的虚拟性，即通过把可能性存在控制在自身内部开启新的意义的可能性。伽达默尔写道：

> 事实上，语言就是单一的语词，它依靠虚拟性向我们敞开了话语的无限性、彼此言说的无限性、自由地"表达自我"和"忍任自我被表达"的无限性。语言并非精心的约定性，亦非用先前的图式填满了

---

① Hans-Georg Gadamer, *Truth and Method*, Loel Weinsheimer and Donald G. Marshall trans., New York: Crossroad Publishing, 1989, pp. 456 – 457.

② Ibid., p. 456.

我们的重荷，而是一种不断生成和富有创造性的能力，正是因为它们，整体才得以持续不断地畅通无阻。①

再者，语言中的可能性不是一种有待实现的潜在性，因为语言的聚集对伽达默尔来说具有推测性，在活生生的语言中最利害攸关的是可理解性的构成。语言这种推测性的结构就是我们在诗歌语词中所发现的东西，这种语词总是能够道出更多的东西。诗歌语词是一种意义的剩余。比如在唐代诗人张继《枫桥夜泊》这首诗里，诗人讲述了一个客船夜泊者"此刻"的世界。"月落黄昏""霜天寒夜""江枫渔火""孤舟客子"等景象给我们描绘出一个整体的世界。这个世界里唯一的在场者是客船夜泊者或诗人自己，唯一的词眼是"对愁眠"，它是全诗中的"意向之弧"，诗歌中诸意象正是朝着这个"词眼"（speaking subject）聚集。"对愁眠"是诗人的主体之声，通过世界的沉默来实现对它的表达。诗中的各种意象向着这个"词眼"生成、涌现和聚集。"乌啼"和"钟声"、"渔火"和"客船"引起诗人存于其中的那个世界迅速地震动起来，它们引导人进入了一个世界也同时承载着世界的重量——这是一个我的身体存在于其中的世界，事物在其中运动、绵延和侵袭着我自己，诗人借此把自我的在场换成了事物的在场，将自己印在了所表达的事物中，让意义从事物之中持续性地涌现。诗歌向我们呈现的是"我们的境遇之真理"。

梅洛-庞蒂在谈到一种"表达的哲学"时写道："最承载哲学的言语不必然地是包含着它所说的东西的言语，而更多的是最有力地向存在开放的言语，因为它们更接近地传达着整个生命，因为它们使我们习惯了的明证性震荡直至消散，消散又直至深渊处涌现。"② 就此而言，我们对一首持续开放的诗歌的理解并把这种理解定格在另一种语言的翻译之中，那么，理解首先是将被因于事物中和在世界中的意义翻译成可把握的意义。然而，翻译不是一劳永逸地成为原文之所是。如果说言语是经验和境遇的言语，

---

① Hans-Georg Gadamer, *Truth and Method*, Loel Weinsheimer and Donald G. Marshall trans., New York: Crossroad Publishing, 1989, p. 553.

② 梅洛-庞蒂：《可见的与不可见的》，罗国祥译，商务印书馆，2008，第400页。

而经验和境遇是言语的经验和境遇，即任何具体的存在都是以肉身（being in a situated state）为构成性介质的存在，那么，异乡的译者必然被作品中的语言和存在问题所超越——他永远被禁止把意义还原到作品从中产生的那个世界之中。正是这个世界构成了作者的前述谓世界，而对译者而言，它往往是一种幻觉。这个世界是我们无法使用语言全面而彻底地描述的，因为这个世界的存在不会被任何具体的存在耗尽，它永远无法被彻底地翻译，我们对这个世界的所有表达依然是一种前述谓经验（前逻辑或前语法）的残余，它总是持续地推动我们逼近事实上从未到达的世界。这是一个由表达和沉默、断裂/碎片和意义海绵组成的世界，一个由可见的与不可见的组成的世界，或一个不可见者以可见者为中介而呈现出来的世界。语言如此，表达如此，翻译尤其如此。

语词本身借助于它内部的振动与语言的整体发生共鸣，使意义在瞬间进入沉默的无限里，又同时牵动了我们的触觉，完成了语词的自我实现。在这种自我实现中，诗歌语词并不反映一件现存的事，而只是简单地道说。对伽达默尔如此，对梅洛－庞蒂亦如此，道说的不是已知的事实。对伽达默尔而言，哲学话语承担了与诗歌相同的言说任务。无论是让传统以一种新的声音再次言说，还是让语言对从未言说的进行道说，阐释主体都处在聆听回应的召唤中。以此可见，语言言说之振荡发生在它的形式结构中，发生在问与答的对话逻辑中，对话者借助它们听见他者的声音。这个他者在对话的场域之中既同一于自我又同一于他者，因为对话事件的存在是以它的非同一性的自我呈现出来。马丁·布伯（Martin Buber）在《我和你》（*I and Thou*）中把"我"与"自然"（上帝）的相遇变成"我"与"你"（I and Thou）直接在场的相遇。在我们的世界之中，每个个体的"你"按其本性注定了要演变成物，变成一个对象性 he/she 的存在，或者说注定要不断返回到物境。世间每一在者在其物化之前或物化之后均以"你"的面貌呈现于"我"面前。

事实上，马丁·布伯式的这种"我－你（你－对象物）"倒更像是结构主义者们所主张的那些理论，尽管后者的兴趣在于语言的科学性，而对神秘主义极为不耐烦。相反，梅洛－庞蒂似乎认为哲学家们应该把神秘主义保留在表达之中或保留在表达之后，或者留住事物的沉默中，同时使它们实现自我表达。因此，意义在姿势本身中展开——壁炉的意义在我的目光和壁炉本身之间；情人彼此注视的意义隐含在姿势的相向运动之中；对女人的情感表达在即将送达的男人手里的玫瑰花中；店员对顾客的欢迎体现在她写满了微笑的面部。"因此，如果我们要阐明我们为之而存在的起源，就应该考虑我们的体验领域，显然这些才是对我们具有意义和实在性的领域，即我们的情感生活的领域。"① 同样，我们知道"I love you"是一个极富情感的表述，但它并不传神达意，而只是伴随一种特定情境而生。每当我们用声音读出这个"表述"时，总是有一种别扭的感觉，似乎是没话找话说，是在进行一种声音的排练。读出"我"的这个发声体既不在主体之中，也不在对象之中，更无对象的响应，因为对读出"I love you"的"我"来说，没有其他任何信息；没有蕴藉，没有姿势，没有期待，没有丰富的内涵；没有两种力量的彼此交汇和彼此馈赠。更重要的是，这个由"我"读出的却由他人写下的声音——"I love you"，并没有属于我的实体和肉身，以及紧密相连的、张开和逼近我的你的双唇。"我"环顾左右，四周空无一人，"我"会在尴尬之中默默地说：这与我无关，我并没有期待一个"I love you too"的回应。

尽管如此，语言总是保留了生活世界的不安全感，因为每种意识总是体现为一种被丢到世界之中、屈从于他人的目光、并从中认出自身的感觉。一个被读出的"I love you"，尽管让"我"瞬间产生了一种与己无关的尴尬情绪（因为这一声诵读似乎无意中泄露了我的内在秘密），却让我看到我与世界、我与他者之间的关系。记得契诃夫的小说《带狗的女人》里那个叫古罗夫的人物吗？"古罗夫朝那只小狗一次又一次地晃动手指头，示意它过来"，这个看似随意的行为，却在不安全的生活中划出一个结构性的场域，为男女主人公开启了一段美妙的姻缘。同样，念出"I love you"的声音与主体"我"的一致性，尽管具有不可分辨性的困难，却把非在场和差异（中介、符号、推论）引入自我在场的核心之中。这意味着"I love you"是

---

① Maurice Merleau-Ponty, *Phenomenology of Perception*, C. Smith trans., London: Routledge and Kegan-Paul, 1962, p. 137.

说给那个特定听者的，或者就是那个特定听者（的姿势、身体以及全部沉默的却表达着的一切）所唤起的声音。这是诵读者自己无法否定的，因为他的声音已经超越了他自己，走向了他人。声音从来属于远处的他人，声音来源于自我却飘向他人，并始终为他人所聆听。

说到这里，我们再次回到梅洛－庞蒂那里。他认为语言的明晰建立在黑暗的背景上。在他那里，黑暗可指无限沉默的深渊，也可指那些伴随语言之声音被唤醒的体验或物象。语言的意义和语言是不可分离的，意义和语言之间不存在表达与被表达的关系。语言之中蕴藏人与世界的"共在"，而"世界"意味着我们的"精神的"或文化的生活要从自然的生活中获得结构，意味着我们这些有思维能力的主体必须建立在具体化的主体之上。这也就是海德格尔所说的"上手事物"，就如"人面"书写在"桃花"之中，爱情书写在"玫瑰花"之中，对淑女之渴慕书写在"关关雎鸠"之和鸣里。同样，建筑作品存于石头里，木刻作品存在于木头里，油画在色彩里存在，语言作品在话音里存在，音乐作品在音响里存在。意义寓于物体中，就像灵魂寓于身体中。人们只有在适当的时候、在适当的地方用其目光寻找它时才能充分理解它们的意义。理解或意义伴随着我们的各种感觉，或是从我们的感觉之中涌现，或者从我们与自然的关系中涌现。人们在世界中找到的东西总是多于他们所放入其中的东西。语词自身不向我们提供任何信息，但词语把我们引向通往世界的道路。

四 结语

现在，我们再次回到文章开始提出的问题。这个问题便是梅洛－庞蒂的含混哲学和伽达默尔的哲学阐释学之间的关系问题。显而易见，通过对它们之间的关系的分析，我们是要找到它们之间的同一性而非差异性。如果我们现在要讨论两者之间的联系，那么我们就要进入对支撑言说振荡之基质的本体论承诺所做出的探索之中。对梅洛－庞蒂而言，在言说的振荡中，人们发现了所有言说的共鸣、支撑言语之可逆性的共鸣，以及言说主体的声音与存在的沉默之音的共鸣。在此，假如我们跟随梅洛－庞蒂一起进入他晚期的写作之中，那么我们可以说哲学家是通过与一种深渊的约定而陷入言说的振荡之中。言说的热情来自"在深渊处的聆听"。① 对伽达默尔而言，人们在言说的振荡中听到他者的声音，他者没有特殊的名字，甚至连沉默也没有。在他那里，哲学家只能去听人们所言。然而，对他们两人来说，他们的任务就是通过言说的振荡，去实现言说，去开启面向声音的转向——这是一个"存在－于－世界－中"的交流。

【**Abstract**】 Where a conversation begins, the meaning of a word begins. Where the subject of text begins, the language problem of philosophical hermeneutics arises, or our thinking about the problem of textual language arises. At the same time, whoever undertakes understanding, he or she has entered an event—national, historical and cultural—and meaning achieves its self-assertion through the event. This essay, by taking the generation and emergence of meaning as its topic, through comparative analysis of Merleau-Ponty and Gadamer in relation to their thinking of language and meaning, focuses on the structural relationship between text and reader, text and world, and text and history or time, and especially analyzes Merleau-Ponty's insight that meaning emerges from the vibration of existential structure and its being close to Gadamer's understanding arising out of dialogue. Furthermore, through this effort, the author tries to find some reasonable and cognitive basis for how culture or cultural translation can be substantialized in different languages, that is, how individual, poetic, historical and national "existential projection" can be embodied in translation.

【**Key words**】 Merleau-Ponty; Gadamer; Meaning; Vibration; Existential Analysis

---

① See Patrick Burke, "Listening at the Abyss", in Galen Johnson and Michael Smith, eds. , *Ontology and Alterity*, Evanston: Northwestern University Press, 1990, pp. 81 – 97.

德里达的战争

〔法〕让－米歇尔·拉巴泰（著）　成蕾（译）

（宾夕法尼亚大学英文系；西南交通大学外国语学院，四川成都，611756）

引　言

雅克·德里达在他的最后一次访谈中宣称，他认为他自身的存在陷入了一种持续不断的矛盾中，因为他感到自己从根本上在"与自己战斗"。人们已经很了解他了，他也并未真的感到惊讶。他说：

> 事实上，你们将一直看到我的这种状态，对此我也说不出太多的原因，只因这就是我自己，和我的存在之所。的确，我在与自我战斗，你们不会明白其程度，因为它远远超出了你们的想象。我说着一些相互矛盾的内容，它们具有真正的张力，是它们构建了我，让我生存，让我死亡。①

德里达给我们很好地论证了解构是怎样竭力从结构求得一种有生命力的传统，又从结构内部来消解它的。

读了伯努瓦·皮特斯的传记，② 人们认为德里达是在与所有人战斗。这份扎实的研究之作被当作一部小说或者一份关于 20 世纪下半叶知识生活的

---

①　雅克·德里达：《学会生活——和让·伯恩鲍姆的谈话》，伽利略出版社，《世界报》，"哲学"丛书，2005，第 49 页。

②　伯努瓦·皮特斯：《德里达》，弗拉马利翁出版社，"名人传"丛书，2010。

丰富编年史，皮特斯引用了大量的信件、草稿、未发表的研讨会资料，所有这些如同（欧洲）微电子研究中心和加州大学欧文分校馆藏档案一般的资料，让我们能够将德里达的作品与他极具魅力的个性相等同。总之，德里达显得激情、焦虑、极端又浪漫，他更像是一个思想的英雄，时常激烈又张扬，时刻准备解构对手，而不是一位重新审视形而上学的基础的学者，或者一位享有盛誉的哲学教授。这样，皮特斯激发了我们探索德里达的那些秘密的兴趣，关于他的爱情，还有他的学术论争。他的学术理论与私生活是不可割裂的。

皮特斯通过德里达与索勒斯、克里斯蒂娃、拉康的决裂，与福柯的不和，还有保罗·德曼事件（德里达本人称之为"保罗·德曼的战争"[1]），以及其他一些事件，[2] 重点展现了德里达的多次"战争"。其中最引人注目的是布拉格事件，即1981年他因纯政治原因而被当局离奇逮捕的事，还有一些支持纳尔逊·曼德拉的大胆言辞。同时，由于我住在费城，所以我对一份文件也很感兴趣，这是为了释放记者、极端活动分子穆米亚·阿布·贾迈尔而作的抗争，贾迈尔被指控在1981年谋杀一名警察。德里达在1999 - 2000年发表的《关于死刑的研讨》[3] 中多次提及这一事件，并发出了一份由包括索尼娅·桑切斯、托妮·莫里森在内的多位著名女作家签名的请愿书，最终取得了成效：1982年被判处死刑的贾迈尔，2011年被改判为终身监禁。一直被拘押在费城的他仍在世。

另外一个认为德里达是和平人士的声音，来自跟他有私人交往的哲学家克里斯朵夫·诺里斯。在1993年的一次见面中，诺里斯真诚地对安东尼·阿诺夫表示，德里达任由自己陷入一种非常美国式的论战模式和一个十分浅薄的知识分子群体中，他在那里卷入恶劣的论战和无休止的派系斗争，诺里斯对此感到非常遗憾。论争的两个战场——一个是关于海德格尔

---

① 伯努瓦·皮特斯：《德里达》，弗拉马利翁出版社，"名人传"丛书，2010，第483页。
② 我参考了吉列特·米肖在其著作《雅克·德里达——意外的艺术》中名为《战争来临》的章节中所做的关于雅克·德里达的战争的详尽分析。著作信息：蒙特利尔出版社，"新随笔"系列，2014，第53-94页。
③ 雅克·德里达：《关于死刑的研讨》，第1册（1999-2000），伽利略出版社，"哲学"丛书，2012，第20、79、118-119、136、200、292、295页。

的纳粹立场，一个是关于保罗·德曼在战时的极右派媒体资料——最终被合并为一个结果，即排斥大众。我翻译了这段文字：

> 有时我试图想，德里达待在法国会更好，他以前生活在一种舒适的、默默无闻的状态中，当然，只是一种相对的默默无闻，至少不会一直生活在聚光灯下。那样的话，他至少可以像他学术生涯的前二十年那样继续他严谨的哲学研究，而不是被卷入这么多论战中，我认为这些都不该发生在他身上。我觉得他有一种宽容和平的心态，能够无视这些残酷的论战，而在很多参与论战的美国教授和知识分子们的身上，斗争已经成了他们的第二本性。①

这样一位智慧而温和的法国思想家，他本性平和，却卷于风靡美国的文化战争之中，人们能接受这种状况吗？这不得不让我们想起了那场关于美国哲学家约翰·赛尔的严酷甚至可怕的论争，论战双方的争执中充斥着不正当的手段和侮辱性谩骂。拉乌尔·莫阿迪在他重要的赌局（指著作）②中对此做了客观而精确的评价，尽管在美国，人们仍然不可避免地会用最激烈的方式选择一个阵营。2003 年，在与伊芙琳·格洛丝曼的交谈中，德里达再次提起了这场论争以及其他一些论战，他感觉到一股"冲动"促使他说出真相，尽管这会伤害格洛丝曼："让我树敌众多的，是这场喧嚣的根源：一种矛盾心理、一种出于自保的敏感反应甚至是一种仇恨情绪。我有时明知会引起冲突，还是会写一些文章，比如关于列维·斯特劳斯或者拉康的批评。尽管我比较清楚身处的这种环境，知道这些文章会生出事端，

---

① 克里斯朵夫·诺里斯：《真理，批评和理论政治》，载《解构：反射与对话》，萨塞克斯学术出版社，2015，第 124 页。

② 参见拉乌尔·莫阿迪的名作《德里达与普通语言》（赫尔曼出版社，2014），其中叙述了奥斯丁、赛尔和德里达之间在 20 世纪七八十年代的论争，并用哲学方式进行了反思，这使莫阿迪避免做出谁在论争中取胜的结论。他只是指出："尽管论争尖锐，但我们坚持认为，将德里达和赛尔之间的论争简单归结为他们之间的交流造成了极端暴力，而不去分析其中揭露出的哲学问题，这是一种错误。"（第 9 页。）

但我仍无法保持沉默。"①

德里达进而吐露，他不会因为谨慎而不去攻击被自己树立为对手的人，一种对真理的热爱促使他前行。他补充说："……他们（对手们）可以进攻，可以撤退，也可以消灭我，我是这样认为的。"② 选择了会伤人的真理，就意味着随时会因触怒了容易生气的人或因私人怨愤而招致战争。因此这样的选择需要有对真理的挚爱，而不是孤芳自赏、追求权力或者吸引大众眼球。

阿兰·巴迪欧在 2005 年纪念德里达的发言中以及在他的作品《小万神殿》中也认同，德里达的论争冲动是出于追求真理而不是寻常的分享思想意识。回顾德里达的主要概念"分延"（他自己写成 la différance）时，巴迪欧看出了一种试图超越一切二元对立的执着。德里达挫败了形而上学的反对，如同把 l'être 与海德格尔思想中的 l'étant 分开一样，也打破了民主和极权、犹太人和阿拉伯人的对立，以"打乱有序的事物"，为和平开通道路。巴迪欧赞扬了德里达的这种勇气。

> 德里达致力于从事被我称为勇敢的和平人士参与的一切事务。说他勇敢，是因为要不进入一种已经形成的分化，是尤其需要勇气的。说他是和平人士，是因为寻求从对立中置身事外，本就是一条和平之路。因为真正的和平建立在协约之上，而这些协约尚未达成。③

与此相反，巴迪欧继续了一种观点，认为德里达在 1968 年之后的极端政治化的年代离开法国，极力远离与政治相关的论争，尽管他"很明白这种忍耐的剧烈力量。"④

---

① 雅克·德里达：《残酷的真实：语言的激战（与伊芙琳·格洛丝曼的谈话）》，《欧洲》，"雅克·德里达"丛书，第 901 期，2004，第 21 页。
② 雅克·德里达：《残酷的真实：语言的激战（与伊芙琳·格洛丝曼的谈话）》，《欧洲》，"雅克·德里达"丛书，第 901 期，2004，第 22 页。此为雅克·德里达本人的补充（除非特别注明，本书中所有的评注均为作品的作者本人）。
③ 阿兰·巴迪欧：《小万神殿》，拉法布里克出版社，2008，第 128 页。
④ 阿兰·巴迪欧：《小万神殿》，拉法布里克出版社，2008，第 129 页。

现在，我们对德里达有了一个与诺里斯相似却又颠倒的印象。巴迪欧认为美国对解构的贡献在于努力置身事外，处于局外的一种永恒的逃离状态，如同德里达本想继续思考，而不被法国政治斗争的现实所纠缠。被语言表述为"无尽的滑行"的状态是他追求和平的初衷的实现条件，但这种滑行早已失控，然后陷入北美文化战争的诡辩中。

回顾过去，我们可以说德里达赢得了大部分战争，包括他自己的那场战斗，只有一个主要的例外——关于保罗·德曼的战争。① 尽管他用尽全力想为他的耶鲁大学的旧友洗脱冤屈，但如今也只有一位过去的弟子在继承这位伟大的比利时籍美国批评家的工作。我无意卷入这场意识形态之战，何况随着时间的推移，它已经没有什么意义，我仅想指出，保罗·德曼年轻时写下的那些不可饶恕、之后又让他饱受诋毁的文章，确实是关于战争的，但是关于第一次世界大战的。保罗·德曼拒绝了一些粗俗的反犹太主义的表述，这种反犹太主义认为犹太艺术家和作家不能列入欧洲先锋学者之中。这种观点始于"现代小说和诗歌只是世界大战的可怕产物"的看法，学者们认为其是犹太控制论的来源，因此人们才使用"被犹太化的修饰语"。② 德里达成功地向大众展现保罗·德曼的文字是在批判如此冒犯人的表述，但他也注意到，保罗·德曼与这种充满仇恨的修辞过于接近，也与粗俗的反犹太主义暧昧不清。曾经，人们因只是感情过于外露和表达过于夸张而最终选择原谅了赛林娜，但这并未获得保罗·德曼的宽容，大概是因为他已经将他充满疑问的过去成功地隐藏了很久。美国的解构主义之轮也因此被歼灭了。

另外，德里达认为保罗·德曼并未隐藏"他"的战争，指出他其实也处于战争中："那么是什么战争呢？保罗·德曼的战争其实就是他得靠自己生存和延续下去。他就是这场战争。在约半个世纪中，这场不幸的体验成了一场战争，因为它已经不仅是个人的痛苦。它已经打上了公众态度、教

---

① 参见雅克·德里达在《记忆：为了保罗·德曼》（伽利略出版社，"哲学"丛书，1988，第147－232 页）中所言，"如同贝壳深处的大海回声。"

② 参见保罗·德曼的文章《当代文学中的犹太人》，《晚报》，1942 年 2 月 10 日。德里达在他的著作《记忆：为了保罗·德曼》第 191 页的内容在《如同贝壳深处的大海回声：保罗·德曼的战争》一文中对此作了引用。

育和文字的烙印。"① 这的确是一场致命的战争，德里达也记录下了他为数不少的对手们所表现出的这种丧失知识分子正直品质的挑唆式的疯狂。当他在思考保罗·德曼去世后引发的这场战争时（其实，沃特温·德·格雷夫已经找到了未被隐藏的媒体资料，这在德曼去世后引起了公愤），德里达补充道："……恐惧、仇恨或者爱，都梦想着牺牲死者而成全生者。"②

这让人想起了瓦尔特·本雅明对恩斯特·荣格等人的文章所做的评论。这些关于一战的文章发表于1930年，颂扬了战争的英雄主义的一面。本雅明用讽刺的笔触写道，在这些思乡的作者们眼里，1914－1918年的景象开始成为德国理想主义的代表：炸弹成为无法解决的哲学难题，火线上的战士变成哲学上的悖论，炮弹的爆炸则是形而上学观点的铺陈；白昼的天空代表着钢盔的宇宙内在性，而黑夜是悬于一切之上的道德法则。③ 在同一篇文章中，本雅明极力批判法西斯的这种在面对科学技术时形而上的保守的思想基础。这种思想形态固步自封，因为一战是工业科技的系统化应用，它已经以集中轰炸代替了过去的"搏击运动"。而这些思乡的思想者们也在靠近祖国的这种新工业未来主义。未来主义和思乡情绪一起，详尽地记载了纳粹的飞速跃进。

本雅明在文中对战争的"胜"与"败"进行了深入的思考。他试图超越常规，认为"胜"的意义在于所谓胜利者"拥有"了战争，让战争为其所用，而战败者即为"丢失"战争的一方，如同一个健忘的人在路上弄丢了一件东西。战败者不知道自己把战争忘在哪儿了；战胜者一方独揽，占为己有，靠战争发家致富。④ 总之，当时德里达让人想到了本雅明解读的《哈姆雷特》中的福丁布拉斯。本雅明认为莎士比亚着重渲染了福丁布拉斯颂扬和平的那一段激情演讲，但这段语气温和的心声突然变成了一场战争的号召，让所有听众大为吃惊，本雅明因此提出了问题："是什么强大而残

---

① 雅克·德里达：《记忆：为了保罗·德曼》，伽利略出版社，"哲学"丛书，1988，第154页。
② 雅克·德里达：《记忆：为了保罗·德曼》，伽利略出版社，"哲学"丛书，1988，第151页。
③ 瓦尔特·本雅明：《德国法西斯理论》，全集第3册，苏尔坎普出版社，1974，第247页。在此我向爱德华·加达瓦真诚地致谢，是他提醒我关注此文。
④ 瓦尔特·本雅明：《德国法西斯理论》，全集第3册，苏尔坎普出版社，1974，第242页。

忍的力量，让一个原本如此享受和平的人全身心地投入战争呢？"① 德里达就是福丁布拉斯，或者尤利西斯，一位和平人士被推入战争，就这样全身心地投入战争了……

我们不必重提那句古老的哲言"如果你想要和平，那么准备战争吧"，因为自动机器作为辩证唯物主义的产物正所向披靡，如今更需要理解的是历史辩证法，如同本雅明在他最后的著作中提出的历史观一样。自动机器的取胜归功于发明出的被藏在其中的类似神学家的小装置，它是为了传承日渐淡去的对救世主的祈待。② 何以选择这交错的未来？我会始于历史和批评之道进行哲学思辨，最后止于小说和诗歌。

阿尔及利亚的炮火洗礼

德里达提到的第一场战争就是阿尔及利亚战争，这场不得不被强调的战争，等待了多时才迎来了它在法国的称谓。③ 德里达于 1961 年 4 月 27 日给他的朋友皮埃尔·诺拉写了一封 40 多页的信，后者在 1961 年 3 月出版了《阿尔及利亚的法国人》。在信中，对于自由主义者位置的相关分析，德里达这样写道："他们是根据什么被定义的呢？在战争前，他们是否能够体会到阿尔及利亚的国家感情？正如查理·安德烈·于连所说：'单独的战争是否让阿拉伯人自己产生了国家感情呢？'"④ 德里达在这里引用了给诺拉书作序的于连教授的话。实际上，巴黎大学的殖民历史学教授查理·安德烈·于连提到过，阿尔及利亚人民只有身处和通过对法国人的反抗才能体会到国家感情。⑤

---

① 瓦尔特·本雅明：《德国法西斯理论》，全集第 3 册，苏尔坎普出版社，1974，第 246 页。
② 瓦尔特·本雅明：《历史哲学论纲》，全集第 1 册，苏尔坎普出版社，1972，第 691 页。
③ 准确来说是 37 年，如果我们把 1962 年视为战争的结束时间来看。这一年，签订了《依云停火协定》，并且法国从名义上承认了阿尔及利亚的独立地位。法国国民议会在 1999 年 6 月 10 日投票通过了一个文件，结束了官方的说法"维护秩序行动"，从此冠名为"阿尔及利亚战争"。
④ 雅克·德里达：《我亲爱的诺拉……》。在皮埃尔·诺拉扩充出版的《阿尔及利亚的法国人》（克里斯蒂安·布尔乔出版社，2012，第 281 页）一书中，前有《五十年》，后有雅克·德里达未发表的一篇文章《我亲爱的诺拉……》。
⑤ 皮埃尔·诺拉：《阿尔及利亚的法国人》，克里斯蒂安·布尔乔出版社，2012，第 61 页。

诺拉的这本富有煽动性的书在战后的那些年里开始出现在专栏里，准确地说是 1945 年 5 月，当塞提夫地区的自发叛乱和君士坦丁地区的叛乱被血腥镇压后，法国的装甲车、飞机、海军在几天之内屠杀了 1 万多名阿拉伯人。在当时，法国共产党为造反者的失败而欢欣鼓舞，在他们看来这些叛乱分子在反抗法国的统治。① 诺拉在《阿尔及利亚的法国人》这本书里树立了种族殖民者、能力不足的殖民政府和看不起本地人的傲慢的"黑脚娃"的残暴形象。他在评论中并没有姑息阿尔及利亚的左翼的或者自由党的知识分子。

诺拉于此也针砭了阿尔贝·加缪。加缪在阿尔及利亚的奥兰开始了他的《局外人》的创作，他的职业生涯随着他在阿尔及尔和瓦赫兰的新闻专栏而飞跃发展。对诺拉来说，加缪提出了存在主义哲学，这似乎是"对具体的历史环境的可信的表达，越发清晰直至成为一个蓝图"。② 诺拉承认，加缪那本讲述一个阿尔及利亚人在海边无根据地谋杀他人的小说，是"阿尔及利亚文学的代表作"。③ 在《局外人》中，加缪实际上揭露了法国市民的行径，他们能够杀死或恐吓阿尔及利亚人而不受惩罚，这在当时是令人吃惊的。事实是一个莫尔索尔人无理由、无根据地杀死了一个阿拉伯人，他应该为这场谋杀受到惩罚甚至是处决。他的最终判决不是一个卡夫卡式的指责，而是对犯罪事实的承认。这个要求公正的判决因此具有一种前瞻性，④ 诺拉如此说道。根据这本政治读物，加缪成了一个历史的标记、左翼分子和记者，他揭露了卡比利亚地区的贫困。他的小说中再现了法国人开始察觉到他们的统治受到了威胁，遭到了反抗。同时，小说也外化了殖民地移民后代心中挥之不去的噩梦。

然而，在第五章"自由主义者"中，诺拉更加粗暴直接地抨击加缪。在争取阿尔及利亚独立的那些年里，众所周知，加缪试图发起论战，解释他既不想成为牺牲者，也不想成为施刑者。对诺拉来说，加缪只不过是以

---

① 皮埃尔·诺拉：《阿尔及利亚的法国人》，克里斯蒂安·布尔乔出版社，2012，第 131－132 页。

② 皮埃尔·诺拉：《阿尔及利亚的法国人》，克里斯蒂安·布尔乔出版社，2012，第 209 页。

③ 皮埃尔·诺拉：《阿尔及利亚的法国人》，克里斯蒂安·布尔乔出版社，2012，第 208 页。

④ 皮埃尔·诺拉：《阿尔及利亚的法国人》，克里斯蒂安·布尔乔出版社，2012，第 209 页。

人类状况的悲剧浪潮为民意，拒绝所有的传统性连带责任。"加缪想要反抗历史，只有暂停他的判断和退出封闭的圈子。然而，他以效率的名义进行投降，就像一场酷刑。"① 这句背信弃义的话触怒了德里达。

对于诺拉来说，由加缪首先创造的这种荒诞的修辞，掩盖了凌驾于政治之上的徒劳反抗。加缪的形而上戏剧就是如此隐藏了左派自由主义者们的真实困境，他们既不愿加入阿尔及利亚民族解放阵线的武装斗争，也不愿接受移居阿尔及利亚的法国人的种族暴力，更不愿颂扬法国军队的大肆杀戮。然而"加缪是法国军队实行定期酷刑的共犯"这一观点，看似并不为德里达所接受。

德里达出生于阿尔及利亚，他对这个国家有深刻的认知，而诺拉只是一个在阿尔及利亚待过两年的巴黎人。在他的长信中，我们看到，德里达以并不稳定的共享关系之名为加缪辩护，以及揭示与法国旧殖民地的这份亲密感。德里达赞同诺拉以《局外人》为主题的分析，并认为，他的同窗应该继续研究这一主题甚至以此为题著书。他同意诺拉对于萨特所做的宽泛的批评，但他明确地反驳了诺拉指控加缪串通、勾结施刑者的内容：

> 当为了更快地宣判所有的暴力行为时，他不想在暴力中做出选择，你的"他以效率的名义进行投降，就像一场酷刑"的描写是对加缪的真正侮辱，也是对你的侮辱。因为，最终，或许我休眠，或是不同的事物，是不同的效率，不同的结局，甚至不同的手段。②

德里达本身并不是自由主义者，确切地说在 1961 年，他对阿尔及利亚的民族主义持怀疑态度。诺拉却没有这样的顾虑，并赞同最终战胜殖民主义的民族主义的"激情"。面对这份在历史背景中可理解的政治激情，德里达却懂得保持批判，这完全是一种光荣。德里达用讽刺的方式评论道，既

---

① 皮埃尔·诺拉：《阿尔及利亚的法国人》，克里斯蒂安·布尔乔出版社，2012，第 231 – 232 页。

② 雅克·德里达：《我亲爱的诺拉……》，参见皮埃尔·诺拉《阿尔及利亚的法国人》，克里斯蒂安·布尔乔出版社，2012，第 293 页。

要否定法国民族主义，又要颂扬阿尔及利亚民族主义，这看起来很困难。我不想把这深刻的反思当成是德里达对本土土地资源有所归属的标志，他几乎是一个移民阿尔及利亚的法裔犹太人，我更想把它视为面对左翼共产主义共识的一次解构练习，这一共识支援了在 1961 年胜利的阿拉伯民族主义。即便《依云停火协定》晚了一年签署，但在 1959 年 9 月，新当选的总统戴高乐就已经意识到了阿尔及利亚人民的自治权。

"凭借客观的共犯关系进行吞并或立即处决"，德里达早就否决了这句话，正如他所说，这句话比起加缪"所谓的不可言明的乡愁"，[1] 更多的是让加缪缄口。再者，德里达还发问，为什么诺拉如此尖锐地揭露加缪的"道德主义"，因为如果这一"道德主义"对于诺拉来说是不道德的话，那为何他却用了很符合道德的方式去批判它。[2] 再深入分析，德里达拆解了诺拉的谬误。诺拉提出在阿尔及利亚的法国人已经准备好进行一场种族大屠杀来摆脱碍手碍脚的阿拉伯人。诺拉曾这样写道：

> 如果我们给阿尔及利亚的法国人提供开启种族屠杀的按钮，其中多少人会拒绝呢？他们对军队有双倍信心，这份信心的存在稳定了人心，并让战争就位。因此，它也起到双重作用：它确保了在阿尔及利亚的法国人专有的暴行，并且在偏远的北非山地，它通过代理授权进行屠杀。任何一个在阿尔及利亚的法国人都不敢这样总结：相比法国人在"一战"中的战绩，阿拉伯人自 1955 年以来的失败增加了两倍，这令人惊恐。[3]

大屠杀能清除一部分人口，这一假设对于德里达来说看似毫无根据并且令人可憎。他注意到了诺拉的自相矛盾，因为在阿法国人的种族主义规定要始终维持阿拉伯人作为一群顺从的附庸，而诺拉的撰写早于此。他们

---

[1] 雅克·德里达：《我亲爱的诺拉……》，参见皮埃尔·诺拉《阿尔及利亚的法国人》，克里斯蒂安·布尔乔出版社，2012，第 296 页。

[2] 雅克·德里达：《我亲爱的诺拉……》，参见皮埃尔·诺拉《阿尔及利亚的法国人》，克里斯蒂安·布尔乔出版社，2012，第 297 页。

[3] 皮埃尔·诺拉：《阿尔及利亚的法国人》，克里斯蒂安·布尔乔出版社，2012，第 206 - 207 页。

的"微妙的高度种族主义"意味着要避免触发核武器的"启动按钮"。德里达深入要害并反讽道："纳粹或美国人不是如此的种族主义者，他们的种族主义没有这么多资源支撑是多么遗憾！"① 之后德里达探讨了启动按钮的概念、速度的军事形象以及被意识形态和专家政治匆忙采纳的战略决策。② 这种没有依据的指控，源于对信仰的最后分析。这说明诺拉掌握了绝对的学识，他能够触碰到精神分析的"探测器"，没有任何事物或人可以躲过，③婚姻关系也不能。

德里达在信的最后为他挑衅的语气而道歉，他认为这种挑衅是出于对诺拉的某种观点的辨别。④ 德里达坚持，要确定加缪作品的统一性以避免诺拉书中奇怪的二元论。诺拉的书中充满了对阿尔及利亚小说的称赞，例如加缪的《局外人》，可是当涉及判断小说的政治立场时，诺拉认为这是一种妥协，或者说是一种背信弃义。要注意到的是，1960年1月，刚刚46岁的加缪去逝了，而这个时候诺拉出版了他的书。作品的和谐并不是要去以一种形而上学的角度看问题。很显然，德里达对荒谬哲学不感兴趣，也不是去找寻殖民主义错误意识的症状。这种统一也不是去增加在道德和政治之间的摇摆不定。不，如果这种统一是存在的，它应该存在作者加缪身上，更确切地说是他创造出来的一种新的写作方式。

在这点上，德里达之前应该是有一个先行者的——罗兰·巴特，他也是最早的关于书写的理论家。在罗兰·巴特年轻时的一篇随笔（《关于〈局外人〉的风格的思考》）中，他巧妙地描写了加缪创造的一种荒诞主义的书写方式——如同冰一样平淡却深刻。⑤ 这种无风格的写作风格成了《写作的

---

① 雅克·德里达：《我亲爱的诺拉……》，见皮埃尔·诺拉的《阿尔及利亚的法国人》，巴黎：克里斯蒂安·布尔乔出版社，2012，第298页。
② 雅克·德里达：《心灵，其他发明》一书中《不要浩劫，现在不要（七枚高速导弹，七封书信）》（1984年）一文，巴黎：伽利略出版社，首版见《事实哲学》系列，1987年，第363-386页；重版见《事实哲学》丛书第一册，1998，第395-418页。
③ 雅克·德里达：《我亲爱的诺拉……》，见皮埃尔·诺拉的《阿尔及利亚的法国人》一书，巴黎：克里斯蒂安·布尔乔出版社，2012，第298-299页。
④ 雅克·德里达：《我亲爱的诺拉……》，见皮埃尔·诺拉的《阿尔及利亚的法国人》一书，巴黎：克里斯蒂安·布尔乔出版社，2012，第299页。
⑤ 罗兰·巴特：《关于〈局外人〉的风格的思考》，瑟伊出版社，2002，第63页。

零度》的雏形。这个概念在随后的 20 世纪 50 年代被罗兰·巴特明确地确立了下来。在这篇 1944 年 7 月发表的文章中，罗兰·巴特明白了《局外人》所代表的灿烂的过去并不只是一个写作风格的练习，而已经是一种包含了道德和历史关系的世界观：伴随着《局外人》可能出现了一种新的风格（没有过于夸大这部作品的重要性），即沉默的风格和风格的沉默。在这种风格中，艺术家的声音远离了叹息、渎神和圣歌，它是一种白色的声音，这是唯一与我们的时代无法治愈的苦恼相协调的声音。①

在差不多相同的年纪，1944 年的巴特（当时 29 岁）和 1961 年的德里达（当时 31 岁）关于《局外人》的解读基本一致。两者都认同加缪道德立场的有效性，而且也从中读出了另一种写作方式。这种白色的、中性的、顺畅的写作，也许会带来一种对于当前历史灾难的回答，无情冷酷的屠杀悲剧给末期的殖民主义打上了深深的烙印。不过，在 1961 年，萨特与加缪决裂，左翼人士中的大部分人都选择支持萨特。德里达却以涉及道德判断"不可判定"的名义，为他的阿尔及利亚同乡加缪辩护，他的立场与卡迈勒·达乌德在《重审默尔索》一书中表达的观点相近。②《重审默尔索》这本小说对阿尔及利亚民族解放战争前后，法国人与阿尔及利亚人之间的关系进行了深入挖掘和探讨。

这种对"阿尔及利亚悖论"的分析纠缠了德里达一生。关于这一点，菲利普·阿姆斯特朗和马尔塔·赛迦尔在很多杰出的评论中都有提到。③ 德里达的一篇写于 1992 年并在 1996 年发表的文章——《他者的单语主义》，引发了最新的有关这种"悖论"的探讨。该文试图描述一个本质上分裂的个体，这个个体很显然就是一个法国的马格里布人，所以不可避免地要重新提到战争。

再次假设，让我们假设在"法国"和"北非"之间有某些历史上

---

① 罗兰·巴特：《关于〈局外人〉的风格的思考》，瑟伊出版社，2002，第 63 页。
② 卡迈勒·达乌德：《重审默尔索》，阿克特南方出版社，2013。
③ 参见《雅克·德里达的呼喊》一书中菲利普·阿姆斯特朗所著《放弃与同在：德里达，一个阿尔及利亚的法国人》一文，第 279－301 页；以及马尔塔·赛迦尔《记忆的政治与诗学》，赫尔曼出版社，2014，第 303－317 页。

的统一。这两者之间的这种连结从未真实给出过，它只是承诺或者提及。这种连结中的沉寂并不能安抚所有的东西，这不只是一个虐待，也不只是一个痛楚，它将永远无法压抑这回忆的声音。它甚至会把恐惧、裂痕和创伤恶化。一个连结号是不足以掩盖抗争、气愤的叫喊、受难的哭喊、武器的噪音和飞机与炸弹的轰鸣的。①

关于这本书对约翰·马克斯韦尔·库切的影响，我想说多一点。道德伦理包含回忆的责任，不要忘记战争的创伤，这是一场无休止的战争，在德里达的书中和文章中，这个主题都占据了很大的篇幅。我们几乎可以进一步提出一个观点，那就是，对于德里达来说，战争可能代替了海德格尔口中的"座架"，或是一种入侵技术的所有现代迹象。文章中的这个章节讨论了核战争的可能性，德里达将现实和军备竞赛区分开来。他想象了一场核战争引发的"不可能"的世界浩劫，因为它的出现意味着世界末日，这个世界末日不只是一个无稽之谈。

> 正是战争（目前也被视作无稽之谈）推动了令人惊奇的战争的努力。这种疯狂积累高端军备，这种为了追求速度的速度竞赛，这种被科技推动的疯狂仓促，这种被战争刺激的所有科技的创造，都不仅仅影响、建构着军队、外交、政治，也影响着当今人类"伙伴"的一切，这些我们用一些陈旧的文化用词来表述：civilisation（文明）、Bildung（教育）、skholè（学校）、Paideia（训练培养）。②

因此，首先需要对战争进行解构。可是如何去解构一个本身就属于解构之一部分的且极具争议的结构？

众所周知，康德提出了一个解决办法，他最终构想出一个法治国家，以此来代替战争的状态（这种发达先进国家的地区病）。这种法治国家应该

---

① 雅克·德里达：《他者的单语主义》，伽利略出版社，1996，第27页。
② 雅克·德里达：《不要浩劫，现在不要》，载《心灵，其他发明》，伽利略出版社，首版见第370页，重版见第402页。

是建立在一种稳定的民主世界主义之上的。可是，我们能最终成功地创造这样一个对于人类来说至高无上的法治国家吗？我们能获得一种永久的平静吗？他预见性的话语回荡在我们的耳边。

　　然而，道德伦理在我们身上体现了它无法抵抗的"否决权"：在那里不应该有任何战争，不仅仅是你与我之间这样的"自然人的战争"，还包括"国家之间的战争"，这些都不应该有。因此，问题不再是去了解"永久和平"是真实存在的还是仅仅只是一种空想，也不再是去了解我们在理论判断上出错没有。我们承认"永久和平"真实存在，但又得佯装它不存在一样去行动，其目的在于建立宪法（所有国家的共和主义和一些特例），这在我们看来最有可能引导和结束由于缺乏敬意而引发的战争。每个国家都不例外，到目前为止都在引导内部的准备工作，就像把它们引导到至高无上的结局一样。①

这是一种笃信的愿望，一种乌托邦还是一种空想呢？康德的幽默在另一篇文章中也有展现，在那篇文章中康德继续阐述了他的"永久和平论"。他提到了一个墓地入口的牌子，牌子上写着"永久和平"。我重新回到"乌托邦"这个问题上来，在这本书的最后，我会通过评论约翰·马克斯韦尔·库切的一本小说来阐述这个问题，以展示其实更多的是"反乌托邦"。德里达建议，如果没有办法抵挡康德的论述，那就以另外一种方式建立一个严守法规的乌托邦。在那里，我们能够瞥见启蒙运动的最终结尾，一个假设的未来。但是很可惜，它总是被历史的犬儒主义揭穿。

---

① 伊曼纽尔·康德：《道德的形而上学——世界主义法》，弗拉马利翁出版社，1994，第229页。

图书在版编目（CIP）数据

文学理论前沿. 第二十辑 / 王宁主编. -- 北京：
社会科学文献出版社，2020.1
ISBN 978 - 7 - 5201 - 6002 - 5

Ⅰ.①文…　Ⅱ.①王…　Ⅲ.①文学理论 - 文集　Ⅳ.
①I0 - 53

中国版本图书馆 CIP 数据核字（2020）第 012575 号

文学理论前沿（第二十辑）

主　　编／王　宁

出 版 人／谢寿光
组稿编辑／李建廷　宋月华
责任编辑／罗卫平
文稿编辑／罗卫平　阳玉平

出　　版／社会科学文献出版社·人文分社（010）59367215
　　　　　地址：北京市北三环中路甲 29 号院华龙大厦　邮编：100029
　　　　　网址：www. ssap. com. cn
发　　行／市场营销中心（010）59367081　59367083
印　　装／三河市尚艺印装有限公司

规　　格／开　本：787mm × 1092mm　1/16
　　　　　印　张：18.25　字　数：276 千字
版　　次／2020 年 1 月第 1 版　2020 年 1 月第 1 次印刷
书　　号／ISBN 978 - 7 - 5201 - 6002 - 5
定　　价／128.00 元